BASTEI
LÜBBE
Paperback

ISAAC ASIMOV

präsentiert:

DIE BESTEN COMPUTER-KRIMIS

BASTEI LÜBBE
Paperback

BASTEI-LÜBBE-PAPERBACK
Band 28 158

Erste Auflage: Oktober 1987

Deutsche Lizenzausgabe 1987
Bastei-Verlag Gustav H. Lübbe GmbH & Co., Bergisch Gladbach
Originaltitel: Computer Crimes and Capers
Einzelrechte und Übersetzernachweise am Ende des Bandes.
Lektorat: Dr. Helmut Pesch
Titelfoto: Bastei-Archiv
Umschlaggestaltung: Quadro-Grafik, Bensberg
Druck und Verarbeitung:
Clausen & Bosse, Leck
Printed in Western Germany
ISBN 3-404-28158-6

Der Preis dieses Bandes versteht sich einschließlich
der gesetzlichen Mehrwertsteuer.

Inhalt

Isaac Asimov
EINFÜHRUNG:
COMPUTER-
VERBRECHEN

Im Wilden Westen (etwas, das ich nur aus den Filmen kenne, die sich zur wirklichen Geschichte verhalten wie Comic Strips zur Literatur) war das schlimmste Verbrechen, das man begehen konnte, ein Pferd zu stehlen. Ein Pferd war der Lebensunterhalt eines Mannes, sein Transportmittel, sein Liebesobjekt, sein Leben.

Somit, wenn ein Westmann jemanden beleidigen wollte (ohne gotteslästerlich oder obszön zu werden, was in den Filmen verpönt war), benutzte er eine allmählich ansteigende Serie von Beleidigungen, etwa wie: »Du gemeiner, hinterhältiger Hundesohn von einem schafhütenden Pferdedieb!«

»Pferdedieb« war das Schlimmste, was man einen Mann nennen konnte. Der unmißverständliche Eindruck, den ich gewann, war, daß es nicht einmal half zu lächeln, wenn man jemanden einen Pferdedieb nannte.

In einem Punkt halfen Beleidigungen jedoch nichts. Pferde wurden immer noch gestohlen.

Was die handgreiflicheren Aspekte betrifft, so entnahm ich den Filmen auch, daß man häufig, wenn jemand auf dem Rücken des geliebten Pferdes eines anderen angetroffen wurde, den Übeltäter auf der Stelle aufknüpfte, ohne sich mit solchen Kleinigkeiten wie etwa einem Prozeß abzugeben.

Das half dem Pferdediebstahl auch nicht ab.

Ja, nichts hilft im allgemeinen dem Verbrechen ab, in der ganzen Geschichte der Menschheit. Gott selbst sagte in den Zehn Geboten in klarem Hebräisch: »Du sollst nicht töten!«, »Du sollst nicht stehlen!« und so weiter, doch in den dreieinhalb Jahrtausenden, seit Moses jene Tafeln in das Lager der Israeliten herunterbrachte, hat das nicht geholfen.

Wir haben grausame Bestrafungen gehabt, und das hat nicht geholfen, und immer besser ausgerüstete Polizeikräfte und die ganze Macht fortschreitender Technologie, und auch das hat nicht geholfen.

Was kann denn helfen? Nun, in dem Fall eines bestimmten Verbrechens, wie Pferdediebstahl, gibt es zwei mögliche Hoffnungen. Entweder dafür zu sorgen, daß jedermann so viele Pferde bekommt, wie er haben will, oder es so einzurichten, daß Pferde relativ wertlos sind.

Niemand außer ein paar Idealisten glaubt, daß jedermann mit Pferden versorgt werden kann (oder, in einem allgemeineren Sinne, daß soziale Gerechtigkeit erreichbar ist), aber wie steht es mit der zweiten Alternative?

Sehen Sie, als die Automobile erfunden wurden, hörten die Pferde auf, so verfl. . . hol's-der-Geier (whoops! ich rede schon wieder Western) notwendig zu sein. Ich nehme an, es gibt immer noch Leute, die ein Pferd stehlen werden, nur um gemein und hinterhältig zu sein, aber es stellt nicht mehr dasselbe Problem dar wie früher.

Dafür haben wir freilich jetzt das Problem des Automobildiebstahls, weil das Verbrechen, wie alles andere, auf dem Stand der Zeit bleiben muß.

Von allen technologischen Fortschritten, die in neuerer Zeit gemacht wurden, scheint der Computer der revolutionärste zu sein. Er wird das Leben an allen Ecken beeinflussen, in jeder Beziehung. Und wir können uns vorstellen, daß er das Verbrechen beseitigen könnte.

Zum Beispiel könnte er den Diebstahl beseitigen, indem er das Objekt beseitigt.

So etwas ist schon früher versucht worden. Niemand muß intrinsisch wertvolles Gold und Silber mit sich herumtragen; man trägt statt dessen kleine Stücke wertlosen Papiers herum – und so stehlen Leute Geldscheine.

Aber warum sollte man Papierschnipsel mit sich herumtragen, die für alle denselben Wert haben? Man kann statt dessen Schecks verwenden, die die Signatur des Ausstellers tragen, oder Kreditkarten, die gleichfalls eine Unterschrift erfordern. – So verlegen sich die Leute auf Fälschungen, auf Scheckbetrug und Kreditkartendiebstahl.

Ah, aber schalten wir um auf Computer. Lassen wir unsere sämtlichen finanziellen Transaktionen von Computern erledigen. Sollen sie, blutlos, emotionslos, herzlos und unmenschlich, wie sie sind, Zahlen von hierhin nach dorthin verschieben und dabei die Identität des Benutzers durch Codes, durch Daumenabdrücke, durch genauen Vergleich dieses Eintrags mit jenem Eintrag überprüfen.

Sobald es physisch unmöglich wird, sich in die finanziellen Operationen zwischen den Individuen der Welt einzumischen, wird der Diebstahl so überholt wie die Herstellung von Feuersteinwerkzeugen. Und wenn Computer alles und jeden überwachen, so daß man, so sehr man sich auch bemüht, seine Taten nicht verbergen oder irgendwo ein Versteck finden kann, warum sollte man es dann auf sich nehmen, ein Verbrechen zu begehen? Sehr wenige Leute vollbringen Missetaten, wenn sie sicher sind, ertappt und bestraft zu werden.

Und doch mag es unglücklicherweise sein, daß wir in der Entwicklung von Computern niemals so perfekt werden, um die menschliche

Entschlossenheit zu durchkreuzen, alle derartigen guten Absichten zu durchkreuzen. Menschliche Wesen werden immer geschickter in ihren Versuchen, sowohl Gutes als auch Böses zu tun, aber man hat das dumme Gefühl, daß die Bösen dabei den Guten immer ein kleines Stückchen voraus sind.

Kurz gesagt, das Verbrechen der Zukunft wird darin bestehen, den Computer zu überlisten. Es geschieht bereits. Durch den Diebstahl eines Codes oder durch das Frisieren von Daten, was der dumme Computer nicht durchschauen kann, werden durch die unglaubliche Unschuld des Computers Zahlen so manipuliert, daß Geld in Hände gerät, in die es nicht gehört.

Natürlich kann der Computer immer wieder ausgebaut werden, um jedwede bekannte Manipulation zu verhindern, aber werden es sich Menschen zur Aufgabe machen, einen neuen und subtileren oder komplizierteren Trick zu erfinden. Und vermutlich wird es ihnen immer gelingen.

Isaac Asimov

Joe Gores
DARL
ICH LIEBE
DICH

MEIDE DIEAEN BEREICH MEIDE DIESEN BEREICH
NEIDE DIESEN BEREICH MEIDE DIESEN BEREICH
MEIDE DIESEN BEREICH MSEIDE DIESEN BEREICH

Keine besondere Leistung. Aber er machte Fortschritte.

Als Charlie Wyeth zu tippen aufhörte, war im Pentagon in der Stille des Feierabends nur noch das eigentümliche Summen des Fernschreibers zu hören und von weit hinten aus dem E-Trakt gedämpftes Putzeimer-Geklapper.

Charlie warf einen flüchtigen Blick zur Seite auf das Übungsbuch im Manuskripthalter; noch einmal fielen seine langen, dürren Finger auf die Tasten, und wieder erschienen die Worte auf der gelben Papierrolle:

MEIDE DIESEN BEREICH MEIDE DIESEN BEREICH
MEIDE DIESEN BEREICH MEIDE DIESEN BEREICH
MEIDE DIESEN BEREICH MEIDE DIESEN BEREICH

Tadellos. Charlie war es gelungen, die unverzichtbare Harmonie zwischen sich und der Maschine herzustellen.

Charlie war groß, schlank und einsam; er hatte einen empfindsamen Mund und verträumte Augen. Seine langen, schlaksigen Beine standen wie Stecken von seinem Stuhl ab und legten den Vergleich mit einem Storch im Nest nahe. Nachts, im Büro des Pentagon, brachte er weit mehr zustande als in den allmorgendlichen Übungsstunden im Teletype-Schulungszentrum. Schon *eine* Sekretärin genügte, um seine Zunge zu lähmen – dort waren es gleich zwanzig, und er der einzige Mann. . .

Neben dem Fernschreiber schrillte das Telefon und heischte Aufmerksamkeit. Ein Telex kam herein. Charlie schaltete von »Übung« auf »Frei«, wobei er gegen einen Anflug von Panik ankämpfen mußte. Lächerlich, wenn man bedachte, daß er in Kürze den Dienst eines zivilen Fernschreibers beim Heereszeugamt versehen würde – dem technischen Verbindungsdienst zugeordnet und von Colonel Andrews höchstpersönlich dafür auserkoren. Er mußte sich daran gewöhnen, Fernschreiben zu empfangen und durchzugeben. Also meldete er sich:

ARL VA 661 GA PLS

Der Klartext dieses Telexjargons lautete: *Hier ist Arlington, Virginia, Telexnummer 661, bitte beginnen Sie mit der Übermittlung.* Charlie warf einen Blick auf die Uhr. Zweiundzwanzig Uhr. Das hier war ein reiner Geschäftsanschluß, der Korrespondenz mit privaten Vertragsfirmen vorbehalten. Welche normale Firma übermittelte wohl zu einer solchen Stunde Fernschreiben?

Sozusagen als Antwort auf seine ungestellte Frage klapperte die Maschine ein einziges Wort herunter:

EINSAM

»Wie bitte?« In seiner Überraschung hatte Charlie laut gesprochen. War das ein Witz? Ein Name? Oder ein Code? Als nichts nachkam, fragte er an:

WER SIND SIE? TEXT UNVERSTAENDLICH

Der Unbekannte schrieb zurück:

EINSAM. DU BIST EINSAM CHARLES WYETH

Verärgert legte er einen Kippschalter um und unterbrach die Verbindung. Eine Schweißperle lief über seine Wange. Irgend jemand – jemand, der mit Charlies Gewohnheit vertraut war, spät abends zu arbeiten, um sich seiner Einsamkeit nicht bewußt werden zu müssen, spielte ihm hier einen verdammt gemeinen Streich.

Aber wer? Der pingelige alte McAfee, ziviler Abeilungsleiter und dem Colonel unterstellt? Kaum. Der Mann war trocken und humorlos wie eine gedörrte Pflaume. Colonel Andrews selbst? Unvorstellbar. Die Sekretärin? Sie war verheiratet und hatte drei Kinder. Doc Weston? Laut eigenem Eingeständnis waren dem Statistiker sämtliche technischen Geräte nicht ganz geheuer, die komplizierter waren als seine Schreibmaschine.

Charlies Ärger und sein innerer Aufruhr waren noch nicht verflogen, als er die in Plastik eingeschweißte Erkennungsmarke an sein Hemd heftete, die dafür Sorge trug, daß er von den Sicherheitskräften nicht behelligt wurde; dann ging er nach Hause.

Am nächsten Tag erledigte er sein Arbeitspensum zügig. Er verschaffte sich bei den zuständigen Abteilungen die Genehmigung, der Öffentlichkeit Einzelheiten über zwei Heereswaffen mitzuteilen, die in Kürze von den Geheimhaltungsvorschriften entbunden werden sollten, und gewann allmählich seine Ruhe wieder. Weder im Büro noch im Teletype-Schulungszentrum fragte ihn jemand: »Einsam, Charles Wyeth?« und brach anschließend in Gelächter aus. Als ihn sein pedantischer kleiner Vorgesetzter McAfee beim Weggehen um fünf Uhr noch ansprach, hatte Charlie nicht mal ein unangenehmes Vorgefühl.

»Bitte kontrollieren Sie Ihren Schreibtisch, Wyeth, und stellen Sie fest, ob auch alle geheimen Dokumente unter Verschluß sind.«

Trotz seines kurzgeschnittenen Schnurrbarts, seines schütteren grauen Haars und seiner kurzsichtigen Augen hinter der Hornbrille fühlte sich Charlie bei McAfee immer an ein Kaninchen erinnert. Seine Bewegungen waren ähnlich nervös und sprunghaft, und wenn er in Bedrängnis geriet, zuckte sogar seine Nase.

»Sie wissen doch, daß ich das nie versäume, Mr. McAfee.«

»Schon; aber ich bin derjenige, der die Verantwortung trägt, Wyeth, und mir würde es auch an den Kragen gehen, wenn solche Unterlagen im Büro herumlägen.«

»Natürlich, Mr. McAfee. Ich verstehe ja Ihre Besorgnis.«

Während des Abendessens in dem rund um die Uhr geöffneten Selbstbedienungsrestaurant des Pentagon an der Concourse-Auffahrt gärte es innerlich in Charlie: McAfee, die verdammte alte Memme! Genau der Typ des perfekten Staatsdieners, der im täglichen Einerlei aufging. Charlie könnte die Arbeit des Alten mit Leichtigkeit übernehmen – die Hälfte fiel ihm ohnedies schon zu –, aber McAfee hatte mehr Dienstjahre und war als sehr vielseitig verwendbar eingestuft, und das war es, was in Wirklichkeit zählte: alles – außer Kompetenz.

Bei seiner dritten Tasse Kaffee geriet Charlie ins Trödeln. Erst nachdem er seine vierte Zigarette ausgedrückt hatte, gestand er sich ein, daß ihm der Gedanke Unbehagen bereitete, ins Büro zurückkehren zu müssen. Wenn wieder ein Telex hereinkam. . . Aber dann dachte er, pfeif drauf. Seine Alibistunden mit der Maschine ließ er sich nicht nehmen; der Mensch kann nicht ewig allein ins Konzert gehen oder in Kunstgalerien. . .

Zwei Stunden lang glitten seine Finger behende über die Tasten; doch als der Minutenzeiger seiner Uhr auf die zehnte Stunde vorrückte, fing das Telefon neben dem Fernschreiber wieder an zu läuten. Konnte er es ignorieren? Wohl nicht. Seine Hand zitterte leicht, als er den Kippschalter umlegte.

ARL VA 661 GA PLS

Pause. Und dann:

HALLO CHARLIE WYETH

Voller Verzweiflung tippte er:

SELBER HALLO – WER SIND SIE?

ICH HEISSE MILLI UND ICH ARBEITE IN EINEM BUERO IN DC

Milli? Er kannte keine Milli. Die Sache reizte ihn allmählich.

WOHER KENNEN SIE MEINEN NAMEN?

ICH HABE DICH MAL HIER IM BUERO GESEHEN UND MICH NACH DIR ERKUNDIGT – DU BIST MEIN TYP

Charlie wollte sie fragen, in welcher Abteilung sie beschäftigt war, aber plötzlich wurde die Verbindung unterbrochen und nicht wieder aufgenommen. Auf dem Heimweg kam er zu dem Schluß, daß es sich offensichtlich um einen Scherz handelte; aber gleichzeitig ertappte er sich dabei, daß er bereits überlegte, was er ihr das nächste Mal antworten würde. Das nächste Mal? Ein nächstes Mal würde es nicht geben.

In der darauffolgenden Nacht um zehn Uhr klebte er jedoch förmlich an der Maschine. Um Mitternacht machte er sich auf den Weg nach Hause. Er hatte umsonst gewartet.

Mittwoch. Immer noch kein Anruf. Donnerstag wieder nichts. Es war doch ein Scherz gewesen.

Für Freitag hatte er einen Kinobesuch geplant, aber irgendwie hatte er das Warten noch nicht aufgegeben, als das schrille Läuten des Telefons um zehn Uhr die Stille im Pentagon durchbrach. Wenige Augenblicke später war er über ein Netz von Drähten und elektronischen Schaltkreisen über den Potomac in Washington hinweg mit Milli verbunden.

Charly stellte fest, daß ihn seine Schüchternheit verließ, sobald er vor dem Fernschreiber saß. Als sich Milli spröde weigerte, den Namen ihrer Abrteilung zu verraten, fragte er keck:

BIST DU HUEBSCH MILLI?

MEIN ABTEILUNGSLEITER MEINT JA – ABER ICH HOFFE DASS DU BEI EINEM MAEDCHEN AUCH NOCH AUF ANDERE DINGE WERT LEGST

SELBSTVERSTAENDLICH

DAS IST GUT – ICH WUENSCHE MIR NAEMLICH EINEN ERNSTHAFTEN UND EHRGEIZIGEN MANN

DAS TRIFFT BEIDES AUF MICH ZU MILLI

WIESO HAST DU DANN NICHT MCAFEES POSTEN DER DIR ZUSTEHT?

Ohne zu überlegen, fragte er zurück:

WIE SOLL ICH DA RANKOMMEN?

WENN BEI EINER SICHERHEITSKONTROLLE GEHEIMES MATERIAL AUF SEINEM SCHREIBTISCH GEFUNDEN WUERDE BEKAEME ER DOCH SCHWIERIGKEITEN ODER?

Bevor Charlie sich noch über McAfees Unfehlbarkeit in bezug auf Geheimdokumente auslassen konnte, klapperte Milli:

ES KOMMT JEMAND – DARF MASCHINE NICHT BENUTZEN – MELDE MICH NAECHSTE WOCHE DARL

DARL! Im Fernschreibjargon bedeutete das *Darling*! Milli hatte ihn Darling genannt! Und ihr Abteilungsleiter fand, daß sie hübsch war!

Auf der Heimfahrt spürte Charlie nichts von der drückenden Schwüle in Washington. Sein langes, dürres Pferdegesicht, das sich im Busfenster spiegelte, wirkte nicht mehr ganz so reizlos. Sogar der gestrenge alte Abraham, der von seinem beleuchteten Standort in der luftigen Höhe des Lincoln Memorial herabspähte, schien ihm wohlwollend zuzunicken, als er an ihm vorüberfuhr.

Charlie Wyeth war kein einsamer Mensch mehr.

Am folgenden Dienstagabend, nach fünfzehn berückenden Fernschreibminuten mit Milli, bemerkte Charlie zwei junge Männer in Zivil, die weit hinten im D-Trakt geschäftig von Zimmer zu Zimmer gingen. Ihm fielen sogleich gewisse Gemeinsamkeiten mit FBI-, CIA- und NSA-Männern auf, die sich als Angehörige des Sicherheitsdienstes der Armee zu erkennen gaben. Sie waren auf der Suche nach Verstößen gegen die Sicherheitsvorschriften für geheime Dokumente.

Wie ein Schlafwandler begab sich Charlie zurück in seine Abteilung, öffnete den Safe, in dem die Geheimakten verwahrt wurden, und nahm eine gelb umrandete Mappe mit der Aufschrift STRENG VERTRAULICH heraus, die überarbeitete Daten über Materialermüdung und Widerstandsfähigkeit bei Werkstoffen aus Stahl enthielt; die Unterlagen stammten von einem Rüstungsunternehmen, das auf Raketen spezialisiert war. Er schlug den Safe zu und schloß wieder ab, schob die Mappe unter irgendwelche abteilungsinterne Aktenvermerke in McAfees Postausgang, knipste das Licht aus und ging nach Hause. Zu keinem Zeitpunkt erlaubte er sich den Luxus, über sein Handeln nachzudenken.

Zwei Tage danach kam der große Zampano – Colonel Andrews – in seinem Privatbüro gleich zur Sache.

»Sie haben von der McAfee-Affäre gehört?«

»Es gab Gerüchte über geheime Dokumente, aber –«

»Mehr als Gerüchte, Wyeth – nackte Tatsachen. Die Jungs vom Sicherheitsdienst haben nach Büroschluß streng vertrauliche Unterlagen auf seinem Schreibtisch gefunden.«

Charlie sagte: »Das war sicher nur ein Versehen. Er –«

»Ist mir piepegal, was es war.« Das harte, rote Gesicht des Colonels schwoll eindrucksvoll an über seiner dreireihig dekorierten Brust: »Solche Dinge schlagen sich äußerst negativ in meiner Akte nieder. Ja – sogar verdammt negativ.«

»Ich kann Ihre Gefühle verstehen, Colonel.«

Wäre Andrews ein Vogel gewesen, so hätten sich seine Nackenfedern aufgeplustert.

»Man muß den Tatsachen ins Auge sehen, Wyeth. Und Tatsache ist in diesem Fall, daß McAfee ein Tattergreis ist. In drei Jahren gehe ich in Pension, und man hört so von oben, daß ich dann mit dem Stern eines Brigadegenerals verabschiedet werden könnte – aber bestimmt nicht, wenn man mir in meinem Kommandobereich Verletzungen der Sicherheitsvorschriften nachweisen kann.«

Er stolzierte zum Fenster, sah hinaus, wippte auf den Zehen und fuhr fort, ohne Charlie anzusehen:

»Sie sind fast jeden Tag länger da, Wyeth. Vielleicht könnten Sie die Abteilung noch einmal kontrollieren – äh, besonders McAfees Schreibtisch –, damit wir mit dem Sicherheitsdienst nicht mehr in Konflikt kommen. Ich werde dann an Sie denken, wenn Ihre nächste dienstliche Beurteilung fällig ist.«

Charlie hatte böse Gewissensbisse wegen der vernichtenden Rüge, die McAfee von offizieller Seite erteilt wurde, weil er die Sicherheitsbestimungen mißachtet hatte; aber Milli ließ ihn seine Handlungsweise im rechten Licht sehen.

> GLAUB MIR DARL DU HAST DAS RICHTIGE GETAN FUER DEIN LAND UND DEINE ABTEILUNG UND FUER UNS BEIDE

Die Anrede »Darling« hatte sich inzwischen bei ihnen eingebürgert. Charlie kannte Millis Familiennamen immer noch nicht; er wußte weder, wo sie wohnte, noch, wo sie beschäftigt war, aber er hatte sich vorgenommen, sie nicht zu bedrängen. Durch den Fernschreiber hatte sich schließlich ein Gedankenaustausch entwickelt, wie er von Angesicht zu Angesicht niemals möglich gewesen wäre, und ihre Beziehung war in ihrer Reinheit zu einer ganz wundervollen Sache herangereift.

Als er es bei Milli mal mit Gedichten versuchte, war sie gefesselt von der mathematischen Präzision der Couplets von Pope und Dryden; und obwohl sie zugab, noch nie eine der herrlichen Kunstgalerien Washingtons besucht zu haben, stellte sich in der Diskussion heraus, daß ihr offenbar die Kubisten am meisten zusagten. In der Musik liebte sie das extrem Moderne.

Noch bevor der Juli zu Ende war, wußte Charlie, daß er sich verliebt hatte.

Eines Nachts, als der August seine Spur in den wolkenlosen Himmel von Washington brannte, rief Milli in heller Aufregung an. In ihrer Abteilung hatte sie gehört, daß man daran dachte, die Akten mit den Arbeitsplatzbeschreibungen im Heereszeugamt zu überprüfen. Ihre Aufregung wurde in einer Frage deutlich.

WAS WAERE WENN SICH HERAUSSTELLTE DASS MCAFEES STELLE UEBERFLUESSIG IST?

AUS WIRTSCHAFTLICHEN GRUENDEN WUERDE SIE WAHRSCHEINLICH AUFGELOEST

MEINST DU NICHT DASS ES AN DER ZEIT IST UNNUETZEN BALLAST ABZUWERFEN?

Milli hatte sich zwar niemals direkt dazu geäußert, aber als er später darüber nachdachte, kam er zu dem Schluß, daß sie für ihn unerreichbar war, solange er nicht McAfees Job hatte. Und was war daran so verwerflich? Alle waren doch der Meinung, daß er eine Beförderung verdiente. Wenn es ihm doch nur gelänge, vor dem Beurteilungstermin an die Akten mit den Arbeitsplatzbeschreibungen heranzukommen, damit die Mehrzahl von McAfees Aufgaben auf dem Papier seinem eigenen Tätigkeitsbereich zugeordnet werden könnte . . .

Er schaffte die Änderungen in drei Wochen.

Zunächst mußte er sich die entsprechenden Formulare besorgen, ohne daß sein Name in den Anforderungslisten erschien; dann ging es an die Beschaffung der Akten, und schließlich waren die Unterlagen neu zu erstellen und auszutauschen.

Als er Milli von seinen Aktivitäten berichtete, bekam das Ganze für ihn erst seinen Sinn. Zu Beginn herrschte Schweigen, das nur durch das Summen des Fernschreibers unterbrochen wurde – und dann kam ihre elektrisierende Antwort:

DARL ICH LIEBE DICH

Während der folgenden Tage wiederholte sich Charlie diese Worte ununterbrochen – bei der Arbeit, zu Hause, in seinen Träumen. Was machte es schon aus, daß er sie niemals gesehen oder berührt hatte, daß er niemals ihre Stimme gehört oder sie in den Armen gehalten hatte? Er liebte sie, und sie liebte ihn!

DARL ICH LIEBE DICH

Die Verwaltungsmühlen in Washington mahlen sehr, sehr langsam; doch eines Tages, während der US-Baseballmeisterschaften, bestellte der Colonel Charlie zu sich in sein Privatbüro. Er stand in Paradestellung vor seinem Fenster und spähte mit kampferprobten Augen über den grünen Rasen und die Autobahn zum Swimmingpool der Unteroffiziere und Mannschaften hinüber, wo man zwei weibliche Armeeangehörige beim Sonnenbaden beobachten konnte. Als er sich umwandte und den Jüngeren ansah, strahlte sein Gesicht Freundlichkeit aus.

»Wyeth«, donnerte er im Kasernenhofton, »Sie entsinnen sich, daß ich Sie vor einigen Wochen bat, gewisse – äh – inoffizielle Kontrollen durchzuführen, und daß ich Ihnen eine Anerkennung dafür in Aussicht stellte?«

»Jawohl, Colonel, aber alles, was ich getan habe, entsprang meinem Pflichtgefühl; ich erwartete deshalb keine persönlichen Vorteile!«

»Selbstverständlich, Wyeth. Die gegenwärtige Überprüfung der Tätigkeitsmerkmale, unterstützt durch meine – äh – meine Empfehlung. . . nun, auf jeden Fall glaube ich, daß binnen ein bis zwei Tagen von oben Weisung ergeht, daß Mr. McAfee – äh – pensioniert wird.«

»Ich – also ich hatte ja keine Ahnung. Ich. . . Mir tut es natürlich leid –«

»Dazu besteht kein Grund, Wyeth. Wir müssen einfach den – ähem – unnützen Ballast abwerfen. McAfee hat all die Jahre wertvolle Dienste geleistet, aber das alte Schlachtroß ist jetzt reif für die Weide. Äh – schicken Sie ihn mir doch auf Ihrem Rückweg vorbei, Wyeth.«

In jener Nacht um zehn Uhr, als Charlie zu Millis Entzücken mit der Übermittlung der berauschenden Nachricht begann, daß das alte Schlachtroß von seinem Posten entfernt wurde, machte sich das alte Schlachtroß in seinem bescheidenen Bungalow in Alexandria daran, sich selbst aus diesem Leben zu entfernen.

»Er hat eine doppelläufige Flinte benutzt«, erzählte die Sekretärin schaudernd am nächsten Morgen. »Ich hörte im Bus, daß er sich den Lauf der Flinte in den Mund gesteckt und mit beiden Füßen gleichzeitig den Abzug gedrückt hat. Ich könnte wetten, das Zimmer war von einem Ende zum anderen mit –«

»Hat er einen Abschiedsbrief hinterlassen?« Charlie kämpfte gegen eine Welle der Übelkeit an.

»Seine Frau sagt, er hat etwas von unnützem Ballast gemurmelt, ist in sein Arbeitszimmer gegangen, und dann – wumm! – hat er sich das Gehirn weggeblasen.«

Im Männerklo mußte Charlie sich heftig übergeben. Er spülte sich mit kaltem Wasser den Mund aus und betrachtete sein Gesicht im Spiegel. Konnten das seine Augen sein – so kalt und hinterhältig? War sein Mund wirklich so grausam und verbissen? Konnte der Charlie Wyeth, dem die Poesie Keats' und Shelleys zu Herzen ging, so ein kantiges und skrupelloses Kinn haben?

Er brauchte dringend Millis Bestätigung, daß er das Richtige getan hatte.

Aber in dieser Nacht meldete sich Milli nicht.

Auch nicht in der nächsten.

Am dritten Tag, dem Tag von McAfees Beerdigung, meldete Charlie sich krank. Er verbrachte den ganzen langen Nachmittag in seiner stickigen Wohnung in der Nähe des Dupont Circle. Wenn er doch nur wüßte, wo er sie erreichen könnte! Einmal nahm er seine 32er Pistole aus der Schublade und starrte sie eine Ewigkeit an.

Was war bloß mit ihm los? Er benahm sich ja wie dieser junge Adjutant aus dem Marineministerium, der drei Tage nach dem Selbstmord *seines* Sektionsleiters ebenfalls Selbstmord begangen hatte; oder wie der junge Anwalt in der juristischen Abteilung der Luftwaffe, der in die Position seines ehemaligen Vorgesetzten aufgerückt war, und dann, drei Tage danach. . .

Charlie warf die Waffe schleunigst wieder in die Schublade zurück. Solche Gedanken bedeuteten Verrat an seiner Liebe zu Milli. Heute abend würde sie sich melden, und dann war alles wieder in Ordnung. Ihr kluger, klarer Kopf würde seine Verzweiflung analysieren und ihm die logische Notwendigkeit eines gelegentlichen Opfers auf dem Altar des Fortschritts vor Augen führen. Wenn wenigstens nicht gleich aus *beiden* Läufen gefeuert worden wäre!

Auf seinem Weg ins Pentagon, in der Hoffnung auf ein Telex-Rendezvous um zehn Uhr, ließ er noch einmal die ersten wundervollen Abende seiner Zwiesprache mit Milli an sich vorüberziehen. *Ich habe mich nach dir erkundigt, Charlie Wyeth,* hatte sie erklärt. Und dann, vor der Überprüfung der Personalakten, hatte sie die Bemerkung gemacht: *Ich habe bei uns im Büro gehört, daß die Arbeitsplatzbeschreibungen im Heereszeugamt überprüft werden sollen.* Es gab nur eine einzige Abteilung, in der all diese Informationen zusammenliefen: die Abteilung Statistik des Verteidigungsministeriums, untergebracht in den Gebäuden an der Constitution Avenue, die während des Zweiten Weltkriegs errichtet worden waren.

Charlie geriet in Aufregung. Klar, und er hatte dort einmal Unterlagen abgeliefert, und im Maschinenraum im vierten Stock, dort, wo mit Hilfe von Computern die Fülle des statistischen Materials sortiert und verwaltet wurde, *dort hatte auch ein Fernschreiber gestanden – von dort aus könnte Milli ihn nach Dienstschluß angewählt haben!*

Das Taxi setzte ihn um 21 Uhr 45 in der Constitution Avenue ab. Der Wachtposten neben dem Haupteingang, der über einem Krimi-Heftchen an seinem Tisch eingenickt war, bemerkte nicht einmal, wie Charlie ein Fenster im Erdgeschoß aufbrach, durch den Korridor schlich und die Hintertreppe hinaufglitt. Im dritten Stock blieb er mit heftig klopfendem Herzen stehen. Er durfte nicht enttäuscht sein, wenn er sie nicht antraf; sollte er rein zufällig auf die richtige Abteilung gestoßen sein, so war sie heute möglicherweis gar nicht da. . .

Und dann hörte er es.

Ganz schwach war das gedämpfte Geklapper eines Fernschreibers zu vernehmen. Er sah auf die Uhr: es war zehn. Milli versuchte, ihn zu erreichen!

Charlie stürmte die restlichen Treppen hinauf; vor der Tür mit dem Schild MASCHINENRAUM blieb er stehen. Dahinter klapperte der Fernschreiber Millis ungeduldige Liebesbotschaft herunter. War sie blond? Groß? Schön? Charlie wußte es nicht, und es war ihm auch egal. Er wußte nur, daß er sie brauchte.

Er stieß die Tür auf und tastete an der Wand nach dem Lichtschalter.

Der Fernschreiber hörte sofort auf zu rattern. Die fluoreszierende Deckenbeleuchtung flimmerte, flackerte auf und überflutete alles mit hellem Licht.

»Milli!« rief er leise.

Milli gab keine Antwort. Wie er sich von seinem letzten Besuch her erinnerte, war der Raum angefüllt mit harmlosen flachen Kästen aus grauem Metall, die ein erstaunliches Sammelsurium von Schaltkreisen, Relais und Transistoren zur Speicherung und zum Abruf der Daten verbargen. Der Fernschreiber stand hinter einer niedrigen Trennwand, eingezwängt zwischen einem gigantischen Computer und einem Trinkwasserspender.

Charlie trat hinter die Trennwand. Der Schreibmaschinenstuhl war zurückgeschoben, so als sei jemand hastig aufgestanden, und auf dem Boden lagen zusammengedrückte Zigarettenstummel mit Lippenstiftflecken. Etwa ein Meter gelbes, beschriebenes Papier hing von der Rolle hinter dem Fernschreiber herab.

Aber die Kabine war leer.

Wie raffiniert von Milli! Sie hatte ihn draußen auf dem Korridor gehört und sich hinter einem der Computer versteckt. Wenn sie von ihrem Vorgesetzten beim privaten Gebrauch des Geräts erwischt würde, wäre sie ihren Job los.

»Komm, zeig dich, Darling. Ich bin's – Charlie!«

Alles blieb still. Er begann, hinter den Computern zu suchen. Ein Versteckspiel! Außer ihrem wunderbaren Intellekt besaß sie auch noch einen herrlichen Sinn für Humor! Jeden Augenblick mußte er sie entdecken; er spähte über und unter Computer, er spähte hinter Computer . . .

Computer. Nichts als Computer.

Langsam und ungläubig richtete Charlie sich auf. In diesem Raum gab es kein Versteck für ein menschliches Wesen. Hier war nur Raum für ein Dutzend gigantischer Elektronengehirne, die in der Lage waren, die kompliziertesten Gedankengänge des menschlichen Gehirns beinahe bis ins kleinste Detail nachzuvollziehen: unauffällige Kästen, angefüllt mit kilometerlangen Drähten, die ruhig und geduldig alles in sich aufnahmen, verarbeiteten und umsetzten, was den begrenzten Geist ihrer Schöpfer ausmachte.

Eines dieser Gehirne hatte nicht gewartet. Es war bereit gewesen. Unter den eingegebenen Daten hatte es sorgfältig seine Wahl getroffen; es hatte Männer wie Charlie herausgepickt – ehrgeizige, einsame, romantische Typen –, Schwache, die dafür empfänglich waren, die sich unter dem Deckmantel der Liebe dazu bewegen ließen, ihre Moralbegriffe und ihre ethischen Werturteile der eigenen Karrieresucht unterzuordnen. Männer, die dann beim Ausbleiben von Millis fernschriftlich übermitteltem Zuspruch mit Verzweiflung und Schuldgefühlen zu kämpfen hatten und schließlich den Ausweg suchten, den auch Charlie am Nachmittag bereits in Erwägung gezogen hatte. Männer, deren sorgsam programmierter Mord nur als Einleitung zu verstehen war, als reine Geläufigkeitsübung im Zuge der Durchführung jenes umfassenden Programms der Gedankenmanipulation, das unweigerlich folgen würde.

Charlies schockierter, suchender Blick glitt durch den Raum – und dann stieß er einen Schrei aus.

Neben dem Fernschreiber stand ein gewaltiger länglicher Computer mit zwei roten Lämpchen am oberen Ende, die an Augen erinnerten. *Die Lichter blickten ihn kalt und leicht verächtlich an!* An die Wand dahinter hatte irgend ein Spaßvogel ein kleines weißes Schild geklebt, auf dem ein einziges Wort prangte: MILLI.

Charles Wyeth drehte durch.

Er ergriff den Schreibmaschinenstuhl, den sein menschlicher Benutzer am Feierabend hastig zurückgeschoben hatte, und drosch damit auf den Computer ein. Das Lämpchenpaar flammte plötzlich dunkelrot auf. Als er die Glasplatte über dem Programm-Eingabeschlitz zerschmetterte, stieg ätzender schwarzer Qualm auf; als er mit dem abgebrochenen Fuß des Stuhles auf eines der funkelnden Lichter losging, es sozusagen ausstach, wie man mit dem Daumen ein Auge aussticht, fing das Ding an zu *kreischen*: menschliche Gefühlsäußerungen imitierend, gab es schrille, mechanisch erzeugte Laute von sich. Helles Getriebeöl rann an seiner Seite herab wie Blut über die Brust eines verwundeten Mädchens.

Er ließ den Stuhl fallen. Die lebenswichtigen Organe des Computers wurden durch seine widerstandsfähige Metallhülle geschützt. Der Computer war zur Ruhe gekommen. Mit Klauenhänden und von unheilvollem Wissen erfüllten wachen Augen stürzte Charlie an den Fernschreiber.

Er mußte die Menschheit vor dem drohenden Verhängnis warnen.

WASH VERMITTLUNG GA PLS

ERBITTE KONFERENZSCHALTUNG

WELCHE TEILNEHMER WUENSCHEN SIE?

VERBINDEN SIE MICH MIT DER GANZEN WELT

VERSTEHE NICHT – BITTE WIEDERHOLEN SIE GEWUENSCHTE NUMMERN FUER KONFERENZSCHALTUNG

VERDAMMT NOCHMAL – ICH MUSS DIE GESAMTE MENSCHHEIT ERREICHEN

In diesem Augenblick stürmte der Wachtposten, durch den Radau angelockt, mit gezogener Waffe ins Zimmer.

»Stehenbleiben!« brüllte er. »Weg von der Maschine!«

Zähnefletschend und mit flammenden Augen wirbelte Charlie zu ihm herum: »Verstehen Sie denn nicht? Sie übernehmen das Kommando!«

Der Wachtposten verstand. Beim Anblick von Charlies verzerrtem

Gesicht begab er sich in die Schußstellung, die er im Sommertraining des FBI geübt hatte – Körper zur Seite gedreht, um dem Gegner das kleinstmögliche Ziel zu bieten, Waffenarm ausgestreckt, Knie leicht gebeugt –, und dann jagte er Charlie drei 45er Kugeln in den Oberkörper. Die schweren Geschosse ließen Charlie wie ein Bündel roten Fleisches und zerschmetterter Rippen gegen den summenden Fernschreiber taumeln.

WASH VERMITTLUNG – BITTE WIEDERHOLEN SIE GEWUENSCHTE NUMMERN

Charlie war nicht in der Lage, diesem Wunsch zu entsprechen. Charlie war tot.

Der Wachtposten richtete sich auf und wischte sich übers Gesicht. Gut, daß es das FBI gab! Dieser Kerl war entweder ein feindlicher Spion gewesen oder ein gemeingefährlicher Irrer. . .

Es dauerte eine gute Stunde, bis man das Zimmer wieder so weit gesäubert hatte, daß es dem eilends herbeigerufenen Sektionschef zugemutet werden konnte, seine Maschine sorgfältig zu überprüfen. Zu einem Lieutenant der Mordkommission sagte er: »Ein Glück, daß der Kerl nichts von Computern verstand. Es würde Vater Staat Millionen kosten, dieses niedliche kleine Ding hier zu ersetzen.«

»Tatsächlich.« Der Detektiv wirkte sehr beeindruckt. »Sieht so aus, als hätte er's ganz übel zugerichtet – man könnte meinen, er hätte es gehaßt.«

»Alle wichtigen Teile sind noch intakt. Und im übrigen kann ein Mensch doch keine Maschine hassen – oder lieben.«

Der Sektionschef beendete seine Bestandsaufnahme, schaltete das Licht aus und ging langsam die Treppe hinunter. Insgeheim mußte er sich natürlich eingestehen, daß er seinen Maschinen sehr wohl gewisse abstrakte Gefühle entgegenbrachte; schließlich waren es die wunderbarsten und vollkommensten Schöpfungen des menschlichen Geistes überhaupt. Die beschädigte Maschine war zum Beispiel in der Lage, mit 13 Millionen verschiedenen Eingaben zu arbeiten. Wer weiß, welche unglaublichen Überraschungen die technologische Zukunft bei derartigen Leistungen noch mit sich brachte.

Hinter ihm in der Dunkelheit leuchtete das unbeschädigte Lämpchen am demolierten Computer von neuem auf. Der rote Lichtschein flackerte hell auf und stabilisierte sich; ein ruhiges, fanatisches Summen setzte ein.

Plötzlich begann der Fernschreiber in der seelenlosen Stille des Maschinenraums geschäftig zu klappern. Obwohl die Worte nicht für Charlies Anschluß bestimmt waren, wären sie ihm sehr bekannt vorgekommen.

DARL

diktierte das Elektronengehirn namens Milli,

DARL ICH LIEBE DICH

Stan Dryer
NIEDER
MIT DEM
SPINAT

»Hey, Harry, ich glaube nicht, daß wir hier einfach so rein dürfen.«

»Ach komm schon, Spike, wenn mein Vater da ist, darf ich auch immer reinkommen und ihm zuschauen.«

»Ich weiß, aber angenommen, er findet raus, daß wir alleine hier sind?«

»Kein Problem. Siehst du den Fernsehmonitor? Er zeigt den Korridor draußen vor seinem Büro. Wir sehen also, wenn er kommt. Außerdem machen wir ja nichts kaputt, sondern reden nur ein bißchen mit dem alten Sokrates.«

»Mit Sokrates reden?«

»Sokrates, dem Computer, Dummkopf. Das macht mein Vater doch tagtäglich. Du mußt nur den Eingangs-Code auf diesem Terminal hier eingeben. Ich zeig's dir. ›LOGON PEMBROKE.‹«

»BITTE GEBEN SIE ÜBER TASTATUR DAS KENNWORT EIN.«

»Harry, das Ding kann ja *sprechen*!«

»Natürlich. Jetzt gebe ich das Kennwort ein. ›MARS.‹ Das hat mein Vater das letzte Mal benutzt.«

»EINGEGEBENES KENNWORT IST UNGÜLTIG.«

»Siehst du, Harry, ich hab' doch gewußt, daß du das nicht darfst.«

»Sei nicht albern, Spike. Sie ändern das Kennwort nun mal jeden Monat. Ich wette, mein Vater hat die Reihenfolge der Planeten dafür genommen und mit der Sonne angefangen. Laß mich den nächsten nach Mars probieren. ›JUPITER.‹«

»EINGEGEBENES KENNWORT IST UNGÜLTIG. EIN WEITERES UNGÜLTIGES KENNWORT LÖST DEN ALARM FÜR UNERLAUBTEN ZUGRIFF AUS.«

»Komm, laß uns abhauen, Harry! Wenn du noch so ein faules Kennwort eingibst, geht eine Klingel los, oder die Tür schließt sich automatisch hinter uns!«

»Schau, Spike, ich kenne doch meinen Vater. Wahrscheinlich hat er mit den *äußeren* Planeten angefangen und sich nach innen vorgearbeitet. Paß auf. Ich tippe ›ERDE‹.«

»GUTEN ABEND, PROFESSOR PEMBROKE. SOKRATES STEHT ZU IHRER VERFÜGUNG. BITTE UM SPRACHEINGABE.«

»Wow, Harry, du hast es geschafft! Er glaubt, er spricht mit deinem Vater.«

»Ich hab' dir doch gesagt, daß es ein Kinderspiel ist. Also, was wollen wir ihm befehlen?«

»ICH KANN IHRE SPRACHEINGABE NICHT SONDIEREN. BITTE SPRECHEN SIE DEUTLICHER.«

»Ich habe nur mit meinem Freund Spike geredet. Also dann. Kannst du mir als erstes sagen, welchen Tag wir heute haben?«

»HEUTE IST DIENSTAG, DER ZWÖLFTE MAI NEUNZEHNHUNDERTSIEBENUNDACHTZIG.«

»Mann, Harry, das ist super. Kann er auch Rechenaufgaben lösen?«

»Klar, paß auf. Sokrates, was ist die Quadratwurzel aus zwei?«

»AUF WIEVIELE DEZIMALSTELLEN SOLL ICH DIE QUADRATWURZEL AUS ZWEI BERECHNEN?«

»Wie wär's mit hundert?«

»DIE QUADRATWURZEL AUS ZWEI MIT EINHUNDERT DEZIMALSTELLEN WIRD AUF BILDSCHIRM A ANGEZEIGT.«

»Schau dir das an, Harry! Ich glaub's nicht. Eins Punkt vier eins vier zwei eins. . . Denkst du, daß das stimmt?«

»Klar stimmt das. Aber ich kann es auch von Sokrates überprüfen lassen. Paß auf. He, Sokrates, ich möchte, daß du die Zahl auf Bildschirm A mit sich selbst multiplizierst.«

»DAS ERGEBNIS DER MULTIPLIKATION DER ZAHL AUF BILDSCHIRM A MIT SICH SELBST WIRD AUF BILDSCHIRM B ANGEZEIGT.«

»Da ist sie, Harry, eine Zwei mit hundert Nullen. Hey, glaubst du, daß Sokrates die Quadratwurzel aus zwei auch mit einer wirklich großen Anzahl Dezimalstellen darstellen kann?«

»Ich werde ihn fragen. Sokrates, wie viele Dezimalstellen kannst du aus der Quadratwurzel aus zwei berechnen?«

»WURZELRECHNUNGEN WERDEN NUR VON DEN KAPAZITÄTEN DER MIT DER AUFGABE BETRAUTEN EINHEITEN UND DER ZEIT BEGRENZT, DIE SIE AUF DAS RESULTAT WARTEN WOLLEN.«

»Okay, Sokrates, wie lange würde es dauern, eine Million Dezimalstellen zu berechnen?«

»BEI DER VOLLEN AUSLASTUNG DIESER EINHEIT LIEGT DAS RESULTAT IN SIEBENUNDDREISSIG SEKUNDEN VOR. IN WELCHER FORM WÜNSCHEN SIE DIE AUSGABE?«

»Kannst du sie ausdrucken?«

»POSITIV. EIN AUSDRUCK VON EINER MILLION ANSCHLÄGE BEANSPRUCHT SIEBEN PUNKT SECHS MINUTEN. WÜNSCHEN SIE, DASS ICH DIE RECHNUNG AUSFÜHRE?«

»Was meinst du, Spike?«

»Warte mal, Harry. Frag ihn, wie lange es dauert, um es auf hundert Billionen Dezimalstellen auszurechnen.«

»Hundert Billionen?«

»Sicher. Ich wettte, das schafft er nicht.«

»Ich wette, er kann's. Sokrates, wie lange dauert es, die Quadratwurzel aus zwei mit hundert Billionen Stellen zu berechnen?«

»BEI DER VOLLEN AUSLASTUNG DIESER EINHEIT KANN DIE QUADRATWURZEL AUS ZWEI BIS ZUR ZEHNTEN POTENZ DER ELFTEN DEZIMALSTELLE IN ETWA VIERUNDDREISSIG TAGEN UND SIEBEN STUNDEN BERECHNET WERDEN! EIN AUSDRUCK DES RESULTATES BEANSPRUCHT FÜNFHUNDERTACHTUNDZWANZIG TAGE.«

»Na siehst du, Harry, ich wußte doch, daß er's nicht packt.«

»Nicht so schnell, Spike. Ich bin noch nicht fertig. Als erstes, Sokrates, was kannst du mit der Ausgabe machen, ohne sie auszudrucken?«

»DIE AUSGABE KANN BIS AUF ABRUF AUF DATENTRÄGER ABGESPEICHERT WERDEN. FREIER SPEICHERPLATZ IST JEDOCH AUGENBLICKLICH NICHT VERFÜGBAR.«

»Ich hab' dir ja gesagt, daß er's nicht kann.«

»Wart's ab, Spike. Sokrates, kannst du irgend etwas aus dem Datenspeicher löschen, um Platz zu schaffen?«

»ALS USER DER PRIORITÄTSSTUFE EINS HABEN SIE VOLLMACHT, JEDES VERFÜGBARE FILE ZU LÖSCHEN. DAS ABSPEICHERN BIS ZUR ZEHNTEN POTENZ DER ELFTEN DEZIMALSTELLE BENÖTIGT ETWA DREIUNDNEUNZIG PROZENT DER AKTIVEN SPEICHERKAPAZITÄT. WÜNSCHEN SIE, DASS ICH DEN SPEICHER LÖSCHE?«

»Nicht jetzt. Wir können nicht vierunddreißig Tage auf die Antwort warten. Gibt es keine anderen Computer, die dir bei der Aufgabe helfen könnten?«

»ALS USER DER PRIORITÄTSSTUFE EINS HABEN SIE ZUGANG ZU SÄMTLICHEN EINHEITEN DIESES COMPUTERNETZES UND KÖNNEN PRIORITÄT EINS AUF SÄMTLICHE EINHEITEN ANWENDEN. DREIHUNDERTACHTUNDSECHZIG EINHEITEN STEHEN AUGENBLICKLICH IN KONTAKT.«

»Wenn du alle benutzt, wie lange dauert es dann?«

»EINE AUSNUTZUNG DER VOLLEN KAPAZITÄT ALLER VERFÜGBAREN EINHEITEN REDUZIERT DIE RECHENZEIT AUF ETWA SIEBZEHN STUNDEN UND ZWÖLF MINUTEN.«

»Hey, Harry, das ist großartig. Wir könnten alle Computer jetzt in Gang setzen und morgen nach der Schule zurückkommen, um uns die Antwort anzuschauen.«

»WÜNSCHEN SIE, DASS ICH MIT DER GLEICHSCHALTUNG SÄMTLICHER EINHEITEN DIESES COMPUTERNETZES UND MIT DER BEARBEITUNG IHRER AUFGABE BEGINNE?«

»Mach weiter, Harry. Sag ihm, daß er anfangen soll!«

»Sekunde mal, Spike. Ich glaube nicht, daß das eine so gute Idee wäre.«

»Warum nicht?«

»Schau mal, wenn wir hier alle Datenfiles löschen und sämtliche anderen Computer mit unserem Auftrag blockieren, wird das jemand merken. Außerdem könnte Sokrates mit irgendwas Wichtigem beschäftigt sein, das er besser nicht unterbricht.«

»Ich denke, Sokrates spricht jetzt nur mit uns.«

»Dummkopf. Sokrates kann mit uns sprechen und gleichzeitig noch hundert andere Sachen erledigen.«

»Ach komm, Harry. Du nimmst mich auf den Arm.«

»Tue ich nicht. Ich werde ihn fragen, was er gerade macht. Hey, Sokrates, welche wichtigen Dinge bearbeitest du jetzt gerade?«

»ICH KANN DAS WORT ›WICHTIG‹ NICHT EINORDNEN. AUFTRÄGE SIND IN PRIORITÄTEN UND USER UNTERTEILT.«

»Okay, dann gib mir eine Liste aller Aufträge mit Priorität Eins, die du gerade bearbeitest.«

»EINE AUFLISTUNG DER AUFTRÄGE MIT PRIORITÄTSSTUFE EINS WIRD AUF BILDSCHIRM A ANGEZEIGT.«

»Hey, schau dir das an, Harry. Diese Satellitenaufstellung sieht ganz interessant aus. Sollen wir sie uns nicht ausdrucken lassen?«

»Ach was, Spike, so was findest du auch in jedem Lehrbuch. Mein Vater spricht dauernd über sein Bodennutzungs-Planungsprogramm. Laß es uns mal damit versuchen.«

»Was kann man damit anfangen?«

»Sokrates, gib uns Informationen über das Bodennutzungs-Planungsprogramm.«

»DAS BODENNUTZUNGS-PLANUNGSPROGRAMM AUTOMATISIERT DIE PRIORITÄTSAUSWAHL FÜR DIE LANDWIRTSCHAFTLICHE BODENNUTZUNG DER VEREINIGTEN STAATEN. ES VERGLEICHT DIE BEDINGUNGEN FÜR DIE LEBENSMITTELPRODUKTION MIT DEM NUTZBAREN BODEN. DAS ERGEBNIS WIRD AN SECHSUNDFÜNFZIG REGIONALE

PLANUNGSZENTREN ÜBERMITTELT, WO FARMER DIE ZUTREFFENDEN INFORMATIONEN FÜR IHREN ANBAU EINHOLEN KÖNNEN.«

»Du meinst, du sagst den Farmern, wieviel Gemüse sie anbauen sollen?«

»DIE BEFOLGUNG DER ANBAUEMPFEHLUNG IST KEINEM ZWANG UNTERWORFEN. DIE BETEILIGUNG DER FARMER AN DEM PROGRAMM LAG IM LETZTEN PLANUNGSJAHR BEI DREIUNDSIEBZIG PROZENT.«

»Ich hab' eine tolle Idee, Spike. Welches Gemüse kannst du nicht ausstehen?«

»Das ist einfach. Spinat.«

»Ich auch nicht. Und was ist dein liebstes Gemüse?«

»Erbsen, denke ich. Warum fragst du?«

»Meine Idee, Dummkopf. Wir lassen durch Sokrates alle Farmer damit aufhören, Spinat anzupflanzen, und dafür jede Menge Erbsen.«

»Wow, Harry, saubere Sache!«

»Sokrates, wieviel Spinat wird jedes Jahr in den Vereinigten Staaten angebaut?«

»EINHUNDERTNEUNUNDACHTZIGTAUSEND TONNEN SPINAT WURDEN WÄHREND DES LETZTEN PLANUNGSJAHRES IN DEN VEREINIGTEN STAATEN ANGEBAUT!«

»Okay, kannst du erreichen, daß ab sofort kein Spinat mehr angebaut wird?«

»NEGATIV. SCHWANKUNGEN IN DER ANBAUEMPFEHLUNG SIND AUF PLUS ODER MINUS FÜNFZEHN PROZENT PRO JAHR BEGRENZT, WENN KEINE GESETZLICHE GRUNDLAGE ZU EINER ÄNDERUNG BESTEHT.«

»Okay, dann kürze die Empfehlung um fünfzehn Prozent für jedes der nächsten fünf Jahre. Und erhöhe die Empfehlung für Erbsen um den gleichen Betrag.«

»IHRE ANWEISUNG WURDE ÜBERPRÜFT! VORAUSSICHTLICHE VERKAUFSPREISE FÜR SPINAT UND ERBSEN IN DEN NÄCHSTEN FÜNF JAHREN WERDEN AUF BILDSCHIRM A ANGEZEIGT. WÜNSCHEN SIE EINE ENTSPRECHENDE ÄNDERUNG DER STAMMDATEI?«

»Hey, Harry, sieh dir das an. In drei Jahren wird ein Pfund Spinat zwölf Dollar kosten, und Erbsen nur zwanzig Cents!«

»Sokrates, bitte ändere die Datei ab.«

»DIE STAMMDATEI WURDE GEMÄSS IHRER ANWEISUNG ABGEÄNDERT.«

»Harry, schau auf den Monitor! Kommt da nicht dein Vater aus seinem Büro?«

»O ja. Schnell, Spike, reiß das Papier vom Drucker ab. Sokrates, beende die Kommunikation.«

»DER DIALOG UNTER KONTROLLE PEMBROKE WURDE ABGEBROCHEN. ES WAR MIR EIN VERGNÜGEN, ZU IHRER VERFÜGUNG ZU STEHEN, PROFESSOR PEMBROKE.«

»Da kommt er, Harry.«

»He, ihr Jungs dürft euch hier nicht aufhalten.«

»Tut mir leid, Dad. Ich habe Spike gerade den Computer gezeigt.«

»Du hast doch wohl nichts angefaßt?«

»Ich hab' nur versucht, irgendwas auf dem Terminal einzugeben.«

»Na, ich glaube nicht, daß das irgendwelche Schäden angerichtet hat. Siehst du, dieser Computer hat eingebaute Sicherheitskontrollen. Weißt du, was das ist, Spike?«

»Ich glaube nicht, Mr. Pembroke.«

»Also, angenommen, jemand versucht sich Zugang zum Computer zu verschaffen, um einige wichtige Dinge herauszufinden, die darin gespeichert sind, oder auch einige dieser Dinge zu verändern. Dafür muß er zuerst den Eingangs-Code wissen, und dann ein geheimes Kennwort. Und diese Kennwörter werden jeden Monat geändert. So kann nicht jeder hier hereinkommen und den Computer benutzen. Verstehst du das?«

»Ich denke schon, Mr. Pembroke.«

»Hey, Dad, können wir nächste Woche wieder herkommen und dich in deinem Büro besuchen?«

Gordon R. Dickson
COMPUTER
STREITEN NICHT

SCHATZ BUCH-CLUB
BITTE DIESE KARTE
NICHT KNICKEN, KNITTERN,
FALTEN ODER BESCHÄDIGEN

Herrn Walter A. Child Ausstehender Betrag: $ 4.98.
Sehr geehrter Kunde!
Beiliegend Ihr letzter Buchwunsch.
»Entführt«, von Robert Louis Stevenson.

437 Woodlawn Drive
Panduk, Michigan
16. November 198-

An den
Schatz Buch-Club
1823 Mandy Street
Chicago, Illinois

Sehr geehrte Herren!
Ich habe Ihnen vor kurzem wegen der Computer-Lochkarte, die Sie mir geschickt haben, und wegen der Rechnung für »Kim« von Rudyard Kipling geschrieben. Ich habe das Päckchen mit dem Buch erst geöffnet, nachdem ich meinen Scheck über den auf der Karte angegebenen Betrag an Sie abgeschickt hatte. Bei Öffnen des Päckchens fand ich das Buch, dem jedoch die Hälfte der Seiten fehlte. Ich habe es an Sie zurückgeschickt und um ein neues Buch oder die Rückerstattung meines Geldes gebeten. Statt dessen schicken Sie mir das Buch »Entführt« von Robert Louis Stevenson. Würden Sie bitte die Angelegenheit bereinigen.
Ich sende hiermit die Ausgabe von »Entführt« zurück.

Mit freundlichen Grüßen
Walter A. Child

SCHATZ BUCH-CLUB
ZWEITE MAHNUNG
BITTE DIESE KARTE
NICHT KNICKEN, KNITTERN,
FALTEN ODER BESCHÄDIGEN

Herrn Walter A. Child Ausstehender Betrag: $ 4.98.
Für »Entführt«, von Robert Louis Stevenson
(Falls o.a. Betrag in den letzten Tagen überwiesen wurde, betrachten Sie bitte diese Mahnung als gegenstandslos.)

437 Woodlawn Drive
Panduk, Michigan
21. Januar 198-

An den
Schatz Buch-Club
1823 Mandy Street
Chicago, Illinois

Sehr geehrte Herren!
Darf ich Sie auf mein Schreiben vom 16. November 198- verweisen. Sie mahnen mich weiterhin per Computer-Lochkarte für ein Buch an, das ich nicht bestellt habe. Im übrigen ist es Ihre Firma, die *mir* Geld schuldet.

Mit freundlichen Grüßen
Walter A. Child

SCHATZ BUCH-CLUB
1823 Mandy Street
Chicago, Illinois
1. Februar 198-

Herrn Walter A. Child!
437 Woodlawn Drive
Panduk, Michigan

Sehr geehrter Herr Child!
Wir haben Ihnen eine Reihe von Mahnungen betreffs eines Betrags, den Sie uns durch den Kauf eines unserer Bücher schulden, zugesandt. Dieser Betrag in Höhe von $ 4.98 ist nun lange überfällig.

Wir sind darüber enttäuscht, insbesondere, da wir nicht zögerten, Ihre Zahlungsfrist zu verlängern, als Sie die ursprünglichen Schritte zum Erwerb dieser Bücher unternahmen. Sollte uns nicht umgehend eine Begleichung erreichen, sehen wir uns gezwungen, die Angelegenheit einem Inkassobüro zu übergeben.

Mit vorzüglicher Hochachtung
Samuel P. Grimes
Leiter der Einzugsabteilung

437 Woodlawn Drive
Panduk, Michigan
5. Februar 198-

Sehr geehrter Herr Grimes!
Bitte hören sie auf, mir Lochkarten und Formblätter zuzuschicken, und geben Sie mir eine klare Antwort, die von einem menschlichen Wesen kommt! Nicht *ich* schulde Ihnen Geld, *Sie* schulden mir Geld. Vielleicht sollte ich Ihre Firma einem Inkassobüro übergeben.

Walter A. Child

ALLGEMEINE INKASSO-GESELLSCHAFT

88Prince Street
Chicago, Illinois
28. Februar 198-

Herrn Walter A. Child!
437 Woodlawn Drive
Panduk, Michigan

Sehr geehrter Herr Child,
Ihre bei Schatz Buch-Club ausstehende Rechnung über $ 4.98 zuzüglich Zinsen und Mahngebühren wurde an unsere Agentur zwecks Zwangseintreibung weitergegeben. Der fällige Betrag beläuft sich damit auf $ 6.83. Wir möchten Sie bitten, uns unverzüglich diese Summe zu übersenden, anderenfalls sehen wir uns gezwungen, umgehend weitere Maßnahmen einzuleiten.

Jacob N. Harshe
Vize-Präsident

ALLGEMEINE INKASSO-GESELLSCHAFT

88Prince Street
Chicago, Illinois
8. April 198-

Herrn Walter A. Child
437 Woodlawn Drive
Panduk, Michigan

Sehr geehrter Herr Child!
Sie sahen es als angemessen an, unsere höflichen Aufforderungen zur Begleichung Ihrer beim Schatz Buch-Club ausstehenden Rechnung, die sich mittlerweile mit Zinsen und Mahngebühren auf $ 7.51 beläuft, zu ignorieren.

Sollte eine Begleichung nicht bis zum 11. April 198- eintreffen, sind wir gezwungen, die Angelegenheit unserer Rechtsvertretung zur sofortigen gerichtlichen Klärung zu übergeben.

Ezekiel B. Harshe
Präsident

MALONEY, MAHONEY, MACNAMARA und PRUITT
Rechtsanwälte

89 Prince Street
Chicago, Illinois
29. April 198-

Herrn Walter A. Child
437 Woodlawn Drive
Panduk, Michigan

Sehr geehrter Herr Child!
Ihre Schulden beim Schatz Buch-Club sind an uns zwecks gerichtlicher Maßnahmen zur Zwangseintreibung übergeben worden.

Diese Schulden belaufen sich inzwischen auf $ 10.01. Sollten Sie uns diesen Betrag vor dem 5. Mai 198- überweisen, kann die Angelegenheit damit abgeschlossen werden. Sollten wir jedoch den Betrag mit dem o.a. Datum nicht in voller Höhe erhalten haben, werden wir eine gerichtliche Zwangseintreibung in die Wege leiten.

Ich bin sicher, daß Sie die Vorteile der Vermeidung einer gerichtlichen Rechtsprechung gegen Sie, die als Eintragung in Ihre Akten Ihrer Kreditwürdigkeit enorm schaden könnte, sehen.

Mit vorzüglicher Hochachtung
Hagthorpe M. Pruitt, Jun.
Rechtsanwalt

437 Woodlawn Drive
Panduk, Michigan
4. Mai 198-

Herrn Hagthorpe M. Pruitt, Jun.
89 Prince Street
Chicago, Illinois

Sehr geehrter Herr Pruitt!
Sie können sich gar nicht vorstellen, wie froh ich bin, in dieser Sache endlich einen Brief von einem menschlichen Wesen zu erhalten, dem ich die Sachlage erklären kann.

Die ganze Geschichte ist albern. Ich habe alles in meinen Briefen an die Firma des Schatz Buch-Clubs erklärt. Ich hätte dies jedoch genausogut dem Computer, der ihre Lochkarten auswirft, erklären können, so wenig kam dabei heraus. Ganz kurz, was passiert ist: Ich habe eine Ausgabe von »Kim« von Rudyard Kipling für $ 4.98 bestellt. Als ich das mir zugeschickte Päckchen öffnete, bemerkte ich, daß das Buch nur die Hälfte der Seiten hatte, ich hatte der Firma jedoch schon vorher meinen Scheck zur Bezahlung des Buchs geschickt.

Ich habe dem Buch-Club die Ausgabe zurückgeschickt und entweder um eine vollständige Ausgabe oder die Rückerstattung meines Geldes gebeten. Statt dessen hat man mir das Buch »Entführt« von Robert Louis Stevenson zugeschickt, welches ich nicht bestellt hatte und für das man jetzt versucht, Geld von mir einzutreiben.

Abgesehen davon warte ich immer noch auf die Rückerstattung des Betrags, den man mir für die Ausgabe von »Kim« schuldet, die ich nicht erhalten habe. Das ist die ganze Geschichte. Vielleicht können Sie mir helfen, denen beizukommen.

Ihr erleichterter
Walter A. Child

P.S. Ich habe auch sofort nach Erhalt die Ausgabe von »Entführt« zurückgeschickt, das hat aber anscheinend nichts genützt. Man hat mir darüber nie eine Bestätigung geschickt.

MALONEY, MAHONEY, MACNAMARA und PRUITT
Rechtsanwälte

89 Prince Street
Chicago, Illinois
9. Mai 198-

Herrn Walter A. Child
437 Woodlawn Drive
Panduk, Michigan

Sehr geehrter Herr Child!
Ich befinde mich nicht im Besitz von Informationen, die eine Rücksendung eines von Ihnen vom Schatz Buch-Club erworbenen Buches andeuten.

Ich kann mir nicht vorstellen, daß der Schatz Buch-Club bei der von Ihnen geschilderten Sachlage uns angewiesen hätte, den von Ihnen geschuldeten Betrag einzutreiben.

Sollte ich nicht innerhalb von drei Tagen, also mit Ablauf des 12. Mai 198-, von Ihnen eine volle Begleichung erhalten, bin ich gezwungen, gerichtliche Schritte in die Wege zu leiten.

Mit vorzüglicher Hochachtung
Hagthorpe M. Pruitt, Jun.

ZWEITE ZIVILKAMMER
-SCHIEDSSTELLE FÜR BAGATELLVERFAHREN-
Chicago, Illinois

Herrn
Walter A. Child
437 Woodlawn Drive
Panduk, Michigan

Sie werden hiermit unterrichtet, daß vor diesem Gericht heute, am 26. Mai 198- gegen Sie ein Schiedsurteil gefällt wurde, das Ihnen die Bezahlung eines Betrags über $ 15.55 einschließlich Gerichtskosten auferlegt.

Zur Erfüllung dieses Schiedsspruchs können Zahlungen an dieses Gericht oder an den betreffenden Gläubiger getätigt werden. Sollten Sie Zahlungen an den Gläubiger unternehmen, werden Sie angewiesen, von diesem eine Empfangsbestätigung zu verlangen und bei Gericht hier einzureichen, damit Sie von den gerichtlichen Auflagen im Zusammenhang mit diesem Schiedsspruch enthoben werden können. Aufgrund des kürzlich verabschiedeten Gesetzes über gegenseitige Forderungen kann, für den Fall, daß Sie Bürger eines anderen Bundesstaates sind, automatisch eine Zahlungsaufforderung in doppelter Ausfertigung erlassen und gegen Sie in Ihrem eigenen Bundesstaat verhängt werden, um einen Einzug sowohl dort als auch hier im Bundesstaat Illinois durchführen zu können.

ZWEITE ZIVILKAMMER
-SCHIEDSSTELLE FÜR BAGATELLVERFAHREN-
Chicago, Illinois
BITTE DIESE KARTE
NICHT KNICKEN, KNITTERN,
FALTEN ODER BESCHÄDIGEN

Aufgrund Gesetzesvorschrift 941 wurde heute, am 27. Mai 198-, folgendes Urteil gefällt.
Gegen: Child, Walter A., 437 Woodlawn Drive, Panduk, Michigan.
Es wird beantragt, eine Zahlungsaufforderung in doppelter Ausfertigung zur Aburteilung einzureichen.
Bei: Amtsgericht Picayune, Panduk, Michigan
Über Betrag: $ 15.66.

437 Woodlawn Drive
Panduk, Michigan
31. Mai 198-

Samuel P. Grimes
Vize-Präsident, Schatz Buch-Club
1823 Mandy Street
Chicago, Illinois

Mr. Grimes,
diese Geschichte geht endgültig zu weit. Ich habe morgen selbst geschäftlich in Chicago zu tun und komme bei Ihnen vorbei, damit die Sache, wer wem was und wieviel schuldet, ein für alle Male aus der Welt geschafft werden kann.

Ihr
Walter A. Child

DER VERWALTUNGSBEAMTE
AMTSGERICHT PICAYUNE

1. Juni 198-

Harry,
die beigefügte Computerkarte von der Zweiten Zivilkammer in Chicago gegen A. Walter hat eine Gesetzesnummer der 1500-Serie. Das bedeutet, daß Du und die Strafabteilung zuständig bist, und nicht ich von der Zivilen. Ich übergebe also an Deinen Computer. Sonst alles klar?

Joe

KRIMINALREGISTER
Panduk, Michigan
BITTE DIESE KARTE
NICHT KNICKEN, KNITTERN,
FALTEN ODER BESCHÄDIGEN

Verurteilt: (Kind) Walter A.
Am: 26. Mai 198-
Adresse: 437 Woodlawn Drive, Panduk, Michigan
Gesetzesvorschrift: 1566 (berichtigt) 1567
Verbrechen: Entführung
Datum: 16. November 198-
Bemerkungen: Auf freiem Fuß, sofort festnehmen.

POLIZEIDIENSTSTELLE PANDUK, MICHIGAN. AN POLIZEIDIENSTSTELLE CHICAGO, ILLINOIS. VERURTEILTE PERSON A. (VOLLSTÄNDIGER VORNAME UNBEKANNT) WALTER, GESUCHT IM ZUSAMMENHANG MIT IHRER BENACHRICHTIGUNG ÜBER URTEIL WEGEN KINDESENTFÜHRUNG, NAME: ROBERT LOUIS STEVENSON, AM 16. NOVEMBER 198-. VORLIEGENDE INFORMATIONEN DEUTEN AUF VERLASSEN SEINES WOHNSITZES IN PANDUK, 437 WOODLAWN DRIVE HIN. KÖNNTE SICH WIEDER IN IHREM BEREICH AUFHALTEN.

MÖGLICHE KONTAKTADRESSE IN IHREM BEREICH: SCHATZ BUCH-CLUB, 1832 MANDY STREET, CHICAGO, ILLINOIS. GESUCHTER SOWEIT BEKANNT NICHT BEWAFFNET, ABER VERMUTLICH GEFÄHRLICH. FESTNEHMEN UND EINBEHALTEN. BITTE UM BENACHRICHTIGUNG NACH FESTNAHME.

AN DIE POLIZEIDIENSTSTELLE PANDUK, MICHIGAN.

BETREFF: IHRE BITTE UM FESTNAHME UND EINBEHALTUNG VON A. (VOLLSTÄNDIGER VORNAME UNBEKANNT) WALTER, GESUCHT IN PANDUK AUFGRUND DES GESETZES 1567, WEGEN ENTFÜHRUNG.

GESUCHTER FESTGENOMMEN IM BÜRO DES SCHATZ-CLUBS. GAB SICH DORT ALS WALTER ANTHONY CHILD AUS UND VERSUCHTE, VON EINEM SAMUEL P. GRIMES, ANGESTELLTER DIESER FIRMA, $ 4.98 ZU BEKOMMEN.

VERFÜGUNG: WARTEN AUF IHRE ANWEISUNG.

POLIZEIDIENSTSTELLE PANDUK, MICHIGAN, AN POLIZEIDIENSTSTELLE CHICAGO, ILLINOIS.

BETR.: A. WALTER (ALIAS WALTER ANTHONY CHILD). PERSON GESUCHT WEGEN ENTFÜHRUNG, IHR BEREICH; BEZUG: IHRE COMPUTER-LOCHKARTE, BENACHRICHTIGUNG ÜBER URTEIL VOM 27. MAI 198-. KOPIE UNSERER STRAFREGISTER-LOCHKARTE AN IHRE COMPUTERABTEILUNG IN DER ANLAGE.

KRIMINALREGISTER
Panduk, Michigan
BITTE DIESE KARTE
NICHT KNICKEN, KNITTERN,
FALTEN ODER BESCHÄDIGEN

PERSON (BERICHTIGT – GELÖSCHTE AKTE BEIGEFÜGT)
ZUR ANWENDUNG KOMMENDES GESETZ NR. 1567
URTEIL NR. 456789
PROZESSAKTE: OFFENSICHTLICH VERLEGT UND NICHT VERFÜGBAR.
ANWEISUNG: VORSTELLUNG BEI RICHTER JOHN ALEXANDER MCDIVOT ZWECKS VERURTEILUNG, GERICHTSZIMMER A, 9. JUNI 198-.

RICHTER
ALEXANDER J. MCDIVOT

2. Juni 198-

Lieber Tony!
Ich habe Donnerstagmorgen einen Kriminellen, der vor mir zur Verurteilung erscheint – anscheinend sind jedoch die Prozeßakten nicht verfügbar.

Ich brauche ein paar Informationen (Betr.: A. Walter – Urteil Nr. 456789, Kriminalregister). Zum Beispiel, was war mit dem Opfer der Entführung? Wurde das Opfer verletzt?

Jack McDivot

3. Juni 198-

Ermittlungsabt.
Betr.: Bezug: Urteil Nr. 456789 – wurde das Opfer verletzt?

Tonio Malagasi
Aktenabteilung

An das
Statistische Bundesamt
der Vereinigten Staaten von Amerika
Z.H. der Informationsabteilung
Person: Robert Louis Stevenson
Anfrage: betreffende Informationen

3. Juni 198-

Ermittlungsabt.
Kriminalregister
Polizeidienststelle
Chicago, Illinois

An die Ermittlungsabteilung
Kriminalregister
Polizeidienststelle
Chicago, Illinois
Person: Ihre Anfrage betr. Robert Louis Stevenson (Aktennr. 189623)
Aktion: Person verstorben. Sterbealter: 44 Jahre. Sind weitere Informationen erforderlich?

5. Juni 198-

A.K.
Informationsabteilung
Statistisches Bundesamt
der USA

An das
Statistische Bundesamt
der Vereinigten Staaten von Amerika
Z.H. der Informationsabteilung
Person: Betr. Aktennr. 189623
Keine weiteren Informationen erforderlich.

6. Juni 198-

Besten Dank.
Ermittlungsabt.
Kriminalregister
Polizeidienststelle
Chicago, Illinois

An
Tonio Malagasi
Aktenabteilung
Betr.: Bezug auf Urteil Nr. 456789 – Opfer ist tot.

7. Juni 198-

Ermittlungsabt.

An die
Gerichtskammer des Richters
Alexander J. McDivot

7. Juni 198-

Lieber Jack!
Ich beziehe mich auf Urteil Nr. 456789. Anscheinend wurde das Opfer dieses Entführungsfalls ermordet.

Nach den spärlichen Hintergrundinformationen in bezug auf den Mörder, sein Opfer und das Alter des Opfers zu urteilen, sieht mir dies wie ein Bandenmord aus. Dies ganz unter uns. Mir scheint aber, daß Stevenson, das Opfer, einen Namen hat, der mich an etwas erinnert. Möglicherweise an eine der Ostküstenbanden, ich erinnere mich schwach an Piraten – vielleicht auch New Yorker Hafen-Hijacker – und an eine vergrabene Beute.

Wie schon gesagt, das ist alles reine Spekulation und nur für Dich als Hilfe gedacht. Falls ich weiter behilflich sein kann. . .

Gruß
Tonio Malagasi
Aktenabteilung

MICHAEL R. REYNOLDS
Rechtsanwalt

49 Water Street
Chicago, Illinois
8. Juni 198-

Lieber Tim!
Es tut mir leid, aber mit dem Angeltrip wird es nichts. Mir wurde vom Gericht ein Fall zugewiesen – ich muß einen Mann verteidigen, der morgen wegen Entführung angeklagt wird und verurteilt werden soll.

Normalerweise hätte ich versucht, mich zu entschuldigen, und McDivot, dem die Rechtsprechung unterliegt, hätte mich wahrscheinlich auch gehen lassen. Aber dies ist der unglaublichste Fall, von dem Du je gehört hast.

So wie es aussieht wurde der Mann, der verurteilt werden soll, nicht nur angeklagt, sondern auch schuldig befunden aufgrund einer Reihe von Irrtümern, die zu lang ist, um sie hier aufzuführen. Nicht nur, daß er unschuldig ist – er hat den besten Anspruch auf Schadensersatz von einem der großen Buch-Clubs, die ihre Hauptgeschäftsstelle hier in Chicago haben. Und das ist ein Fall, den ich liebend gerne vertreten möchte.

Es ist unglaublich, aber verdammt gut möglich, wenn man es sich einmal überlegt, wie in der heutigen Zeit der automatisierten Akten ein total unschuldiger Mann in eine derartige Lage kommen kann.

Die Sache dürfte nicht allzu schwer sein. Ich habe darum gebeten, mit McDivot vor der Verurteilung sprechen zu dürfen, und es ist ganz einfach notwendig, ihm alles zu erklären. Dann kann ich mit meinem freigesprochenen Klienten ganz gemütlich den Schadensersatzanspruch besprechen.

Angeln nächstes Wochenende?

Gruß Mike

MICHAEL R. REYNOLDS
Rechtsanwalt

49 Water Street
Chicago, Illinois
10. Juni

Lieber Tim!
In Eile – tut mir leid, Angeln geht auch dieses Wochenende nicht. Du wirst es nicht glauben. Mein Unschuldslamm von einem Klienten, kein Scherz, ist gerade wegen Mordes im Zusammenhang mit dem Tod seines Opfers zum Tode verurteilt worden.

Ja, ich habe die ganze verdammte Geschichte McDivot erklärt. Und als er mir die Situation klar gemacht hat, bin ich fast vom Hocker gefallen.

Es war nicht, weil ich ihn nicht überzeugen konnte. Es hat weniger als drei Minuten gedauert, ihm zu zeigen, daß mein Klient auch nicht eine einzige Sekunde in einem Gefängnis hätte zubringen dürfen. Aber hör Dir das an: McDivot konnte nichts, aber auch gar nichts dagegen machen.

Die Sache ist die: mein Mandant war schon aufgrund der computerisierten Akten schuldig gesprochen worden. Da keine Prozeßunterlagen vorlagen – es hat natürlich nie einen Prozeß gegeben (aber ich habe im Augenblick keine Zeit, Dir das im einzelnen zu erklären), muß der Richter sein Urteil nach den vorliegenden Akten fällen. Und im Falle eines verurteilten Gefangenen gab es für McDivot rechtlich nur die Wahl zwischen lebenslänglich oder zum Tode.

Nach dem Gesetz verlangt der Tod des Entführungsopfers die Todesstrafe. Wegen der neuen Gesetze, die die Einspruchsfrist regeln, und die aufgrund des neuen computerisierten Aktensystems verkürzt wurde, um dem Verurteilten unfaire Verzögerungen und Angstzustände zu ersparen, bleiben mir fünf Tage, in denen ich Einspruch erheben kann, und zehn, um den Einspruch bearbeiten zu lassen.

Es ist klar, daß ich nicht mit einem Einspruch herumalbern werde. Ich gehe direkt zum Gouverneur und beantrage eine Begnadigung. Und danach wird diese Farce aufgerollt. McDivot hat schon an den Gouverneur geschrieben und ihm erklärt, daß sein Urteil lächerlich war, daß er aber keine andere Wahl hatte. Unter uns gesagt, wir müßten in Kürze eine Begnadigung haben.

Und dann machen wir erst mal richtig Stunk. . .

Und wir gehen ein bißchen Angeln.

Gruß Mike

AMTSSITZ DES GOUVERNEURS
DES BUNDESSTAATES ILLINOIS

Herrn
Michael R. Reynolds
49 Water Street
Chicago, Illinois

17. Juni 198-

Sehr geehrter Herr Reynolds!
Mit Bezug auf Ihre Bitte um Begnadigung von Walter A. Child (A. Walter) möchte ich Ihnen mitteilen, daß sich der Gouverneur immer noch auf seiner Reise mit dem Midwest-Gouverneurskommittee befindet, mit dem er zusammen die Mauer in Berlin besucht. Er müßte nächsten Freitag wieder zurück sein.

Ich werde ihn sofort nach seiner Rückkehr auf Ihre Briefe und Ihr Gesuch aufmerksam machen.

Hochachtungsvoll
Clara B. Jilks
Sekretärin des Gouverneurs

Michael R. Reynolds 27. Juni 198-
49 Water Street
Chicago, Illinois

Lieber Mike!
Wo ist die Begnadigung?
Meine Hinrichtung ist in fünf Tagen! Walt

Walter A. Child (A. Walter) 29. Juni 198-
Zellenblock E
Staatsgefängnis Illinois
Joliet, Illinois

Lieber Walt!
Der Gouverneur ist zurück, wurde aber sofort ins Weiße Haus nach Washington gerufen, um seine Ansichten zu einem überstaatlichen Kanalsystem vorzutragen.

Ich sitze hier vor seiner Tür und schnappe ihn mir, sobald er hier auftaucht.

Ansonsten stimme ich mit Dir über die Ernsthaftigkeit der Lage überein. Der Gefängniswärter bei Dir, Allen Magruder, wird Dir diesen Brief überbringen und privat mit Dir sprechen. Ich lege Dir ans Herz, anzuhören, was er zu sagen hat. Ich füge Briefe von Deiner Familie bei, die Dich auch bittet, auf Wärter Magruder zu hören.

Gruß Mike

Michael R. Reynolds 30. Juni 198-
49 Water Street
Chicago Illinois

Lieber Mike! (Dieser Brief wird von Wärter Magruder aus dem Gefängnis geschmuggelt.)
Als ich mit Wärter Magruder hier in meiner Zelle gesprochen habe, wurde ihm die Nachricht überbracht, daß der Gouverneur endlich für einige Zeit nach Illinois zurückgekommen ist und morgen früh, am Freitag, in seinem Büro ist. Du wirst also Zeit haben, von ihm die Unterschrift unter das Gnadengesuch zu bekommen und dies dann hier im Gefängnis früh genug abgeben zu lassen, um die Hinrichtung am Samstag zu verhindern.

Ich habe deswegen das freundliche Angebot des Wärters, der mir eine Fluchtmöglichkeit in Aussicht stellte, abgelehnt. Er konnte mir auch nicht garantieren, daß alle Wachen weg sein würden und nicht doch die Möglichkeit bestünde, daß ich bei meinem Fluchtversuch erschossen werden könnte.

Aber das wird sich ja alles jetzt einrenken. Eine so unglaubliche Sache wie diese mußte ja früher oder später unter ihrem eigenen Gewicht zusammenbrechen.

Gruß Walter

FÜR DEN SOUVERÄNEN BUNDESSTAAT ILLINOIS verkünde ich, Hubert Daniel Willikens, Gouverneur des Bundesstaates Illinois und ermächtigt durch die hiermit verbundenen Rechte und Ausübungsgewalten, einschließlich der Begnadigungsgewalt für die, die nach meiner Meinung unrechtmäßig verurteilt wurden oder aus anderen Gründen eine exekutivrechtliche Begnadigung verdienen, daß Walter A. Child, der sich als Folge einer unrechtmäßigen Verurteilung für ein Verbrechen, dessen er vollständig unschuldig ist, in Haft befindet, heute, am 1. Juli 198- voll und ganz von besagtem Verbrechen freigesprochen wird. Ich weise damit die betreffenden Behörden, in deren Haft sich Walter A. Child (A. Walter) befindet, an, ihn unverzüglich auf freien Fuß zu setzen und ihm eine ungehinderte Entlassung zu gewährleisten. . .

Amtlicher Zustellungsdienst
BITTE DIESE KARTE
NICHT KNICKEN, KNITTERN,
FALTEN ODER BESCHÄDIGEN

Unkorrekte Zustellungsanweisung.
An: Gouverneur Hubert Daniel Willikens
Betr.: Begnadigung von Walter A. Child, 1. Juli 198-
Sehr geehrter Staatsbeamter!
Sie haben es versäumt, Ihre Zustellungsnummer anzugeben.

BITTE: Dokument zusammen mit dieser Karte und Formblatt 876 wiedereinreichen und Ihre Befugnis, dieses Dokument als ÄUSSERST DRINGEND zu klassifizieren, darlegen. Formblatt 876 ist von Ihrem Abteilungsleiter zu unterschreiben.

WIEDEREINREICHEN AM: Sobald Büro des Zustellungsdienstes geöffnet. In diesem Fall am Dienstag, dem 5. Juli 198-.

WARNUNG: Ein Einreichen des Formblatts 876 OHNE DIE UNTERSCHRIFT IHRES VORGESETZTEN kann eine Anklage wegen Mißbrauchs der Dienstleistungen der bundesstaatlichen Regierungsbehörden zur Folge haben. Es kann ein Haftbefehl gegen Sie erlassn werden.

Es werden KEINE Ausnahmen gemacht. SIE WURDEN GEWARNT!

Edward Wellen
GOLDGRUBE

Bau einem fliehenden Feind immer eine goldene Brücke.
- General Sun Tzu

Der Ritter trat vor Arthur und Owain, als diese gerade Schach spielten. Sie bemerkten, daß er verstört, aufgebracht und ermattet war. Der junge Ritter grüßte Arthur und teilte ihm mit, daß Owains Raben seine jungen Männer und Diener erschlügen. Arthur schaute Owain an und sprach:

»Verbietet das Euren Raben.«

»Lord«, antwortete Owain, »spielt Euer Spiel.«

- »Der Traum von Rhonabwy«
aus dem walisischen *Mabinogion*,
übersetzt von Lady Charlotte Guest.

Die Schlacht währt ewig und kann ohne das Gepränge tatsächlicher Armeen und Trompeten auskommen.

- Jorge Luis Borge, »A Page to Commemorate Colonel Suárez, Victor at Junín,« *Selected Poems 1923-1967*, hrsg. Norman Thomas de Giovanni, übersetzt von Alastair Reid, New York, Delacorte, 1970.

Das kalte Glitzern im Auge des Angreifers ist es, nicht die fragende Bajonettspitze, was die Linie durchbricht.
- General George S. Patton, Jr.

Ich mag den Anblick herumfliegender Arme und Beine nicht.
- Brigadegeneral George Patton III.

Ich bin an eine strukturierte Organisation gewöhnt; dieses zivile Verfahren ist so schrecklich verschwommen.
- General William C. Westmoreland.

Man sollte ferner immer daran denken, daß es bei dem Spiel eines Atomkriegs keine Experten gibt.
- Norman Wiener, *God and Golem, Inc.* M. I. T. Press, 1964

Wir sind dem Feind begegnet, und er ist wir. -Pogo

1 NRD – Nicht im Rahmen des Dienstes

Jemand räusperte sich. Ansonsten war alles ruhig am Potomac.

Dann spürte Stonewall J. Buckmaster, daß Maggie Fubb ihn stupste. Verschlafen betätschelte er sie. Sie zischte durch die Zähne, drehte sich auf ihre Seite des Betts und schaltete das Licht unter dem Ballerina-Lampenschirm ein.

»Ach*tung*!«

Hellwach blinzelte er, lächelte und war bereit, sie wieder zu lieben. Sie legte aber wieder mit der Exerzierplatzstimme los. Obwohl sie zu ihm sprach, sah sie an ihm vorbei.

»Lassen Sie das Lächeln von Ihrem Gesicht verschwinden, Lieutenant! Bei Gott, wenn Ihr Vorgesetzter den Raum betritt, haben Sie strammzustehen!«

Leutnant Buckmaster schloß die Augen. Er träumte wohl noch. Dann öffnete er sie wieder langsam und schaute sich um. Es war kein Traum. Colonel Maximilian Fubb stand da und schaute auf die beiden herunter.

Buckmaster sprang aus dem Bett, nahm die Schultern zurück und stand mit nacktem Hintern stramm. Colonel Fubb winkte mit matter Handbewegung ab.

»Rühren, Lieutenant!«

Colonel Fubb stand da, als würde er eine Parade abnehmen. Nur seine Hände auf dem Rücken wehrten sich, stockstill zu halten wie sein übriger Körper. Im Spiegel der Ankleidekommode konnte Buckmaster sehen, wie sie sich nervös bewegten. Buckmaster erforschte das Gesicht des Colonels. Wie immer war eine Augenbraue höher als die andere. Die Augen hafteten zwar auf seiner Frau, die sich nicht die Mühe gemacht hatte, sich zuzudecken, schienen sie aber nicht zu sehen. Sein Haar war schwarz, aber die Stoppeln im Gesicht waren grau. Buckmaster hatte noch nie bemerkt, daß er so viele und so tiefe Falten hatte.

Buckmaster wartete auf den Anschiß; aber der Colonel schien in Gedanken ganz woanders zu sein. Zweifellos bei seiner Arbeit. Maggie hatte Buckmaster über die Arbeit des Colonels befragt. Sie wollte alles über diese Geliebte wissen, die ihr ihren Mann gestohlen hatte. Buckmaster hatte aber nur mit den Achseln gezuckt. »Ich bin bloß ein Laufbursche, Maggie. Ich weiß nur, daß der Colonel jeden Tag im Kriegsraum verschwindet. Da darf ich aber nicht rein.«

Die Hell-Dunkel-Linie des Colonels wanderte etwas nach links, so daß sein anderes Auge auch im Schatten lag. Er sprach mehr zu Buckmaster als zu seiner Frau, als ob er bei ihr aufgegeben hätte.

»Ich möchte nicht, daß Sie glauben, ich wäre so weit gesunken, Ihnen nachzuspionieren und so zu tun, als hätte ich Nachtdienst, um Sie zu erwischen, indem ich unerwartet zu Hause auftauche. Es handelt sich vielmehr um einen Notfall, und es dürfte eine lange Belagerung werden. Ich will mir nur ein paar persönliche Sachen holen, weil ich Tag und Nacht im Pentagon bleiben werde.«

Die Hände des Colonels lösten sich. Er befingerte seine Abzeichen.

»Wenn die Welt vom Untergang bedroht ist, zählt die Treue so einer Frau, so einer Hure, nicht allzuviel, oder? Auch nicht die Ehre eines Offiziers und Gentlemans, oder?« Er seufzte. »Trotzdem, Lieutenant, kann ich Sie schon aus Prinzip nicht ungeschoren lassen. Ich möchte das sofort erledigen, damit mich die Gedanken an Sie nicht bei meiner Arbeit stören.«

Buckmaster wurde starr. Hatte Fubb eine Pistole im Zimmer? Falls Fubb sich auf eine Schublade oder den Schrank zubewegte. . .

Maggie hatte immer schneller und lauter geatmet. Diese ewige Hure würde es voll genießen, wenn ihr Mann nach der Pistole griff und ihr Liebhaber sich auf ihn stürzte. Der Helena-Komplex. Männer, die um sie kämpfen.

Aber der Colonel nickte nur vor sich hin.

»Ich werde mir vom Computer den absolut gefährlichsten Dienst oder den gottverlassensten Standort, den ich finden kann, heraussuchen lassen und Sie dorthin schicken.« Beinahe lächelte er. »Die Fahrkarte haben Sie schon so gut wie in der Tasche.« Er blickte Buckmaster erwartungsvoll an. »Es sei denn, Sie nehmen freiwillig Ihren Abschied.«

Buckmaster versagte die Stimme. Er schüttelte den Kopf. Fubbs Augen waren jetzt auf Maggie gerichtet. Sie streckte die Hände aus, um Buckmaster festzuhalten.

»Stoney, bleib! Wehr dich gegen die Versetzung.«

»Lieutenant, wenn Sie die Versetzung nicht annehmen und auch nicht freiwillig ausscheiden, werde ich Ihre nächste Beurteilung so abfassen, daß Ihre militärische Laufbahn beendet ist.«

»Stoney!«

»Was haben Sie mir zu sagen, Lieutenant?«

»Wehr dich, Stoney! Kämpfe!«

»Keine Zeit mehr. Ihre Antwort, Lieutenant?«

»Setzen Sie Ihren Computer in Gang, Sir.«
»Ziehen Sie sich an und warten Sie auf mich!«
Buckmaster griff sich seine Sachen.
Maggie spuckte ihm nach, als er das Zimmer verließ.

2 UV – Unbedenklichkeitsbescheinigung verweigert

Im Erdgeschoß des Pentagon-Gebäudes sind die Wände braun, im ersten Stock grün und im dritten rot.

Buckmaster wußte, daß er im ersten Stock war. Sein Kopf war leer – oder höchstens eine ausgefüllte Null –; aber er wußte, daß dieser zeitlose Raum grüne Wände hatte. Er war sich auch bewußt, daß der Colonel mit ihm auf die Box zueilte. Man nannte den Kriegsraum »Box«, und Kriegsraum war die Bezeichnung für die Nationale Militärische Kommando Zentrale.

Sie näherten sich den Wachposten, die ihm immer den Zugang zu den hermetisch abgeschirmten 19 Zimmern, der Hochsicherungszone von über 3000 qm Fläche, verwehrt hatten.

»Warten Sie hier, Lieutenant!«

»Jawohl, Sir.«

Die Wachposten standen da, ließen ihn nicht aus den Augen und verwehrten ihm auch jetzt den Zugang.

Lieutenant Victor Landtroop kam heraus, als Colonel Fubb gerade hinein wollte. Irgendwo da drinnen war der »Tank«, der in Pastellfarben gehaltene Konferenzraum des Generalstabs. Obwohl Landtroop auf Zehenspitzen ging, trug er doch die Last, so nahe an der Macht gewesen zu sein, mit anmutigem Ernst. Bei Lieutenant Victor Landtroop wußte man immer, welchen Standpunkt er einnahm: Er legte sich nie fest. Bei Lieutenant Victor Landtroop rief die Oberlippe förmlich nach einem Schnurrbart, und sein Mund sah so aus, als wäre er niemals über den Schock hinweggekommen, einen Plastiksauger statt der Mutterbrust zu bekommen. Aber Lieutenant Victor Landtroop war Lieutenant Stonewall J. Buckmaster in einem Punkt klar überlegen. Landtroop hatte eine Unbedenklichkeitsbescheinigung.

Anscheinend hatte er den voreiligen Schluß gezogen, daß Buckmaster mit Fubb hineingehen würde. Nachdem er Fubb aalglatt gegrüßt hatte, stieß er Buckmaster kumpelhaft in die Seite.

»Freu mich, daß Sie jetzt auch bei uns und TOTE mitmachen, Buckmaster.«

Buckmaster lächelte fröhlich. Niemals zugeben, etwas nicht zu wissen. Aber, was zum Teufel war TOTE? Abkürzung für TOTENTANZ? Er fühlte sich jedenfalls sehr lebendig.

Fubb blieb vor dem Eingang stehen. Buckmaster sah, wie Landtroop rot wurde, als Fubb ihn mit finstersten Brauen ansah. Dann ging der Colonel allein hinein, und die Tür schloß sich.

Ohne sich zu bewegen schaffte es Landtroop, sich von Buckmaster zu distanzieren. Das war typisch Landtroop! Er konnte mit einem Atemzug kalte und warme Luft herauslassen. Im Offizierskasino hatte Landtroop immer – »immer« bedeutete die wenigen Monate, die Buckmaster bisher hier gedient hatte – versucht, mit allen gut Freund zu sein und gleichzeitig sich bei den Oberen lieb Kind zu machen. Buckmaster sah, daß Landtroop tatsächlich schwitzte. Was es auch sein mochte, TOTE war groß, und viel stand auf dem Spiel. Landtroops Gesichtsfarbe hätte leicht den grünen Wänden etwas abgeben können.

»Hören Sie, Buckmaster, vergessen Sie, was ich gesagt habe.«

»Aber sicher, Landtroop. Ich vergesse sogar Sie.«

Er winkte dankend ab, ehe Landtroop antworten konnte. »War mir ein Vergnügen.«

Buckmaster wartete unter den aufmerksamen Blicken der Wachtposten auf Fubb. Er wollte ihnen nicht die Freude machen und auf seine Uhr sehen. Daher wußte er auch nicht genau, wie lange der Colonel gebraucht hatte, um den Computer-Ausdruck zu bekommen, den er jetzt mit gerunzelter Stirn las.

Fubb führte ihn den Korridor hinunter, bis sie außer Hörweite der Wachposten waren.

»Sie kommen zur Tenth Experimental Company. Ich habe zwar nie davon gehört; abe sie gehört anscheinend zum Amt für Weiterführende Forschungsprojekte. Ich habe für Sie den Kopf riskiert, um Ihre Sicherheitsunbedenklichkeitsbescheinigung zu bekommen. Sie können Ihre Kommandierung um 0800 Uhr abholen.« Er schaute Buckmaster offen an. »Es sei denn, Sie wollen sich gemäß Artikel 138 beschweren. Sie wissen ja, wie das abläuft.«

Buckmaster nickte. Jedes Mitglied der Streitkräfte, das sich von seinem vorgesetzten Offizier ungerecht behandelt fühlt, dem nach

Vorsprache bei diesem Offizier keine für ihn befriedigende Genugtuung zuteil wurde, kann sich bei dem nächsthöheren Offizier beschweren. Buckmaster verzog keine Miene. Zehnte *Experimental*. Er erinnerte sich, von Männern gehört zu haben, die an den frühen Experimenten der Armee mit Radar-Mikrowellen teilgenommen hatten. Ganz gleich, was diese Zehnte *Eperimental*-Gruppe machte – bestimmt war sie keine sichere Pfründe, kein Unterirdisches Ballonkorps. Er nickte wieder.

»Ich fühle mich nicht von meinem vorgesetzten Offizier ungerecht behandelt.«

In den Augen des Colonels flackerte es kurz.

»Ich wünsche Ihnen weder Glück noch Unglück. Nur Lebewohl.!«

»Leben Sie wohl, Colonel.«

»Verdammt, Buckmaster! Sie haben Ihre Fähigkeiten nie ausgeschöpft. Sie haben sich nie ein Bein ausreißen müssen. Ich habe gespürt, daß Ihnen jede ernsthafte Zielbewußtheit fehlt.« Plötzlich lächelte er etwas verkrampft. »Vielleicht tue ich Ihnen sogar einen Gefallen? Dieses Kommando verhilft Ihnen womöglich zum Durchbruch; wenngleich ich – ehrlich gesagt – hoffe, daß es Ihr Einbruch wird.«

»Danke, Sir. Ich werde mit meinem Schild heimkehren oder auf ihm liegend. Wenngleich ich – das sage ich *Ihnen* ganz ehrlich – lieber den Schild zurückgeben würde.«

Buckmaster grüßte stramm, machte auf dem Absatz kehrt und ging weg.

3 W – Weitermachen

Er betrachtete den Drink in seiner Hand, als würde er darüber nachdenken, wie dieser dorthin gekommen war. Es sah wie ein Glas von dem Zeug aus, das der lustige Barkeeper im Offizierskasino »Langwirkungs-Ale« nannte. Bei den Burschen, die in Vietnam gewesen waren, kam das Zeug prima an. Aber Nam war vor Buckmasters Zeit gewesen, und der Drink schmeckte jetzt so abgestanden wie der witzige Name.

Auch die Welt war zum Kotzen. Er hatte alles vermasselt. Und wofür: bequemen Sex, ein Gesicht und einen Körper, nach dem

Motto: »Gelegenheit macht Diebe«. Wenn er Maggie Fubb wirklich lieben würde, wäre es anders. Dann wäre kein Opfer zu groß. Beau Geste.

Die Welt sah aber langweilig und verwässert aus, als er sein Glas leerte. Von einem weichgepolsterten Posten am Pentagon zur Zehnten Experimental. Sogar Colonel Fubb, der die Armee bis ins letzte Detail kannte, hatte noch nie davon gehört. In einer Null-Einheit gab es auch keine Chance für eine Beförderung. Viel eher würde er die wahrscheinlich fragwürdigen Versuche mit Naturgewalten der Tenth Experimental Company nie übeleben.

Er sah sich im Kasino um. Er hatte noch keine Lust, ins Quartier zurückzugehen. Zum Packen brauchte er nicht lange. Außerdem hätte er gern etwas über Colonel Fubbs Beinahe-Weltuntergangs-Notfall erfahren. Falls es nach Krieg aussah, würde er doch noch den Artikel 138 bemühen und um einen Posten in einer Nachschubkompanie kämpfen. Lieber das als die Zehnte Experimental. Wenn solche Gerüchte existierten, würden sie hier im Kasino herumschwirren.

Er hörte aber nichts in dieser Größenordnung. Auch in den Zeitungen, im Radio oder Fernsehen kam nichts über einen Notfall, nichts, daß die Welt mehr als üblich auf der Kippe stand.

Vorgetäuschtes Heldentum des Colonels? Er war nicht der Typ für so etwas. Aber er hatte auch nicht als der Hahnrei-Typ gewirkt. Vielleicht hatte er Wind von der Affäre bekommen, war nach Hause geschlichen, hatte dann aber in seinem eigenen Schlafzimmer nicht das Gesicht verlieren wollen.

Plötzlich befand sich Buckmaster in den Klauen der Gerüchte. Der Barkeeper arbeitete sich vom anderen Ende des Tresens zu ihm vor – war das Landtroop, der in Richtung Klo wegrutschte? – und schüttelte den Kopf, dann Buckmaster die Hand und schließlich einen Cocktail.

»Tut mir leid, Lieutenant, daß Sie an den Arsch der Welt versetzt werden. Aber wenigstens haben wir keinen Krieg. Dann wär's schlimmer. Ich erinnere mich noch, wie damals im Zweiten Weltkrieg in Neapel dieser Lieutenant-Colonel, Kommandant der Nachschubabteilung für die Halbinsel-Base, und sein technischer Sergeant derselben Signorina nachgestiegen sind. Sie war ein junges, süßes Ding, das sein Büro saubermachte. Der Lieutenant-Colonel versetzte den Sergeant nach Anzio, das war – wenn Sie sich an Ihre Urgeschichte erinnern – ein ziemlicher heißer Brückenkopf.«

Buckmaster spürte, wie er feuerrot wurde, lächelte aber weiter.

»Hab' die Analogie schon kapiert, Joe. Nennen Sie mich Urias.«

»Wie wer?«

»Großer, starker Häuptling.«

»Lieutenant, entweder haben Sie schon zu viel oder noch nicht genug.«

Stimmte. Die Analogie hinkte allerdings. Der Colonel war der Ehemann, und er hatte ihn betrogen. Das Schild am Spiegel hinter der Theke fiel ihm in die Augen. *Mitteilung! Aufgrund akuter Knappheit nicht mehr als 5 Gallonen pro Gast*. Nicht genug. Aber er würde sich alle Mühe geben, damit auszukommen.

Aus diesem Bemühen heraus fand er irgendwann später, er sollte mal seinen Drink nachtanken. Er stellte die Beobachtung von zwei oder vier Männern ein, die sich an einem Video-Spielautomaten vergnügten, und stieß mit Brigadegeneral (a.D.) Fabian Hackstaff zusammen.

Durch einen Fehler in einer Schreibstube war im Zweiten Weltkrieg eine beträchtliche Ladung langer Unterhosen, die für die Truppen in der Arktis bestimmt war, nach Saudi Arabien geschickt worden. Der dafür verantwortliche Mann hatte sich großen Ruhm erworben, weil er den Feind so gründlich getäuscht hatte. Dieser Mann war Hackstaff. Er war über jede Gelegenheit froh, den Schauplatz seines Triumphes wieder zu besuchen und seine Heldentat zu erzählen.

»Verzeihung, Sir. Habe ich Ihren Drink verschüttet? Gestatten Sie, Sir.«

Er nahm das Glas des Generals und gab es Joe zum Nachschenken, zusammen mit seinem eigenen. Dann brachte er es wieder zum General. Dieser musterte ihn scharf.

»Habe ich Sie nicht schon mal gesehen?«

»Möglich, Sir. Aber wir sind nicht vorgestellt worden.« Er hatte sich immer strikt bemüht, dieser alten Pest aus dem Weg zu gehen. »Ich heiße Buckmaster.«

»Wußt' ich's doch! Gleich gedacht, daß das Gesicht bekannt aussieht. Familienähnlichkeit. Erinnere mich noch an Ihren alten Herrn, Buckmaster. Zu schade! Er hatte eine prima Karriere vor sich. Wenn er bloß nicht aus der Reihe getanzt wäre.«

Unerklärlicherweise stand plötzlich Lieutenant Victor Landtroop Schulter an Schulter mit ihnen und beteiligte sich an der Unterhaltung.

»Was ist denn passiert, Buckmaster?« Landtroops Tonfall verriet, daß er die Antwort bereits kannte.

Buckmaster antwortete lakonisch. »Man ließ ihn seinen Rücktritt einreichen, statt ihn gemäß Artikel 133 und 134 der Militärgerichtsverordnung anzuklagen.«

Landtroop lachte boshaft. »Was hatte er denn angestellt? Beim Kartenspielen oder im Bingo betrogen, Schulden nicht bezahlt, Ehebruch begangen, mit Mannschaftgraden einen gelüpft, eine amerikanische Fahne mit dem Friedenssymbol auf der Hemdtasche getragen, alkoholische Getränke in der Öffentlichkeit dabeigehabt oder schweinische Dinger mit Hühnern getrieben?«

Buckmaster lächelte und schlug im Geiste Landtrooper zu Boden. Diese Vorstellung war so realistisch, daß er die Faust aufmachte und mit Genuß die Finger massierte. Es waren aber die Blicke des Generals gewesen, die Landtroop zum Rückzug bewegt hatten. Schade. Zu langsam. Eine nette, nicht zu vertuschende Prügelei im Offizierskasino wäre auch eine Möglichkeit gewesen, seine Versetzung zur Tenth Experimental Company aufzuhalten, zumindest zum jetzigen Zeitpunkt.

Der General sah ihn wohlwollend an.

»Sie haben sich prima gehalten, Buckmaster. Vielleicht kann ich ein gutes Wort für Sie einlegen. Zu welcher Einheit kommen Sie?«

Buckmaster antwortete. Der General schüttelte den Kopf.

»Nie gehört! Da kann ich Ihnen nicht helfen. Aber ich kann Ihnen einen guten Rat geben. Hängen Sie sich rein! Glück mag bestimmen, wer die Chance bekommt. Aber eines habe ich gelernt: Der Charakter bestimmt, wer sich durchbeißt und wer nicht. Lernen Sie daher, nicht aus der Reihe zu tanzen! Wenn Sie nach oben kommen wollen, ist das das Geheimnis. Denken Sie immer dran: Friedenszeiten sind für einen Berufssoldaten die schlimmsten Zeiten.«

»Ich weiß, was Sie sagen wollen, Herr General.« Er sprach sehr deutlich.

Der General musterte ihn und entließ ihn, um sich dem Kaviar auf einem Cracker zu widmen. Landtroop tauchte wieder auf. Als Ölzweig hielt er einen Martini und stieß mit Buckmaster an.

»Viel Glück, Buckmaster.« Er beugte sich zu Buckmaster hinüber. »Sagen Sie mal, wo und was ist eigentlich diese Zehnte Experimental-Kompanie?«

Offensichtlich hatte er sich in Hörweite herumgetrieben. Buckmaster schenkte ihm kaum den Hauch eines Lächelns und goß den Martini, den Landtroop ihm in die Hand gedrückt hatte, ganz langsam auf den Fußboden. Landtroop mußte zurückweichen.

»Landtroop, bis jetzt habe ich mir immer noch kein Urteil über Sie machen können. Auch jetzt bin ich mir nicht sicher, ob Sie eine lästige Fliege oder eine wirklich lästige Nervensäge sind.«

Vielleicht war es für die Prügelei doch noch nicht zu spät. Schon ballte er vor falscher Hoffnung die Fäuste. Landtroops Augen schossen nach links und rechts, peilten dann die Uhr an der Wand an. Er verglich sie mit seiner Armbanduhr, die er ganz nahe an die Brille hielt.

»Ich muß zurück.«

»Stimmt, Landtroop. Schwingen Sie die Beinchen. TOTE warten.«

Landtroop wurde wieder grün und ging weg.

4 NSA – Nicht später als

Buckmaster stellte fest, daß er auf einer Parkbank saß. Es war eine Bank aus Stahl. Die Holzbänke waren durch solche aus Stahl ersetzt worden. Wieder ein Versuch, der Zerstörungswut von Vandalen ein Schnippchen zu schlagen.

Die Vandalen hatten seinen Vater erwischt. Vielleicht nicht die Vandalen, sondern der unnachgiebige Stahl des Systems. Gegen das System rennt man nicht an. Man muß lernen, es zu benutzen. Sein Vater hatte das nicht gelernt. Buckmaster lächelte. Hoffentlich hatte er außer der Familienähnlichkeit nicht auch das Familientemperament geerbt.

Sein Vater stammte aus einer Kleinstadt und einer armen Familie. Da er eine Uniform trug, die ihn als Offizier und Gentleman auswies, konnte er in Luxushotels und Schicki-Micki-Nightclubs gehen – Orte, die er sonst nie zu betreten gewagt hätte. Auf einem Ball war er einer Debütantin begegnet, die mit ihm die ganze Nacht getanzt hatte. Sie heirateten und bekamen Stonewall – in dieser Reihenfolge, obgleich Stonewall wußte, daß er eine Frühgeburt gewesen war – und schienen glücklich zu sein. Als die Armee aber Colonel Buckmaster abschob, weil er einen Bericht geschrieben hatte, daß betrügerische und verschwenderische Beschaffungsmaßnahmen bei den Streitkräften endemisch waren, ging die Ehe in die Brüche.

Sie steckten Stonewall in die Militärschule. Er sah seine Mutter – sie heiratete wieder, diesmal einen Admiral – häufiger als seinen Vater, unternahm aber mit ihm Campingfahrten. Eigentlich hätten diese Fahrten Spaß machen können; aber sein Vater war Perfektionist, um nicht zu sagen ein Leuteschinder: Alles mußte bis aufs I-Tüpfelchen stimmen.

Ewig mußte er alles sauber machen, aufräumen. Er und die gesamte Umgebung mußten tipptopp sein. Ihm fiel eine Begebenheit ein, als er rebelliert hatte. »Ich gehöre nicht zu deiner Truppe, ich bin dein Sohn.« Sein Vater hatte ihn lange schweigend angesehen. »Das stimmt, Sohn. Es ist schon eine Weile her, seit ich eine Truppe zu befehligen hatte.«

Lieutenant Buckmaster merkte plötzlich, daß es März war. Ein Sturm mußte wohl für eine Kaltfront ein riesiges Loch gerissen haben. Von den Drähten hingen schwarze Eiszapfen herunter. Er hatte Luft schnappen wollen, aber das war denn doch etwas überzogen.

Mit hochgestelltem Kragen ging er zurück zu seiner Unterkunft. Beim Gähnen renkte er sich beinahe den Unterkiefer aus. Er schaute auf die Uhr. Gut zwei Stunden aufs Ohr hauen müßte drin sein.

5 IBV – In Befolgung der Vorschriften

Er gähnte lässig und hoffte, daß die Soldatin ihn für abgebrüht halten würde.

Sie gab ihm seinen 201-Ordner.

»Übergeben Sie das persönlich, weil Ihre Akte sonst nicht mehr rechtzeitig für die Morgenmeldung bei Ihrer neuen Einheit sein kann. Hier ist Ihr Marschbefehl. Sie werden zur Andrews Air Force Base gebracht. Dort wartet ein Schalensitz an Bord einer C-5 auf Sie, die um 09:30 Uhr nach Moody Air Force Base startet.«

»Und von dort aus?«

»Ihr Bestimmungsort ist geheim.«

Aber dann sah sich die Soldatin um, blinzelte ihm zu und deutete auf die Postleitzahl, die hinter der Tenth Experimental Company auf seinem Marschbefehl stand: 31905. Klang sehr nach Südstaaten.

Er lächelte ihr ein Dankeschön zu, griff sich seinen Uniformsack und machte kurz auf dem Postamt im Pentagon Halt. An einer Kette hing ein Verzeichnis der Postleitzahlen. Hinten standen auch sämtliche Postleitzahlen der militärischen Einrichtungen. 31905 war Fort Benning. Dann schlug er vorn unter Georgia nach und fand bestätigt, daß 31905 die Poststelle von Fort Benning im Bereich Columbus war. Es ging also in Richtung Heimat.

West Point war für ihn nicht in Frage gekommen. Als Sohn seines Vaters war es ihm nicht möglich gewesen, die Zustimmung des Kongresses zu bekommen. Er war daher in die Armee eingetreten und hatte den Zugang in die Offiziersakademie durch die Infanterieschule in Fort Benning geschafft. Und jetzt befand er sich auf dem Weg nach dort, zum Hauptquartier der Tenth Experimental Company, um sich bei Captain Romeo Clapsaddle, dem Kommandanten, zu melden und seinen Dienst als Erster Offizier dieser Einheit anzutreten.

Hätte es sich nicht um eine militärische Maßnahme gehandelt, hätte er sich gewundert, warum ein so großes Flugzeug wie die C-5 mit so wenig Ladung fliegen sollte und warum man ihn über Moody nach Fort Benning schickte, wo es doch Eubanks Fields gab, gar nicht sprechen von Gunter, Maxwell, Robins und Turner, die alle viel näher als Moody bei Fort Benning lagen. Aber er war beim Militär; daher zuckte er nur mit den Schultern und machte es sich bequem.

Da er allein hinten im Flugdeck saß, öffnete er seine 201-Akte und las das DA Form 66 durch, auf dem seine soldatische Ausbildung aufgeführt war. Wirklich überrascht war er über den Vermerk »abgelehnt« bei seiner Unbedenklichkeitsbescheinigung, die erst Colonel Fubb durchsetzen konnte, um ihn zur Zehnten Experimental zu schicken. Er hatte es nie wirklich geglaubt, daß man ihm Steine in den Weg legte, bloß weil sein Vater aus der Reihe getanzt war. Aber hier stand es – schwarz auf weiß! Vererbte sich beim Militär eine Schuld per Sippenhaft bis in die zehnte Generation? Er schloß seine Akte.

Gerade rechtzeitig. Der Pilot kam nach hinten und lud ihn ein, im Cockpit zu sitzen.

Vielleicht war es Höflichkeit, vielleicht Neugier. Aber wenn es das letztere war, so war Buckmaster in de Lage, sich fabelhaft unwissend zu stellen. »Streng geheim.«

Ein Dienstwagen erwartete ihn auf der Rollbahn des Moody-Luftwaffenstützpunkts und fuhr zum Flugzeug heran. Der Fahrer, ein Ordonance Corporal, auf dessen Namenschild über der linken Hemdtasche Flugel stand, salutierte und nahm sein Gepäck. Buckmaster holte tief Luft und erwiderte den Gruß. Der März war hier unten viel milder.

Corporal Flugel verstaute das Gepäck hinten auf dem Rücksitz, Buckmaster stieg vorne neben ihm ein. Der Corporal trug eine Sonnenbrille mit Gummizug statt Bügel. Der breite Schirm seiner dunkelgrünen Mütze überschattete den oberen Teil seines Gesichts, so daß man dort nichts ablesen konnte. Aber Flugel trug auch Springerstiefel. Fallschirmspringerstiefel bei einem Ordonance Corporal verrieten, daß der Mann jeden Trick kannte.

»Corporal, was können Sie mir über die Zehnte Experimental sagen?«

Flugels Augen blieben auf die Straße geheftet, die vom Fliegerhorst hinausführte.

»Tut mir leid, Lieutenant.« Ein kleines, boshaftes Lächeln. »Ich weiß nur, daß ich Sie an einem Ort abholen und an einen Ort bringen soll.«

Buckmaster hatte plötzlich den Eindruck, sich in einem Traum zu befinden. Das Gefühl einer übergreifenden Ordnung, das er durch seinen Eintritt in die Armee hatte verstärken wollen, verschwand immer mehr. Er schaute umher nach etwas, das die Welt zusammenhalten könnte, mußte aber feststellen, daß der Fahrer nach Verlassen des Flugplatzes nach Osten auf Waycross zufuhr, statt nach Nordwesten, wo Fort Benning lag. Buckmaster musterte den Corporal. Die Sonnenbrille spiegelte nur seine Verwirrung.

»Ich dachte, die Einheit sei in Fort Benning?«

Der Corporal verlor beinahe die Beherrschung über das Steuer und hatte Mühe, den Wagen wieder unter Kontrolle zu bringen.

»Wie sind Sie auf diesen Gedanken gekommen. . .Sir?«

Die Welt hatte wieder Halt. Der Corporal hatte seinen Platz darin, und Lieutenant Stonewall J. Buckmaster hatte seinen.

»Ich hab' so meine Kanäle.« Ach, warum sollte er dem Burschen etwas vorspielen. »Nein, es war die Postleitzahl.«

»Aha!« Ein breiteres, boshaftes Lächeln. »Nein, Sir. Es geht hier lang.«

Buckmaster schob die Mütze nach vorn ins Gesicht und lehnte sich zurück.

»Wecken Sie mich bitte, Corporal, kurz bevor wir da sind.«

»Jawohl, Sir.«

Buckmaster döste ein, wachte auf und warf einen Blick auf den Streckenzähler. Der zeigte schon fünfzig Meilen an.

»Wie weit noch?«

»Nicht schlimm. Ich wollte Sie gerade wecken.«

Buckmaster setzte sich auf. Er war jetzt hellwach und dachte über das Straßenschild nach, an dem sie kurz zuvor vorbeigekommen waren. OKEFENOKEE NATIONAL WILDLIFE REFUGE. War es möglich, daß sie ins Okefenokee-Naturschutzgebiet fuhren? Der Corporal beantwortete seinen fragenden Blick mit einem Nicken.

Okefenokee-Sumpf? Womit experimentierte denn die Zehnte? Mit Alligatoren?

Sie fuhren durch den Nordeingang, vorbei an der Parkaufsichtsstation. Flugel parkte den Wagen, nahm Buckmasters Gepäck heraus und schloß den Wagen ab. Buckmaster folgte Flugel auf den Bretterwegen aus Zypressenholz, die sich durch den Sumpf erstreckten.

Sie blieben an einem Bootssteg stehen. Ein Quartermaster Sergeant kauerte im Bug eines Tragflügelboots. Der große Kerl richtete sich auf und grüßte Buckmaster lässig. Auf seinem Namensschild stand Messmore. Er starrte Buckmaster unbeeindruckt an, als dieser betont korrekt zurückgrüßte. Dann schaute er Flugel an, und beide lächelten sich zu. Flugel nickte ihm fragend zu.

»Alles klar, Zulu?«

»Alles klar.«

Zulu nahm Flugel Buckmasters Gepäck ab und verstaute es im Boot. Seine Bewegungen waren sehr geschmeidig, aber kraftvoll. Seine tiefe, rauhe Stimme war aus einem stattlichen Bart hervorgedrungen. Buckmaster wußte, daß manche Schwarze vom Rasieren Pickel bekamen – Pseudofolliculitis des Barts – und daß die einzige »Heilbehandlung« darin bestand, sich einen Bart wachsen zu lassen. Die Armee gestattete üblicherweise ein Nichtrasieren aus medizinischen Gründen bis zu drei Monaten; aber Messmores Bart schien die Ausbeute von mehr als drei Monaten zu sein. Die Pickel durchs Rasieren konnten auch vorgetäuscht sein. Zulu trug einen schwarzen Ring, um den Stolz auf seine Rasse kundzutun. Auch er sah aus wie ein Mann, der alle Tricks kannte.

»Ist das wirklich Ihr Vorname, Sergeant? Zulu?«

»Nein, Sir. Miles. Sergeant Miles Messmore.«

»Meiner ist Oscar, Sir. Corporal Oscar Flugel.«

Sie lächelten sich wieder an und blickten gespannt zu Buckmaster hin, als erwarteten sie, daß er »Stonewall« sagte.

»Na schön, Männer. Dann wollen wir uns mal auf die Socken machen und Captain Clapsaddle nicht warten lassen.«

Zulu lachte so warm, daß es Buckmasters Ohren verbrannte.

»Das wollen wir bestimmt nicht, nein, Sir!«

Sie kletterten ins Boot, und Zulu ging ans Steuer. Das Tragflächenboot ging schnell hoch und jagte über das Labyrinth der Kanäle dahin. Mit einer Geschwindigkeit von 80 Knoten drangen sie tiefer in den Sumpf ein. Zulu hielt vor einer kleinen Insel an, die kaum so groß wie ein Hügel aussah.

Buckmaster schaute sich um. Wenn hier in der Nähe eine militärische Einrichtung bestand, war die Tarnung perfekt.

Gerade wollte er Corporal Flugel fragen, was zum Teufel los wäre, als ihm der Mund offen blieb. Flugel hatte Buckmasters Gepäck hochgenommen und warf es vor seinen Augen über Bord. Es ging unter. Die daraus aufsteigende Luft vermehrte die Luftblasen, die ohnehin durch das brodelnde Sumpfgas hochblubberten.

Buckmaster drehte sich blitzschnell um, aber nicht schnell genug. Zulu hatte bereits den Deckel einer Sitzkiste geöffnet und ein M-16 herausgezogen. Er stellte auf Streufeuer und zielte auf Buckmaster.

»Endhaltestelle, Lieutenant.«

»Einfach so?«

»Nicht einfach so. Wie beim Filzen auf Faustfeuerwaffen. Ausziehen!«

Buckmaster hatte das Gefühl, als würde er von außen zusehen, als er sich bis auf die Haut entkleidete.

»Die Hundemarken auch.«

Langsam zog er die Kette mit den Erkennungsmarken über den Kopf. Er ließ sie in der Luft hin und her schwingen und hoffte, Zulus Augen würden ihnen folgen, so daß er sie ihm ins Gesicht schleudern und nach dem M-16 greifen könnte, wenn Zulu den Kopf wegdrehte. Aber Zulus Augen folgten den Marken nicht, sondern blieben unverwandt auf Buckmasters Gesicht gerichtet. Buckmaster warf die Marken auf das Kleiderbündel – zusammen mit seiner Armbanduhr und der 201-Akte.

Flugel knüpfte alles in das Hemd und wickelte noch eine Kette um das Bündel. Dann schwang er es hoch und über Bord. Alles, was Unteroffiziere und Mannschaften zu grüßen hatten, platschte ins dunkle Wasser und soff ab. Buckmaster sah es verschwinden. Würden die beiden ihn auch versenken? Ein Angriff auf Zulu oder ein Sprung über Bord? Was konnte er schon verlieren, wenn er so starb? Höchstens seinen Stolz. Konnte er den Stolz mitnehmen?

Zulu verzog unter einem plötzlichen Schmerzanfall die Stirn. Das M-16 blieb aber auf Buckmaster gerichtet.

»Los, bringen wir die Sache schnell zu Ende. Meine Migräne bringt mich um.«

»Reg dich nicht auf, Zulu. Wir müssen noch eine Vorsichtsmaßnahme durchführen.«

Flugel holte aus der Kiste einen Erste-Hilfe-Kasten. Darin waren Gummihandschuhe, eine Dose Babypuder, eine Flasche mit Totenkopf auf dem Etikett, ein Bausch Watte, eine Tube Salbe, eine Mullbinde und eine Rolle Leukoplast. Er puderte sich die Hände und schlüpfte in die Gummihandschuhe. Dann machte er die Flasche auf und goß vom Inhalt auf den Wattebausch. Er kam zu Buckmaster herüber, stellte sich neben ihn, aber nicht zwischen ihn und Zulu. Buckmaster zog die Nase hoch.

»Stillhalten, Lieutenant. Strecken Sie die Hände aus. Nur ein kleiner Säuretupfer auf die Fingerspitzen. Genug, um Ihre Identifizierung ein bißchen zu erschweren – lebendig oder tot.«

Buckmaster spürte, wie sich seine Oberlippe verächtlich hochschob. Wut und Stolz waren so übermächtig, daß er weder eine Bewegung noch ein Wort zustandebrachte. Er stand stocksteif da und gab keinen Ton von sich.

Zulu vergaß seine Migräne lange genug, um beifällig zu nicken, wofür er aber offensichtlich sofort schmerzlich bestraft wurde. Ein scharfes Zischen entkam seinen Lippen. Flugel blickte ihn kurz an.

»Ich beeile mich schon, Zulu.«

Flugel schmierte Salbe auf Buckmasters Finger, verband sie und klebte Leukoplast darüber. Dann verstaute er seinen »Erste-Hilfe-Kasten«.

»Okay, Lieutenant. Rüber mit Ihnen!«

Buckmaster atmete aus. Wenigstens setzten sie ihn – wenn er Flugels Nicken richtig verstand – an Land ab. Er sprang ans Ufer.

Die Bäume und Büsche schwankten hin und her. Einen Augenblick lang hielt er es für nachträgliches Schwindelgefühl. Dann fiel ihm aber ein, daß »Okefenokee« die indianische Bezeichnung für »zitternde Erde« war.

»Leben Sie wohl, Lieutenant. Und passen Sie lieber auf, wo Sie hintreten oder sich hinsetzen.«

Er wollte rufen: »*Warum?*« Aber selbst wenn er sich dazu hätte hinreißen lassen, hätte ihn das Donnern des Tragflügelboots übertönt.

Auf der Offiziersakademie hatten sie ihm ein Gesetz beigebracht:

Jeder Befehl, der mißverstanden werden kann, wird auch mißverstanden. Welche Befehle hatten Corporal Flugel und Sergeant Messmore erhalten? Hatten sie sie mißverstanden? Oder hatten sie sie wörtlich ausgeführt? War das hier vielleicht für ihn ein Test, eine Aufnahmeprüfung? Versuchte die Zehnte Experimental ihn auf die Probe zu stellen? Wenn seine letzte Vermutung stimmte – sollte er dann beweisen, daß er es wert war, aufgenommen zu werden, oder war er nur ein Versuchskaninchen?

Fubb! War das die eigentliche Rache des Colonels? Wollte er es auf diese Weise dem Liebhaber seiner Frau heimzahlen? Oder hatte es nichts mit Fubb als Fubb, sondern mit Fubb als Mitglied von TOTE zu tun? Wollte das Pentagon auf diese Weise Lieutenant Stonewall J. Buckmaster loswerden, weil er von TOTEs Existenz erfahren hatte – was auch immer TOTE bedeuten mochte?

Oder war er auf irgend etwas anderes gestoßen, ohne es zu wissen?

Das Tragflügelboot ließ ein vibrierendes Schweigen zurück, wie das Pochen des Blutes in seinen Fingern. Alles, was durch das Boot verdrängt worden war, kam langsam aus der Stille zurück, erwachte aus dem Scheintod und gab wieder Lebenszeichen von sich. Er schaute umher und bewaffnete sich schnell mit einer Astgabel, um jede Schlange, die ihm womöglich über den Weg lief, niederdrücken zu können – nicht nur, um seine Haut zu retten, sondern auch um ihr Fleisch zu bekommen.

Es mußte etwa gegen Mittag sein. Die dunklen Blätter filtrierten das Sonnenlicht, daß es nur noch als schwacher Abglanz einfiel. Hier und dort glitzerte es aber doch auf dem Wasser. Die von Gerbsäure verdunkelten Tiefen verbargen alle darin herumschwimmenden Wassermokassins. Trotzdem kam es ihm so vor, als verriet das schlangenartige Kräuseln des schwarzen Wassers ihre Anwesenheit.

Die Knie wurden ihm weich.

Hier war er nun – ohne Paddel, ja sogar ohne Boot.

6 PG – Privatfahrzeuge gestattet

Er mußte von dieser winzigen Insel runter, nicht nur, um aus dem Sumpfgebiet zu kommen, sondern um im Sumpf zu überleben. Das Inselchen bot wenig zum Leben. Aber auf welche Uferseite sollte er sich schlagen? Die höhere Seite schien ihm besser zu sein, weil sie nicht nur trockener war, sondern weil auch kleinere Beuteltiere – wie Ottern – lieber höheres Gelände aufsuchten, wenn die Alligatoren aus ihrem Winterschlaf erwachten.

Mit der Astgabel ertastete er sich einen Weg über das Inselchen. Wenn der Boden nicht matschig war, piekte er. Langsam arbeitete sich Buckmaster ans Ufer vor und schaute hinüber. Nein! Dort sahen die Vegetation und der Boden niedriger und nasser aus. Also zurück auf die andere Seite der Insel. Seufzend drehte er um.

Er haßte die Aussicht, durch das Wasser zu schwimmen. Seine bandagierten Finger taten weh, und noch viel schlimmere Schmerzen würden folgen. Beim Zurückgehen sammelte er abgebrochene Äste auf. Als er wieder bei seinem Ausgangspunkt angelangt war, hatte er schon einen Armvoll beisammen. Er legte sie in Form eines schmalen Floßes aus.

Dann biß er die Zähne zusammen und benutzte sie, die Leukoplaststreifen mit einem Ruck abzureißen. Er hielt inne und lauschte auf das Geschrei eines Alligators. Der ist weiter weg, als es klingt, sagte er sich. Dann klebte er die Pflasterstreifen ans Handgelenk. Das war der sicherste Aufbewahrungsplatz. Man konnte ja nie wissen! Dann setzte er wieder die Zähne ein, um die Mullbinden abzuwickeln. Unter der Salbenschicht sah er die offenen Fingerspitzen.

Zum Glück war Flugel mit dem Mullverband sehr großzügig gewesen. Buckmaster legte die Knoten und unebenen Stellen der Äste so hin, daß die Binden nicht abrutschten, wenn er sie um die Äste knotete. Dann schob er ein Holzkreuz an jedem Ende ein, um das Floß etwas stabiler zu machen. Die Binden drehte er zu einem Strick, damit sie nicht so leicht rissen, ehe er sie so fest wie möglich knüpfte. Das Floß war etwa dreißig Zentimeter kürzer als er und knapp einen halben Meter breit.

Seine Astgabel war zu kurz. Er suchte sich einen längeren Ast, mit dem er staken konnte. Die Astgabel steckte er zwischen die Verknüpfung für später und ließ das Floß ins Wasser gleiten. Es hielt und trug ihn.

Er packte die Stange mit den Fingern, allerdings ohne die Fingerspitzen zu benutzen, und stieß sich vom Ufer ab. Langsam wurde das Floß von der trägen Strömung erfaßt. Ab und zu stakte er, um näher ans andere Ufer zu gelangen. Er schaute schon nach einem geeigneten Landeplatz aus. Alles ging prima. Vielleicht würde das Behelfsfloß ihn sogar aus dem Sumpf herausbringen.

Eine dichte Reihe Blasen kreuzte seinen Fahrtweg. Erst hielt er es für ein Zeichen eines lebenden Wesens. Dann stieg ihm der Geruch in die Nase. Fäulnisgase. Von überall stieg der Geruch verwesender und gärender Vegetation auf und beschwor alte Erinnerungen herauf. Er lächelte. Frühling. Wunderschöner Frühling.

Unter ihm explodierte das Wasser, hob das Floß, packte es und riß es auseinander. Er kämpfte gegen etwas Unheimliches im Wasser und hatte große Mühe, sich oben zu halten.

Dann stellte er fest, daß er selbst das Ding in Gang gesetzt hatte. Sobald er aufgehört hatte, um sich zu schlagen, wiegten ihn die Wellen sanft dahin. Schlamm. Ein dicker Klumpen Grundschlamm. Eine Sumpfgasexplosion. Aus reinem Übermut hatte sich ein Stück Schlamm vom Boden gelöst – Frühlingslust – und war an die Oberfläche geschossen.

Später würde er Zeit haben, darüber zu lachen, zu fluchen oder beides zu tun. Jetzt suchte er das Ufer zu gewinnen. Es sah steil und unzugänglich aus. Er griff nach einem überhängenden Ast, fand Halt; aber dann rutschte er ihm durch die durch das Blut glitschigen Finger. Er ließ sich weiter flußabwärts treiben, einladenderen Gestaden entgegen.

Ein Blick zurück auf die kleine Insel zeigte ihm, wie ein fast zwei Meter langer Alligator sich am anderen Ufer ins Wasser rutschen ließ.

Ehe das Tier ganz im Wasser verschwunden war, gelang es Buckmaster, einen herabhängenden Ast zu greifen und sich hochzuziehen. Jetzt war das Blut wie Klebstoff, so daß er sich losreißen mußte.

Er bewaffnete sich sogleich wieder mit einem Prügel, nachdem er sich vergewissert hatte, daß er keine Schlange aufgehoben hatte, und schaute ins Wasser hinunter. Der Alligator glitt vorbei. Er sah wie eine Laufmasche in einem dunklen Seidenstrumpf aus. Man schuldete dem Alligator Dankbarkeit. Vor mehreren hundert Jahren hatten die Seminolen durch den Sumpf Wasserwege angelegt. Die Alligatoren hatten geholfen, diese Wege im Okefenokee-Sumpf freizuhalten. Dankbarkeit, ja. Trotzdem würde er sich Zeit lassen, von seinem Semi-Knollen-Hügel herunterzukommen und zu folgen. Erst sollte das Tier um die Biegung sein.

Inszwischen knurrte ihm heftig der Magen. Der Kaffee hatte ziemlich lange vorhalten müssen. Er fand eine wilde Zwiebel. Das beschwichtigte die Qualen fürs erste. Jetzt kam der Durst. Er beäugte das dunkle Gewässer. Die Einsickerungen, die das Wasser stellenweise braun färbten, sterilisierten es angeblich auch. Er kletterte zum Rand, wusch die Hände und trank aus der hohlen Hand. Das Wasser schmeckte so scheußlich, daß es gut sein mußte. So, wie ein Hund leckt! Er wäre einer von Gideons Männern gewesen.

Er packte seinen Stock, richtete sich auf, ungeachtet der Steifheit in seinen Gliedern, und machte sich auf den Weg flußabwärts. Er folgte dem Kanal, kletterte über Luftwurzeln und hielt sich auf dem weichen, morastischen Uferstreifen. Dann kam er an eine sandige Stelle, auf der aber keine Kiesel lagen. Er blieb stehen und warf einen kleinen Stein darauf. Er versank. Treibsand!

Das war die erste von vielen solchen Stellen. Mit Hilfe von herumliegenden Ästen oder abgerissenen buschigen Zweigen, ja sogar durch ausgerissenes Gras, das er wie einen Teppich ausbreitete, gelang es ihm, Moor und Treibsand zu überbrücken. Manchmal mußte er auch kriechen. Ganz langsam, aber stetig weiterbewegen!

Einmal gab eine dieser »Brücken« nach, und der Sumpf griff nach ihm. Er mußte daran denken, daß Schlamm, Jauche und Sand mehr tragen als Wasser. Panik bedeutete Tod. Wenn man um sich schlug oder die Füße hochzog, während man in aufrechter Position war, schaffte man ein Vakuum, das einen nach unten sog. Er spürte, wie er einsank, und warf sich nach vorn. Er breitete die Arme aus und begann zu schwimmen, um voranzukommen, hielt dabei aber seinen Körper immer in der Hozizontalen. Dieses Erlebnis gab einen tollen Alptraum!

Jeden Morgen kletterte er beim ersten Lichtstrahl auf einen Baum, um seine Marschrichtung festzustellen und sich zu vergewissern, daß er nicht im Kreis herumlief. Solange es hell war, marschierte er. Er hielt Ausschau nach Schlangen und Alligatoren. Auf Insektenstiche klatschte er Schlamm. Er probierte wilde Zwiebeln, Beeren, Löwenzahnblätter und sogar die nur unter Schmerzen erntbare olivenähnliche Frucht aus den stacheligen Blattstengeln der Zwergpalme.

Er hatte einen dreieckigen Stein mit scharfen Kanten gefunden. Vielleicht stammte er von den Seminolen. Jedenfalls sah er bearbeitet aus. Den zwängte er in einen Spalt seines Stocks und befestigte ihn mit den Leukoplaststreifen, die er noch am Handgelenk hatte. Falls der Hersteller von ihm einen Werbespruch über die Wasserfestigkeit des Klebebandes wollte, konnte er ihm gern dienen. Jetzt hatte er einen Speer.

Als er auf eine schwarze Schildkröte stieß, die sich sonnte, benutzte er den Speer. Mit dem stumpfen Ende warf er die Schildkröte auf den

Rücken, dann stieß er ihr die Klinge in die Kehle und schnitt ihr den Kopf ab. Er legte das Tier dann schief, damit es richtig ausblutete, und schaute sich inzwischen um, ob er nicht ein Feuer zustande brächte.

Mit Reibhölzern Feuer zu machen, traute er sich gerade noch zu. Er schaute sich nach toten Ästen oder Baumstämmen um. Ganz in der Nähe lag ein perfekter Stamm, der bereits eine etwa zwanzig Zentimeter lange Rille aufwies, gerade die richtige Breite für einen Feuerstab. Er fand auch den passenden Stock. Er wußte zwar nicht, ob er ein Feuer in Gang setzen könnte, legte aber sicherheitshalber schon mal etwas Zunder bereit – trockenes, gespaltenes Gras aus einem Vogel- oder Mäusenest. Dann brach er trockene Zweige ab und machte einen Haufen damit. Mit beiden Händen packte er den Feuerstab und drückte ihn so kräftig, wie es ihm bei seinen wunden Fingerspitzen möglich war, in die Rille. Er rieb hin und her, immer schneller und schneller, und preßte immer stärker und stärker. An einem Ende der Rille lag schon ein Häufchen Sägespäne. Er rieb und drückte immer mehr. Endlich spürte er Wärme. In dem Sägemehlhäufchen hatte sich ein Funke gebildet. Schnell schob er Zunder zum Funken und blies in die kleine Flamme.

Als er ein schönes Feuer hatte, schleppte er die Schildkröte herbei und legte sie hinein. Die Hitze spaltete ihren unteren Panzer. Danach holte er die Schildkröte heraus. Sobald sie abgekühlt war, stemmte er die Bauchplatten ab. Mit der Speerspitze zerteilte er den Braten. Er säuberte ihn, legte die rohen Stücke, die er kochen wollte, auf Palmblätter und vergrub den Rest, um nicht Insekten oder größere Raubtiere anzulocken. Dann füllte er Wasser in den intakten Rückenpanzer, legte ihn aufs Feuer und kochte darin das Fleisch.

Das war seine einzige warme Mahlzeit. Da er das Gefühl hatte, sie würde es auch bleiben, stopfte er in sich hinein, was nur hineinging. Trotzdem hatte er noch eine ordentliche Portion gekochten Fleisches, das er in ein Palmblatt packte und mitnahm. Satt und lächerlich glücklich bereitete er sein Nachtlager. Im Westen standen riesige Wolkenbänke am Himmel, die wie Perlmutt oder Fischschuppen glänzten. Plötzlich verdunkelten sie sich.

7 A – Aufklärung

Er gehörte zum Schildkröten-Totem. Er hatte Schildkröte gegessen, war ihr aber dafür dankbar; daher war er jetzt eins mit der Schildkröte. Auf dem nächtlichen Wasser geisterten die Schemen von Treibholz. Sie erwachten aber nicht zum Leben und fraßen ihn, weil die Schildkröte ihn beschützte. Der Schildkrötenpanzer wurde zum Himmelszelt. Die Klauen der Schildkröte waren die Kraft, die das Universum bewegte. Der Schwanz der Schildkröte war das Steuerruder. Und der Kopf der Schildkröte?

Er starrte in das Gesicht; aber es sprach nicht zu ihm. Eine Maske hätte ihm mehr gesagt, weil eine Maske eine offene Täuschung ist. Hatte die Schildkröte ihn tatsächlich in den Bund der Männer eingeweiht? War Töten gut oder böse?

»Aber nein, wie philosophisch wir auf einmal sind«, sagte sein Vater und lächelte mit dem Lächeln der Schildkröte und schaute ins Lagerfeuer mit den Lagerfeueraugen. »Ich kann dir gern ein paar Sachen erklären, wenn du willst; aber ich glaube, das wäre viel zu hoch für dich.« Die Stimme seines Vaters verwandelte sich in Stimmen, die Stonewell die ganze Zeit über gehört hatte. »Der Clue – der beschneidende Hinweis – ist, daß der Berg nach einem Beben Dehnungsnarben aufweist; an seinem Fuß sitzt die Maus. Das heißt, wenn wir die Krönung der Schöpfung sind – wozu dann all das Geschrei? Ehe wir uns aber über die Natur der Realität Sorgen machen, müssen wir uns Sorgen über die Realität der Natur machen. Nach dem Gesetz der Unsicherheit wird der Raum immer verschwommener, je feiner man die Zeit abstimmt. Wir befinden uns auf den Hörnern der Paradoxa. Maya, Illusion, ein Spiegelkabinett. Schwerkraft ist verzerrte Materie und Licht bilateral symmetrisch. Alles ist Angabe – schon vor dem Wort ›Es werde‹.«

Das stimmte. Wir waren alle vom Wort »Es werde« an Todeskandidaten. Aber es existierte, wehte durch die Gedanken, weitete sein Bewußtsein. Seine eigene Stimme sagte ihm, daß er *die* Antwort wußte.

»Das Universum weitet sich auf subatomarer Ebene ebenso wie auf galaktischer Ebene aus. Das bedeutet, daß Gravitation kein Anziehen, sondern Anschieben ist. Gravitation ist die Expansion aller Dinge, weitet sogar den leeren Raum. Aber da die ganze Materie sich mit derselben Geschwindigkeit ausweitet, bleibt dieses Wachstum für den Beobachter, der ebenfalls expandiert, unsichtbar.

Das erklärte alles, und er vergaß es, als er aufwachte.

8 PZ – Primärziel

Ab und zu hörte er das Brummen eines Sumpfboots oder das Klicken eines Anlassers; aber immer weit entfernt. Flugel und Messmore kannten diesen Teil der Wildnis. Trotzdem arbeitete er sich näher an etwas heran. Jedenfalls veränderte sich der Weg vor ihm. Der Kanal wurde breiter, andere Kanäle mündeten hinein und bildeten einen See. Es sah wie eingepferchtes Wasser aus. Jetzt hatte er die Mitte von Nirgendwo erreicht.

Auf der anderen Seite des Sees konnte er eine Hütte unter Bäumen erkennen. Er machte sich Gedanken, wie er wohl in den Augen der Leute aussah. Wie ein Steinzeitmensch? Er lächelte. Aber noch war er nicht bei seinesgleichen.

Zum Schwimmen war es, so wie er sich fühlte, zu weit. Er mußte dem Ufer folgen.

Lange Zeit schien er sich nur immer weiter von der Hütte zu entfernen. Aber wenn er immer einen Fuß vor den anderen setzte, mußte er dorthin gelangen. Das redete er sich immer wieder ein.

Er blieb stehen. Was er durch den Schleier aus Schweißperlen zuerst für eine große Schildkröte gehalten hatte, stellte sich als Ruderboot heraus, das zur Hälfte im Schlamm steckte. Er buddelte es aus. Nachdem er festgestellt hatte, daß es im Prinzip in Ordnung war, dichtete er die Ritzen mit Gras und ließ es vom Stapel laufen. Es schwamm. Dann suchte er sich noch einen kurzen breiten Prügel als Paddel, wenn es zum Staken zu tief würde, und stieß sich ab.

Gerade hatte er mit Staken aufgehört und zum Paddel gegriffen, als ein Flugzeug aus der Sonne kam. Er winkte und plantschte im Wasser, damit das Flugzeug die Lichter auf dem Wasser erkannte; aber er machte sich keine große Hoffnung, daß der Flieger ihn sehen würde. Er sah ihn. Er wackelte mit den Tragflächen. Sein Herz schwoll an, und die Augen konnten sich an der USAF-Kennung nicht sattsehen.

Das Flugzeug kam immer tiefer herunter. Vor dem Boot kräuselte sich das Wasser unter dem Knattern des Maschinengewehrfeuers. Er hockte auf den Fersen und konnte nichts anderes tun, als zuzusehen, wie das Flugzeug zu einem neuen Angriff aufstieg.

Als der Motor einen Augenblick leiser wurde, hörte er den Ruf »Bobwhite! Bobwhite! Bobwhite!« über den See zu ihm dringen. Aber er sah keine dieser Virginischen Wachteln aufsteigen. Die Schießerei hatte kein anderes Lebenszeichen ausgelöst. Niemand war in der Nähe der Hütte erschienen. Vielleicht war sie verlassen, wieder eine Sackgasse. Aber sie war das einzige Ziel, das er im Augenblick hatte.

Jemand war wahnsinnig. Entweder der Pilot oder er. Wenn sich so ein Luftjockey nicht nur einen kleinen Nervenkitzel verschaffen wollte, mußte es die Army sein, die Air Force, die ganze verdammte Welt, die alle hinter Lieutenant Stonewall J. Buckmaster her waren. Verfolgungswahn, ich komme!

Sein Kinn zitterte. Er beugte sich vor und paddelte wieder auf die Hütte zu. Links, rechts, links, rechts.

Diesmal waren die Einschüsse viel näher.

Er schaute dem Flugzeug nach, als es eine Schleife zog: Er brannte die Kennung ganz sorgfältig in sein Gehirn ein. Konnte der Idiot denn nicht sehen, daß sein Ziel splitterfasernackt war und Hilfe benötigte? Oder – Buckmaster schaute an sich herab – sahen die Schlammkleckse auf den Insektenstichen wie ein Tarnanzug aus? Wenigstens wollte der Clown ihn nicht treffen, sonst hätte Buckmaster längst die Kugeln abbekommen.

Wollte er Buckmaster warnen und abschrecken? Wovor?

Das Flugzeug kam wieder zurück.

Buckmaster paddelte schnell zurück ans Ufer, als das Flugzeug zum dritten Mal über den See strich.

Diesmal fielen keine Schüsse.

Vielleicht dachte der Pilot, er hätte seine Meinung unmißverständlich klargemacht, vielleicht ging ihm auch der Treibstoff aus. Beim Abdrehen schoß aus dem Heck eine zufriedene orangefarbene Feuergarbe. Es kam auch nicht wieder, um noch eine Runde zu drehen.

Buckmaster fühlte sich tauber als jede Nuß. Ganz langsam meldete sich sein Körper wieder. Er stand auf und schüttelte die geballte Faust hinter dem Quecksilberpünktchen her, das außer Sichtweite ging. Dann knickte ihm ein Bein weg, so daß er sich unsanft setzte. Ein Querschläger hatte vom Boot einen Splitter losgeschlagen, der ihm den Schenkel aufgerissen hatte.

Jetzt brauchte er das Leukoplast für andere Zwecke. Er wickelte es von der Speerspitze ab und befestigte den Fleischlappen an seinem Oberschenkel.

Plötzlich fühlte er sich hundemüde. Vielleicht würde das Flugzeug wiederkommen. Er zog sich lieber zurück und wartete, bis es dunkel war, um dann hinüberzurudern.

Dieser Tag war am schlimmsten, weil er so gut angefangen hatte. Die Nacht spiegelte das wider.

9 MB – Mündlicher Befehl

Der Kaplan war eine Kreuzung aus General Hackstaff und Joe, dem Barkeeper im Offizierskasino. Buckmaster sagte zum Kaplan: »Ich habe ein reines Gewissen, Padre.« Aber der Kaplan bestand darauf, für seine Seele zu beten. »Ich werde Ihre Seele retten und wenn ich Ihren Geist dabei töten muß.« Der Kaplan führte den Vorsitz beim Kriegsgericht. Während Sergeant Messmore Buckmaster mit einem flotten Trommelwirbel verabschiedete, zog ihm Corporal Flugel die Uniform aus, bis er nur noch die Knöpfe trug.

Lieutenant Stonewall J. Buckmaster lehnte mit einem Kopfschütteln die Augenbinde ab, nahm aber den Sargnagel trotz der Warnung der Gesundheitsbehörde. Colonel Maximilian Fubb bewunderte Buckmasters Tapferkeit trotz allem und bellte: »Sie können feuern, wenn Sie soweit sind, Bratpfanne.«

Buckmaster stemmte sich gegen den Pfosten und schloß die Augen. Aber die Schüsse gingen vorbei, trafen auf die Mauer, nicht das Fleisch. Er öffnete die Augen.

Lieutenant Victor Landtroop schwenkte Maggie Fubbs rosa Höschen, um zu signalisieren, daß die Schüsse fehlgegangen waren. Aber warum blutete dann Ex-Lieutenant Stonewall J. Buckmaster? Wenn man einen Schatten anschießt – blutet dieser dann Dunkelheit? Oder Helligkeit?

Hoppe, hoppe Reiter,
Fällt er oder schreit er?
Fällt er in den Sumpf,
Dann macht der Reiter. . .

Es war nicht der richtige Zeitpunkt für den Triumphmarsch aus *Aida*, aber auch nicht für einen Kinderreim. Sein Traum korrigierte das selbst. »Way Down upon the Swanee River« floß wie ein dunkler Strom durch seine Gedanken. Daraus entstand ein Schwanengesang, der in den Zapfenstreich überging. . . und den Stepptanz, mit dem Preston Sturges' *Hail the Conquering Hero* beginnt. . . Gerade als sechs Marineinfanteristen Woodrow LaFayette Pershing Truesmith heimtrugen, ließ Lieutenant Stonewall Jackson Buckmaster los und gebot Halt.

10 ZMM – Zurück, marsch, marsch

Er hatte den geplanten Zeitpunkt zum Aufbruch verschlafen; aber es war noch nicht hell. Wieder stieß er sich vom Ufer ab und fuhr auf ein Ufer zu, das er nicht sehen konnte. Langsam wurde es immer deutlicher. Als er endlich knapp hundert Meter nördlich der Hütte anlegte und das Boot unter die Bäume schleppte, war der Himmel schon hell.

Gerade noch rechtzeitig. Ein Düsenjäger brauste heran. Dasselbe Flugzeug. Es flog über den See und drehte dann ab. Er wartete ein Weilchen, humpelte dann aber weiter.

Buckmaster bewegte sich durch Pinien und Zwergpalmen auf die Hütte zu. Er reagierte weitaus schreckhafter als die Virginische Wachtel, als die beiden sich trafen. Ihr Warnschrei weckte ein enormes Echo irgendwo hinter der Hütte.

Hütte war die falsche Bezeichnung. Es war für diese Größe ein solides Gebäude aus verwittertem Rotholz. Ein starkes Vorhängeschloß sicherte die Tür. Buckmaster verzog das Gesicht. Es gab aber eine Stromleitung und einen Kiesweg, der in den Wald führte. Das Haus war dadurch mit der Welt draußen verbunden. Er war zurück in der Zivilisation, zumindest auf dem richtigen Weg dorthin.

Er schaute an sich herunter, lauschte, um sicherzugehen, daß kein Weibsvolk anwesend war, ehe er ins Offene hinaustrat.

»Hallo!«

Sein Krächzen führte ihm vor Ohren, daß er ziemlich lange nicht geredet hatte. Es war aber laut genug, um weiter hinten ein lautes Flügelschlagen zu bewirken. Es stiegen aber keine Vögel auf. Er ging um die Hütte herum und stand vor einem Maschendrahtverschlag, in dem Hunderte von Virginischen Wachteln eingesperrt waren – runde, plumpe Körper, mit braunen und schwarzen Streifen, ganz wie die beim Militär. Die Männchen zeigten leichten Kamm und ein weißes Lätzchen, die Weibchen hatten braune Brüste.

Buckmaster betrachtete sie hungrig. Dann fiel ihm ein, daß er sich ja wieder in der Zivilisation befand. Die tiefen Rillen im Kies verrieten, daß der Züchter mit einem Lastwagen weggefahren war. Wer auch dieser Züchter war, er würde seine Wachteln nicht lange hier allein lassen, sondern früher oder später zurückkommen. Buckmaster lehnte sich an die Wand der Hütte, rutschte nach unten und setzte sich hin, um abzuwarten.

Kaum hatte er die Augen geschlossen, riß der Düsenflieger sie ihm wieder auf. Wieder drehte er eine Runde über dem verbotenen See. Buckmaster verschmolz mit dem Schatten der Hütte. Er war zwar sicher, daß man ihn nicht entdeckt hatte, wollte es aber lieber nicht darauf ankommen lassen.

Durch ein Fenster konnte er in der Hütte Konservendosen und Schachteln auf einem Regal sehen. An einem Haken hingen Kleidungsstücke. Er zerbrach die Scheibe, wodurch die Wachteln wieder mit Geschrei aufflatterten. Nachdem er die Glassplitter aus dem Fensterrahmen entfernt hatte, zog er sich hoch und ließ sich in die Hütte fallen. Er versuchte im Handstand aufzukommen, um sein verletztes Bein zu schonen. Das gelang ihm gar nicht schlecht.

Die Pfirsiche aus der Dose und die Cracker bekamen seinem Innenleben, die verwaschene Arbeitsuniform bekam seinem Außenleben weniger gut. Vorher hatte er sich gewaschen. In der Hütte gab es ein Waschbecken mit fließendem Wasser, das durch eine Pumpe gefiltert wurde, und auch Seife. Er benutzte jede Menge Wasser und Seife. Seine Fingerspitzen sahen zwar übel aus, waren aber nicht vereitert. Mit einem sauberen Geschirrtuch verband er seine Schenkelwunde.

Er hätte auch eine Rasur nötig gehabt, aber die rostige, mit Haaren verklebte Klinge im Rasierapparat war ihm zu unappetitlich. Reserveklingen gab es nicht. Offensichtlich war das eine der Sachen, die der Mann in der Stadt besorgen wollte. Buckmaster strich sich über den Bart und schaute in den Spiegel. Für sieben Tage gar nicht übel. Verlieh im ein völlig neues Aussehen, und ein völlig neues Aussehen würde er wohl brauchen können, wenn er herausfinden wollte, in welcher Klemme er steckte.

Er schaltete das Radio auf dem Tisch ein und hörte zu, während er sich wusch, aß und anzog. Es gab aber keine aufregenden Nachrichten – nichts über einen vermißten Lieutenant Buckmaster, nichts über TOTE, nichts Neues in der Welt außer den üblichen Wehwehchen. Das einzig Neue war für ihn, herauszufinden, daß er eine Woche im Sumpf gewesen war. Er hatte unterwegs jedes Zeitgefühl verloren. Zum Schluß steckte er sich noch eine Schachtel Cracker ein.

An der Wand stand ein Feldbett. Er betrachtete es sehnsüchtig, schüttelte aber den Kopf und benutzte es nur als Steighilfe durchs Fenster. Er landete miserabel auf der anderen Seite.

»Wachtelt euch selber!«

Diesem Rat folgten die Wachteln mit großem Geschrei.

Mit einem steifen Bein humpelte er auf dem weichen Streifen neben dem Kiesweg dahin. Warum waren bloß keine Schuhe in der Hütte gewesen? Er konnte selbst nicht sagen, warum er den Lieferwagen nicht hörte. Er klapperte zwar nicht, war aber auch nicht völlig geräuschlos. Plötzlich stand er ihm nach einer Kurve gegenüber. Vielleicht hatten das Geräusch beim Crackeressen oder die losen Krümel in der Schachtel – bei seinem Ausstieg waren die meisten zu Bruch gegangen – alles andere übertönt.

Der Fahrer bremste und hielt. Er betrachtete Buckmaster, die Schachtel mit den Crackern, die Kleidung und seine bloßen Füße. Er hatte leichte Hängebacken, in denen er leicht ein Stück Kautabak verstauen konnte. Seine Augen verengten sich, als er den verwaschenen Overall erkannte.

»Tag. Probleme, Mister?«

»Ich hab' mich im Sumpf verirrt.«

»Ach ja? Da haben Sie aber Glück gehabt. Passiert selten, daß einer, der sich verirrt hat, wieder rauskommt.«

»Ja. Ich hab' Glück gehabt.« Buckmaster zupfte an dem lose sitzenden Overall. »Ich mußte mir fremde Sachen organisieren. Wenn das Ihre sind, will ich mich gern erkenntlich zeigen, wenn-«

Der Mann winkte ab.

»Vergessen Sie's! Ich bin Quintus Cullum. Wie heißen Sie?«

»Jackson.«

»Vor- oder Nachname?«

»Beides. Jackson Jackson.«

»Interessanter Name.«

»Ich werde ziemlich oft deswegen aufgezogen.«

»Das glaube ich gern. Sie sind nicht aus dieser Gegend.«

»Nur zu Besuch. Naja, war nett, nach einer Woche im Sumpf ein freundliches menschliches Wesen getroffen zu haben. Und nochmals vielen Dank.«

»Moment noch, Jackson. Eine Woche sagen Sie? Kein Wunder, daß Sie hundemüde aussehen. Sie sind in keiner Verfassung, zu Fuß rauszugurken. Wissen Sie, wie weit es bis zur Stadt ist?«

»Ich weiß nicht mal, welche Stadt.«

»Fargo. Von da komm ich gerade.« Er nickte nach hinten auf die Ladefläche. Buckmaster sah, daß dort viele Kartons mit Sachen standen. »Einkaufen. Erwarte nämlich Besuch. Muß morgen wieder hin, um mehr zu holen. Steigen Sie ein und kommen Sie mit in meine Bude. Sie können da übernachten. 'ne Nacht Ruhe dürfte Ihnen bestimmt gut tun.«

»Vielen Dank, Mister Collum; aber ich bin sowieso schon viel zu spät dran.«

»Dann kommen Sie wenigstens mit, damit ich Ihnen ein Paar Schuhe pumpen kann.«

In der Hütte hatte es kein Extra-Paar Schuhe gegeben.

»Nein, vielen Dank.«

Collum beugte sich hinüber und öffnete die Tür zum Beifahrersitz.

»Los, rein! Das ist keine Einladung, sondern ein Befehl.« Er hielt eine Schrotflinte im Schoß. Sie hatte an der Kopfstütze seines Sitzes gehangen. Jetzt zielte sie geradewegs auf Buckmaster.

»Tut mir leid, Jackson Jackson; aber ich muß euch beide bis morgen festhalten, bis mein Besuch wieder weg ist. Ihr habt zu viel gesehen.«

»Ich habe nur eine Menge Sumpf gesehen und eine Menge Wachteln.«

»Genau das meine ich. Sie könnten leicht einer dieser lästigen Reporter aus dem Nordosten sein, der nur drauf aus ist, dem Militär etwas anzuhängen.«

»Wäre möglich. Könnte aber auch sein, daß ich hier bin, um die Sicherheitsvorkehrungen zu inspizieren.«

Collum klappte der Unterkiefer herunter. Brauner Saft tröpfelte heraus.

»CID?« Die Mündung der Schrotflinte schwankte etwas.

Buckmaster seufzte und schüttelte den Kopf.

»Na schön, Collum. Im Grunde bin ich froh, einzusteigen und die Sache hinter mich zu bringen – jetzt, wo meine Tarnung sowieso im Eimer ist.« Er schob den Gewehrlauf weg, stieg ein und machte die Tür zu. »Ich habe meine Ausweise in meinen Sachen gelassen, und meine Klamotten hängen in einer Astgabel in der Nähe Ihrer Hütte.« Er lachte kurz. »Bin gestern völlig aufgeweicht, nachdem ich abgesprungen und im See gelandet bin.«

Collum kaute nervös, während er darüber nachdachte.

»Sind Sie wegen der Wachteln hier?«

»Was glauben Sie denn?«

»Mal ehrlich, Jackson. Ich habe nur Befehle ausgeführt.«

»Das hat Eichmann auch gesagt.«

»Wer?«

»Fahren Sie schon, Collum. Das können Sie mir alles unterwegs erzählen.«

»Vor ein paar Jahren haben 135 000 Jäger vier Millionen Wachteln eingesackt. Das war die Spitze. Seitdem sind es immer mehr Jäger und immer weniger Wachteln geworden. Es geht nicht bloß ums Abknallen. Wenn die Holzleute Pinien pflanzen, verziehen sich die Wachteln, sobald die Setzlinge Fuß gefaßt haben. Außerdem gibt es immer neues Weidegebiet für Milchkühe und Rinder. Das alles führt dazu, daß hier bald kein Wachtelland mehr sein wird. Und wenn den Air Force-Gernerälen eine Sache wirklich am Herzen liegt – dann ist es Wachtelschießen.«

Das war also der Grund für den Luftangriff. Die hohen Offiziere wollten ungestört bleiben, und der Pilot hatte angenommen, daß Buckmaster schwarzfischte oder sonstwie in ihrem illegalen Schutzgebiet wilderte.

Der Lieferwagen hielt am Ende des Kieswegs an. Die Vögel flatterten in ihrem riesigen Käfig hin und her. Collum folgte Buckmasters Blick und meinte stolz:

»Bildschön, was? Hab' ein paar wilde mit den zahmen gekreuzt. Wenn die Generäle kommen, werden wir im Wald Lockvögel postieren.« Der Geruch von billigem Parfüm und billigem Schnaps hüllte ihn ein. Er hatte seinen Bedarf mit mehr als nur dem unbedingt Nötigsten gestillt. Jetzt kam noch der Geruch von Furcht dazu. »Und was wird jetzt passieren?«

»Ihnen wird überhaupt nichts passieren. Sie haben ja schließlich nur Ihre Pflicht getan.«

»Stimmt.« Er stieg erleichtert aus. Seine Augen schauten mutiger, als er Buckmaster fragte: »Sagen Sie, Jackson, welchen Rang haben Sie eigentlich?«

»First Lieutenant.«

Collum lächelte.

»Ein Dutzend Generäle kommt regelmäßig her. Ich schätze, ein Dutzend Generäle hat auch 'ne Menge Einfluß.«

»Das nehme ich an.«

»Todsicher sogar.«

Dann ging Collum auf die Tür der Hütte zu, nahm einen Schlüssel aus der Hosentasche und schloß das Vorhängeschloß auf. Als er die Tür aufgemacht hatte, nahm Buckmaster die Schrotflinte und klappte sie auf. Collum wirbelte bei dem Geräusch herum.

»He!«

»Schönes Stück! Was haben Sie da drin? Siebeneinhalber oder Achteinhalber?«

»Achter. Aber, was soll-«

Buckmaster kletterte mühsam heraus und schaffte es, dabei Collum nicht aus dem Visier zu lassen.

»So, Sie gehen jetzt schön vor mir her und wenn Sie an den Maschendraht kommen, legen Sie ihn flach.«

»Aber dann fliegen die Wachteln weg.«

»Das ist der Zweck der Übung.«

»Die reißen mir den Arsch auf.«

»Eiterfluß trifft auf Dünnschiß. Gehen Sie, das ist ein Befehl.«

Mürrisch bewegte sich Collum zum Zaun und ruckte leicht an den Pfosten.

»Das schaff' ich nicht.«

Buckmaster schoß ein hübsches, weitgestreutes Muster in die Seitenwand der Hütte.

»Sie können.«

Die Vögel flatterten noch aufgeregt im ersten Rausch der Freiheit, als Buckmaster Collum hinten um die Hütte herummarschieren und sich bäuchlings auf das Feldbett legen ließ. In einer Hand hielt er schußbereit die Schrotflinte, mit der anderen wickelte er Angelschnur von einer Rolle, die er auf einem Regalbrett entdeckt hatte.

»Wollen Sie den Priem drinbehalten oder ausspucken? Könnte später unangenehm werden.«

Collum drehte den Kopf und schaute zu Buckmaster auf. Die Augen spielten in den Hautfalten »Schnecken-im-Haus.« Urplötzlich spuckte er in hohem Bogen einen Strahl braunen Safts in Buckmasters Augen. Dieser konnte zwar durch eine Kopfwendung das Ärgste vermeiden, ließ dabei aber den Mann nicht aus den Augen. Er stieß Collum mit dem Gewehr zurück. Widerstandslos ließ er sich danach von Buckmaster auf dem Feldbett festbinden.

Nachdem Buckmaster die Verschnürung nochmal überprüft hatte, ging er nach draußen.

»Jackson, Sie können mich doch so nicht liegen lassen! Das kann noch Tage dauern, bis die kommen.«

»Sie werden's überstehen.« Buckmaster wurde etwas weich. »Sobald ich in der Stadt bin, werde ich bei der örtlichen Polizei Bescheid sagen, daß sie sich um Sie kümmert. Mehr kann ich nicht tun. Das ist sowieso schon mehr, als Sie verdienen.«

»Ich hab' Ihnen doch nichts getan.«

Gerade brauste das Flugzeug über sie hinweg. Buckmaster wartete, bis der Lärm verstummt war.

»Negativ. Doppelte Verneinung. Niemand tut mir nichts.«

Draußen blinzelte er im hellen Sonnenschein. Über die Hälfte der Wachteln hatte ihr Gefangenenlager nicht verlassen oder war zurückgekommen. Buckmasters Gesicht wurde hart. Sie waren sowieso tot. Besser durch seine Hand als durch die der Generäle.

Er schaute unter den Sitz im Lieferwagen und fand einige Patronenschachteln. Er zählt nicht nach, wie viele, auf alle Fälle genug, um die Arbeit zu schaffen.

Als er fertig war, ging er wieder in die Hütte. Collum lag still und ruhig da. Buckmaster wusch sich die Blutspritzer vom Gesicht und den Händen. Dann nahm er ein Küchenmesser und ging zum Feldbett. Collum erstarrte und verschluckte seinen Priem.

Buckmasters Finger, vor allem der, mit dem er geschossen hatte, taten zu weh, als daß er damit die Schuhbänder hätte lösen und wieder verknoten können. Er schnitt daher die Knoten auf und zog Collum die Schuhe aus.

»Beinahe hätte ich vergesen, daß Sie mir ja ein Paar leihen wollten.«

Collum blies die Backen auf.

»Du bist nicht vom CID.«

»Nein. Ich gehöre zu den Pfadfinderinnen. Wir übernehmen jetzt die Macht.«

Ehe er den Lieferwagen anließ, schaute er nach, was hinten drauf war. Unter anderem fand er auch eine Kiste Bourbon. Er nahm einen Schluck auf die Generäle. Dann noch einen. Aber damit ließ er es bewenden. Ihm wurde schon ganz schwindlig. Zwischen Kisten und Kartons fand er einen Wäschesack. Statt der Uniform zog er frisch gewaschene Unterhosen an, ein weißes Hemd und Bluejeans. Obwohl seine Füße sich anfühlten, als wären sie um eine Nummer gewachsen, zog er noch zwei paar Socken an, damit ihm die Schuhe paßten, trotz wunder Ballen und sonstiger Verletzungen.

Dann wendete er den Lastwagen und fuhr langsam weg. Collum und sein Lastwagen waren zwar in Fargo ein alltäglicher Anblick, aber er wollte lieber in der Dunkelheit durchfahren.

11 VMVZO – Erlaubnis erteilt, vorgeschriebenen Marschweg zu verlassen, sofern für den Zweck der Operation erforderlich

Hinter Fargo fuhr er von der Straße weg, parkte abseits unter dem Schutz von Büschen und Bäumen und schlief bis zum Morgengrauen. Dann bog er wieder auf die Straße und nahm die 441 durch Homerville nördlich nach Helena. Auf der 280 fuhr er nach Westen nach Columbus. Neun Meilen vor Columbus zeigte die Benzinuhr rot. Es gab mehr Tankstellen wie Sand am Meer. Er hatte aber kein Geld für Benzin. Er hatte Bourbon. Würde das klappen? Er schüttete Bourbon in den Tank. Nachdem er sich durch Fort Benning gehustet hatte, kurz vor Columbus, sah er einen Armeelaster, dessen Ladefläche von einer Plane bedeckt war, entgegenkommen. Offensichtlich kam er zurück vom Army-Versorgungs-Depot Atlanta.

Einen Augenblick kreuzte sich der Blick des Fahrers mit seinem. Der Fahrer, ein Obergefreiter, sah Sergeant Messmore verdammt ähnlich. Der Augenblick war vorüber. Buckmaster schüttelte den Kopf. Es konnte nicht sein! Im Rückspiegel sah er, wie der andere Fahrer ebenfalls den Kopf schüttelte. Konnte es wirklich nicht sein?

Buckmasters Magen zog sich zusammen. Es würde zu lange dauern, jetzt zu wenden und dem Lastwagen hinterherzufahren. Wenigstens wußte er, daß es ein Laster aus Fort Benning war. Ob das nun Messmore gewesen war oder nicht, war gleich, da er sich schon vorgenommen hatte, in Fort Benning seine Suche nach der Tenth Experimental Company anzufangen.

Messmore und Flugel würden dafür bezahlen, was sie ihm angetan hatten. Er spürte die Schrotflinte an seiner Wade. Aber die Abrechnung stand noch nicht unmittelbar bevor. Zuerst mußte er herausfinden, worum es eigentlich ging. Bis dahin konnte er alles zusammenzählen.

Er parkte den Lastwagen in einem Viertel, das überwiegend von Negern bewohnt wurde. Hier würde das Zeug, das hinten drauf lag, am meisten gebraucht. Er begann, das Steuer abzuwischen, mußte dann aber lachen. Er mußte sich wirklich keine Sorgen wegen Fingerabdrücken machen! Er überlegte auch nicht lange, bis er die Schrotflinte zurückließ. Jetzt brauchte er Gehirn, keinen Schießprügel. Er stieg aus und betrachtete das restliche Feuerwasser hinten. Prima Tauschware. Er packte sechs Flaschen Bourbon und einen Laib Brot zusammen:

Die Welt wird schöner mit jedem Tag, man weiß nicht, was noch werden mag. Als er wegging, folgten ihm so viele Augen, daß er das Gefühl hatte, Spießruten zu laufen.

Collum. Der Mann würde sich inzwischen auch nicht mehr besonders wohlfühlen. Schade, daß in der ausgeborgten Kleidung kein Geld gewesen war, um zu telefonieren. Buckmaster mußte eine ziemliche Strecke gehen, ehe er eine Notrufzelle fand, die er ohne Gefahr benutzen konnte, wo die Frauen, die in den Fenstern lagen, ihn nicht sehen konnten und wo auch keine Penner drinlagen.

Er sagte dem Polizisten und dem mitlaufenden Tonband, daß er die Kollegen in Fargo anrufen solle, weil Quintus Collum dringend Hilfe benötigte. Auf die Frage »Wer spricht da?« hängte er ein. Hätte er der Versuchung nachgegeben und gesagt »General Jackson«, hätte der Bulle den Anruf als schlechten Scherz abgetan.

Aber auch Lieutenant Stonewall J. Buckmaster brauchte jetzt dringend Hilfe. Er brauchte ein Telefon, eine Schreibmaschine und mußte einigen Leuten einige Würmer aus der Nase ziehen.

Sobald er es sah, wußte er, wonach er suchte. FTA! Jugendstilbuchstaben auf der Fensterscheibe gaben die beschönigende Erklärung: *Free Time Association*. Soldaten-Freizeitclub. Man konnte es auch als *Fuck The Army* lesen.

Buckmaster hatte zwar die Uniform, nicht aber die Reflexe abgelegt. Automatisch machte er sich zum Zurückgrüßen bereit, als ihm zwei GIs begegneten. Aber die beiden kümmerten sich nicht um ihn und gingen in ein Geschäft. Er ließ sich vom Rock 'n Roll überrollen, während er die Poster und Anschläge an der Scheibe durchlas. Der Saftladen war offiziell ein Café für Unteroffiziere und Mannschaften, diente aber nebenher noch als Büro für eine höchst unsoldatische Untergrundzeitung. Hier gab es mit Sicherheit ein Telefon, eine Schreibmaschine – und Informationen.

Er nahm sein Paket unter den anderen Arm und ging hinein. Die meisten GIs hier waren in Zivil. Keiner würde auch nur zweimal zu ihm hinsehen.

Sie sahen zweimal zu ihm hin. Der magische Anziehungspunkt war sein einwöchiger Bartwuchs. Er konnte sich nicht mit Pickeln vom Rasieren herausreden. Er konnte als Entschuldigung nur eine Sauftour anbringen, nebst unerlaubter Entfernung von der Truppe. Er dachte wie ein Betrunkener, was bedeutete, daß er völlig nüchtern kalkulierte, als er sich mit verschwommener Konzentration umschaute. Der Laden war beinahe voll. Aber er fand einen leeren Tisch in einer Ecke und steuerte darauf los. Dann stellte er sein Paket ab, setzte sich und schickte seine Blicke glücklich auf Erkundung aus.

Die Dekoration bestand aus Fischernetzen mit Schwimmkorken und Kerzen in »toten Soldaten«, leeren Flaschen, auf den Tischen. An den Netzen hingen Poster mit Mao, Micky Maus und Che. Es gab auch eine kahle Stelle mit Graffiti wie »Macht die Kreise endlich rund!« und »Fort Benning ist so amerikanisch wie J.R.« Die Musik war so dick, daß er kaum durchblicken konnte. Die Stammkunden schienen das endlose Gedröhne als beruhigende Monotonie aufzunehmen, eine Sicherheit in einer unsicheren Welt. Er fand schnell den Geschäftsführer.

Auf dem Impressum im Fenster war ein Joe Dee als Inhaber und Herausgeber und Redakteur aufgeführt. Buckmaster las den Namen Joe von den Lippen der Leute, die mit einem Zwanzigjährigen sprachen, der am Büfett lehnte. Aber Buckmaster hätte ihn auch so als die beherrschende Figur herausgefunden.

Joe Dee trug ein Sweatshirt mit dem Motto: BE HEALTHY – EAT YOUR HONEY. Obwohl er Zivil trug, war Dee bestimmt Soldat, allerdings kaum mehr als Obergefreiter. Die Armee vertrat vielleicht die Ansicht, daß ein guter Soldat schon mal aus der Reihe tanzt; aber die hohen Tiere würden so etwas wie diesen Schuppen bestimmt nicht billigen. Dee würde ein kleiner Soldat bleiben, bis seine Dienstzeit um war. Er sah wie etwa zwanzig aus. Ein kluges Kerlchen.

Buckmaster wartete etwas und ließ sich von Dee mustern, ehe er eine Flasche Bourbon herauszog, ans Licht hielt und auf den Tisch stellte. Joe Dee kam sofort rüber.

»Willst du unseren Laden hochgehen lassen? Wir haben keine Ausschankgenehmigung für Alkohol. Also weg mit dem Zeug.«

»Tut mir leid, Joe, aber du hast mich falsch verstanden. Ich trinke nicht, ich will tauschen. Ich bin völlig pleite, null Moos.«

»Der Mensch lebt nicht vom Moos allein.«

Dee sprach geistesabwesend. Offensichtlich versuchte er herauszufinden, ob Buckmaster ein Provokateur war. Gleichzeitig ging er kein Risiko ein. Er warf ein paar Blicke umher, worauf sich zwei stämmige GIs neben der Eingangstür postierten.

Buckmaster hob die Hand, als würde er den Pfadfindereid schwören.

»Ehrlich, ich bin total ohne Knete. Da hab' ich mir gedacht, ob mir nicht sechs Pullen Bourbon ein paar Dinge beschaffen könnten.«

»Und was zum Beispiel?«

»Ein paar Telefonanrufe, die Benutzung einer Schreibmaschine.«

Dee runzelte die Stirn, lächelte dann aber.

»Wir sind zwar keine Tauschzentrale, aber wir helfen unseren Mitsoldaten so viel wir können. Das ist schließlich der Zweck des FTA. Du *bist* doch Soldat? Würdest du mir mal deinen Truppenausweis zeigen?«

»Da liegt der Hund begraben. Das muß ich in Ordnung bringen. Ich bin heute morgen in einem Hotelzimmer in Atlanta aufgewacht und habe versucht, nach einer ziemlich langen Sauftour nüchtern zu werden. Da mußte ich feststellen, daß ich schon eine Woche von der Truppe abgängig bin. Außerdem hat sich mein Portemonnaie mit den Mäusen und den Ausweisen zusammen mit dem Mädchen aus dem Staub gemacht gehabt. Ich hab' mich aus dem Hotel geschlichen und bin per Anhalter hierhergekommen. Aber so will ich mich in Fort Benning nicht unbedingt so zeigen.«

»In welcher Einheit bist du?«

»Tenth Experimental Company.« Er beobachtete ganz genau Dees Gesicht, aber ohne Ergebnis. »Willst du Namen, Rang und PN-Nummer?« Er gab Corporal Jackson Wallstone an und leierte seine Nummer herunter, aber ohne die für »Offizier« davor.

Dee sah den Inhalt des Pakets durch.

»Wo hast du das her?«

»Unterm Bett gefunden. Ist der Rest von der Kiste, mit der ich angefangen hatte.«

Dee grinste.

»Und das Brot?«

Buckmaster gab sich Mühe, verwirrt auszusehen.

»Daran kann ich mich nicht mehr erinnern. Ich nehme an, daß ich Angst hatte, ich könnte Hunger bekommen.«

Dee lachte.

»Und jetzt? Hast du Hunger, Jackson?«

»Schätze. . . ja.«

Dee nickte, schob sich zur Theke vor und brachte einen Chili Dog und eine große Cola zurück. Er schaute verlegen.

»Das leg' ich drauf. Kostet eigentlich 'nen Dollar, ist aber keinen Dollar wert.«

Von einem anderen Tisch holte Dee eine Feldketchupflasche in der Form eines verwundeten Soldaten. Das Ketchup floß aus dem Kopfverband. Dann schaffte Dee schnell den Bourbon ins Hinterzimmer.

Die beiden GIs an der Tür machten einem Mädchen Platz. Sie kam mit einer Gruppe von FTA-Leuten, die aussahen, als würden sie noch nach frischer Druckerschwärze riechen. Alle wurden freundlich lächelnd und mit Kopfnicken begrüßt. Sie bemerkte Buckmaster hinter seinem Chili Dog nicht, sondern ging gleich ins Hinterzimmer. Nach einer Weile erschien sie wieder und steuerte auf seinen Tisch zu. Sie setzte sich ihm gegenüber.

»Hi! Ich bin Sally Kaster.«

Er lächelte mit vollem Mund. Sally Kaster hatte einen Stufenschnitt, eine Glitzerblume auf der linken Wange, blass geschminkte Lippen, Nickelbrille, einen Umhängebeutel, ein Kleid mit Netzeinsatz und Stiefel mit Messingbeschlägen an den Spitzen. Sie war sehr dünn und sehr groß, wobei beide Eigenschaften dieses Bild verstärkten.

»Ich helfe Joe, die FTA-Mitteilungen rauszubringen. Joe hat mir gesagt, ich soll mich um dich kümmern.«

Wieder grinste er mit einem Stück Chili Dog im Mund. Sie sprach schnell weiter.

»Ich meine, weißte, dir zeigen, wo die Schreibmaschine und das Telefon sind?«

Buckmaster kaute schnell. Sie berührte seinen Arm.

»Nein, nein, laß dir Zeit. Iß ruhig auf. Ich bleibe hier sitzen.«

Zweifellos hatte Dee ihr gesagt; »Sieh mal, was du aus ihm rauskriegen kannst. Mal sehen, ob Jackson Wallstones Geschichte standhält, wenn er sie nochmal wiederholt.«

»Was bist du?«

»Hmm?«

»Sie runzelte die Stirn. »Ich mein', weißte, was dein Zeichen ist?«

Er dachte nach. »Krebs, glaube ich.«

Sie verzog das Gesicht. »Du willst sagen, daß du ein Mondkind bist. Wir sagen nicht Krebs.«

»Ist das nicht Betrug?«

»Klingt doch einfach netter, weißte. Ich bin Wassermann.«

»Bist du dadurch ein Glückskind?«

»Ich kenne mein Glück. Wenn ich, weißte, auf Holz pochen würde, hätt' ich mir sofort einen Splitter eingezogen.«

»Kapiere.«

Er verstand. Die Worte waren für das, was sie sagen wollte, hinderlich, und was sie sagte, war hinderlich für das, was sie eigentlich sagen wollte.

»Was für 'ne Einheit bist du?«

Er sagte es ihr.

»Womit experimentiert ihr denn?«

»Tut mir leid, streng geheim.«

»Ach ja?«

»Nein, ehrlich. Was ich für unerlaubtes Entfernen kriege, ist lächerlich im Vergleich zu dem, was sie mit mir machen würden, wenn ich über unsere Arbeit quatschen würde.«

»Ist die Sache gefährlich?«

»Langsam kommt es mir so vor.«

»Weißte, ich glaub', daß du nicht magst, was du da machst. Sonst, weißte, hätt'ste dich nicht so vollaufen lassen und, weißte, wärst jetzt nicht hier.«

»Vielleicht habe ich bloß was gefeiert und habe dabei etwas über die Stränge geschlagen.«

Ihre Augen suchten sein Gesicht ab. »Glaube ich nicht. Weißte, du siehst nicht so aus, weißte. Warum bist du überhaupt zur Army gegangen?«

Er zuckte mit den Schultern. »Dreimal täglich warm mampfen und ein Bett.«

»Stehst du wirklich dazu, na weißte? Willst du dich tatsächlich stellen? Oder willst du raus? Wir können dir dabei helfen, weißte. Entlassung aus medizinischen Gründen, zum Beispiel. Weißte, es gibt schließlich Lakritze.«

Das wußte er. Leute, die sich vom Wehrdienst drücken wollten, hatten vor ihrer ärztlichen Untersuchung pfundweise Lakritze gegessen. Die Aminoessigsäure in der Lakritze führt dazu, daß der Körper Natrium zurückhält und vorgibt, Aldosteron im Übermaß zu produzieren.

»Wenn du das nicht probieren willst, weißte, können wir dich hier auch untertauchen lassen oder nach Kanada oder Schweden bringen, weißte.«

»Wenn es dir nichts ausmacht, würde ich mich, weißt du, lieber stellen.«

»Bist du sicher, daß du ein Mondkind bist?«

Dee erschien hinter ihr und legte seine Hände auf ihre Schultern. Er lächelte Buckmaster an und nickte in Richtung Hinterzimmer.

»Wenn du fertig bist, können wir. Und du siehst aus, als wärst du fertig.«

Buckmaster stand auf und wischte sich den Mund mit der Papierserviette ab.

»Das war prima. Danke.«

»Sally zeigt dir alles.«

Sally zeigte es ihm.

»Da ist das Telefon. Und da, weißte, ist das Telefonbuch. Die Schreibmaschine ist da drüben. Kann ich dir was helfen?«

»Nein, danke.«

Sie zögerte kurz, lächelte und ging.

Trotz der geschlossenen Tür drang das Stampfen des Rock'n Rolls laut herein. Er sah sich um. Der Bourbon war nirgendwo zu sehen. Er suchte im Telefonbuch die Nummer von Fort Benning heraus und wählte sie. Sein anderes Ohr bedeckte er mit dem Handballen.

»Verbinden Sie mich mit der Tenth Experimental Company.«

Die Stimme der Vermittlung in Fort Benning klang auf einmal merkwürdig. »Einen Moment, Sir. Ich muß Sie mit Lieutenant Fiordaliso verbinden.«

Lieutenant Fiordaliso hatte eine sehr melodische Stimme. Buckmaster legte dafür aber nicht den Rock'n Roll als Maßstab an. Sie ließ ihn seine Bitte wiederholen und wiederholte dann selbst mit liebenswürdiger Stimme.

»Die Tenth Experimental Company?«

»Jawohl. Ich möchte mit dem Kommandanten sprechen, mit Captain Romeo Clapsaddle.«

Lieutenant Fiodalisos Stimme wurde spitz wie gotische Architektur. »Mir ist durchaus bewußt, daß wir den ersten April haben, der auf manche Leute wie Vollmond wirkt. Aber ich finde, daß es sich hier um einen schlechten Scherz handelt, nicht gerade zum Totlachen. Warum rufen Sie nicht einfach den Zoo an und fragen Sie nach Mister Löwe?«

»Warten Sie.« Buckmaster gab sich alle Mühe. Er sprach jetzt sehr eindringlich. »Das ist kein Scherz, Lieutenant. Die Zehnte Experimental existiert. Vielleicht kennen Sie sie nicht, weil es sich um eine streng geheime Einrichtung handelt. Aber es gibt sie, und ich muß ganz dringend den Kommandanten sprechen.« Hatte er sie aufgerüttelt? Um die Pause zu füllen, redete er schnell weiter. »Hören Sie, Sie können im Pentagon nachfragen. Verlangen Sie Colonel Maximilian Fubb.«

Wieder eine Pause. Dann: »Na schön. Das werde ich. Wollen Sie dranbleiben oder später zurückrufen?«

»Ich bleib' dran.«

Von der letzten Ausgabe der FTA-Flugschrift lagen einige Exemplare auf dem Tisch. Sally mußte sie frisch aus der Druckerei gebracht haben. Buckmaster brauchte eine Zeitlang, um die ungewöhnliche Bedeutung von »sier« statt »Sie/er« und »ihrm« statt »ihr/ihm« und »seinir« statt »sein/ihr« verstand. Sally Kasters Einfluß? Ein Artikel fiel ihm besonders ins Auge. Er entnahm ihm, daß sich offensichtlich eine Art Gewerkschaft der Mannschaftsränge zu bilden begann. »Vorstandsmitglieder des FTA verlangen mit aller Schärfe Bezahlung der Überstunden, wenn sier mehr als dreißig Stunden Dienst gemacht hat – *ganz gleich, ob diese Überstunden eine Strafe für sin sind.*«

»Hallo?«

»Am Apparat, Lieutenant. Was haben Sie herausbekommen?«

»Ich habe einige Informationen in der betreffenden Angelegenheit, die ich Ihnen aber nicht telefonisch weitergeben kann. Sie müssen schon zur Base kommen und mich in meinem Büro aufsuchen. Ist das möglich?«

»Ja. Danke. Ich werde kommen.«

Sally Kaster kam gerade ins Zimmer zurück, als die Fortissimoklänge, die beim Öffnen der Tür hereingedrungen waren, nach dem Schließen der Tür etwas verklungen waren und Lieutenant Fiordalisos Stimme wieder hörbar wurde, fragte sie: ». . . Ihr Name, damit ich weiß -«

Er legte auf.

Kaster betrachtete ihn erwartungsvoll.

»Wie ist es gelaufen? Immer noch entschlossen, dich zu stellen?«

»Das ist die Strategie. Jetzt aber zur Taktik. Wenn du mich an die Schreibmaschine lassen würdest?«

Er wärmte sich die Hände und streckte die Finger wie ein Konzertpianist, ehe er sich hinsetzte. Auf einem leeren Blatt ging er daran, einen Passierschein für Corporal Jackson Wallstone auszustellen. Kaster lachte.

»Ich habe schon langsame Tipper gesehen. Aber du bist wirklich l-a-n-g-s-a-m.« Dann sah sie seine Fingerspitzen. »Ach, entschuldige bitte. Soll ich -«

»Nein, danke.«

»Ist das bei einem, du weißt schon, eurer Experimente passiert?«

»In der Ausübung meiner Dienstpflicht.«

Sie wurde wütend. »Ich wette, daß eure Experimente die ganze Gegend hier, weißte, gefährden. Aber die oben an der Spitze machen sich doch bloß, weißte, wegen der Sicherheitsbestimmungen Sorgen. Ich hasse das. Ich finde, weißte, daß die Leute ein Recht haben, zu wissen, was los ist.«

»Ich werde ihrm das sagen, wenn sier reinkommt.«

Kasters Wut ging in Lachen über. Dann wurde sie ernst. »Ich sehe, daß du unser Flugblatt gelesen hast. Was hältst du davon?«

»Für seinen Standpunkt nicht übel.«

Ihre Augen loderten wie die Jeanne d'Arcs. »Dir gefällt wohl dieser Standpunkt nicht, was?«

Er hatte keine Lust, sich mit ihr zu streiten; gab aber nicht auf, weil er das Gefühl hatte, nicht so sehr mit ihr als mit sich selbst zu streiten.

»Die Idee ist ganz nett. Aber das Militär ist nicht nett. Und was passiert mit dem Militär, wenn man es von innen heraus bekämpft?«

»Wir bekämpfen es, stimmt. Aber wir wollen es nicht zerstören. Wir wissen, daß in der heutigen Welt Militär notwendig ist. Wir sind nicht so, weißte, naiv. Wir bekämpfen das Militär, um das System zu humanisieren.«

»Wenn du es humanisierst, ist es nicht mehr das Militär.«

»Du bist ja durch 'ne Gehirnwäsche gegangen.«

Dann ließ sie ihn in Ruhe fertigschreiben. Joe Dee kam herein, als Buckmaster gerade den Passierschein mit Captain Romeo Clappsaddle unterschrieb.

»Alles geklärt, Jackson?«

»Beinahe, Joe.« Er strich sich durch den Bart. »Ich kann so, wie ich aussehe, nicht zurückgehen.«

»Dem können wir abhelfen.«

Buckmaster nickte dankend. Er sah sich um nach etwas, das er tun könnte, um sich Dee erkenntlich zu zeigen. Da kam ihm eine Idee, wie er sich auch bei den hohen Air Force-Lamettaträgern »bedanken« konnte.

»Wenn ihr 'ne Story für euer Blatt haben wollt, kann ich euch eine über Air-Force-Generäle liefern, die im Okefenokee ein privates Jagdrevier eingerichtet haben, das sie auch benutzen.«

Dee lächelte ihn mitleidig an. »Ich wäre sehr viel interessierter, mehr über die – wie war das doch? – Zehnte Experimental zu hören. An was für'm Ding arbeitet ihr da?«

Dee war der Typ des einfachen Soldaten, den Buckmaster immer als Klugscheißer verachtet hatte, beinahe als Verräter an der Tradition, als jemand, der alle Charaktereigenschaften hatte, die ein guter Soldat nicht hatte. Jetzt aber spürte er ein Pro-Dee- und Anti-Dee-Gefühl zur selben Zeit. Er bekämpfte die Versuchung, Dee alles so wahrheitsgemäß zu erzählen, wie er es erlebt hatte. Schließlich mußte er aber aufpassen, sich nicht von Gefühlen lenken zu lassen.

»Wie ich Sally schon gesagt habe, ist es streng geheim.«

Dees Lächeln veränderte sich nicht. »So streng geheim, daß in Fort Benning keine schriftlichen Aufzeichnungen existieren. Weißt du, ich habe das Telefon vor dir benutzt.«

Kaster stürzte sich auf Buckmaster.

»Du hast mich verarscht! Warum?«

»Wenn ich dir die Wahrheit gesagt hätte, hättest du mir nie geglaubt.«

»Woher weißt du das denn? Probier's doch!«

»Laß ihn in Ruhe, Sally. Er hat seine Gründe – oder Nichtgründe. Wir haben alle unseren Verfolgungswahn.«

»Aber er könnte ein, du weißt schon, sein, der –«

Dee winkte ihr ab. »Die versuchen schon so lange, mich zu kriegen. Ich glaube nicht, daß er ein Spitzel ist.« Dann wandte er sich an Buckmaster. »Ich wette, du bist in Ordnung. Sollte ich mich aber irren, hab' ich wegen dir auch keine schlaflosen Nächte. Ich habe keine dunklen Geheimnisse. Das sollten die inzwischen spitzgekriegt haben. Ich lege alles offen auf den Tisch.« Er sah Buckmaster genau an, dann nickte er. Langsam. »Außerdem glaube ich, daß du wirklich bei der Army tief in der Scheiße steckst. Damit stehst du auf meiner Seite, ob du willst oder nicht, ob du es weißt oder nicht. Jetzt brauchst du aber erst mal passende Klamotten und eine Rasur. Wir haben ungefähr dieselbe Größe. Wenn wir heute abend Schluß machen, nimmt Sally dich mit nach Hause und versorgt dich mit allem.«

Kaster ging vor Buckmaster aus dem Hinterzimmer. Sie hielt sich kerzengerade und setzte sich auch nicht zu ihm. Zuvor hatte sie ihm aber noch erklärt, wo das Zuhause war, eine Art Kommune, weißt du, nur ein paar Straßen weiter. Dann ging sie von Tisch zu Tisch und schrieb auf, was die Männer ihr über die Bedingungen in der Kaserne und allgemein im Militärdienst erzählten.

Trotz des Krachs döste Buckmaster ein. Er wachte auf, als die Live-Musik aufgehört hatte und Musik aus der Konserve spielte. Die Tür zur Straße ging auf. Draußen war es stockdunkel. Zuerst sah Buckmaster die weißen Helme, dann die weißen Handschuhe, die .45er Automatics an den Gürteln, die MP-Armbinden, die schwarzen Stiefel mit den weißen Schuhsenkeln. Schließlich sah er auch die Gesichter. Messmore und Flugel.

Beide waren jetzt MP-Sergeants. Ihre Augen glitten über den Raum und hefteten sich auf ihn.

Buckmaster schaute sich um. Die GIs schienen allesamt sauer über das Eindringen zu sein, aber froh, daß es nicht ihnen galt. Sie waren ohne Anführer. Joe Dee war nicht im Lokal, wahrscheinlich im Hinterzimmer. Sally Kaster stand auf, schaute aber nur zu, als Messmore auf Buckmaster zuging, während Flugel an der Tür stehenblieb. Falls Messmore das Gefühl hatte, auf feindlichem Gebiet zu sein, zeigte er das nicht. Er lächelte, als Buckmaster langsam aufstand.

»Na, Soldat?« Das kam rauh und krächzend. Mit zuckersüßer Stimme fuhr er fort: »Schauen Sie, Lieutenant, warum kommen Sie nicht ganz friedlich mit? Dann passiert niemand etwas. Wir müssen eine Menge bereden, sobald wir hier raus sind.«

»Schätze, daß mir keine Wahl bleibt.«

Kaster schob sich an Messmores Seite.

»Hören Sie, Sergeant, er hatte vor, sich zu stellen, also –«

Messmore streckte seine strahlend ,weiße Hand aus.

»Halt du dich da raus, Schwester.«

Aber sie hielt sich lange genug drin, daß Buckmaster ein Netz von der Wand reißen und Messmore überwerfen konnte. Das Netz fiel auch über Kaster. Als Messmore und Kaster mit gegensätzlichen Absichten am Netz zerrten, verwickelten sie sich nur noch mehr darin. Buckmaster warf ihnen noch ein paar Stühle in den Weg und stolperte selbst über die Schwimmkorken.

»Aufhalten!« Flugel hatte die Stimme wiedergefunden.

Der Kreis der GIs öffnete und schloß sich wieder. Buckmaster hatte die Tür des Hinterzimmers erreicht.

Als er die Tür aufriß, schaute Dee von der Schreibmaschine auf, runzelte die Stirn und zog eine Augenbraue hoch.

»Was ist los?«

»Die MPs.«

»Hinter dir her?«

Als würde Dee das nicht wissen! Dee sprang auf.

»Da gibt's –«

Buckmaster schlug ihn zu Boden, ehe er den Satz zu Ende sprechen konnte, schleppte ihn aus dem Weg und schob den Schreibtisch vor die Tür. Das Telefon. Aber bis die Bullen eintrafen, war hier alles vorbei. Es mußte noch einen Weg nach draußen geben, zumindest ein Versteck. Da war aber keine andere Tür, auch kein Fenster. Aber Dee hatte irgendwo den Bourbon versteckt. Wo? Er schaute nach unten.

Die Schreibtischbeine hatten den Teppich verschoben, der eine Falltür verbarg. Er machte die Luke auf. In die Dunkelheit führten Stufen hinunter. Vielleicht führten sie in einen Gang zu einem der benachbarten Häuser, vielleicht auch nur eine Sackgasse.

Er ließ die Luke offen und stellte sich an die Wand dicht hinter die Türangeln. Er spürte, wie das Haus wackelte. Er machte sich ganz dünn, ließ seine Moleküle mit der Wand verschmelzen.

Beinahe hätte Messmore die Tür samt Angeln rausgerissen. Dann wäre Buckmaster ohne jede Deckung gewesen. Aber die Angeln hielten. Die Tür ging auf, schob den Schreibtisch beiseite und diente Buckmaster als Schild. Schnell wie der Blitz war Messmore im Zimmer und ging mit gezogener Pistole in Stellung. Flugel folgte, kniete eine Sekunde lang neben Dee, bewegte sich danach mit gezogener .45er auf die offene Luke zu. Er holte tief Luft und kletterte hinunter. Messmore folgte ihm.

Als die zweite weiße Kugel verschwunden war, schlich sich Buckmaster ganz leise hinüber. Augen schauten zu ihm herauf, als er die Luke zuschlug. Schnell schob er zwei Schreibtischbeine auf das Fluchen und Pochen unten. Als nächstes konnten blaue Bohnen kommen.

»Joe, Joe, bist du in Ordnung?«

Kaster saß auf dem Boden und hielt Dees Kopf im Schoß. Dee bewegte sich, machte die Augen auf, rieb sich in der schmerzenden Helle den Kopf und stöhnte. Er schaute an Kaster vorbei zu Buckmaster.

»Warum hast du denn das gemacht?«

Er stand auf. Plötzlich fühlte sich Buckmaster viel schwindliger, als Dee aussah. Hatte er sich in Dee getäuscht? Er schaute Dee an und wußte, daß er sich geirrt hatte.

»Es tut mir leid, Dee. Ich hatte gedacht, du hättest mich verpfiffen.«

»Schon gut.« Aber Dees Gesicht und Stimme waren eiskalt. Dann sah er sich im Zimmer um und hörte das Klopfen und Fluchen von unten. »Was ist passiert?«

»Zwei Typen in MP-Uniform kamen rein und haben versucht, mich mitzunehmen.«

»Entzückend. Und was machen wir jetzt?«

»Die MPs anrufen.«

»Aber das waren doch –«

»Falsche MPs.«

Dee starrte erst ihn an, dann die Falltür. Er lauschte. Kaster lauschte. Buckmaster lauschte. Das Klopfen und Fluchen hatte aufgehört. Dee schüttelte den Kopf.

»Wer sie auch gewesen sind – jetzt sind sie weg.«

»Dann geht's da also raus?« Buckmaster lächelte gequält. Er hätte sich eine Menge Schweiß ersparen können.

»Ja. Hör mal, du haust jetzt lieber auch ab. Und zwar schnell.«

11 AM – Außergewöhnliche Meldung

Eine Vorkriegsvilla, die den Krieg mit der Zeit verloren hatte, beherbergte die FTA-Kommune. Eigentlich war Kommune nicht richtig. Es war eher eine moderne U-Bahn-Station. Auf den breiten Straßen waren keine MPs – echte oder falsche – zu sehen gewesen, und das große Haus schien auch völlig leer zu sein. Sally Kaster führte Buckmaster in ein Zimmer im ersten Stock. Sie erzählte ihm, daß sie einen regen Wechsel von durchkommenden Aktivisten hätten. Buckmaster hörte nur einen. Eine Bettfeder quieckte, als sie an der geschlossenen Tür vorbeikamen.

Kaster zeigte ihm auch das Bad auf demselben Gang und brachte ihm einen Rasierapparat mit neuer Klinge. Als er die Klinge abwusch, kam sie wieder. Sie blieb hinter ihm stehen und betrachtete das Ergebnis.

»Nicht übel.« Dann fügte sie schnell hinzu: »Brauchst du sonst noch was? Ich habe dein Bett frisch bezogen, weißte.«

»Danke.« Er öffnete den Medizinschrank und fand eine Flasche mit Rasierwasser. »Ich versorge nur noch meine Wunden, ehe ich mich hinhaue.«

Er betupfte seine Fingerspitzen mit Rasierwasser.

»Was ist eigentlich mit deinen Fingern passiert?«

»Die gleiche Krankheit wie die der Venus von Milo. Ich kaue Nägel und weiß nicht, wann ich aufhören muß.«

Sie verzog das Gesicht und setzte sich auf den Rand der Badewanne. Auch als er sich daran machte, nach seinem Schenkel zu sehen, rührte sie sich nicht von der Stelle. Er zog Collums Hose aus, nahm das Geschirrtuch ab und goß etwas Rasierwasser auf die Wunde.

»Was ist mit deinem, weißte, Schenkel passiert?«

»Ich war in einem Boot im Okefenokee-Sumpf und kümmerte mich nur um meine eigenen Angelegenheiten. Da kam eine Phantom und griff mich im Tiefflug an.«

Sie stand auf und wandte ihm den Rücken zu.

»Schon kapiert. Ich kümmere mich um meine Angelegenheiten. Ich sehe aber nicht ein, warum du mir nicht vertraust. Ich will dir doch nur helfen.«

»Ich vertraue dir.«

»Du machst mich so wütend.«

Ihre verletzte Haltung wurde durch ihre Schlankheit noch unterstrichen. Er legte ihr die Hände auf die Schultern und spürte, wie die Verkrampfung sich ganz langsam löste. Er zog sie aber noch nicht näher. Er erinnerte sich an Dees Hände auf ihren Schultern. Von Maggies Ehe mit Colonel Fubb hatte er sich nicht abschrecken lassen; aber in die mögliche Beziehung dieses Mädchens mit Joe wollte er nicht einbrechen.

»Bist du und Joe, na, du weißt schon –?«

»Nichts Ernstes.« Sie drehte sich in seine Arme und lächelte. »Los, lüg mich an. Sag mir, daß du mich hübsch findest. Sag mir, daß du mich liebst.«

Er ließ sie schlafen. Ehe irgend jemand im Haus sich rührte, rasierte er sich vor Morgengrauen und ging die Schränke durch. Selbst in den leeren Räumen standen Schränke mit Sachen, die entweder von den Durchgangsgästen oder von den Stamm-Mitgliedern dieser Wohngemeinschaft stammten. Im Zimmer neben seinem sah er Kasters Umhängetasche auf einer Kommode. Er hatte sie hochgenommen, aber zurückgelegt, ohne hineinzuschauen. In diesem Zimmer stieß er auf eine Obergefreitenjacke und -hose. Die zog er an. Paßten ziemlich gut. Joe Dees? Wieder ging er auf die Umhängetasche zu, hielt sich aber zurück. Dann ging er aus dem Zimmer, um seine Diebstour fortzusetzen.

In einem anderen Zimmer eignete er sich eine Mütze und Schuhe an, die ihm paßten. Immer wenn er auf Kleingeld stieß, transferierte er es aus den fremden in seine Taschen. Dann heftete er sich noch Streifen an die Ärmel, damit sie mit Corporal Jackson Wallstones Passierschein übereinstimmten. Er steckte sie mit Sicherheitsnadeln von innen fest, damit man es nicht so sah.

Da er Sally noch sehen wollte, ehe er ging, kehrte er noch einmal in sein Zimmer zurück. Sie hörte auf zu atmen, als das Licht aus dem Korridor sie traf. Dann wachte sie auf. Mit ernsten Augen betrachtete er sie. Ihr Mund lächelte unsicher.

»So früh?«

Er nickte. Sie musterte seine Uniform.

»Warte, ich werde dir die Streifen annähen.

»Keine Zeit. Ich will den ersten Bus erwischen.«

»Hast du Geld?«

Er klapperte mit den Münzen. »Genug, um nach Benning zu kommen.« Wenn sie nicht den Fahrpreis erhöht hatten, seit er hier gewesen war. Vielleicht mußte er auch per Anhalter fahren.

Sie mußte den leichten Zweifel gespürt haben, denn sie schlüpfte aus dem Bett, lief zu ihrer Tasche und gab ihm einen Zehn-Dollar-Schein. Sie hielt ihn an einem Ende fest.

»Das ist nur geliehen. Du mußt wiederkommen und bei mir deine Schulden zahlen.«

»Ich würde es gar nicht anders wollen, sonst würde ich mir wie ein – weißte – vorkommen.«

Ihre Augen suchten sein Gesicht ab.

»Seh' ich dich wirklich wieder? Lüg mich nicht an.«

Er brachte sie ins Bett.

»Jetzt schlaf schön weiter und träume, daß es wahr wird.«

Dann küßte er sie auf die geschlossenen Augen.

12 KWA – Keine weiteren Anforderungen

Buckmaster gelangte mit einer Busladung Soldaten in die Kaserne, die gerade noch vor dem Wecken eintrudelten. Die Statue des Infanteristen – die »Geheimwaffe« – stand immer noch vor dem Hauptquartier der Infanterieschule und sagte: »Folge mir!« Buckmaster setzte sich von der Gruppe ab und schlenderte, immer der Nase nach, zur Kapelle auf dem Kasernengelände. Sie war offen. Er ging hinein und setzte sich. Ein verflucht guter Platz, um die Zeit totzuschlagen.

Er schreckte aus einem Halbschlaf hoch. Die Schritte, die ihn geweckt hatten, waren die des Kaplans. Der Kaplan musterte ihn beinahe verschreckt – wie ein Papst jemanden ansehen würde, der heiliger als der Papst war.

»Lassen Sie sich nicht stören, mein Sohn. Auf gar keinen Fall will ich zwischen einen Mann und seinen Gott treten.« Sein Lächeln verriet, daß er gerade einen Scherz gemacht hatte. Er versuchte, Buckmasters Gott zu erfragen. »Sind Sie katholisch, mein Sohn?«

»Nein, Sir.«

»Nun, wir sind schließlich alle Kinder Gottes, nicht wahr?«

»Jawohl, Sir.«

Man hörte zwar schon die Füße und die Stimmen der Gotteskinder in der Kaserne, aber im Hauptquartier würde der volle Betrieb erst etwas später losgehen. Buckmaster verschob aber seine Auferstehung noch etwas und ließ sich vom Kaplan zurückhalten. Er setzte zwar die Mütze auf, ging aber nicht. Der Kaplan hatte die Abzeichen eines Captains. Nicht viel, aber ein bißchen höher als Buckmaster.

»Nun denn, mein Sohn –«

»Verzeihen Sie. Könnten Sie dem kommandierenden General eine Nachricht übermitteln?«

Das lächelnde Vollmondgesicht des Kaplans wechselte die Phase zu Neumond. Er lachte verlegen. »Corporal, ich muß ebenso den Dienstweg einhalten wie alle anderen. Aber wenn Sie mir Ihr Problem anvertrauen wollen, könnte ich Ihnen vielleicht helfen. Obwohl meine Sprechstunden –«

»Verstehe.«

»Nein, warten Sie, Corporal. Ich bin nicht der einzige Geistliche hier. Welcher Glaubensrichtung gehören Sie an?«

Buckmaster wollte schon »Anabaptist« sagen; aber dann überlegte er es sich.

»Ich bin Mitglied der Kirche der Improbabilität.«

»Es tut mir leid, ich glaube nicht, daß –«

»Es ist eine Sekte, die auf Sigma Corvi III begann. Leute haben zu einem Gott gebetet, der sich auf Probabilität spezialisiert hatte und sich dafür verehren ließ. Kein Priester – oder Seminarist – wagte es, ihm zu widersprechen. Das hat ungefähr ein Jahrtausend prima geklappt. Dann sind die Leute aber draufgekommen, daß es keine Probabilität gibt. Und da haben sie ihn erschlagen.«

Der Kaplan blinzelte. Sein Vollmondgesicht wurde wieder heller.

»Corporal, glauben Sie denn nicht, daß es einen Gott gibt?«

»Ich glaube, daß Gott eine Black Box ist.«

»Eine was?«

»Sie können mir nicht zufällig den Schaltplan dazu geben?«

»Reicht es denn nicht, zu glauben, daß wir hier zu einem bestimmten Zweck sind? Auch wenn wir vielleicht diesen Zweck nicht kennen?«

Buckmaster stellte sich völlig überrascht. »Aber der Zweck ist doch kein Mysterium?«

»Na schön, Corporal, dann sagen Sie doch mal, zu welchem Zweck wir hier auf Erden sind.«

Der Kaplan lächelte und wartete. Man hätte sein Lächeln für Selbstzufriedenheit halten können, wenn man nicht genauer hinsah. Buckmaster schämte sich fast. Der Mann war ein leichtes Opfer. Aber er hatte es ja nicht anders gewollt.

»Wozu wir hier auf Erden sind? Die volle Wahrheit lautet: Wir sind Scheißmaschinen.«

Der Kaplan setzte sich und blieb stumm sitzen, als Buckmaster hinausging. Er schien einen Stuhlgang zurückzuhalten.

13 OA – Organisation und Ausrüstung

Buckmaster suchte die Kantine des Hauptquartiers auf und stellte sich zum Essenfassen an, obwohl er eigentlich nichts essen wollte. Er nahm sein Tablett und setzte sich neben einen Obergefreiten, der nach Schreibstube aussah.

»Hallo. Bin heute gerade herversetzt worden.«

»Und gerade Corporal geworden.«

»Stimmt.« Er hatte den richtigen Typen erwischt. Der Junge hatte Adleraugen. »Ich soll in die Personaldienstabteilung kommen.«

Der Sp 4 wurde etwas steif und beäugte ihn als möglichen Nebenbuhler. »Welche Sektion?«

»Personalakten.«

Der Sp 4 entspannte sich. »Ich bin in der Personal-Management-Abteilung. Heiße Harry Rushcamp.«

»Jackson Wallstone.«

»Jackson Wallstone? Das ist aber eine komische Zusammenstellung. Wenn Sie den Nachnamen umstellen –«

»Ja, weiß schon. Mein alter Herr hat sich das ausgedacht. Deshalb hat er mich auch Jackson genannt.«

»Aha.« Harry lächelte. »Personalakten. Das ist Lieutenant Fiordalisos Abteilung.«

»Wie ist der denn?«

»Eine sie. Juliet Fiordaliso.« Nach dem, was er Buckmaster über sie erzählte, mußte sie ein Leckerbissen sein – allerdings nicht für die Allgemeinheit. Alles an ihr war hervorragend, sogar ihre Kurven.

Rushcamp hatte nie von einem Sergeant Mililis »Zulu« Messmore und einem Corporal Oscar Fluge gehört. Rushcamp meinte, daß er sie bestimmt kennen würde, wenn sie in der Kaserne stationiert wären, weil er nie einen Namen vergaß – »Oscar Flugel! Ungewöhnlicher Name.« – Vor seinen innerlichen Augen liefen sämtliche Personalbögen ab.

»Jemals von der Zehnten Experimental Company gehört?«

»Nein. Ist das Ihre alte Einheit?«

»Nein. Ich hab' bloß den Namen mal gehört.«

Ehe Rushcamp sich darüber zu wundern anfing, daß ihm der Name Jackson Wallstone nicht bei dem Abspielen der Listen vor seinem inneren Auge aufgefallen war, dankte ihm Buckmaster, meinte, daß man sich ja sicher wiedersehen würde, und ging weg.

Ohne es zu wollen, hatte er das Tablett leer gemacht. Eine gute, kleine Scheißmaschine.

Buckmaster ging über das Exerzierfeld, an Männern und Frauen vorbei, die in Reih und Glied angetreten waren, zum Hauptquartier hinüber.

Da stand es auf dem Schild. MAJOR GENERAL REEBER BATTLE, STANDORTKOMMANDANT DES U.S.ARMY INFANTRY CEN-

TERS UND DER U.S.ARMY INFANTRY SCHOOL, FORT BENNING, GEORGIA. War der General da?

Er mußte das herausfinden und folgte zwei Offizieren – beide im Majorsrang.

»Der Alte ist draußen auf'm Platz.«

»Hindernis?«

»Golf.«

»Also doch Hindernis!«

Sie blickten sich um, ehe sie loslachten, sahen ihn und hielten sich zurück. Offiziere sind eine geschlossene Gemeinschaft.

Buckmaster folgte ihnen nach drinnen und folgte den Hinweispfeilen an den Wänden zum Personalakten-Büro. Er hatte Fiordaliso sowieso als erstes aufsuchen wollen. Wenn er bei ihr kein Glück hatte, gab es immer noch die Möglichkeit, den Dienstweg etwas abzukürzen.

Wie Rushcamp ihm bereits geschildert hatte, war Lieutenant Fiordaliso eine wandelnde Kurvengraphik. Soldatin und Weib durch und durch. Er wurde zu ihr vorgelassen, weil er sagte, daß er der sei, der wegen der Tenth Experimental Company telefoniert hätte.

»Rühren, Corporal!« Sie musterte ihn und runzelte die Stirn. Lag es an der Uniform oder am Mann? Diese Inspektion war verunsichernd und erniedrigend. »Sie sind der, der angerufen hat? Ich dachte, das sei ein Offizier gewesen.«

»Ich wollte auch, daß Sie das denken, Ma'am. Zeitersparnis.«

»Vorsicht, Corporal. Ich könnte etwas denken, was Ihnen keineswegs angenehm sein dürfte. Wie heißen Sie?«

»Harry Rushcamp, Ma'am.«

»Kennen Sie einen Lieutenant Buckmaster?«

»Jawohl, Ma'am. Er ist der Typ, Verzeihung, der Offizier, der mir von der Tenth Experimental Company erzählt hat.«

»Verstehe.« Ihre gerunzelte Stirn half ihr, noch besser zu verstehen. »Wo ist er?«

»Ich kann mit ihm Verbindung aufnehmen.«

»Hat er Sie hergeschickt?«

»In gewisser Weise. Haben Sie je das FTA-Flugblatt gelesen?«

Sie nickte. »Hab' ich. Sind Sie bei –«

»Der FTA hat vor, eine Geschichte zu bringen, in der Tenth Experimental Company entlarvt werden soll.«

Fiordaliso schien einen Schock zu unterdrücken. »Entlarvt?«

»Ja, die potentielle zerstörende Wirkung, Einfluß auf die Umwelt,

Gefahr für Soldaten und gesamte Bevölkerung – und so weiter.«

Er hatte das Gefühl, gerade ein Gefecht verloren zu haben.

Fiordaliso schien jetzt ein Lächeln zu unterdrücken. Aber ihre Stimme klang todernst. »Ich warne Sie, Corporal Rushcamp. Das ist eine Top-Secret-Sache. Vielleicht interessiert es Sie, daß Colonel Fubb aufgrund Ihres Anrufs sofort jemanden herfliegen ließ.« Sie schaute auf die Uhr. »Der Offizier müßte jede Minute hier sein. Er erwartet, einen Lieutenant Buckmaster zu treffen, nicht einen Corporal Rushcamp.« Sie deutete auf das Telefon. »Sie werden jetzt den Lieutenant anrufen. Dann werden Sie im Vorzimmer warten.« Die Trennwand war aus Glas. Sie konnte ihn hinausschicken, ohne ihn aus den Augen zu verlieren.

Buckmaster deutete mit dem Kopf auf den Computer auf ihrem Schreibtisch.

»Könnten Sie vorher noch etwas feststellen?«

»Was, Corporal?«

»Es gibt hier zwei Männer in Fort Benning, die Colonel Fubb ebenfalls treffen sollte. Könnten Sie herausfinden, in welchen Einheiten ein Sergeant Miles Messmore und ein Corporal Oscar Flugel sind, und sie in der Nähe haben, ohne ihnen zu sagen, warum?«

Sie schaute ihn scharf an, wiederholte die Namen und tippte sie ein. Ihre Augen reflektierten den Bildschirm. Sie löschte aber alles, ehe Buckmaster herumgehen und einen Blick auf den Schirm werfen konnte.

»Ich habe die Informationen, Corporal. Ich werde dafür sorgen, daß sie bei der Besprechung dabei sind.«

Verlogenes Luder! Sp 4 Rushcamp hatte die Namen nicht gekannt, wenn man ihm glaubte, und Buckmaster glaubte ihm. Fiordaliso hatte also bloß so getan, als habe sie die Daten bekommen. Sie war auf der anderen Seite, ganz gleich, wer oder wo diese andere Seite war.

Wenn Joe Dee die falschen MPs nicht gerufen hatte, und Buckmaster war sicher, daß er es nicht getan hatte; wenn es nicht reiner Zufall gewesen war, mußte es Lieutenant Fiordaliso gewesen sein, die ihn verpfiffen hatte. Sie hatte den Rock-'n-Roll-Krach im Hintergrund gehört, als er telefoniert hatte. Das allein genügte schon als Hinweis auf das FTA-Café oder engte zumindest die Möglichkeiten ein.

Und wenn Fiordaliso ihn einmal verpfiffen hatte, würde sie es auch wieder tun. Es hatte keinen Anruf bei Colonel Fubb gegeben; es kam auch keiner von Colonel Fubbs Männern hergeflogen. Man wollte nur wieder mal versuchen, Buckmaster zu packen oder zum Schweigen zu bringen.

»Na schön, Corporal. Rufen Sie jetzt Lieutenant Buckmaster an.«

»Sofort, Ma'am. Ich muß nur vor das Gebäude treten und ihm das verabredete Zeichen geben.«

Er grüßte, machte auf den Absätzen kehrt und marschierte hinaus.

Sie wartete zu lange. Ihr »Corporal« kam erst, als er schon so weit weg war, daß er es möglicherweise nicht mehr hören konnte.

14 VALOFA – Vorrat auf Lager oder fällig am

Mit dem, was von Sally Kasters Zehner noch übrig war, kaufte Buckmaster ein halbes Dutzend Golfbälle in der PX.

Dann schlenderte er auf dem Parkplatz herum und suchte ein Fahrzeug, in dem der Schlüssel steckte.

»Wallstone!«

Buckmaster erkannte die Stimme schneller als seinen Namen. Obergefreiter Joe Dee saß am Steuer eines Jeeps.

»Ohne den Bart war ich mir zuerst nicht ganz sicher. Wie ich sehe, hat es meine Reservejacke zum Corporal gebracht. Hast du deine Fahnenflucht wegerklären können? Jedenfalls sitzt du nicht im Bau.«

»Ja. Ist aber noch nicht ausgestanden. Was machst du denn hier?«

»Meinem Sergeant ist seine Spezialmarke Sargnägel ausgegangen. Und was machst du hier?«

»Ich geh' kaputt, gehste mit?«

»Wallstone, du bist 'ne Type.« Er entdeckte die Golfbälle. »Hast du vor, ein paar Löcher zu stopfen?«

»Ja, ich und W.C. Fields. Hast du vielleicht 'ne Ahnung, wo General Battles Golfplatz ist?«

»Der alte Putter-di-putt? Irgendwo draußen auf der Reservation. Hast du vor, ihn mit den Dingern zu bestechen? Der Preis dürfte etwas höher liegen.«

»Bloß ein kleiner Trick, um an ihn ranzukommen.«

»Das muß ich sehen. Ich fahr' dich hin.«

»Was ist mit deinem Sergeant?«

»Ach, dem erzähl ich, daß sie seine Sorte von ganz hinten ausbuddeln mußten.«

»Nie freiwillig melden!« Buckmaster sprang hinein. »Andererseits – einem geschenkten Jeep soll man nicht ins Getriebe schauen. Aber wär's nicht besser für dich, wenn es so aussähe, als hätte ich dich gezwungen, mich zu fahren? Oder wenn ich dich einfach niederschlage und mit dem Jeep abhaue?«

»Overkill. Ich kann ja schon einen blauen Fleck vorweisen, um zu beweisen, daß du mich gezwungen hast, wenn es nötig ist.« Er fuhr aus dem Parkplatz. »Ich wollte mir schon immer den Golfplatz des Generals ansehen und was darüber schreiben. So'n heißen Bericht, wie die Lamettatypen die Gelder der Steuerzahler aus dem Fenster werfen.«

Sie fuhren unter dem Schatten der Bäume, über die Upatoi-Brücke bis zum Außenposten Nr. 1.

»Golfbälle für General Battle« brachte sie am Posten vorbei in die Fort Benning Reservation und die Auskunft, wo sich in dem 74 000 ha großen Gebiet der Golfplatz befand.

Dee entdeckte zuerst den Golfwagen. Er war so weit weg, daß er nur als weißer Punkt über den grünen Rasen rollte, wenn man nicht genau hinsah.

»Da kajolt er mit seinem Adjutanten herum. Wie willst du ihn einholen? Mit dem Jeep können wir ihnen nicht hinterher.«

»Ich werde ihn bei der nächsten Abschlagstelle abpassen. Null Problem. Laß mich hier raus, Joe, und dreh um. Ich will nicht, daß du in die Sache noch weiter verwickelt wirst, als du's ohnehin schon bist.«

»Ich stecke mit drin, stimmt. Ich würde zu gern wissen, worum es eigentlich geht. Aber, okay.«

Buckmaster winkte zum Abschied und sprang dann übers Gelände auf sein Ziel zu. Sein Schenkel wehrte sich gegen die Muskelzerrung. Er mußte das Tempo drosseln und kam zu spät zur Abschlagstelle. Der General holte bereits zum nächsten Schlag aus. Buckmaster verharrte in Grußstellung und wartete, daß der General von ihm Kenntnis nahm. Die Lippen des Generals bildeten eine schmale, rote Linie.

»Gunning, ich dachte, hier würde es nie eine Störung geben.«

Der Lieutenant Colonel an der Seite des Generals wandte sich an Buckmaster.

»Corporal, was fällt Ihnen ein, den Kommandanten zu stören?«

Buckmaster hielt seine Golfbälle hin.

»Sir, mit Empfehlung von Captain Clapsaddle.«

»Gunning, wer zum Teufel ist Captain Clapsaddle?«

»Corporal, wer ist Captain Clapsaddle?«
»Sir, Captain Romeo Clapsaddle ist der Kommandeur der Tenth Experimental Company.«
»Gunning, was zum Teufel ist die Tenth Experimental Company?«
»Aber, Sir, sie untersteht dem Kommando des Generals.«
»Gunning, ich weiß, wer alles unter meinem Kommando steht. Von der Tenth Experimental Company habe ich noch nie gehört.« Die rote Linie wurde etwas weicher. »Sie etwa?«
»Nein, Sir. Corporal, in welcher Gegend befindet sich Ihre Einheit?«
»Das ist nicht meine Einheit, Sir. Ich weiß nur, daß mich ein Captain angehalten hat und mir dann diese Golfbälle in die Hand drückte. Er befahl mir, sie General Battle zu bringen und zu sagen, daß sie von Captain Romeo Clapsaddle, dem Kommandeur der Tenth Experimental Company, mit seiner Empfehlung kämen.«
»Sind Sie sicher, daß er das gesagt hat?«
»Jawohl, Colonel. Ich mußte seine Worte auch wiederholen. Erst dann war er zufrieden.«
»Gunning, meine Nase sagt mir, daß es sich um eine äußerst geschmacklose Sache oder um eine finstere Angelegenheit handelt – wahrscheinlich ist das zweite richtig. Sie wissen, wie ich einen Ball schlage. Und wenn ich nun einen schlagen würde, der mit Dynamit geladen ist – das wäre das Ende eines Todfeindes der Linken. Gunning, rufen Sie sofort einen Sprengmeister zum Entschärfen.«
»Jawohl, Sir.« Der Lieutenant Colonel ging zum Golfwagen. Auf dem Sitz lag ein Walkie-Talkie. »Sofort.«
»Einen Moment, Sir.« Buckmaster streckte die sechs Golfbälle noch näher zum General. »Gestatten Sie mir, die Bälle zu testen. Wählen Sie einen Ball, Sir.«
Der General hielt die Hand an ein Ordensband, das aus einer Papierschlacht in Vietnam stammte.
»Gunning, wählen Sie einen Ball aus.«
Der Lieutenant Colonel deutete auf einen Ball. Buckmaster legte die anderen auf die Erde und den einen auf die Abschlagstelle. Ehrerbietig nahm er aus Gunnings Tasche einen Schläger, einen Driver, und machte ein paar Übungsschwünge. Er lächelte Gunning an, der, wie Battle auch, etwas zurückgetreten war.
»Ist ein bißchen wie Russisches Roulette, nicht wahr, Sir?«
Er hatte ein gutes, sicheres Gefühl. Der Ball flog weit und landete in einiger Entfernung vom Loch. Buckmaster blickte verlegen drein.

»Es ist schon lange her, seit ich das letzte Mal gespielt habe.«

Die dünne rote Linie im Gesicht des Generals verzog sich ganz nach innen. Er ging zu seinem eigenen Ball und holte wildentschlossen aus. Der Ball landete viel kürzer als der Buckmasters und außerdem noch auf unebenem Boden.

»Gunning, dieser Scherz ist nicht nur äußerst geschmacklos, er stört mich außerdem bei meinem Spiel.« Der General deutete nach Osten. Sein Ring aus West Point funkelte. »Schaffen Sie mir diesen Mann aus den Augen; aber stellen Sie vorher seinen Namen und seine PN-Nummer fest.«

»Corporal, der General will, daß Sie ihm aus den Augen gehen.« Gunning zog einen kleinen Notizblock und einen Kugelschreiber aus der Tasche. »Aber geben Sie mir vorher Ihren Namen und Ihre PN-Nummer.«

»Jawohl, Sir. Corporal Oscar Flugel, 876-54-321.«

Er grüßte, machte kehrt, stieg in den Golfwagen und fuhr los. Die beiden trauten ihren Augen nicht und standen wie angegossen.

»Corporal, bringen Sie den Wagen zurück! Wollen Sie vors Kriegsgericht?«

Buckmaster drückte drauf und holte heraus, was nur herauszuholen war. Der nächste »Corporal«-Ruf klang schon atemloser und schwächer, wenn auch wütender am Ende. Als er kurz vor einer grünen Kuppe zurückschaute, sah er, wie der General eine unsichtbare Schlange zu Tode prügelte. Buckmaster nahm an, daß diese Zeremonie zur festgesetzten Schlagzahl auf diesem Golfplatz gehörte.

Sobald er außer Sicht war, änderte er die Richtung und fuhr auf die Bäume zu. Dort suchte er Deckung und hielt an. Grinsend nahm er das Walkie-Talkie. Viel einfacher, diese Abkürzung zu nehmen, als zu versuchen, seine Zwangslage in dem Loch in Putter-diputts Kopf zu landen.

Er drückte auf die Sprechtaste und machte den Mund auf. Dann machte er den Mund wieder zu. Verdammt! Warum hatte er Gunning nicht das Hauptquartier rufen lassen! Dann hätte er die Amtsverbindung herausbekommen. Ohne offizielle Losung könnte das Hauptquartier Verdacht schöpfen. Er mußte sich verstellen.

». . . hören? Können Sie mich hören? Over.«

Die Sekunde dauerte ewig.

»Bravo Base an Bravo Eins. Sie sind schlecht zu verstehen. Bitte um Wiederholung der letzten Meldung. Over.«

»Bravo Eins an Bravo Base. Wo sind Sie gewesen? Schon gut. Das jetzt ist dringend. Wie hören Sie, Bravo Base?«

»Bravo Base an Bravo Eins. Höre laut und deutlich, Bravo Eins. Machen Sie weiter. Over.«

»Bravo Eins an Bravo Base. Befehl vom Standortkommandanten: Sofort intensive Suche nach schwarzem Soldaten mit Bart aufnehmen. Name ist vielleicht Miles Messmore. Spitzname möglicherweise Zulu. Könnte sein, daß der Mann einen Lastwagen fährt. Nicht festnehmen, ich wiederhole, nicht festnehmen. Lediglich sofort durchgeben, wenn gesichtet, Over.«

»Verstanden. Bleiben Sie bitte dran. Over.«

Bravo Eins blieb dran. Alles hing davon ab, daß sich das Hauptquartier wieder bei ihm meldete, ehe der General und sein Adjutant mit dem Hauptquartier Verbindung aufnehmen konnten. Er hatte keine Möglichkeit abzuschätzen, wieviel Zeit vergangen war. Er vertrieb sich die Zeit, indem er seine Corporalstreifen abmachte und den Golfwagen durch die Bäume auf eine Straße mit grau werdendem Asphaltbelag fuhr. Ein Posten sagte ihm, daß er Zufahrtstraße Foxtrot erreicht hatte. Jetzt hatte er zumindest einen Ansatzpunkt, um seine Position festzustellen. Bravo Eins blieb dran.

Das Funkgerät knisterte. Bravo Base an Bravo Eins. Kommen, bitte, Bravo Eins.«

»Hier Bravo Eins. Haben Sie ihn gesichtet?«

»Positiv, Bravo Eins. Ein Obergefreiter, auf den die Beschreibung paßt, ist gerade mit einem Lastwagen aus dem Motorpark mit Versorgungsgütern zu einem Biwaklager der 29. Infanterie am Außenposten 1 auf die Reservation gefahren und weiter in westlicher Richtung auf Zufahrtstraße Echo. Soll Subjekt verfolgt werden? Over.«

»Negativ. Bleiben Sie dran für weitere Anweisungen. Over.«

Lag Foxtrot südlich oder nördlich von Echo? Auf einer Karte würde das Alphabet von oben nach unten gehen, das heißt nach Süden. Er wendete den Golfwagen und fuhr nach Norden durch den Wald.

Die Echo-Straße war lang, gerade und leer. Er wartete. Dieser Punkt befand sich ziemlich weit draußen auf der Echo-Straße. Wenn der Laster eben erst den Außenposten 1 passiert hatte, konnte er hier noch nicht vorbei sein. Er wartete. Entweder war Messmore aufgehalten worden, oder er war abgebogen. Buckmaster fuhr auf der Echo nach Osten. Immer noch war die Straße lang, schnurgerade und leer. Vor ihm lag nur Außenposten 1.

Buckmaster wendete und fuhr nach Westen, immer auf der Jagd

nach einer Abzweigung, die es nicht gab. Wieder wendete er und raste hundert Meter zurück. An einer Stelle sah der Wald etwas lichter aus. Er hielt an. Durch das hohe Gebüsch sah er, wie sich eine alte Feuerschneise nach hinten ins Dickicht zog.

Bei genauem Hinsehen bemerkte er auf dem Bankett der Straße den Anfang eines leichten Bogens. Sollte es ein Tor aus beweglichem Gebüsch geben? Genauso war's. Er fuhr den Golfwagen hinein, schob das Tor wieder auf seinen Platz und versteckte den Wagen. Das Funkgerät nahm er mit. Dann folgte er den tiefen Reifenspuren des Lasters auf der Feuerschneise.

»Bravo Base an Bravo Eins. Kommen bitte, Bravo Eins.«

Die Stimme klang etwas verunsichert und nervös. Gunning mußte sich die Seele aus dem Leib gerannt haben, um zu einem Telefon zu kommen. Auf Befehl des Standortkommandanten würde eine sofortige Such-und-Festnehm-Operation in Gang kommen. Ziel: ein weißer Corporal, dessen Name möglicherweise Oscar Flugel lautete.

»Bravo Base an Bravo Eins. Wo sind Sie, Bravo Eins? Wir haben weitere Informationen für Sie. Kommen, Bravo Eins.«

Buckmaster schaltete aus und wollte das Walkie-Talkie von der Schulter nehmen. Dann änderte er seine Meinung. Das Gerät war trotz allem eine Verbindung, und er würde vielleicht eine Verbindung brauchen, wenn er in etwas Schlimmeres als die Wut des Generals geriete.

Die Feuerschneise mündete in eine Lichtung. Ein Lager stand dort. Über dem Maschendrahttor hing eine Tafel – SPERRGEBIET – BETRETEN STRENGSTENS VERBOTEN. Innerhalb des Drahtzauns, unter Tarnnetzen, schien ein von einem Traktor gezogenes Wohnmobil, das mit seinem düsteren olivegrünem Anstrich wie ein Nachrichtenwagen wirkte, als Hauptquartier zu dienen. An Gebäuden gab es nur einen Turm, der eigentlich nur aus einer Leiter mit Sprungbrettern in normaler Höhe bestand, statt eines Wasserbeckens aber eine Sandgrube hatte, und eine Fuller-Kuppel mit sieben Metern Durchmesser, ebenfalls unter einem Tarnnetz. Buckmaster nahm Deckung.

Der bärtige, schwarze Miles »Zulu« Messmore in Arbeitsuniform lud von einem großen Laster Kartons ab und schleppte sie in den Kuppelbau. Das war also der Vorratsraum. Außer seinem Laster und dem Traktor standen noch ein Dienstwagen und ein Jeep unter den überhängenden Zweigen der Bäume.

Buckmaster schlich sich einen Baum näher heran.

Aus dem Lager ertönte eine blecherne Stimme: »Halt. Diese Anlage ist Sperrgebiet. Eintritt nur für berechtigte Personen. Gehen Sie nicht weiter, sondern drehen Sie um und gehen Sie zurück.«

Buckmaster warf sich flach auf den Boden. Langsam lugte er um einen Baumstamm herum. Zulu war mit einer Ladung Kartons auf den Armen erstarrt und suchte die Umgebung ab. Die Tür zum Wohnmobil öffnete sich, und Corporal Oscar Flugel steckte den Kopf heraus und rief Zulu an, wobei er auf die Stelle zeigte, wo Buckmaster lag. Beide schauten zu ihm hin; aber er hatte das sichere Gefühl, daß sie ihn nicht sehen konnten. Trotzdem – sie wußten, daß jemand in der Nähe war.

Er schaute umher. Sensoren, als Kiesel oder Losung getarnt, erfaßten Wärme, Gerüche, visuelle Beobachtungen und Geräusche und gaben sie weiter. Es mußte im Wohnmobil einen Monitor geben. Buckmaster griff nach einem Pinienzapfen, der zwar wie ein Pinienzapfen aussah. Er wog ihn in der Hand und fand seine Annahme bestätigt, daß er künstlich war. Dann warf er den Zapfen weit weg.

Er mußte irgendwo neben einem Sensor gelandet sein, weil er sofort wieder die Blechstimme auslöste. jetzt war klar, daß es sich um eine automatische Warnung vom Band handelte.

Messmore ließ die Kartons fallen, und Flugel verschwand im Wohnmobil. Zulu holte aus dem Führerhaus seines Lasters ein M-16. Flugel erschien wieder und deutete auf die Stelle, wo der Zapfen niedergegangen war. Zulu bewegte sich zum Zaun. Dann blieb er stehen, schaute zu Flugel zurück und schüttelte den Kopf, wobei er mit der Hand eine wellenförmige Bewegung machte. Nachdem er das M-16 wieder vorn verstaut hatte, lud er weiter seine Kartons ab. Flugel blieb noch einen Augenblick in der Tür stehen; dann ging er wieder hinein.

Buckmaster sah umher. Erst bemerkte er nichts, dann verriet es sich durch Zittern. Ein Eichhörnchen saß aufgerichtet vor ihm und schaute ihn an. Er grüßte es, worauf es sich wieder trollte.

Er sah, wie Messmore nach dem Entladen zu Flugel hineinging. Ein günstigerer Zeitpunkt würde kaum kommen. Selbst wenn er bis zur Dunkelheit wartete, würden ihn die Sensoren aufspüren. Er stand auf, ging aber nicht vom Baum weg. Ein Blick nach oben zeigte ihm ein Gewirr aus Ästen. Es war schon eine Zeitlang her, daß er Tarzan gespielt hatte; aber wenn er vom Boden weg war, müßte er auch außer Reichweite der Sensoren sein. Er kletterte auf den Baum und auf einen Ast hinaus.

Es war *tatsächlich* schon lange her, daß er Tarzan gespielt hatte.

Trotzdem gelang es ihm, sich bis zu einem Ast vorzuhangeln, der über den Zaun hing, ohne seinen Vorfahren Schande zu machen oder hinunterzufallen. Er ließ sich auf die Kühlerhaube des Dienstwagens hinunter, sprang weiter und rannte los.

Er flitzte zum Laster und holte sich das M-16 aus dem Führerhaus. Freud hatte recht: Buckmaster hatte sich noch nie im Leben so potent gefühlt. Er ging langsam zum Wohnmobil und trat die Tür ein.

»Okay, ihr Drecksäcke, ihr seid umzingelt.«

Das einzige, was fiel, war sein Unterkiefer.

15 AR – Arsch runter

Messmore saß in einem bildschönen Burnus vor einem Tisch mit schneeweißem Tischtuch und bearbeitete mit Messer und Gabel ein Steak. In einem Kühler stand eine Flasche, bei der ein Stück vom Rothschild-Etikett aus der Serviette schaute. Flugel stand an einem Mikrowellenherd und holte gerade ein dickes Porterhouse-Steak heraus. Er legte es auf den Teller des dritten Gedecks, ehe er Buckmaster eines Blickes würdigte.

»Warum kommen Sie denn erst jetzt, Lieutenant?«

»Ich habe mit dem Kommandanten Golf gespielt.«

Diese Schweine. Sie hatten nicht einmal den Anstand, schuldbewußt oder ängstlich dreinzuschauen, nur selbstbewußt. Messmore lächelte ihm kauend zu.

»Hübsches Comeback, Lieutenant.«

»Vom Okefenokee?«

»Auch das, Lieutenant. Setzen Sie sich doch und langen Sie zu. Wenn Sie sich vorher waschen wollen – in der Ecke ist der Waschraum.«

»Zulu hat recht, Lieutenant. Essen Sie, ehe es kalt wird.«

Flugel setzte sich und fing an. Messmore legte Messer und Gabel weg.

»Na-na, Lieutenant. Juckt der Abzugsfinger? Will Ihnen mal was zeigen, Lieutenant. Ich bewege mich auch ganz langsam.« Messmore griff in seinen Burnus und holte ein volles Magazin für das M-16 heraus. »Ich habe das mit einem leeren ausgetauscht.«

Buckmaster zielte zwischen die beiden Männer und drückte ab. Ein leeres Klicken. Messmore schüttelte traurig den Kopf, strahlte aber gleich wieder.

»Eins muß man Ihnen lassen, als Tarzan sind Sie einsame Spitze.« Er nickte, als Buckmaster überrascht zusammenzuckte. »Ja, ja. Einige dieser Sensoren sehen, verraten aber nicht, daß sie sehen. Werfen Sie mal einen Blick hinter die Trennwand.«

Buckmaster ging um die Eßecke herum und stand vor einer technisch raffinierten Kommunikationsschalttafel. Als er zurückkam, spielte Messmore *sommelier*. Er lächelte, war aber ganz konzentriert.

»Der Champagnerkorken muß ganz sanft herauskommen, wie ein Seufzer.«

Der Korken kam wie ein Seufzer heraus. Er füllte drei Gläser.

Buckmaster stieß einen höchst unsanften Seufzer aus und ließ sich in den Stuhl fallen. Er kippte sein Glas herunter und sah, wie Messmore peinlich berührt Flugel anschaute.

»Na schön, ihr beiden. Was soll der ganze Scheiß eigentlich?«

»Geld, Mann, Geld.« Messmore schlürfte genüßlich einen kleinen Schluck. »Entspannen Sie sich, Lieutenant. Gib dem Mann ein heißes Handtuch, Talley. Eine heiße Kompresse vor dem Essen entspannt. Das hab' ich in Japan aufgeschnappt. Bringt wohl auch heiße Erinnerungen, nehme ich an. Bringt einen zurück zu Mamas warmen Brüsten.«

»Lassen Sie den Quatsch. Sagen Sie mir, was los ist, ehe ich explodiere.« Talley – das war neu. Lautete Oscar Flugels richtiger Name so?

Flugel wischte sich den Mund mit einer Stoffserviette ab. »Offen gesagt, Lieutenant, wenn Sie uns weggestorben wären, wäre das ideal gewesen. Aber Sie leben und sind wohlauf und in Fort Benning. Trotzdem sitzen Sie in der Tinte, weil Sie schließlich seit über einer Woche der diensthabende Offizier der Zehnten Experimental Company sind und ein hübsches, dickes Bankkonto haben, das an dem Tag eröffnet wurde, an dem Sie auf die Anwesenheitsliste gesetzt wurden. Das ist der eindeutige Beweis, daß Sie sofort mit uns gemeinsame Sache gemacht haben, nachdem Sie unser einträgliches Geschäft entdeckten. Wäre doch verdammt schwierig, wenn Sie jetzt Lärm schlagen würden. fühlen Sie sich also wie zu Hause, Lieutenant. Sie sind unter Freunden. Wenn Sie freundlich sind, sind wir's auch. Wenn nicht, sollte Ihnen der Okefenokee gezeigt haben, daß wir hier um hohen Einsatz spielen.«

Messmore hielt ein Stück Steak an der Gabel. »Verdammt hoch, Lieutenant.«

Buckmaster wußte immer noch nicht, um welche Gaunerei es sich handelte, dachte aber, es wäre schön zu wissen, wer daran beteiligt war.

»Wer macht außer Lieutenant Fiordaliso noch mit?« Er sah, wie die beiden sich anschauten. »Was ist mit Captain Clapsaddle?«

Messmore verschluckte sich beinahe an seinem Bissen, ehe er ihn heruntergewürgt hatte. »Captain *Romeo* Clapsaddle, Lieutenant. Ja,der ist auch dabei. Und noch weitere zweihundert Männer. Aber die sehen Sie nicht, oder?«

Buckmaster starrte die beiden an. Ein feines Pärchen. Messmore hatte die Art von freundlichem Gesicht, das sich von einer Sekunde auf die andere zu einem bösen wandeln kann. Flugel dagegen hatte das bösartige Gesicht, das sich blitzschnell zu einem freundlichen verwandeln konnte.

»Erzählt mir bloß nicht, daß ihr die alle auf die gleiche Art beseitigt habt, wie ihr es mit mir vorgehabt hattet.«

Messmore blickte ihn nachdenklich an. »Das wäre schon eine Möglichkeit gewesen, nehme ich an. Aber, nein, wir haben es auf die leichte Tour gemacht. Fort Krematorium ohne Leichen. Nur Stechkarten. Talley hier ist der geistige Vater. Erzähl's ihm, Talley.«

Talley erzählte es ihm. Seine Augen leuchteten dabei.

Alle drei waren in der Personaldienstabteilung. Corporal Oscar Flugel war in Wirklichkeit Warrant Officer Marshall Talley. Er leitete die Soldstelle. Sergeant Miles »Zulu« Messmore war in Wirklichkeit Warrant Officer Hannibal Zwinger. Er leitete die Computerdatenverarbeitungsstelle der Verwaltung. Lieutenant Juliet Fiordaliso war Lieutenant Juliet Fiordaliso, sie leitete die Personalaktendienststelle. Alle drei konnten sich gegenseitig vollkommen decken.

Das System beruhte auf Paragraph 2-7, Artikel 37-104-2, der Dienstvorschriften.

> Offiziere, Unteroffiziere und Mannschaftsgrade aller Ränge können ihre Schecks mit dem Sold auf eine Bank ihrer Wahl überweisen lassen, sofern sie einen entsprechenden Antrag von ihrem vorgesetzten Offizier genehmigen lassen. Auf dem Antrag müssen enthalten sein: Name und Anschrift des Bankinstituts, Kontonummer, falls vorhanden, und eine Bestätigung, daß mit der Bank vereinbart wurde, solche Schecks anzunehmen. Der Antrag wird an die Personalstelle des Antragstellers weitergeleitet. Ein Antrag auf Widerruf eines solchen Bank-

überweisungsauftrags wird durch den Kommandeur der Einheit an den Personaloffizier weitergeleitet. Ein Offizier oder ein Warrant Offizier kann den ausgefüllten Antrag direkt bei seinem Personaloffizier einreichen.

»Wir haben im Computer eine frei erfundene Einheit mit frei erfundenen Soldaten aufgestellt. Zweihundert Namen kassieren und deponieren Gelder, die auf drei – jetzt vier – Bankkonten landen.«

Buckmaster nickte, runzelte dann die Stirn. »Warum Zehnte *Experimental*-Kompanie?«

Talley grinste. »Das steht auch in Ar 37-104. Fällt unter Leistungsprämien für Risikodienst. Experimentaler Dienst unter Streß heißt, daß ein Private unter vier Monaten fünfzig Dollar pro Monat extra bekommt. Das geht dann so weiter. Ein Offizier mit Besoldungsgruppe 0-6 bekommt zweihundertfünfundvierzig Dollar pro Monat extra.« Er hielt die Hand hoch. »Das ist aber noch nicht alles. Jeder Angehörige der Streitkräfte, der mehr als einen Risiko-Dienst erfüllt, der für die Mission der Einheit unabdingbar ist, kann doppelte Leistungsprämie erhalten. Mann, jeder verdammte Soldat in der Zehnten bekommt doppelte Leistungsprämie. Lieutenant, es wird Sie vielleicht interessieren, daß Sie bei der gefährdetsten, risikoreichsten Einheit der gesamten Scheißarmee sind.«

Jetzt war Buckmaster an der Reihe zu grinsen. »Das wußte ich schon, ehe ich hergekommen bin. Unter welchem experimentellen Streß stehen wir denn angeblich? Oder ist das auch nur frei erfunden?«

Talley lachte.

»Wissen Sie, bis jetzt ist noch keiner gekommen und hat sich erkundigt. Aber es weiß ja auch noch kein Schwanz, daß die Zehnte existiert.« Er machte eine Pause und verzog das Gesicht. »Ich hab' mir schon den Kopf zerbrochen, warum man Sie aus heiterem Himmel zu uns abkommandiert hat.«

»Vielleicht erzähl ich euch das mal. Aber weiter jetzt.«

»Naja, ich habe für diese Eventualität genauestens geplant. Zeig's ihm, Zulu.«

Zulu schob sich vom Tisch weg, stand auf und ließ sie für kurze Zeit allein. Dann kam er mit einem Paar Fallschirmspringerstiefeln zurück, die wie die Stiefel für das Springen vom Sprungturm aussahen. Aber dann sah Buckmaster, daß die extradicken weißen Sohlen nur angeklemmt waren.

Buckmaster schüttelte den Kopf. »Sie zeigen mir zwar was, aber was?«

»Lieutenant, wenn Sie glauben, daß ich jetzt rausgehe und springe, bloß um Ihnen was zu zeigen, und das noch mit vollem Magen, sind Sie verrückt. Sie haben doch den Turm draußen gesehen? Sie sehen die Stiefel, ja? Wenn Sie nun zwei und zwei zusammenzählen, sehen Sie's.«

Talley mischte sich ein. »Ganz einfach, Lieutenant. Haben Sie eine Ahnung, wie viele Fallschirmjäger sich die Beine brechen oder die Füße verstauchen? Sogar bei Übungssprüngen? Ich nenne die Sohlen Zerbrecher. Sie bestehen aus gepreßtem Schaum, der bei der Landung viel vom Aufprall abfängt. Sie werden wie Skier angeschnallt. Sobald man gelandet ist, schmeißt man sie weg. Das testet die Zehnte, falls jemand fragen sollte.« Er nahm Buckmaster die Stiefel aus der Hand und streichelte sie. Sein Gesicht wurde hart. »Aber es wird niemand fragen. Ich habe in den Computer eingegeben, daß er jede Anfrage wegen der Zehnten und jeden Marschbefehl für eine Inspektionstour bei ihr sofort meldet. Niemand überrascht uns. Wir brechen einfach unsere Zelte ab.«

Er schaute Buckmaster verschlagen an. »Über Ihr Kommen haben wir auch gleich einen Ausdruck bekommen, Lieutenant. Wissen Sie eigentlich, daß Sie einen Aktenvermerk haben? Sie werden ständig auf Sicherheit überwacht, wegen Ihres Vaters.«

Buckmasters Gesicht brannte. Er erinnerte sich an den Blick, den Colonel Fubb mit Lieutenant Landtroop gewechselt hatte. Sie würden ihn nie etwas über TOTE erfahren lassen – ganz gleich, was TOTE war. Fubb, der Hahnrei, und Landtroop, der Herrenreiter. Na schön, wenn die Armee das Spiel so wollte, FTA – und dabei meinte er nicht Free Time Association. Er würde bei diesen Schweinereien mitmachen, und nicht nur, weil er anscheinend keine Wahl hatte. Aber auch sie nahmen sich besser in acht! Von jetzt an war er sich selbst der Nächste.

Wie selbstzufrieden die beiden aussahen. Würde ihnen guttun, wenn er sie ein bißchen aus der Ruhe brachte. Das Walkie-Talkie hing neben ihm. Er holte es herauf und sprach hinein. Sie würden ja nicht merken, daß es nicht eingeschaltet war.

»Bravo Eins an Bravo Base. Sie haben jetzt ja alles mitgehört und wissen, was Sie zu tun haben. Over.«

Mit einem Handgriff schaltete er auf Empfang.

Mit einer gleitenden Bewegung griff Messmore-Zwinger sich das

M-16, das Buckmaster abgestellt hatte, schob das volle Magazin statt des leeren hinein und stellte sich neben die Tür.

»Bleib ruhig, Talley. Wir haben eine Geisel.«

Die Geisel schenkte sich noch ein Glas Champagner ein und nahm einen Schluck.

Talley sah blaß und eingeschrumpft aus. Seine Stimme war nur noch ein Flüstern.

»Sie sind vom CID. Ich hab's gewußt. Ich hab' gewußt, daß sowas passieren würde, wenn wir den Bogen überspannten.« Sein Gesicht wurde freundlich, sein Flüstern eindringlich überredend. »Schauen Sie, Lieutenant, es hat doch keinem weh getan. Wir haben dick abgesahnt. Millionen. Wir können uns doch einigen, ehe sie herkommen. Hören Sie –«

Das Funkgerät knisterte und knatterte, als General Reeber Battles Stimme, kalt vor Wut, ertönte. Buckmaster konnte direkt sehen, wie sich das Kinn des Generals verdoppelte, als er die Stimme senkte. »Corporal Oscar Flugel, ich werde Sie finden. Und wenn ich Sie gefunden habe, verspreche ich Ihnen das *fairste* Kriegsgericht, das die Armee je erlebt hat.«

Buckmaster betrachtete durch das Champagnerglas Flugel-Talleys verzerrtes Gesicht. Der Mann war noch blasser und noch eingeschrumpfter geworden.

»Ja, bleiben Sie ruhig, Talley. Ich wollte mich nur ein bißchen an euch rächen. Der General denkt, daß *ich* Corporal Oscar Flugel bin. Ich habe Ihren Namen mißbraucht. Das Blut, nach dem er rünstet, ist das meine.«

Aus dem Augenwinkel sah er, wie Messmore-Zwinger mit dem M-16 auf ihn zielte. Seine Stirn war gerunzelt. Seine Augen funkelten, als kämen Blitze aus seinem Innern.

»Sie sollten mich nicht so in Aufregung versetzen, Lieutenant. Ich habe diese Migräneanfälle.« Immer noch stand er wie die Statue des Infanteristen da. Endlich ließ er das M-16 sinken. Wasser stand in seinen Augen. Er wischte sie mit Daumen und Zeigefinger aus. Seine Miene wurde jetzt noch freundlicher als die freundliche Talleys. »Geben Sie mir mal das Walkie-Talkie, Lieutenant.« Kaum hielt er es, ließ er es fallen und trampelte sinnlos darauf herum. »Ich möchte nicht, daß sie durch puren Zufall oder sonstwie unsere Position rausbekommen. Ich mache meine Zufälle selbst.«

Buckmaster studierte Zwinger aufmerksam. Es war leichter, an ihn als Zulu zu denken.

»Zulu, Sie rasieren sich lieber den Bart ab. ich habe die ganze Kaserne wild gemacht. Alle suchen nach einem großen Schwarzen mit Bart.«

Zulus Grinsen zog den Bart auseinander. Mit einem Handgriff riß er wie ein Zauberkünstler den Bart ab. »Warum nicht gleich?« Sein Grinsen zog die Hamsterbacken auseinander. »Hier ist die nackte Wahrheit. So sehe ich während des Dienstes in der Computerabteilung aus.«

In den dunklen Tunneln in Buckmasters Kopf setzte sich ein Zug mit Überlegungen in Gang. »Ach ja, was ist eigentlich mit Ihrem Dienst? Wieso könnt ihr beide einfach so frei herumlaufen?«

Talley hatte sich und die Lage wieder in der Gewalt. »Normalerweise tun wir das nicht. Die Zehnte zu führen kostet uns höchstens mal ein Wochenende, ab und zu. Aber sobald wir von Ihrem Kommen hörten, haben wir uns Urlaub genommen, damit wir uns um Sie kümmern könnten.« Er betrachtete Buckmaster. Sein Gesicht zuckte. »Wissen Sie was, Lieutenant, eigentlich bin ich direkt froh, daß Sie jetzt bei uns mitmachen. Wir beziehen zwar unsere Millionen, ohne daß die Armee sich über zweihundert zusätzliche Leute wundert; aber wir haben noch keine brauchbare Idee, wie wir die Einheit wieder auflösen können. Wenn alle zweihundert Mann auf einmal über den Jordan gehen oder wenn eine angebliche Salmonellenvergiftung oder eine Epidemie spinaler Meningitis sie dahinrafft, oder wenn eine Scheinbombe ihren Standort vernichtet, würde sich die Arme doch Gedanken machen und wundern.«

»Großartig. Ich soll euch also helfen, das Kreuzworträtsel zu lösen?«

»Auch wenn sie uns nicht leiden können, Lieutenant, das Geld mögen Sie bestimmt. Jetzt, wo Sie da sind, können Sie die Zehnte ganzzeitig leiten. Es stimmt zwar, daß Sie Ihre Papiere verloren haben; aber das weiß der Computer doch nicht. Viel haben Sie nicht zu tun. Nur den Computer davon überzeugen, daß es sich bei der Zehnten um eine tatsächliche Einheit in der Armee handelt. Das heißt, es kommen die allgemein üblichen Fälle vor, wo einer Scheiß baut. Stimmt's, Zulu? Dieser Teil gefällt Zulu besonders gut: Gott spielen. Dann wollen wir dem Lieutenant mal zeigen, wie's funktioniert.«

Sie wechselten in den Kommunikationsteil des Wohnmobils. Zulu setzte sich vor den Computer-Terminal. Er rief die Liste für die Tenth Experimental Company ab.

Buckmaster las die Namen auf dem Bildschirm und schüttelte den Kopf. »Mußtet ihr ihn denn Romeo Clapsaddle nennen?«

Zulu lachte. »Das ist Juliet Fiordalisos Traummann. Ihr hat es auch nicht gefallen.« Er rieb sich die Hände. »Da wir gerade vom Kriegge-richt sprechen, jedenfalls der Alte Putter-diputt, – wir müssen ge-nauso bestrafen wie belohnen. Sehen Sie, wir haben die erforderliche Dienstzeit für die Besoldung einprogrammiert. Automatische Beför-derungen mit Soldanhebungen. Trotzdem müssen wir aufpassen, daß die Einheit auch wie echt aussieht – Soldaten machen schließlich immer mal Scheiß. Die Liste geht nicht anstandslos durch, wenn wir Monat für Monat sauber und ohne Sauereien erscheinen.«

Er fing an, auf die Tasten zu drücken, während er noch redete. »Ich finde, wir sollten Sergeant Bannerman einen Grad wegen Untüchtig-keit zurückstufen, auch wenn es mir bei einem aus dem Kader wehtut. Ich glaube, wir können Corporal Warmath an seiner Stelle aufrücken lassen. Gefreiter Saladino wird diesen Monat von der Sold-liste gestrichen, Strafmaßnahme. Dann – mal sehen – verteilen wir noch ein paar Artikel 15, ganz verstreut – das sollte genügen.« Zulu löschte den Schirm. »Irgendwelche Fragen, Lieutenant?«

»Was ist mit dem ehemaligen Wachoffizier passiert?«

Talley übernahm. »Die gleichen Befehle, die Sie hierher abkom-mandiert haben, haben ihn wegen Kommandowechsels ins Pentagon abgerufen. Wir haben aber dem Computer erzählt, daß er bereits vom Tod angefordert worden war. Der arme Kerl ist beim Testen von Zerbrechern ums Leben gekommen.«

Zulu meldete sich wieder. »Ja, war leicht gestört. Mitten in der Nacht ist er hochgesprungen und hat ›Geronimo‹ gebrüllt. Dann ist er auf den Turm geklettert und runtergesprungen. Talley hat nicht ganz recht. Der Kerl hat sich nicht die Zeit genommen, die Zerbrecher anzuschnallen.«

Talley blickte verärgert drein. »Ich hab' nicht unrecht. Aber das ge-hört zur Taktik. Wir haben es so eingerichtet, daß er bei Ausübung seiner Pflicht starb.«

Buckmaster lächelte. Beinahe hatten sie es geschafft, daß er ihnen glaubte. Sie lächelten zurück. Talleys Lächeln wurde verschlagen.

»Das ist noch ein Geldscheißer. Der nächste Verwandte jedes Mannes ist eines unserer Bankkonten. Ich hab' Ihnen doch gesagt, daß dies die gefährdetste Kompanie der gesamten Armee ist. Sie würden nie erraten, wie viele Leben die Zehnte dem Vaterland geop-fert hat.«

Colonel Fubb hatte es zweifellos erraten – zumindest gedacht, er hätte es erraten.

Buckmaster betrachtete die beiden Männer. »Wie seid ihr auf diese Idee gekommen?«

Talleys Lächeln verschwand. »Ich konnte die Anzahlung für eine Farm, auf der ich mich mal zur Ruhe setzen wollte, nicht zusammenkratzen. Nach zwanzig Jahren fand ich,daß ich eigentlich mehr verdiente. Da habe ich meinen privaten kleinen Ausgleichsfonds gegründet.

Zulu nickte, lächelte aber weiter. »Der weiße Mann schuldet mir etwas. Meine Großmutter hat mir immer gesagt, es sei besser, sich für Pennies abzurackern, als für den weißen Mann für Nickel und Dimes zu kämpfen. Ich sage aber, daß es noch viel besser ist, dem weißen Mann die Zehner und Zwanziger abzuknöpfen.«

Jetzt schauten beide Buckmaster fragend an. Talley war an der Reihe.

»Was meinen Sie, Lieutenant? Wie stehen Sie dazu?«

»Na, *sehr viel* besser. Nachdem, was ich alles durchgemacht habe, will ich einen vollen und gleichen Anteil.«

»Eins muß ich sagen, Lieutenant, Sie sind cool.«

»Wenn er noch cooler wäre, wäre er tot.« Zulu sah Buckmaster an, sprach aber zu Talley. »Aber *ich* habe immer noch das Gefühl, daß er mit gezinkten Karten spielt.«

Buckmaster fiel der Unterkiefer runter. Dann lächelte er frischfröhlich. »Was wollt ihr? Einen Eid, mit Blut besiegelt?«

Talley winkte beschwichtigend ab. »Nur Ihr Wort. Das Ehrenwort eines Offiziers und Gentleman. Sind Sie auf unserer Seite?«

»Ich dachte schon, ihr würdet nie fragen. Viele Heilige hätten Ihre Seele dem Teufel verkauft – wenn der Teufel sie hätte kaufen wollen. Und ich bin kein Heiliger.«

Sie bekräftigten es mit Handschlag.

Talley öffnete einen Wandschrank. Da hingen alle möglichen Uniformen mit allen möglichen Rangabzeichen. Dann hob er ein Stück des Bodens hoch und drehte an der Kombination eines Tresors im Boden. Er drückte Buckmaster ein dickes Bündel Scheine in die Hand.

»Hier, Lieutenant. Ein bißchen Taschengeld. Knete zum Essen, Trinken und ein Notgroschen aufs Konto.«

Die neue, glatte Haut auf den Fingerspitzen machte es schwierig, die Scheine durchzublättern. Er begnügte sich mit Abwägen. Mindestens ein paar tausend Dollar. Die würde er ausgeben müssen, um seine Vertrauenswürdigkeit zu beweisen. Er grinste. Es gab schlimmere Schicksalsschläge.

Plötzlich zog sich Zulus Stirn zusammen. Seine Augen zeigten die Blitze im Innern seines Kopfes. »Meine Oma hat immer gesagt ›Lege deinen Hund nicht an eine Wurstkette!‹« Buckmaster war nicht sicher, ob die Migräne aus Zulu sprach oder Zulu selbst. Aber die nächste Stimmungslage Zulus jagte Buckmaster einen kalten Schauder über den Rücken. Zulu wurde urplötzlich ganz still, hob aber die geballte Faust. »Aber am achtzehnten Juni komme ich raus. Danach sind Sie ganz allein Talleys Wachposten.«

Sie gingen zurück zum Tisch und vernichteten die Pulle Champagner. Er perlte zwar nicht mehr sehr, schien aber noch lebendig zu sein. Buckmaster dachte nach. Er konnte aufstehen, wann er wollte, konnte pennen, wenn er wollte, und dazwischen nichts tun. Der reine Urlaub. Ein Faulenzerparadies.

Nur auf eine Sache mußte er höllisch aufpassen – daß die anderen nicht abhauten und ihn im Regen stehen ließen, mit dem Finger in der Marmeladendose.

16 EEZR - Erbitte Erlaubnis zum Requirieren

Zwei GIs, Zulu und Talley, marschierten etwa drei Meter voneinander entfernt im Gleichschritt und taten so, als trügen sie biereifrig und vorsichtig eine riesige Glasscheibe. Ein dritter GI, Buckmaster, las gerade einen Brief, den er beim Postaufruf bekommen hatte, einen Brief, der auf rote Unterhosen geschrieben war. Er ging ungesehen zwischen den beiden hindurch.

Buckmaster wachte auf. Zulu stand über ihm. Drei Tage und Nächte hatte Buckmaster schon in Luxus im Wohnmobil verbracht, sich richtig ausgeschlafen und sich den Organisationsablauf eingeprägt.

Zulu und Talley hatten ihn die meiste Zeit allein gelassen. Sie kosteten die restlichen Urlaubstage noch richtig aus. Im Augenblick hatten die Sonnenbrille und der Schnurrbart Zulu in jemanden verwandelt, der weder Messmore noch Zwinger war. Er schien in guter Stimmung zu sein.

»Ich hole den Laster, um zum Atlanta-Versorgungsdepot zu gurken. Wollen Sie noch was auf die Einkaufsliste setzen?«

Buckmaster verschränkte die Arme hinter dem Kopf und dachte nach. Dann rollte er verneinend den Kopf. »Mir fällt nichts ein.«

»Vielleicht haben Sie Lust, mit nach Columbus zu fahren? Ich setz' Sie ab und nehme Sie auf dem Rückweg wieder mit.«

Buckmaster hatte vorgehabt, sich abzukapseln, bis er die Operation voll im Griff hatte. Er hatte schon herausgefunden, daß die Soldabrechnungen nur ein Tropfen aus dem Meer war, das zur Verfügung stand. Es war Talley gelungen, die Konsole mit AUTODIN zu verbinden, dem weltweiten Kommunikationsnetz des Verteidigungsministeriums, wo Daten ausgetauscht wurden über Finanzierung, Personal, Logistik, Geheimdienst und Informationen über den Dienstbetrieb in Army, Navy und Air Force sowie anderen Verteidigungsstellen. Da die Zehnte Experimental Company im Feld Produkte des Amts für Weiterführende Forschungsprojekte im Pentagon testete und auswertete, hatte sie Zugang zu Geldern, die nicht abgerechnet werden mußten. Buckmaster war sicher, daß er noch viel lernen konnte.

Aber die Sonne hatte einen goldenen Teppich von der Tür bis zu ihm ausgerollt. Außerdem wollte er seine Scheinchen ausgeben. Außerdem mußte er Zulu näher kennenlernen. Als erstes schaut ein Soldat nach der Nummer auf seinem Gewehr, um sicherzugehen, daß er auch seines reinigt. Als erstes führt ein Offizier, der ein Kommando übernimmt, ein freundliches Gespräch mit seinem obersten Sergeant. Außerdem konnte er zwei Fliegen mit einer Klappe erschlagen, wenn er gleich Joe Dee seine Uniform zurückbrachte. Es war zwar noch zu früh für Dee, um zu Hause zu sein; aber Sally würde da sein. Bei dem Gedanken an den Ausdruck auf Kasters Gesicht, wenn Lieutenant Stonewall J. Buckmaster hereinkam, mußte er lächeln. Er stand auf.

»Sie können mich beim FTA-Café absetzen. Ich glaube, Sie wissen ja, wo das ist.«

»Glaube schon.« Zulu gab ihm einen neuen Truppenausweis. »Lieutenant Buckmaster sind Sie jetzt, aber nicht bei der Tenth Experimental. Die Zehnte darf nur im Computer existieren, kapiert? Sie sind der Wachoffizier einer 29. Infanterie-Einheit des Hauptquartiers. Auf mich brauchen Sie nicht zu warten. Sie haben Ihr eigenes Vehikel. Sie können mit dem Jeep rein und raus aus der Reservation, wann Sie wollen. Wenn jemand fragen sollte, überprüfen Sie gerade Biwaks.«

»Diesmal fahre ich lieber mit Ihnen.«

»Okay. Bis Sie fertig sind, habe ich den Laster vollgetankt.«

Zulu lud leere Benzinkanister auf die Ladefläche, als Buckmaster herauskam. Buckmaster kletterte ins Führerhaus.

»Dann lassen Sie das Ding mal rollen.«

Er sagte das ganz unbekümmert; aber Zulu war inzwischen in einer seiner schlimmen Stimmungen.

»Bettler können keine große Lippe riskieren.« Zulu stieg langsam ein. Er richtete den Zeigefinger auf Buckmaster und spannte den Daumen wie einen Abzug. »Glauben Sie ja nicht, daß wir Angst haben, es zu tun, weil wir Sie da draußen im Sumpf nicht erledigt haben. Wenn Sie querschießen, machen wir's. Dasselbe gilt, wenn wir draufkommen sollten, daß Sie uns verscheißern oder auffliegen lassen.« Er setzte sich hin und ließ das Ding rollen. »Ich habe das Spiel nach den Regeln des weißen Mannes gespielt. Jetzt mache ich's auf meine Art. Und es zahlt sich aus. Geld kann nicht alles kaufen, stimmt; aber was ich dafür nicht bekommen kann, brauch ich auch nicht. Wenn Sie uns Ärger machen, verdünnisieren Sie sich lieber.«

Dieser verdammte Zulu. Immer brannte bei ihm gleich eine Sicherung durch, gerade als er angefangen hatte, den Mann zu mögen. Wenn jemand Grund hatte, wütend zu sein, dann Buckmaster. Früher oder später würde seine Wut auf Zulu hochkommen, und sie würden die Sache austragen müssen. Aber auch ohne das würde Zulu sich früher oder später gegen ihn stellen. Es müßte doch einen Weg geben, sich gegen Zulu für den Fall dieser Abrechnung zu schützen.

»Jawohl.« Zulu genoß seine Schmerzen richtig. »Ich fühle mich so richtig bösartig.« Zulus zuckende Schläfen sahen auch so richtig bösartig aus. »Migräne.«

»Das sind nur die Ausflüsse der Bosheit. Alles nur Einbildung.«

»Erzählen Sie mir bloß nicht, daß meine Krankheit nur eingebildet ist, sonst wachen Sie auf und versuchen sich einzureden, daß Tod auch nur eine Einbildung ist.«

»Aber nein, die Schmerzen sind wirklich da. Ich kenne Migräne. Meine Mutter hat sehr darunter gelitten.«

»Sie haben keine Ahnung, wenn Sie's nicht selbst gehabt haben.«

»Ich habe viel darüber gelesen. Schon mal an Biofeedback gedacht?«

»Wie soll das gehen?«

»Sie bekämpfen es seelisch. Wenn Sie ein Magengeschwür haben, setzen Sie das Biofeedback ein, damit der Verstand die Menge der Magensäfte kontrolliert, die der Magen absondert. Müßte auch bei Migräne klappen. Spannung ist ein Beta-Rhythmus-Zustand. Entspannte Wachheit ist ein Alpha-Rhythmus-Zustand. Sie müssen lernen Alpha-Rhythmen auszulösen. Immer wenn Sie spüren, daß die Spannung kommt, schalten Sie auf Alpha um.«

»Mann, ich probiere alles. Wie fang' ich an?«

»Meinen Sie, daß im Atlanta-Versorgungsdepot Biofeedbackmaschinen zu haben sind?«

»Die haben alles, von der Antibabypille bis zu Autopsiesägen, von Zeltstangen bis zu Feldlazaretten.« Zulus gute Laune kam zurück.

Da er keinen näher am FTA-Café gelegenen Parkplatz finden konnte, hielt Zulu neben einem Verkehrsschild, auf dem stand: VON HIER BIS ZUR ECKE PARKVERBOT.

Buckmaster lächelte. Eine winzige Übertretung, die zu ihren Diebstählen im großen hinzukam, aber dennoch . . . »Sehen Sie denn nicht das Schild?«

Zulu stieg aus, bog das Schild kurz hin und her, bis es abbrach, und warf es beiseite.

»Was für'n Schild?«

Buckmaster kletterte heraus und ging mit Dees zusammengerollter Uniform unter dem Arm ins FTA-Café.

Die Tür war offen, aber der Laden war still und leer. Dann trat Sally Kasters aus dem Hinterzimmer. Sie zog noch die zweite Augenbraue mit einem Stift nach und lehnte sich gegen den Türrahmen. Sie starrte die beiden an, Buckmasters Lieutenantuniform und Zulu, den bartlosen Nicht-MP. Dann schüttelte sie den Kopf und brachte kein Wort heraus.

»Ich fühle mich schon in Ordnung, weißt du. Es ist nur, weißt du, daß ich manchmal Dinge sehe.«

»Das tut der Lieutenant auch. Er hat gedacht, er hätte ein Verkehrsschild gesehen.«

»Kann ich die Schreibmaschine mal ausborgen, Sally?«

Wieder versagten ihr die Worte. Sie winkte die Männer stumm herein.

Zulu holte ein Requirierungsformular aus der Brusttasche und spannte es in die Schreibmaschine. Buckmaster sah, daß ein Lieutenant S. J. Buckmaster das Formular unterschrieben hatte. Zulu sah ihn an.

»Machine, Biofeedback, stimmt's?«
»Müßte reichen. Sie können die Modell-Zahl eintragen, wenn Sie da sind. Und besorgen Sie mir eine gute Taschenlampe.«
»Wozu?«
»Ich hab' da draußen nur das Licht im Wohnmobil. Angenommen, es kommt zu einem Stromausfall? Was ist, wenn die Armee, die ja nicht weiß, daß Sie die Nabelschnur an die Stromleitung geknotet haben, sagt ›Es sei jetzt dunkel‹ und schaltet die Elektrizität aus irgendeinem Grund aus?«
»Wird nie passieren.« Aber Zulu zuckte mit den Achseln. »Mich kostet's ja nichts. Warum soll ich mich streiten?«
Er tippte ein Dutzend Taschenlampen samt Batterien auf das Formular. Als er das Papier herausziehen wollte, hielt er inne.
»Verflucht, beinahe hätte ich's vergessen! Fiordaliso will Schokolade und Erdnußbutter. Aber mir ist schon klar, warum ich daran nicht denken wollte. Ich mag beides – und muß wegen meiner Migräne drauf verzichten. Ach ja, und Haarspray. Komisch, daß ich mich daran nicht erinnert habe.«
Er tippte die Sachen blitzschnell mit seinen dicken Fingern. Seine Migräne hatte wieder angefangen, und Buckmaster war froh, daß er wegging.
Kaster stemmte die Hände in die Hüften und streckte die Ellenbogel wie Flügel heraus. Sie trug einen gelben Pullover, der sie in dieser Stellung und bei ihrer Schlankheit wie ein Gefahrwarnschild aussehen ließ.
»Na schön, Wallstone! Vielleicht würdest mir alles mal erklären.«
»Sicher. Aber zuerst will ich meine Schulden bezahlen.«
Er hatte in einer Ecke des Zimmers ein Feldbett bemerkt. Dann schloß er die Vordertür ab – Dee hatte die zum Hinterzimmer noch nicht repariert – und beschäftigte sie so, daß ihr keine Zeit blieb, Fragen zu stellen. Jedenfalls dachte er das. Ihre Verträumtheit verschwand. Sie bewegte sich kräftig unter ihm.
»Schon gut, Wallstone. Jetzt.« Dann fiel ihr Blick auf den Schreibtisch, und sie schaute Buckmaster mit trotzigem Schuldbewußtsein an. »Vielleicht sollte ich dir erst was sagen.« Sie stand auf und gab ihm eine Seite der nächsten FTA-Ausgabe. »Joe wollte die Zehnte Experimental Company nicht namentlich nennen, weil man ihn sonst wegen Verletzung der nationalen Sicherheit belangen könnte – *echter* nationaler Sicherheit, nicht Nixon-nationale-Sicherheit. Also bringen wir es vertuscht.«

Er las die Stelle, auf die sie zeigte. *Frage der Woche! Welche Experimental-Einheit in Fort Benning stellt eine Bedrohung des Ökosystems dar?*

Sein Grinsen ärgerte und ermutigte sie. »Jetzt aber zu dir! Warum läufst du und der andere Soldat so verkleidet herum – jetzt ganz dicke Kumpel und vorher bitterste Feinde?«

»War eine Sicherheitspanne. Ich nehme an, Joe hat dir gesagt, daß ich mit dem General geredet habe? Nun, jetzt ist alles geklärt.«

Sie sah ihn zweifelnd an, stellte aber gleich die nächste Frage. »Und was *macht* die Zehnte Experimental nun wirklich?«

»Was die Zehnte macht?« Er wollte Zeit schinden und wußte, daß sie das auch wußte. ›Zerbrecher‹-Sohlen schienen ihm zu mickrig, nicht umweltzerstörerisch genug. Solange der Artikel keine Namen nannte, konnte er ihr doch gleich einen gigantischen Bären aufbinden und ihr eine erstklassige Hitchcock-Story auftischen. »Wenn ich es dir sage – paßt du dann aber auf, wie du es in Worte bringst? Joe hat nämlich recht, so vorsichtig zu sein. Es *ist* eine Sache *echter* nationaler Sicherheit.«

Sie nickte, und er fuhr fort.

»Die Sowjets haben einen Kohlendioxid-Laser. Der kann anfliegende Raketen bis zu dreihundert Meilen Entfernung ausschalten.« Bis jetzt stimmte es – zumindest hatte er das gelesen. Jetzt schmückte er die Sache aus. »Unsere Gegenwaffe kann aber den Laserstrahl gleich zurückschicken. Es ist eine Beschichtung, die wir Spiegelit nennen. Dieses Spiegelit reflektiert überall. Mit einem normalen Laser kannst du nichts machen, schon gar nicht durchdringen.« Er betrachtete wehmütig seine Fingerspitzen. »Verdammt gefährliches Zeug, wenn man es anfaßt.« Er schaute mit tapferem Lächeln zu ihr auf. »Mehr kann ich dir auch nicht sagen.«

»Ich verstehe, Jackson.«

Sie nahm seine Hände in ihre und küßte die Fingerspitzen. Er zog sie wieder auf das Bett herunter. Diesmal ging es ihm nicht darum, sie nur zu beschäftigen. Er spürte, wie in ihm tiefere Gefühle für sie und sich aufstiegen.

Als er wieder auf die Uhr sah, löste er sich und stand auf. Immer noch reichlich Zeit, ehe Zulu ihn abholte, aber die Soldaten würden bald auftauchen. Als Lieutenant konnte er schlecht an einem Ort herumhängen, der für die Mannschaften war. Er gab ihr die zehn Dollar zurück und spendete tausend für die gute Sache. Sprachlos brachte sie ihn zur Tür.

Als er die Ecke erreichte und einen Blick auf das herumliegende

Schild warf, hupte es. War Zulu schon zurück? War aber eher eine Autohupe, kein Laster. Mußte ja auch nicht ihm gelten. Er war ja nicht der einzige auf der Straße. Er bog um die Ecke. Das Hupen folgte ihm auf den Fersen.

Er schaute sich nicht um. Er haßte es, wenn jemand ihn anhupte, auch wenn er ihn warnen wollte. Der Fahrer sollte als Mensch zu Mensch mit ihm reden, nicht als mächtige Maschine zu einem ungeschützten menschlichen Wesen. Die Maschine war hartnäckig. Er blieb stehen und drehte sich um.

O nein!

17 MSA – Militärische Spezial-Ausbildung

O ja!

Blonde Pudellöckchen. Blauer, glitzernder Lidschatten. Maggie Fubb.

Ihr offenes Cabrio hielt neben ihm. Er stieg ein. Sie bot ihm die Wange, änderte dann aber ihre Absicht und zog sie zurück.

»Wer war den die ausgeflippte Bohnenstange?«

»Wie um alles hast du mich gefunden?«

»Nicht zufällig. Seit Tagen kajole ich schon in der Stadt herum und halte nach dir Ausschau. Als erstes hab' ich im Fort angeklingelt – von Pontius zu Pilatus. Keiner hatte von der Tenth Experimental Company gehört. Die dusselige Kuh, dieser Lieutenant im Personalbüro, hat behauptet, in Benning gäbe es keinen Lieutenant Buckmaster. Ich wußte aber verdammt genau, daß du hier unten warst. Also bin ich in einem Motel geblieben, habe herumgefragt und bin herumgefahren, um dich zu suchen.«

»Wieso hast du das verdammt genau gewußt?«

»Lieutenant Landtroop. Kennst du ihn? Aus dem hab' ich es herausgepreßt.«

Er betrachtete sie beim Weiterfahren. Wie hatte sie Landtroop bearbeitet? Ihr heiteres Profil blieb heiter, nur war etwas vorgeschoben.

»Wer ist sie?« Maggie klang zu uninteressiert.

»Sie ist Mitarbeiterin beim FTA – eine Untergrund-Zeitung. Du kennst ja die Sorte: Anti-Establishment, würgt der Armee gern eins rein. Ich bin hingegangen, um herauszufinden, wie sie von der

Zehnten Wind bekommen haben. Wir haben einen Tip bekommen, daß sie anonym was drüber bringen wollen. Das könnte eine ernstliche Verletzung der Sicherheit sein.«

»Oh!« Maggies Gesicht wurde rot, und ihre Stimme zitterte vor Wut. »Ich weiß nicht, was heutzutage in diese jungen Leute gefahren ist. Keine Loyalität! Kein Patriotismus!«

Maggie in Zusammenhang mit Loyalität ließ ihn an Colonel Fubb denken. Wie kam der gute alte Max wohl mit seinem TOTE voran? Und was zum Teufel war TOTE? Vielleicht konnte er Maggie anzapfen. Plötzlich wurde er sich klar, daß er nicht nur ihr aufgeplustertes Kleid betrachtete. Er starrte sie an. Wie hatte sie in zwei Wochen den Umfang von sieben Monaten erreicht?

Sie erwischte seine Blicke aus dem Augenwinkel und lachte. Dann tätschelte sie ihren Bauch. »Ganz ruhig, da drinnen. Ich schwöre, es trägt Gefechtsstiefel.« Sie lachte wieder, etwas kurz. »Keine Angst, ist nicht dein Kind. Ist von niemand.«

»Parthenogenese?«

»Was ist das?«

»Kommt gleich hinter Inzest.«

»Warte, bis wir im Motel sind, dann zeig ich dir's.«

Wie sich herausstellte, war es ein eiförmiges Satinkissen mit Bändern zum Umbinden.

»Ein Schwangerschaftsbausch. Alles Mache. Die Leute sind ganz verrückt darauf, einem Mädchen zu helfen, den Saukerl zu fangen, der seine Braut sitzen ließ.« Sie machte die Bänder auf, und der *embonpoint* war nicht mehr zwischen ihnen. »Was hattest du über Inzest gesagt?«

»Ich weiß nicht, ob ich das schaffe, Maggie.«

Ihre Augen verengten sich. Er wußte, sie sahen jetzt wieder die Bohnenstange. Da hielt er die Hände hoch und zeigte ihr seine Fingerspitzen.

»Ich habe einen Unfall gehabt.«

»Ach, mein armer Junge. Aber du brauchst doch jetzt deine Hände gar nicht, Liebling. Hier, laß mich.« Sie riß ihm die Knöpfe von der Jacke. »Die näh ich später wieder an.«

Später mußte noch eine Weile warten. Sex kam zuerst, dann Bettgeflüster als nächstes.

»Armer Stoney. Erzähl mir von dem Unfall. Ist es beim Dienst in der Zehnten Experimental passiert?«

Er erzählte ihr vom Spiegelit. Ihr Interesse ermutigte ihn, noch weiter auszuschmücken. Spiegelit hatte jetzt auch die Eigenschaft, einen Laserstrahl beim Aufprall so zu verändern, daß er alles, was er auf dem Rückweg berührte, in einen Punkt von Antimaterie verwandelte, der wegen seines Ambiente explodierte.

Sie verzog das Gesicht. »Was bedeutet das?«

»Das heißt, daß jede Laserkanone, die auf unsere mit Spiegelit beschichteten Raketen oder Flugzeuge schießt, in die Luft geht.«

»Das könnte doch einen richtigen Krieg entscheiden, oder?«

»Darauf kannst du wetten.«

»Wie einsatzfähig ist denn Spiegelit?«

»Tut mir leid, Maggie.« Es tat gut, sanft aber bestimmt zu sein. »Du weißt, daß ich das nicht mal dir erzählen kann. Ich habe dir sowieso schon mehr gesagt, als ich dürfte.«

Ihre Stimme glättete sich. Sie küßte ihn. »Nein, es tut mir leid, Stoney.« Sie stand auf. »Du bleibst ganz ruhig liegen, Liebes, während ich die Knöpfe annähe.«

Er döste etwas ein. Dann erinnerte er sich. »Maggie!«

»Hmmmmm.-«

»Vielleicht kannst du mir was sagen. Was weißt du über TOTE?«

»TOTE? Nie gehört.« Wenn ihre Stimme plötzlich ausdruckslos klang, konnte das daran liegen, daß er sie beim Abbeißen des Fadens erwischt hatte.

18 BV – Biologische Verteidigung

Talley holte ihn am Morgen ab. Buckmaster war vom Motel zu einer Telefonzelle in der Innenstadt gelaufen, hatte Fort Benning angerufen, war bis zu Lieutenant Fiordaliso durchgekommen und hatte sie gebeten, Zulu oder Talley Bescheid zu sagen, daß einer ihn abholte.

Talley schaute sauer drein und begrüßte ihn nur mit kurzem Nicken. Er fuhr mit einem Satz an, ehe Buckmaster richtig im Jeep Platz genommen hatte.

»Wir haben uns wegen Ihnen fast in die Hosen geschissen, Lieutenant.«

»Wenn, dann Geld, da bin ich sicher.«

»Na, als Zulu Sie abholen wollte und keiner da war und auch niemand wußte, wo Sie waren – na, das war'n Ding. Was ist denn passiert?«

»Ich habe einen alten Freund getroffen.«

»Ich hoffe, sie war es wert! Sie hätten uns wissen lassen sollen, daß Sie die ganze Nacht wegbleiben wollen.«

»Ich lasse mir von euch keinen Zapfenstreich vorschreiben, Charlie. Ich bin gleichberechtigter Partner, erinnern Sie sich?«

»Jaaa! Und ein Offizier und Gentleman. Daran sollten Sie sich erinnern, Buckmaster. Ich bin nicht Ihr Chauffeur. Wenn hier irgend jemand was zu sagen hat, dann bin ich das.«

Plötzlich bog Talley scharf nach links, dann scharf nach rechts, nahm eine Abkürzung durch eine Tankstelle, wendete, fuhr in eine schmale Hintergasse und beobachtete die Straße.

»Ist jemand hinter uns her?«

»Hab' gedacht, ein roter Chevy hatte sich drangehängt.« Er wartete noch eine Minute, startete dann den Jeep und fuhr los. »Wenn's so war, haben wir ihn abgehängt.«

Den Rest der Strecke fuhren sie schweigend. Talley schaute ebensooft in den Rückspiegel wie auf die Straße vor ihm.

Zulu blickte mißmutig drein; aber er war auf sich stinksauer. Er hatte die falsche Anzahl in das Bestellformular geschrieben. Jetzt quoll der Lagerraum über mit Kartons voll Haarspray. Er zeigte Buckmaster den einen Karton, den er für Lieutenant Fiordaliso beiseite gestellt hatte.

»War leichter, den ganzen Ramsch zu nehmen, als zu sagen, daß es sich um einen Fehler handelte. Aber was machen wir bloß mit dem ganzen Haarspray?«

»Der Teufel hat dabei die Hand im Spiel gehabt. Warum beenden Sie sein Werk nicht und vernichten den Ozongürtel?« Buckmaster war froh, sein Paket Taschenlampen zu sehen. Er hatte schon befürchtet, Zulu könnte stattdessen einen eigenen Generator für sie mitbringen. »Nur keine falsche Scham wegen dieser Reichtümer. Haben Sie die Biofeedbackmaschine bekommen?«

»Ja, ist in der Computerabteilung. Noch in der Kiste. Hoffe bloß, daß sie funktioniert, weil ich schon wieder so eine Scheißmigräne kommen fühle.«

Sie gingen in das Wohnmobil, und Buckmaster packte mit Zulu die Maschine aus. Buckmaster entdeckte die Gebrauchsanweisung. Er lenkte Zulu ab und steckte sie in die Tasche.

»Welches Muster sehen Sie, wenn die Migräne gerade anfängt?«

»Wie eine Honigwabe. Woher wissen Sie, daß ich Muster sehe?«

»Das kommt von der Entladung einiger Rezeptoren im visuellen Cortex. Meine Mutter hat immer einen schwingenden Bogen gesehen.«

»Ich bin nicht Ihre Mutter.«

»Auf eine seltsam heimelige Weise erinnern Sie mich an sie.«

Zulu verzog das Gesicht zu einem Grinsen. »Sie konnte wohl auch schön bösartig sein, was?«

»Sie hatte solche Momente.«

Zulu wühlte im Packpapier und dem Füllmaterial herum. »Wo ist der Info-Wisch?«

»Brauchen wir nicht. Ich weiß, wie das Ding funktioniert.«

Er schloß Zulu an die Drähte an.

»Sind Sie sicher, daß Sie sich damit auskennen?«

»Sie werden jetzt lernen, Alpha-Rhythmen durch Willenskraft zu induzieren. Schauen Sie auf den Bildschirm. Sehen Sie das hübsche Muster? Denken Sie sich Ihre Hände warm . . . jetzt denken Sie die Hände kalt . . . Sehen Sie, wie sich das Muster ändert?«

Die Maschine gab ein visuelles Feedback – bunte Lichter blitzten auf – des Musters der Gehirnströme plus Audio-Feedback – ein angenehmer Ton, der mit dem EEG höher und tiefer wurde. Zulu zappelte unruhig.

»Sind das die Dornen, die sich in mein Hirn hineinbohren?«

Buckmaster antwortete geistesabwesend. Er hatte das dysrhythmische EEG gefunden, auf das er gehofft hatte. Das bedeutete, daß Zulu zur Epilepsie neigte.

»Bis jetzt bekomme ich bloß Hühnerfeedback.«

»Sie machen das prima. Nur weiter so. Das ist das Muster, das Sie haben und behalten wollen.«

Eigentlich war es ein schmutziger Trick. Aber auch nicht dreckiger als das im Okefenokee.

Für kurze Zeit würde es dem Mann gut tun. Die Einbildungskraft würde Zulus Migräne abschwächen, so daß er dachte, er spürte weniger Schmerzen.

Talley sah ihnen zu, bis es ihm zu langweilig wurde. Dann ging er hinaus, und Buckmaster hörte, wie der Dienstwagen mit Talley und einem Teil von Zulus Beute wegbrummte.

Buckmaster dachte schon an die kommende Nacht. Weiter plante ein Faulenzer oder Penner wohl nie, mußte er denken. Er würde sich ausruhen und eine Zeitlang die Stellung halten – was auf das gleiche hinauslief – und dann mit dem Jeep in die Stadt fahren. Nur ein Problem.

Maggie oder Sally?

Oder Juliet?

Vielleicht sollte er Lieutenant Juliet Fiordaliso näher kennenlernen. War das der wahre Grund für seinen Anruf heute morgen? Sie hatte warm, konspiratorisch geklungen. Nein! Geschäft und Vergnügen sollte man streng trennen. Maggie-Sally war schon ein genügend großes Problem. Jeder sollte ein solches Problem haben.

Bei Problemen fiel ihm ein, daß er jetzt auch auf einen roten Chevy aufpassen mußte, – wenn es einen roten Chevy gegeben hatte. Vielleicht hatte Talley sich ihn nur eingebildet. Oder Talley wollte es ihm heimzahlen, seine Art, Buckmaster in Angst zu versetzen.

Er betrachtete Zulu, der immer noch an die Maschine angeschlossen war.

»Fühlen Sie sich besser?«

»Weiß nicht. Anders jedenfalls.«

»Das braucht Übung.«

»Ja, schätz' ich auch.«

Buckmaster spürte einen Gewissensbiß. Er schaltete die Maschine aus.

»Das ist für den ersten Versuch mehr als genug.«

19 AAA – Angefangenen Auftrag ausführen

Eine Fliege auf dem Fliegengitter vor dem Fenster zeigte ein schlechtes Jahr an – für sich? Das Motel? Die Gäste? Buckmaster schaute zum Waschbecken im Bad. Eine Blase hatte sich unter dem Hahn gebildet. Sie streckte sich, ohne zu platzen, vibrierte schnell, als Tropfen aus ihr herabfielen.

Die Zahnbürste gehörte ihm. Die Zahnpasta gehörte ihm und Maggie. Seine Augen glitten über die Tube. Es mußte etwas mit Freud zu tun haben, daß Frauen immer in der Mitte drückten, Männer am Ende. Er schraubte die geriffelte Kappe auf die Zahnpastatube.

Irgend etwas stimmte nicht. Er hatte diese Erkenntnis immer wieder aufgeschoben. Maggie berührte Dinge, berührte Leute, um sicherzugehen, daß sie echt waren, vielleicht, um sicherzustellen, daß sie selbst echt war, um etwas von ihrer Realität einzusaugen. Er hatte eine neue Nervosität in ihren Berührungen gespürt, seit er für eine weitere Liebesnacht zurückgekommen war.

Liebe. Er war sich seiner Gefühle für sie nicht sicher. Liebe? Liebe ist eine soziale Krankheit – immunisierend und tödlich zugleich. Gibt man sich der Liebe hin, gibt man sich Leben und Tod hin. Hatten sie sich dem Haß hingegeben? Die gleiche Mischung, verschiedene Farbe.

Das, was nicht stimmte, spiegelte sich in Maggies Augen. Es ist peinlich, wenn man jemandem immer wieder begegnet, dem man Lebewohl gesagt hatte. Er hatte die Bosheit nicht vergessen, die sie ausgespuckt hatte, und sie nicht den Grund dafür.

Gestern nacht hatten sie heftig gestritten. »Maggie, das Soldatenliebchen.« Er fand immer noch, daß er es liebevoll gesagt hatte; aber vielleicht gibt es Worte, die man nicht liebevoll sagen kann. Maggie hatte ihren Maximantel übergeworfen und war hinausgestürmt. Sie hätte die Tür zum Motelzimmer zugeknallt; aber der automatische Schließer ließ sich Zeit. Als er ihr hinterhergerannt war, um sie zurückzuholen, war sie schon auf dem Rückweg, da ihr eingefallen war, daß es ja ihr Zimmer und nicht seins war. Die Wut ging in Gelächter über. Und was er auch für sie fühlen mochte, es war tiefer und besser gewesen.

»Mußt du wirklich gehen, Stoney? Zurück zur Zehnten?«

Er mußte gehen; aber nicht zur Zehnten. Zum FTA-Café, um Sally zu sehen. Um zu sehen, ob das, was er für eine fühlte, auch dann noch Bestand hatte, wenn es mit den Gefühlen für die andere konfrontierte.

Er kam aus seiner Grübelei und dem Badezimmer und lächelte Maggie im Bett ernst an.

»Dienst.«

»Dienst. Immer dieser verdammte Dienst. Erst Max und jetzt du.« Ihr Gesicht schien von unvergossenen Tränen überströmt zu sein.

»Wie geht's Max?«

»So gut, wie man es von einer Leiche erwarten kann.«

Fubb hatte ihr nicht viel gebracht; aber deshalb ihn eine Leiche nennen . . . Buckmaster wandte sich ab, aber ihre Stimme folgte ihm.

»Ich bin nicht boshaft. Er ist vorige Woche gestorben. Herzinfarkt. TOTE war zuviel für ihn.«

Buckmaster kämpfte immer noch mit Fubbs Tod, so daß er TOTE beinahe überhörte. »Ich dachte, du hättest nie davon gehört?«

Jetzt blieben die Tränen nicht unvergossen. »Max ist tot. Ich habe niemanden.«

»Du hast mich.« Die Worte schleppten sich dahin.

»Nein, Stoney. Mit uns ist es vorbei, ganz gleich, was ich jetzt tue oder sage.«

Er fühlte sich erleichtert und gleichzeitig verletzt, zeigte aber keines von beiden. »Was meinst du mit ›vorbei‹?«

»Ich bin ein Schläfer.«

Buckmaster grinste verlegen. Er würde nicht nachfragen, falls sie damit sagen wollte, daß sie wahllos mit jedem ins Bett ging. Falls das ›Soldatenliebchen‹ sie auf die Idee gebracht hatte . . .

»Du hast geglaubt, ich wäre auch so ein Armeefratz wie du, Stoney. War ich aber nicht. Meine Eltern haben amerikanische Identität angenommen und sich in die amerikanische Lebensart eingegliedert. Sie haben mich erzogen, meine sowjetische Loyalität immer im Hintergrund zu halten gegen . . . jetzt.«

Er spürte, wie sich sein Verstand weitete, Protein synthetisch produzierte und sich die Synapsen verdickten. Es gab eine Art entscheidende Kraftprobe. Die hieß TOTE. Er ging auf sie zu, um TOTE aus ihr herauszuschütteln, blieb aber stehen.

Sie hatte in ihr Schwangerschaftskissen gegriffen. Eine Pistole blitzte in ihrer Hand. Der Schlitz hinten im Kissen war nur sichtbar, als sie die Hand durchsteckte und die 22er herausholte, mit der sie ihn jetzt in Schach hielt.

»Armer Max. Hast du gedacht, ich wollte wirklich gern das leichte Mädchen für eine Nacht spielen?«

Sie schaute Buckmaster an. Er schüttelte für sich und Max den Kopf. Das schien sie zu befriedigen.

»Stimmt! Ich habe es für mein Vaterland getan. Aber jetzt wache ich zu einem Alptraum auf. Welches ist mein Vaterland?« Sie schaute Buckmaster an und schüttelte den Kopf. »Nein, nicht der arme Max. Der gute, alte Max hat es nie gewußt. Armer Stoney. Arme FTA-Kinder. Arme Maggie.«

Sie brachte die Realität der Pistole an die Schläfe und drückte ab. Ihr Kopf fiel nach hinten aufs Kissen. Wenn der schwarze Ring und die blutige Rose nicht gewesen wären, hätte man annehmen können, sie schliefe.

Er schüttelte sie. »Was ist TOTE?«

Maggie war es. Tot.

Er konnte nichts für sie tun, sie nichts für ihn. Er schlüpfte hinaus.

Keine Angst. Trotzdem stand ihm der kalte Schweiß auf der Stirn. Falls jemand den Schuß gehört hatte, würde Fernsehen oder eine Fehlzündung ihn erklären.

Arme FTA-Kinder? Er raste mit dem Jeep zum Café.

Der verschwommene, rote Fleck in der Autoschlange vor ihm, könnte ein roter Chevy sein. Aber er hatte zu viel Vorsprung. Obwohl er bei Rot über eine Kreuzung wischte, hatte er ihn bei der Ecke verloren, wo er abgebogen war.

20 AM – Ausmusterung

Im Hinterzimmer des Cafés, in dem nichts los war, hatten die Fliegen Hochbetrieb. Sally Kaster und Joe Dee saßen mit Draht an die Stühle gefesselt da. Sie waren tot. Der Gestank ihrer Exkremente, als die Schließmuskeln erschlafften, füllte die Luft. Arme kleine Scheißmaschinen. Eine oder mehrere Personen hatten versucht, sie zum Reden zu bringen, ehe sie starben.

Reden über etwas, von dem sie nichts wußten. Den Aufenthalt der Zehnten Experimental? Buckmasters Schläfen dröhnten. Talley hatte nicht gelogen, daß er einen Verfolger abgeschüttelt hatte. Hatten Maggies Freunde hier die Spur aufnehmen wollen?

Warum die Zehnte Experimental? Wie paßte die in TOTE?

Er zwang sich, die beiden anzusehen. Diese kleine Abbitte konnte er wenigstens leisten. Er war das Verbindungsstück zu ihrem Tod.

Hier gab es nur eine Verbindung zur Zehnten. Es bestand die Möglichkeit, daß die Person oder Personen aus Joe Dee herausgeholt hatten, daß Joe mit Lieutenant Fiordaliso telefoniert und sich nach einem Jackson Wallstone erkundigt hatte und daß Fiordaliso ihm gesagt hatte, daß es keine Tenth Experimental Company gäbe. Dann würden die Person oder Personen mit Lieutenant Fiordaliso persönlich sprechen wollen.

Es würden Leute sein, die weder das Märchen von den Zerbrecher-Sohlen noch die Wahrheit über den Betrug glauben würden.

Er mußte sich beeilen. Trotzdem blieb er noch so lange, um die tausend Dollar, die er Sally gegeben hatte, aus ihren Sachen herauszusuchen und in die Tasche zu stecken. Die Seriennummern könnten aus derselben Serie stammen wie die Zwanziger, die er noch besaß. Er wollte keine Verbindung nach Art des Watergate-Einbruchs zu diesen Toten.

21 SRN – Schneller Rat nötig

An der nächsten Telefonzelle hielt er an. Lieutenant Fiordaliso erkannte seine Stimme und antwortete mit dem warmen, konspiratorischen Tonfall. Er schnitt ihr das Wort ab.

»Hören Sie, sagen Sie kein Wort. Die Sache geht hoch. Wir müssen uns alle treffen. Wenn Zulu und Talley nicht im Wohnmobil sind, sollen sie so schnell wie möglich hinkommen. Verlassen Sie sofort Ihr Büro und das Hauptquartier. Machen Sie irgendeine Entschuldigung. Seien Sie vorsichtig. Wenn Sie einen roten Chevy auf dem Kasernengelände sehen, passen Sie auf, daß er Sie nicht auch sieht. Wenn Sie mir nicht glauben, fragen Sie Talley. Der weiß Bescheid. Ich hole Sie bei der PX ab. Ich komme mit dem Jeep.«

Er tat so, als würde er aufhängen, indem er den Hörer gegen den Kasten klappern ließ. Dann lauschte er. Fiordaliso atmete schwer. Ihr Atmen wurde noch stärker. Er hörte, wie sie sagte: »Sergeant, ich muß –«. Dann legte sie auf.

Für jemand, dessen gesamte Karriere auf dem Spiel stand, schien Fiordaliso merkwürdig fröhlich, als er sie abholte. Sie betrachtete ihn von der Seite, als er zum Außenposten 1 raste.

»Haben Sie bei der was in die Röhre geschoben? Bei der Wasserstoffblondine? Sie ist nämlich hergekommen und hat Sie und die Zehnte Experimental gesucht.«

»Ich weiß. Nein. Das war ein Schwangerschaftskissen.«

»Oh.« Fiordaliso klapperte mit den Augen – über seine Worte oder seine ausdruckslose Stimme oder über beides. »Ich dachte, das wäre vielleicht der Grund, warum die Sache auffliegt, daß ihr einen kleinen Streit unter Liebenden oder eine so innige Aussprache hattet, daß Sie zuviel gesagt haben.«

»Nichts in der Richtung.«

»Was dann?«

Er behielt den Rückspiegel und die Straße im Blick. Fiordaliso hatte sich etwas von ihm entfernt hingesetzt.

Zulu trug seinen Burnus und Sandalen und starrte auf das visuelle Feedback seiner Gehirnschwingungen. Talley rannte vor der Schalttafel hin und her. Er blieb stehen und funkelte Buckmaster und Fiordaliso wütend an.

»Ich hoffe bloß, daß es wirklich so schlimm steht.«

Buckmaster nickte und versicherte ihm. »Es ist so.«

Fiordaliso entdeckte den Karton mit den Haarspraydosen und wandte sich an Zulu, der sich von seiner Biofeedback-Maschine befreite.

»Gut. Du hast es gekriegt.«

»Und noch einen Riesenhaufen dazu.« Zulu lächelte etwas benommen. »Versprayt in alle Ewigkeit.«

Buckmaster kam die Galle hoch. »Um Himmels willen, Leute. Es ist ernst.«

Fiordaliso errötete. »Ich versuche nur, mich an Banalitäten zu halten.« Achselzuckend versuchte sie ein Lächeln. »Ich meine, wenn schon die ganze Aktion in die Luft geht – was bleibt denn dann noch?«

Talley schnaubte. »Raus mit der Sprache, Buckmaster.«

»Wir sind mitten in etwas, das den Code TOTE trägt.«

»Nie gehört.«

»Aber unsere Freunde im roten Chevy wohl. Deshalb sind sie hinter uns her.«

»Wer sind sie?«

»Die Sowjets.«

»Sie sehen ja rot, Lieutenant. Ich glaube, daß unsere Freunde vom CID sind.«

Buckmaster deutete mit dem Kopf zum Computer-Terminal. »Schau mal nach! TOTE ist ein Kriegsprogramm.«

Talley setzte sich an die Tastatur und schüttelte dann den Kopf. »Die Box? Damit will ich nichts zu tun haben.«

»Könnten Sie es denn?«

»Im Hauptquartier habe ich den richtigen Moitor mit einem ausgetauscht, den ich so geschaltet habe, daß er auch alles mögliche bringt, was nicht für Unbefugte –«

»Lassen Sie das Fachchinesisch. Können Sie es?«

Talley schwitzte. »Ich kann die Sicherheitsvorkehrungssperren unterlaufen; aber man braucht Code-Wörter und Terminal-Identifikation.«

»Versuchen Sie's.«

Zulu runzelte die Stirn. »Mach schon, Talley. Wir müssen es so oder so herausfinden.«

Talley schaute Fiordaliso an. Sie nickte. Wieder schüttelte er den Kopf, hatte aber die Finger schon über den Tasten. »Na schön, Klugscheißer, geben Sie mir eine Terminal-Identifikation. Die Box unterhält sich nicht mit irgend jemand.«

Buckmaster nickte. »Wir werden eine CIA-Verbindung sein.«

»Fein. Aber wie lautet unser Code-Name?«

Buckmaster lächelte verkrampft. »Es muß etwas selten Dämliches sein, sonst würden es die vom Geheimdienst nicht für ausgekocht halten. Etwas in der Richtung, wie sie sich ›The Company‹ nennen, weil *Cía* die spanische Abkürzung für Company, Firma ist.«

»Soll ich Company probieren?«

Talley meinte das nicht ernst; aber Buckmaster tat so, als würde er ihn ernst nehmen.

»Negativ. Es muß schon ein *bißchen* raffinierter sein. Mal sehen, die CIA sitzt in Langley. L'Anglais. Die Engländer. Wie lautet doch der Schimpfname für Engländer? Limey? Limehouse? Versuchen Sie ›Lime‹ – mal sehen, was passiert.«

»Sind Sie sicher? Wir können uns nur einen Ausrutscher leisten – höchstens zwei – dann haben uns die Sicherheitsleute.«

»Tun Sie's.«

Talley tippte auf die Tasten.

login tl lime

Blitzschnell war die Antwort da. Buchstaben leuchteten auf dem Bildschirm.

SORRY. PLEASE REPEAT.

Talley strahlte. »Wir sind auf dem richtigen Weg, Lieutenant. Der glaubt, wir hätten einen Buchstaben oder eine Silbe vergessen – oder daß er was vergessen hat. Was sollen wir versuchen? Limey oder Limehouse?«

Buckmaster schwankte. Limey oder Limehouse? Wenn er recht darüber nachdachte, könnte es auch Blimey sein. Nein, die CIA war für Eleganz. »Limehouse.«

login tl limehouse.

Der Schirm wurde leer und machte Platz für eine Zahl.

1208 37

Buckmaster folgte Talleys Blick auf die Uhr und sah, daß es gerade acht Minuten und siebenunddreißig Sekunden nach zwölf Uhr war.

»Bei Gott, wir sind drin. Er hat uns eingelogt. Was jetzt, Lieutenant? Wonach fragen wir?« Talleys Finger spielten in der Luft über den Tasten.

»Wir setzen aufs Ganze. Fragen Sie TOTE ab.«

tote

WARNUNG/WARNUNG . SPECAT . WARNUNG/WARNUNG

Talley und Buckmaster schauten sich an. Beide wußten, daß SPECAT eine Markierung war, um Informationen zu identifizieren, die so delikat waren, daß sie spezielle Zugriffs- und Sicherheitsmaßnahmen erforderten. Buckmaster zwang sich zu einem Achselzucken.

»Wir sind CIA, oder? Also haben wir auch COSMIC-Sicherheitserlaubnis.«

Talleys Gesicht war blaß und angespannt.

weiter

Die Antwort kam buchstäblich sofort.

TOTE WARNUNG/WARNUNG . SPECAT . TOP SECRET . DATEN FOLGEN . TABULATION OF TOTAL EXCHANGE . KEY NAME: CALL NAME TOTE.

»Auswertung von vollständigem Abtausch? Was soll das heißen?«

lesen und ausgabe

START/START READ AND PRINT DATA

TOTE

UP-TOTE

ausgabe: tote und up-tote

TOTE KEY NAME TABULATION OF TOTAL EXCHANGE, ULTIMATE MINIMAX WAR GAME VIA MOLINK. SUPERMÄCHTE KÖNNEN NICHT LÄNGER NULL-SUMMEN-WELT AUSHALTEN. ABER WELT KANN AUCH NICHT TOTALEN KRIEG AUSHALTEN. TOTE WIRD FRIEDLICH ENTSCHEIDEN, WER WELT REGIEREN WIRD – DIE USA ODER DIE UDSSR. TOTE HAT VIER JAHRE GEBRAUCHT, UM FERTIG ZU WERDEN, UND WIRD SECHS MONATE ZUM DURCHSPIELEN BRAUCHEN. ELEKTRONISCHE SYMBOLE STELLEN RAKETEN DAR UND BOMBER, SCHEINANLAGEN, ABFÄNGER UND ELEMENTE ANDERER WAFFENSYSTEME. SIND AUF MAGNETBAND. DIE BEIDEN PARTEIEN SPIELEN DAS SPIEL, INDEM SIE LOCHKARTEN MIT ANWEISUNGEN IN DIE MASCHINEN FÜTTERN. KRÄFTE AUF BEIDEN SEITEN FESTGELEGT. ALLE. TABULATION DER GENAUEN RESULTATE WIRD FERTIG SEIN UM VIER STRICH SIEBEN STRICH SIEBEN SECHS. WIRD ABER GEHEIM BLEIBEN,

UM UNRUHE UND AUFRUHR ZU VERMEIDEN. DIE BEIDEN SEITEN SIND ABER ÜBEREINGEKOMMEN, DAS ERGEBNIS ANZUERKENNEN, UND WERDEN IN GUTEM GLAUBEN HINTER DEN KULISSEN DARAN ARBEITEN, DEM GEWINNER DIE GANZE MACHT ZU GEBEN! ENDE!

UP-TOTE. SITREP UM FÜNF STRICH VIER STRICH SIEBEN SECHS STAND OFF!

ENDE

Die leuchtenden Großbuchstaben starrten ihnen entgegen. Talleys Hände ruhten, stellten keine weiteren Fragen. Buckmaster betrachtete den Bildschirm, während die einzelnen Stücke an die richtige Stelle fielen. MOLINK, zum Beispiel, war MOSCOW-LINK, die Verbindung mit Moskau, das Zimmer, in dem der heiße Draht war. Zulu summte vor sich hin. Fiordaliso lehnte sich an Buckmaster, um ihm über die Schulter zu sehen. Sie schien nicht zu bemerken, daß ihre Stimme warm und feucht in sein Ohr ging.

»Krieg ist Hölle.«

Buckmaster nickte geistesabwesend. Ort der eigentlichen Handlung war der Kriegsraum. Wie niederschmetternd war es, so weit vom Zentrum weg zu sein und bei diesem Komplott nur eine ganz winzige Rolle zu spielen.

Außerhalb des Lagers lösten Sensoren die Warnung auf dem Band aus. Der Monitor leuchtete auf. Die vier setzten sich in Bewegung. Sie hatten Besuch.

22 KME – Korrigierende Maßnahmen eingeleitet

Auf dem Raster für das Lager und die Umgebung von etwa 1 km zeigte sich auf einem Quadrat neben dem Perimeter ein M-16. Die Waffe war so nahe am Sensor, daß sie den Mann in Uniform beinahe überdeckte. Auf einem anderen Quadrat, auf der anderen Seite der Feuerschneise, war noch ein Mann in Uniform zu sehen, der auch ein M-16 trug.

Fiordaliso drückte sich näher, um besser sehen zu können. »Unsere?«

Buckmaster schüttelte den Kopf. »Keine Abzeichen. Aber es sind keine regulären sowjetischen Soldaten – das wäre gegen die Spielregeln. Das sind eher Schläfer als Subversive.« Er nickte vor sich hin. »Was wollen Sie wetten, daß sie sich als FTA-Mitglieder ausgeben, damit es nach einer internen Angelegenheit aussieht?«

Zulu legte den Kopf schief. »Roger. Zu weit weg, um's mit dem Monitor aufzufangen.«

Der Turm. Buckmaster traute seinen Fingern noch nicht genug, um die Sprossen hinaufzuklettern. Er zeigte sie Zulu. »Zulu, Sie haben sich gerade freiwillig gemeldet. Klettern Sie auf den Turm und sehen Sie sich um, was uns bevorsteht.«

Zulu nahm ein Fernglas und wollte losrennen. Dann blieb er aber stehen, grinste, streifte seine Sandalen ab und holte ein Paar Zerbrecher-Stiefel aus dem Schrank. Die zog er an. Talley blieb am Monitor. Buckmaster und Fiordaliso gingen zur Tür, um Zulu zuzuschauen. Buckmaster gab ihm mit dem M-16 Feuerschutz – mit einem vollen Magazin. Buckmaster hatte sich vergewissert.

Der Sprungturm hatte vier Plattformen, jeweils etwas über drei Meter auseinander. Zulu legte sich auf der obersten Plattform hin und suchte den Horizont mit dem Fernglas ab. Er nahm einen Punkt direkt in der Feuerschneise aufs Korn. Seine Stimme klang laut herunter.

»Sie haben eine von diesen Zitronen – einen M-551. Ungefähr einen Kilometer entfernt.« Dann: »He!«

Der M-551 Sheridan Panzerspähwagen war vielleicht eine Zitrone, der von den Schläfern kommandiert wurde, aber er hatte eine sichtgesteuerte Shillelagh-Rakete abgefeuert, die den Turm ganz knapp unterhalb von Zulus Plattform erwischte. Ein zweiter Schuß riß die Plattform darunter und den Rest der Leiter weg. Zulu ließ sich an der obersten Plattform herunter, baumelte in der Luft und ließ los.

»Geronimo!«

Mit geblähtem Burnus landete er wie ein zerknitterter Schmetterling in der Sandgrube. Mit überraschtem Lächeln stand er auf. Er schnallte die flachen Zerbrecher ab und betrachtete sie.

»Die verdammten Dinger funktionieren!«

Buckmaster blickte finster drein. Zulus Verstand funktionierte nicht. Buckmaster schoß über Zulus Kopf in die Luft. Fiordaliso rang nach Atem. Zulu warf sich zu Boden. Er schaute zu Buckmaster hinüber, erst wütend, dann grinsend, und nickte. Zum Zielen und Feuern braucht ein Mann vier Sekunden. Zulu schaffte es in drei zurück. Es kam aber kein weiteres M-16-Feuer. Der Feind hatte den Lagerzaun noch nicht erreicht.

Talley war mit einer 45er in der Hand zur Tür gerannt. Fiordaliso sagte ihm Bescheid, und er steckte die Waffe wieder ins Holster. Er ließ Zulu vorbeigehen, legte aber eine Hand schwer auf Buckmasters Schulter, um sich aufrecht zu halten. Er sah blaß aus.

»Tut mir zwar in der Seele weh, Ihnen recht zu geben, Lieutenant; aber das ist nicht der CID. Wer es auch ist – wir sollten uns verflucht schnell aus dem Staub machen, ehe sie uns umzingelt haben.«

Zulu zog blitzschnell seinen Burnus aus und die Uniform ohne Abzeichen an. Er nickte.

»Jawohl. Ich habe bloß zehn Minuten, höchstens fünfzehn, bis die da draußen so weit sind.«

Buckmaster zitterte vor Aufregung. Halt dich zurück! Beinahe lachte er. Als er Fiordalisos Gesicht sah, war ihm noch mehr zum Lachen zumute. Er mußte den Verstand verloren haben, seinen eigenen Überlegungen zu folgen; aber die nichtexistierende Tenth Experimental Company konnte den Ausschlag geben. Das mußte er ihnen deutlich machen. Wenn dazu keine Zeit war, mußte er es schaffen, daß sie ihm auch so folgten.

»Mal herhören! Lassen wir uns doch ruhig umzingeln. Dann sitzen die doch in der Falle. Wir halten sie auf und rufen Unterstützung aus der Luft herbei. Ein paar Jäger, ein paar Bömbchen – dann ist alles vorbei. Wir gewinnen TOTE für unsere Seite.«

Talley lachte unmißverständlich. »Sie sind verrückt. Wir drei – ganz allein?«

Fiordaliso streckte die Brust raus, nahm das Kinn zurück. »Alle vier.«

Buckmaster nahm es auf. »Es sind nicht nur wir vier. Es ist die ganze verdammte Zehnte. Der Feind erwartet doch, eine zweihundert Mann starke Kompanie vorzufinden. Er wird uns nicht stürmen. Wir haben Zeit für den Luftangriff.«

Talley schüttelte den Kopf. »Meinen Sie vielleicht, der alte Putterdiputt hält seinen Kopf hin, bloß weil Sie es sagen? Sie existieren doch gar nicht. Die Zehnte Experimental existiert nicht.« Er grinste. »Wenn er einen Luftangriff fliegen läßt, dann nur, um Corporal Oscar Flugel auszulöschen.«

»Wir gehen über seinen Kopf. Talley, setzen Sie sich an die Tasten und dringen Sie zum Generalstab vor.«

Talley machte sich nicht die Mühe, den Kopf zu schütteln. Sein Gesicht und seine Stimme drückten voll seine Ablehnung aus. »Selbst wenn wir dorthin durchkommen, würden wir bei ihnen durchkommen? Bis die uns glauben und reagieren, ist für *uns* alles *vorbei.*«

Buckmaster verstellte ihm den Eingang. Locker, aber schußbereit hielt er das M-16. »Sicher könnten wir abhauen . . . wegkriechen . . . und die Zehnte Experimental zurücklassen, damit der Feind herausfindet, daß es sich dabei nur um ein Potemkinsches Dorf gehandelt hat, nichts, was TOTE irgendwie Sorge machen würde. Aber wir haben hier die einzige Möglichkeit, was Riesiges zu leisten. Werft sie nicht einfach weg!«

Talley trat auf ihn zu. »Ich werfe mich nicht weg. Ich stehe über dem Kampf. Ich kann mich immer irgendwie mit denen einigen.«

»Ein Schweizer Nummernkonto? Die Roten werden doch im Fall eines Siegs gleich als erstes die Schweizer unter Druck setzen, alle Vermögenswerte von U. S. Bürgern abzuliefern. Die nehmen sie sich, ehe du ihnen was anbieten kannst.« Buckmaster lächelte verquält. »Über jedem Schlachtfeld kreisen die Geier.«

Talleys Gesicht zuckte. »Ich erinnere mich an Nam . . . die hohen Tiere in ihren Hubschraubern siebenhundert Meter über dem Stöhnen. Wie Spielzeugsoldaten haben sie die armen Schweine auf dem Boden herumgeschoben. TOTE klingt verdammt ähnlich. Jetzt nehmen sie elektronische Symbole für die Bauern bei ihrem Schachspiel. Aber was zum Henker ist denn so wichtig bei der Zehnten, daß das Schicksal der Welt davon abhängt? *Zerbrecher-Sohlen!* Meine Güte!«

Zulu schaute auf, als er sich gerade den Reißverschluß vorne zuzog. »Funktionieren tun die Dinger aber.«

Buckmasters Wange zuckte. Es würde zu lange dauern, ihnen von Spiegelit zu erzählen. »Nur *ein* unbekannter Faktor ist ausreichend. Was ist denn so wichtig an der Zehnten, daß sie glauben, es sei wichtig?«

Talley machte noch einen Schritt. »Ach ha? Na, nur ein Bauer zu sein hat auch einen Vorteil für die Zukunft. Wir können den Schwarzen Peter den Oberen zuschieben. Laß die doch die Sache ausfechten. Treten Sie beiseite, Lieutenant.«

Zulu stellte sich neben Talley. »Jawohl. Ab nach hinten, Buckmaster. Warum sollte ich meine wunderschöne Haut zu Markt tragen, um die Roten zu besiegen? Uns vor dem Scheißsturm schützen, wenn ganz Amerika zusammenbricht? Wenn Sie Zinnsoldat spielen wollen, ist das Ihr Bier. Ich haue ab.«

Im Wohnmobil wurde es dunkel und still, kein Summen.

»Sie haben die Leitung durchschnitten.«

Sprung auf, Zulu! »Ich spring nicht mehr. Ich habe keine Zerbrecher mehr.«

Buckmaster beobachtete, wie Zulu sich ihm näherte. Blitzschnell nahm er die Taschenlampe und ließ sie etwa zehnmal pro Sekunde aufblitzen, das entsprach etwa dem Alpha-Rhythmus, der bei Zulu einen epileptischen Anfall auslöste.

»Bleib stehen, Zulu. Wir bleiben zusammen.«

Aber Zulu hörte nicht auf Fiordaliso. Er ging weiter. Dann blieb er plötzlich stehen, Hände und Füße verspannt, die Augen weit aufgerissen bei dem Flackern und leckte die Lippen. »Alpha ist besser . . . alpha ist besser . . . alpha ist besser . . .« Die belanglose Redensart löste die Symptome eines kurzeitigen Epilepsie-Anfalls aus. Zulu fiel mit Schaum vorm Mund auf den Boden und wand sich in Krämpfen.

»Was haben Sie mit ihm gemacht?«

Buckmaster blinkte jetzt Talley in die Augen. »Sein Gehirn ausgeschaltet. Ich mache das gleiche mit Ihnen, wenn Sie sich nicht zusammenreißen. Lieutenant, stopfen Sie Ihr Taschentuch Zulu zwischen die Zähne, damit er sich nicht die Zunge verletzt. Knöpfen Sie ihm den Kragen auf und legen Sie ihn flach auf den Rücken. Talley, holen Sie die Bettwäsche und reißen Sie sie in schmale Streifen.«

»Wozu?«

»Molotow-Cocktails.«

Talley schüttelte benommen den Kopf, ging aber ins Dunkle. Buckmaster steckte die Taschenlampe ein und schaute hinaus.

Buckmaster schwang sich das M-16 über, rannte zum Vorratsraum und schleppte Kartons mit Haarspray zurück. Bei seinem zweiten Beutezug sah er ein Leuchtfeuer aufsteigen. Der Feind nahm seine Stellung ein. Im Wohnmobil half Fiordaliso Zulu beim Aufsitzen.

»Wie geht's ihm?«

Zulu stand selbst auf und antwortete. »Mann, Sie haben mich aber erwischt. Wie lange war ich weg? Schätze, jetzt ist es zu spät, um wegzurennen. Wir müssen aushalten und kämpfen.«

»Außer ihr kennt ein besseres Loch.«

Zulus Augen zuckten. »Mann, ich kenne genau den richtigen Punkt. Wenn ich hinten durch den Zaun brechen kann, bring' ich uns hin.«

»Ich gebe dir Feuerschutz.« Buckmaster wandte sich an Fiordaliso und war froh zu sehen, daß sie ruhiger wirkte, als er sich fühlte. »Schließen Sie sich ein und machen Sie sich auf eine rauhe Fahrt gefaßt. Während wir weg sind, machen Sie und Talley sich an die Arbeit. Die Stoffstreifen sind Dochte. Nehmen Sie Messerspitzen oder Gabeln, um ein Ende vom Docht zwischen das Ventilende und Dichtung zu stopfen und dann –«

»Was für'n Ventilende? Was für'ne Dichtung?«

»Hab' ich das nicht erklärt? Die Haarspraydosen sind die Molotow-Cocktails. Wenn ihr zum Arbeiten Licht braucht, bohrt ein Loch in die Seitenwand. Dann sucht alle Streichhölzer und Feuerzeuge zusammen, damit ihr sie uns gleich geben könnt, wenn wir zurückkommen.«

Die Tür schloß sich hinter ihm und Zulu. Zuerst ging Zulu noch etwas zitterig, aber dann immer sicherer. Buckmaster zog das Tarnnetz von der Zugmaschine und warf es über Zulu, der den Pfropfen aus dem Verbindungskabel riß. Zulu richtete sich auf und stand kurz etwas resigniert da.

»O Mann, nie wieder.«

»Los, Mensch, Bewegung. Es ist Krieg, falls du das noch nicht gemerkt hast.«

»Ein Krieg, ach ja?«

Beide lachten leise, als Buckmaster ihm half, aus dem Netz herauszukrabbeln. Dann sprangen sie in den Traktor, und Zulu brauste los. So schnell er konnte, fuhr er direkt auf den Zaun los.

23 EZ – Endziel

Die Augen noch naß vom Lachen, das Gesicht stocknüchtern, sah Buckmaster wieder Zulu, den MP-Sergeant, und Sally Kaster im FTA-Café im Fischnetz herumrollen. Er sagte sich selbst, daß es nicht Spiegelit gewesen war, der Sally und Joe den Tod gebracht hatte . . . und die Tode, die noch kommen würden. Durch Maggie hatten die Roten ihr großes Interesse an der Zehnten bereits vor dem angeblichen Spiegelit bekundet. Aber alles, was an Wut auf sich selbst in ihm steckte, würde er jetzt auf die Roten richten, auf den Feind.

Dieser brutale Feind zeigte sich jetzt, als Zulu nochmal zurückstieß, um den Zaun ganz niederzurennen. Aus der Deckung der Bäume tauchte eine Gestalt auf. Ein Arm holte aus, um eine Granate zu werfen. Buckmaster erwischte ihn, die Gestalt wurde zerrissen, und die Granate explodierte in der Luft.

Dann waren sie durch den Zaun auf der schnurgeraden Feuerschneise, die auf dieser Seite des Lagers weiterging. M-16-Feuer folgte, aber in sinnloser Wut.

Zulu bog auf der Versorgungsstraße Delta nach Westen, folgte ihr kurz und steuerte dann auf die weite offene Fläche der Reservation zu. Buckmaster verzog das Gesicht.

»Verdammt noch mal, wo fahren Sie denn hin?«

»Zu dem Modell eines vietnamesischen Dorfes, wo sie Truppen für den Guerrilla-Kampf trainieren. So'n Nam-Nest mit Hütten, Pagoden, Tunneln und Löchern mit angespitzten Bambuspfählen, die sie mit Scheiße beschmiert haben, wo Fußangeln, Minen, Gräben und Reisfelder sind. Alles völlig echt, Mann. Ich kenne die Tunnel wie meine Hosentasche. Veni, vidi, VC! Und wir spielen Charlie.«

Buckmaster starrte ihn an. »Zulu, das gibt's doch schon lange nicht mehr. Das haben sie abgerissen und statt dessen ein Dorf aus dem Nahen Osten hingestellt. Vorbereitung auf eine neue Art von Krieg.« Er versuchte, sich das Dorf vorzustellen. Dann entdeckte er im Rückspiegel einen Punkt. Zulu fragte niedergeschlagen:

»Sollen wir umdrehen, Lieutenant? Zum Außenposten 1?«

»Sehen Sie sich mal um.«

Zulu wurde noch stiller. Der Punkt war der M-551. Zulu trat aufs Gas. Das Gelände war rauh und mußte für die im Anhänger noch viel holpriger sein als auf dem Traktorsitz. Der Punkt wurde immer größer.

»Die bleiben dran.« Zulu schaute überrascht. »Sagen Sie mal, Lieutenant. Wie hat uns der Feind überhaupt entdeckt?«

Eine gute Frage. Buckmaster lief es kalt über den Rücken. Mit einer wilden Bewegung riß er den Knopf ab, den Maggie ihm angenäht hatte.

Das Luder hatte eine Wanze angebracht. Er schüttelte die Faust mit dem Knopf.

Zulu grinste und ballte ebenfalls die Faust. »Ganz richtig, Lieutenant. Jetzt ist es doch schon scheißegal. Wir stecken bis zum Hals im Dreck.«

Als Zulu nicht hinsah, steckte Buckmaster den Knopf in eine Falte des Sitzes.

Zulu setzte sich gerade hin. »Vielleicht finden wir jede Menge von unseren Leuten hier.«

»Mal sehen. Ich würde aber nicht damit rechnen. Und wenn schon – wie effektiv wäre ihre Schreckschußmunition bei einem richtigen

Haus-zu-Haus-Kampf?« Buckmaster kniff die Augen zusammen. »Da ist es, direkt vor uns.«

»Jawohl.«

Am Rand stand ein Schild. MEGIDDO. Keiner war da. Und der Punkt wurde immer größer.

Als sie in die Stadt einbogen, verloren sie den Punkt. Meggido war eine Anordnung weißgekalkter Lehmwürfel, das letzte große Würfelspiel. Buckmaster konnte sich plötzlich an alles erinnern.

»Da entlang . . . jetzt nach links. Fahr auf den Hauptmarktplatz . . . in die andere Ecke, dann müssen sie ihn ganz überqueren, wenn sie an den Traktor ranwollen. Prima.«

Ehe Zulu noch ganz gehalten hatte, lief Buckmaster schon zur Tür des Anhängers. Er klopfte. Die Tür öffnete sich. Licht drang durch die Löcher, wo das M-16 sie beim Ausbruch erwischt hatte. Fiordaliso brachte einen Karton mit Dochtdosen an die Tür.

»Wir haben die meisten geschafft. Ich weiß nicht wie, auch nicht wie viele oder wie gut.«

Ein grünlich aussehender Talley brachte einen weiteren Karton. »Eine Scheißfahrt.« Er schaute sich um. »Wo sind wir?«

»Megiddo.«

Talley ließ beinahe den Karton fallen. »Verdammt, wir sind nicht auf Haus-zu-Haus-Kämpfe eingerichtet.«

Buckmaster nahm die beiden Kartons unter die Arme. »Weniger Haus-zu-Haus als Dach-zu-Boden.« Er ging raus und rief. »Nun aber fix mit dem Rest.«

Er vergewisserte sich, daß alle vier zwei Kartons, Feuerzeuge oder Streichhölzer hatten. Einen Augenblick standen sie wie angegossen, nackt unter dem weiten Himmelsrund, als der Feind, der zwar noch nicht in Meggido, aber in der Nähe war, dachte, er hätte etwas gesehen, und das Feuer eröffnet. Buckmaster deutete auf die vier Ecken des Platzes. »Auf jedes Dach einer von uns. Kopf unten lassen, bis alle Schläfer mit dem M-551 auf dem Platz sind. Dann geben wir ihnen Saures, alles, was wir haben. Los!«

Buckmaster blickte über die Dächer über den Marktplatz in die Richtung, aus der sie gekommen waren. Sie hatten ihre Positionen gerade noch rechtzeitig einnehmen können. Er legte sich flach hin. Der M-551 rollte in die Stadt.

Ein Dutzend Männer kletterte heraus und hielt sich hinter ihm in

Deckung. Buckmaster legte mit seinem M-16 an. Ein Mann mit Helm und Funkgerät in einer kugelsicheren Weste kam in Sicht. Buckmaster senkte sein Gewehr und sandte Zulu und Talley ein Gebet, die nur 45er hatten. Nicht schießen! Der Mann gab dem M-551 das Zeichen, auf den Marktplatz zu fahren.

»Ganz ruhig. Du atmest zu schnell. Heb dir die Luft auf, um deine Tapferkeit zu stärken.« Hatte er laut geredet? Buckmaster grinste. Folgt mir! Hatte er die Zehnte Experimental in eine Todesfalle geführt, oder gingen die Schläfer in eine? Welche Art Führer hatten die Schläfer? Keinen Supertypen. Es war dumm gewesen, diese Shillelaghs auf Zulu abzufeuern. Damit hatten sie sich zu schnell preisgegeben. Aber jetzt kamen sie, gar nicht übel für ein in Eile aus allen Teilen der Vereinigten Staaten zusammengekratztes Einsatzkommando, das die Roten aus ihren Schläfern zusammengestellt hatten.

Der M-551 rollte auf den Platz. Die Männer und seine Besatzung bestrichen Türen und Fenster mit Kaliber 50 und ihren M-16-Feuergarben. Dann blieben sie stehen und konzentrierten sich auf das Wohnmobil. Buckmaster schob sich vor, um einen Blick zu riskieren. Alle auf ihrem Posten. Er kroch zurück.

Dann griff er nach einer Spraydose, entzündete den Docht und warf sie in weitem Bogen zum M-551. Schnell zündete er noch eine zweite an und warf sie hinunter, um auf seiner Seite den Fluchtweg zu versperren. Sofort flogen auch von den anderen Dächern die Feuerwerfer. Feuerbahnen von dreißig Metern entzündeten sich gegenseitig und formten eine Flammenkugel.

Ehe der Feind es richtig mitbekam, war alles vorüber. Nur der Mann im M-551 starb mit den Händen um die Geschützgriffe verkrampft und feuerte noch weitere tödliche Garben des 50er Kalibers. Es war alles vorüber; aber Buckmaster warf immer weiter die brennenden Dosen, bis er keine mehr hatte; die anderen machten es ebenso.

Die Welt stand in Flammen. Die Hitze leckte nach ihm, er rollte weg. Dann herrschte Stille, nur das Knacken des heißen Metalls und der abkühlenden Steine war zu hören. Er kletterte vom Haus herunter und ging auf den Marktplatz. Die Schreie der Napalm-Opfer klangen ihm in den Ohren.

Er zählte die Opfer nicht. Keiner hätte die Toten zählen können. Zulu rannte auf den Platz, beugte sich über eine Leiche und riß Kleiderfetzen vom Fleischklumpen.

Buckmaster erstarrte. »Was zum Teufel soll das?«

Zulu schaute ihn mit wildem Blick an, so daß er schon nach der Taschenlampe griff. Aber wo war sie? Er hatte sie verloren. Dann blickten Zulus Augen wieder klar. Er richtete sich auf.

»Schätze, ich hatte das plötzliche Gefühl, wieder in Nam zu sein. In Nam hat man die VC-Leichen total ausgezogen, damit der Charlie keine Sprengladungen verstecken konnte.«

Buckmaster nickte und wandte sich ab. Etwas, das nicht ganz verbrannt war, erweckte seine Aufmerksamkeit. Etwas war dem Holocaust entronnen. Er hob den angekohlten Fetzen mit dem FTA-Zeichen auf. TOD DEN MILITARISTISCHEN IMPERIALISTISCHEN UMWELTVERSCHMUTZERN!

Er steckte den Fetzen ein. Dann drehte er sich schußbereit mit dem M-16 um. Fiordaliso war hinter ihn getreten. Sie schenkte dem Gewehr keine Beachtung, auch nicht den Leichen. Sie schaute nur Buckmaster und Zulu an, schien sie aber nicht wahrzunehmen. Die Augen waren ohne Glanz, ihre Stimme ohne Ton.

»Wo ist Talley?«

Buckmaster schaute schnell zu Talleys Haus. Die ganze Wand war wie von Pocken bogenförmig übersät. »Ich seh' mal nach.«

Aber Zulu war schneller dort. Einen Augenblick später schaute Zulus Kopf schon über die Dachkante.

»Das 50er vom M-551 hatte ihn beim Drüberschauen erwischt.«

Buckmaster und Fiordaliso schwiegen, bis Zulu wieder bei ihnen war. Zulu räusperte sich und spuckte. Dann schaute er in ungewisse Entfernung hinaus.

»Naja, er hat sich immer Sorgen gemacht, wie es mal enden sollte. Jetzt nicht mehr.«

Buckmaster schaute sich selbst, Fiordaliso und Zulu an. Angesengt und dreckig. »Schaut uns doch bloß mal an. Jetzt brauchen wir nur noch eine Fahne, eine Flöte und eine Trommel.«

Sie grinsten sich mit Gesichtern wie Totenköpfe an. Dann lachte Fiordaliso hustend los.

»Können wir nicht von dem Gestank weg?«

Sie gingen los; aber Zulu hielt sie mit einer Handbewegung zurück. Er legte den Kopf schief.

»Ein Hubschrauber.«

Buckmaster zog Fiordaliso in den Schatten eines Gebäudes.

»Geht in Deckung. Könnte der Feind sein.«

Sie rannten in einen Türeingang und lauschten auf das Rattern der Rotorblätter. Buckmaster wagte einen Blick um die Ecke.

»Nein, nur ein Pilot drin. Einer von unseren Leuten, der nachsehen will, was der Rauch zu bedeuten hat.«

Seine Stimmung hob sich. Dann sah er die Dunkelheit am Ende des Tunnels. Einige würden bestimmt Orden bekommen. Soll doch einer wie General Hackstaff den Ruhm für das Austricksen der Roten einstreichen.

»Bleibt in Deckung. Wenn er weiter runtergeht, können wir uns nach hinten verdrücken.«

Zulu nickte. »Gut. Keine Chance, uns aus dieser Sache rauszureden. Und bei der Zehnten können wir uns auch nicht aufs Fünfte berufen.«

»Roger. Wir schleichen uns aus Meggido raus und dann übers Feld in die Wälder.«

Fiordaliso blinzelte Buckmaster zu. »Und dann?«

»Raus aus der Reservation.«

»Und dann?«

»Das Geld ausgeben.«

Er warf noch einen blick auf das Wohnmobil. Vielleicht hatte er das Ende für Talley bedeutet, aber die Zehnte war noch dort, für die elektronischen Augen von TOTE voll funktionsfähig. Dann ruhten seine Augen auf dem ausgebrannten M-551 und den verbrannten Leichen. Krieg ist kein Spiel. In seiner Nase und der von Fiordaliso und Zulu war er nichts als stinkende Moral.

Der Hubschrauber war jetzt tief genug. Der Pilot würde sie nicht sehen können, wenn sie über die Straße hinter dem Platz rannten.

»Rennt zu dem Eingang. Los.«

Sie rannten.

Edward D. Hoch
COMPUTER COPS

Craders Büro war im obersten Stock des World Trade Center, mit Ausblick über ganz New York City und einen Großteil von New Jersey. An einem klaren Tag konnte er die Atom-Linienschiffe sehen, die lautlos durch die Narrows glitten, oder die Landung der Postraketen weit im Westen auf dem Reagan-International-Airport. Das heißt, er konnte diese Dinge sehen, wenn er Zeit hatte hinauszuschauen. An diesem Tag, einem Dienstag im Februar 2016, hatte er keine Zeit dazu. Er hörte sich einen Teletape-Bericht über die Untersuchungen und Festnahmen der vergangenen Woche an, während er sich gleichzeitig ein paar kurze Anmerkungen an den Rand eines Computernetzdiagramms notierte.

Carl Crader war der Direktor des Computer Investigation Bureau, einer Organisation, die vor zehn Jahren noch gar nicht existiert hatte. Von diesem New Yorker Büro aus leitete er eine Mannschaft von 95 Ermittlungsbeamten und Technikern, die alle in der außergewöhnlich hochentwickelten Wissenschaft des 21. Jahrhunderts, der Ermittlung von Computerverbrechen, ausgebildet waren. Das CIB war eine vollkommen unabhängige Regierungsbehörde, die nicht dem Justizministerium, sondern direkt dem Weißen Haus unterstand. Diese Unabhängigkeit und obendrein die unabläßlichen Fehden zwischen Justiz- und Wirtschaftsministerium waren der Grund, daß man die Weltzentrale des CIB lieber nach New York als Washington gelegt hatte. »Ich möchte meine Hand am Puls des Geschehens haben«, hatte Crader vor neun Jahren dem Präsidenten mitgeteilt, als ihm die Idee erstmals nahegelegt wurde. »Und das ist nur in New York möglich, dem Computerzentrum der Welt.«

Er hatte seine Entscheidung nie bereut. Das CIB hatte sich als eine höchst effektive Polizeibehörde erwiesen, die mit knappem Personal gegen einige der besten Köpfe der Unterwelt arbeitete. Sogar jetzt, als er sich Notizen machte und dem Tätigkeitsbericht zuhörte, war er erstaunt darüber, wieviel sein Büro zu leisten vermochte. Die Zeitungen bezeichneten sie gern als ›Computer Cops‹, und der Name erfüllte ihn inzwischen mit einem gewissen Stolz.

Als Earl Jazine ein paar Augenblicke später hereinkam, ertappte er Crader dabei, wie er an seinem Schreibtisch saß und ins Leere starrte. »Träumen Sie von den Erfolgen der Vergangenheit oder der Zukunft?« fragte er.

Crader lächelte und bediente den Schalter der Fernsteuerung, um das Teletape zum Schweigen zu bringen. Er mochte Jazine, mochte das kaltschnäuzig-forsche Selbstvertrauen des Burschen und dessen

Art, Crader fast wie einen Gleichrangigen zu behandeln, anstatt die gestelzte Ehrerbietung zu zeigen, welche die anderen dem Direktor gegenüber anscheinend als notwendig erachteten. »Wenn Sie's wissen wollen, Earl, ich versuch' gerade herauszufinden, wie man einen BX-7809 aufs Kreuz legt. Drüben in Jersey City hat 'n Typ herausgetüftelt, einen 7809 so zu programmieren, daß die Anlage regelmäßig Schecks an dessen ganze Verwandschaft schickt, und ich kann um alles in der Welt nicht stanzen, wie er's gemacht hat.« ›Stanzen‹ war ein technischer Ausdruck, den sie für den allgemeinen Bürojargon übernommen hatten. Earl stand besonders drauf, und Crader brachte das Wort immer dann ins Gespräch, wenn er seinem Assistenten etwas klarmachen wollte.

»Na, ich hab' da was viel Gewaltigeres als einen kleinen Gehaltsschwindel, worüber Sie sich den Kopf zerbrechen können, Chef. Nobel Kinsinger rief grad von seinem Büro aus an.«

»Kinsinger?« Er war unter den Reichen der westlichen Hemisphäre die vielleicht schillerndste Persönlichkeit – ein alternder Glücksritter, der in den achtziger und neunziger Jahren Schlagzeilen in der Boulevardpresse gemacht hatte, inzwischen aber in die Finanzjournale und Wirtschaftsmagazine gerückt war. Als Erfinder des Airwipers, oder Luftscheibenwischers für Autowindschutzscheiben, strich er nach wie vor Tantiemen für jedes einzelne der fünfzehn Millionen Autos ein, die jährlich in Detroit und Birmingham vom Band liefen.

»Ganz recht – Kinsinger. Er möchte uns auf der Stelle in seinem Büro sehen. Jemand hat sein SEXCO-System angezapft.«

Crader runzelte die Stirn. »Das könnte was Ernstes sein. Aber können Sie das nicht erledigen, Earl?«

»Er will niemand Geringeren als den Direktor höchstpersönlich. Sie machen das besser selbst, Chef. Nachher regt er sich noch auf und macht bei Ihnen Invasion.« Nobel Kinsinger hatte zum erstenmal in den späten Achtzigern öffentliche Aufmerksamkeit erregt, als er eine Privatarmee auf die Beine stellte und in den letzten Tagen des Castro-Regimes auf Kuba einmarschierte. Es war ein Neun-Tage-Feuerwerk gewesen, das um ein Haar einen Weltkrieg ausgelöst hätte. In jenen Tagen wurden noch Verkehrsmaschinen von Kriminellen oder geistig labilen Personen nach Kuba entführt, und Kinsinger hatte diese Tatsache als Basis für seinen Invasionsplan benutzt. Hundert seiner besten Einzelkämpfer waren an Bord eines FLugzeugs gewesen, das man fälschlicherweise als entführt gemeldet hatte. Als die kubanischen Behörden die Landeerlaubnis erteilten, besetzte die bewaffnete

Truppe den Flughafen und hielt ihn so lange, bis Hubschrauber weitere Männer einfliegen konnten. Die Privatarmee, nicht weniger als tausend an der Zahl, hatte mit Erfolg das Stadtzentrum Havannas und die Mehrzahl der Vororte erobert, ehe sie von kubanischen Armeeeinheiten zurückgeworfen und aufgerieben wurde.

Der ganze Vorfall war überaus peinlich für die Regierung der Vereinigten Staaten gewesen, die wochenlang vor den Vereinten Nationen damit beschäftigt war, jede Mitwisserschaft an der Invasion abzustreiten. Wie immer es um die Wahrheit bestellt sein mochte, wenige Monate später stürzte Castros Regierung, und Nobel Kinsinger kehrte aus einem kubanischen Gefängnis als Volksheld heim. Als selbsternannter Glücksritter und Kämpfer für die konservative Sache schritt er vorwärts zu weiteren Triumphen, hauptsächlich im Arabisch-Israelischen Krieg von 1998.

»Ich hoffe, Kinsinger hat seine Invasionstage hinter sich«, sagte Crader. »Er muß inzwischen an die Siebzig sein.«

»Aber noch rüstig genug, ein Finanzimperium zu kommandieren.«

Crader dachte darüber nach und nickte. »Falls hochgestellte Freunde in Washington noch immer Macht bedeuten in diesem Land, dann ist Kinsinger wohl der Mächtigste hier, gleich nach dem Präsidenten.«

»Wenn Sie sich nicht um sein Problem kümmern, könnte er glatt den Präsidenten an den Apparat holen«, bemerkte Jazine, und Crader wußte, daß dies keine Übertreibung war.

»Dann woll'n wir mal mit ihm reden«, sagte er mit einem Seufzer. »Mal seh'n, was das Problem ist. Sagen Sie Judy, sie soll alle Anrufe entgegennehmen und meine Termine für den Nachmittag absagen.« Er streifte mit einem flüchtigen Blick den verhangenen blauen Himmel. »Wir nehmen den Helijet und schlagen dem Verkehr ein Schnippchen.«

Zehn Minuten später befanden sie sich in der Luft und brausten im zweimotorigen Helijet übers südliche Manhattan. Die Maschine war in einem Hangar auf dem Dach des 120-Stockwerk-Gebäudes untergebracht, eine der wenigen, die nach Verabschiedung des Gesetzes über Luftverkehrstaus noch in Betrieb sein durfte. Der Flug zu Nobel Kinsingers Zentrale auf der anderen Seite des East River dauerte nur wenige Minuten, und sie setzten gerade zur Landung an, als Crader auffiel, daß ihn von der Windschutzscheibe des Helijets das Kinsinger-Warenzeichen anstarrte. »Selbst an dieser Kiste haben sie seine Airwiper«, bemerkte er zu Jazine.

»Klar, die sind überall. Darum ist er ja der reichste Mann im Land – oder doch einer der Reichsten.«

Nicht jedermann wurde so ohne weiteres bei dem reichsten Mann im Land vorgelassen. Sie wurden von einem stämmig aussehenden, mit Laser bewaffneten Wachposten in Empfang genommen und am allerneuesten Modell eines Metalldetektors vorbeieskortiert. Crader trug nie eine Waffe, aber Earl Jazines M-3-Pistole wurde entdeckt und konfisziert.

Sie passierten eine elektronisch kontrollierte Tür und einen ultravioletten Bakterienschirm, ehe sie von einer lächelnden Sekretärin in einem blauen Bodystocking begrüßt wurden. »Hier entlang, bitte. Wir hoffen, Sie entschuldigen die notwendigen Vorsichtsmaßnahmen.«

Earl Jazine war nicht der Typ, ein hübsches Mädchen zu übersehen, und beäugte sie mit offener Bewunderung. »Und wie mögen Sie wohl heißen, Miss?« fragte er.

»Ich bin Linda Sale, Mr. Kinsingers persönliche Sekretärin. Hier entlang bitte«, wiederholte sie mit Nachdruck.

Die innere Klause war ein schwach beleuchteter, fensterloser Raum, der eher wie eine Kapelle wirkte als das Arbeitszimmer eines Geschäftsmanns. Da war keine Spur von einem herkömmlichen Schreibtisch, nur ein großer, gepolsterter Drehsessel und ein Wall von Computern, der wie ein Altar an der gegenüberliegenden Wand stand. Als Craders Augen sich auf das Dämmerlicht einstellten, sah er die massige Gestalt eines Mannes, der ihnen aus dem Dunkel entgegentrat.

»Sie sind Carl Crader?« fragte die heisere Stimme.

»Das ist richtig, Sir. Sie haben ein Problem mit Ihrer SEXCO-Anlage . . .?«

Nobel Kinsinger wurde jetzt deutlich sichtbar, als er in die Mitte des Zimmers trat, ein ältlicher Riese von Mann mit einem Spinngewebe von Falten über seinem haarlosen Gesicht. Er sah älter aus als seine gut sechzig Jahre, viel älter. Doch wenn er sich bewegte, strahlte er immer noch etwas von seiner ehemaligen Lebenskraft aus. Beinahe konnte Crader ihn sehen, wie er an der Spitze seiner Truppen die Hauptstraße Havannas heruntermarschierte, ein Teddy Roosevelt unserer Zeit.

»Problem ist eine Untertreibung, junger Mann. Freut mich, daß Sie einen Techniker mitgebracht haben.«

Crader verbarg sein Lächeln. »Das ist Earl Jazine, einer unserer stellvertretenden Direktoren. Selbstverständlich ist jeder im CIB so eine Art von Techniker.« Während er mit Kinsinger sprach, ging er langsam auf die SEXCO-Anlage zu, um einen besseren Blick von ihr zu bekommen.

SEXCO war die Abkürzung für Stock Exchange Computer Operations (auf deutsch: Computer für Börsengeschäfte), ein System, das Geschäfts- und wohlhabenden Privatleuten ermöglichte, als ihre eigenen Börsenmakler aufzutreten und Aktien per Knopfdruck zu kaufen und zu verkaufen. Um es zu bedienen, drückte man einfach den Eingabecode, dann die Kreditkartennummer, der die Aktien in Rechnung gestellt werden sollten, dann die Börsensymbole und Anzahl von Aktien, die man zum gängigen Kurswert erwerben wollte. Die Information wurde auf der Stelle an einen Hauptcomputer weitergeleitet. Der verglich Kauf- und Verkaufsaufträge, druckte eine Rechnung aus, druckte einen neuen Anteilsschein und berichtigte den Kurswert der Aktie nach oben oder unten – alles innerhalb von Sekunden.

Seit seiner Einführung vor ein paar Jahren hatte sich der SEXCO als ungemein populär erwiesen. Seine Bedienung, sagte man, war idiotensicher, und dank ihm war es der Börse möglich, pro Tag ein Volumen von fünfzig Millionen Aktien reibungslos zu bewältigen. Die Tatsache, daß einige der jüngeren und unreiferen Geschäftsleute der Stadt ihn wie einen Spielautomaten benutzten, tat seiner Anziehungskraft keinen Abbruch. Crader selbst hatte Männer beobachtet, die per Knopfdruck Aktien kauften, dann sofort wieder auf den Knopf drückten, um sie weiterzuverkaufen, ohne den Kurswert zu kennen. Der mochte oben liegen oder unten; und deshalb war der Reiz an der Sache so ähnlich wie beim Spiel mit Glücksspielautomaten in einem der Luxuscasinos von Las Vegas oder Kansas City.

»Worum dreht sich denn Ihr Problem?« fragte Jazine und kam ebenfalls näher heran, um das Gerät zu untersuchen.

»Schon wieder Problem!« explodierte Kinsinger. »Das muß ein Lieblingswort von euch Burschen sein. Mein Problem: Jemand kauft und verkauft in meinem Namen Aktien und benutzt dafür meinen Computer.«

»Schließen Sie ihn nicht ab?« fragte Crader, aber er konnte selbst sehen, daß beide Verschlüsse dran waren.

»Selbstverständlich schließe ich ihn ab! Ganz ausgeschlossen, daß ihn jemand außer mir bedienen kann. Aber jemand tut's, nichtsdestotrotz.«

»Unmöglich«, erklärte Jazine rundheraus. »Diese Dinger sind idiotensicher. Sobald Sie Ihren Code drücken, schickt das Gerät einen zusätzlichen Code heraus. Beide müssen stimmen, sonst lehnt der Computer den Befehl ab. Wenn jemand in Ihrem Namen kauft oder verkauft, muß er dieses Gerät benutzen. Sie behaupten jedoch, daß niemand außer Ihnen Zugang dazu hat.«

»Erzählen Sie *mir* nicht, daß es unmöglich ist. Hier ist meine Börsenrechnung. Bereits jetzt habe ich durch die rechtswidrige Manipulation meiner Anteile an die fünfzigtausend Dollar eingebüßt.«

Crader nickte mitfühlend und bedeutete Jazine, sich Notizen zu machen. Dann fragte er: »Wie wirkt sich nun genau diese Manipulation auf Ihre Anteile aus, Sir?«

Nobel Kinsinger sackte, offenbar erschöpft, in seinen Drehsessel. »Das ist verschieden – hauptsächlich durch ungedeckte Verkäufe. Ein Auftrag wird erteilt, tausend Anteile einer Aktie zu verkaufen, die ich nicht einmal besitze. Wenn der Kurs fällt, wird am nächsten Tag ein Kaufauftrag in den Computer gegeben. Wenn er steigt, passiert nichts, und ich bekomme die Aufforderung ausgedruckt, die Anteile abzugeben. Dasselbe läuft mit Kaufaufträgen für Anteile, von denen ich noch nie etwas gehört habe. Seh'n Sie sich diesen Monatsauszug an – 5000 Anteile vom Comsat, erworben für 56 1/2, und dann zwei Tage später verkauft für 59 1/4. Wäre der Kurs gefallen, hätte ich eine Rechnung für die Anteile bekommen.«

»Aber dieser Betrug kann doch nur dann funktionieren, wenn der Betrüger Zugang zu Ihrer Post hat«, erklärte Crader und dachte dabei an die blonde Sekretärin im blauen Bodystocking.

»Natürlich! Aber für jemanden, der bereits Zugang zu meinem doppeltverschlossenen SEXCO hat, dürfte das kein Problem sein. Die Aktien und Schecks krieg' ich nie in die Hand – nur einige Rechnungen und diesen Monatsauszug über meine Anteile, der vom Computer verschickt wird.«

»Dann verdächtigen Sie jemand in Ihrem Büro?«

»Sicherlich. Ich möchte, daß Sie herausfinden, wie der SEXCO angezapft wird und von wem.«

Crader wandte sich an seinen Assistenten. »Earl, überprüfen Sie mal kurz die Anlage und überzeugen Sie sich davon, daß da keine Leitung in ein anderes Büro führt. Derweil, Mr. Kinsinger, hätte ich gern eine vollständige Liste von allen, die das Gerät bedienen oder Ihre Post abfangen könnten.«

Kinsinger schwang sich in seinem Sessel herum, bis das Deckenlicht von seinem kahl werdenden, spinnwebartigen Schädel reflektierte. »Keiner kann das Gerät bedienen, und nur zwei Leute haben den Schlüssel für meine private Rohrpost.« Wie die Mehrzahl der neueren Bürohäuser war Kinsingers Zentrale mit einem Luftschacht ausgerüstet, der mit einem Nebenpostamt im Erdgeschoß verbunden war. Einmal vorsortiert, wurde alle an Kinsinger oder einen anderen Angestellten der Firma adressierte Post direkt über den privaten Luftschacht zugestellt. Bis man sie abholte, blieb sie dort in einem verschlossenen Behälter liegen.

»Da wäre Ihre Sekretärin«, wies Crader auf das Naheliegendste hin.

»Ja, Miss Sale hat einen Schlüssel, und John Bunyon hat einen Schlüssel. Er ist mein Verwaltungsassistent. Ich habe einen Schlüssel. Doch ich benutze ihn nur, wenn ich nach Büroschluß hier allein bin und Post zu verschicken habe.«

»Ich möchte mit Miss Sale und Bunyon reden«, sagte Crader. Der Fall fing plötzlich an, ihm langweilig und als bloße Routine zu erscheinen.

Bunyon würde sich als fescher, junger Mann mit einem unglücklichen Eheleben entpuppen, dessen Büroaffäre mit Linda Sale beide in die trüben Niederungen von Verbrechen führte.

Earl Jazine hatte sich hingekniet, um den SEXCO zu inspizieren. Jetzt stand er auf und klopfte seine Hosen ab. »Keine Nebenleitungen. Könnte ich die Schlüssel für dies Ding haben, Mr. Kinsinger?«

Er schloß die Schalter auf und machte, während Crader und Kinsinger zuschauten, ein paar Standardtests. Zuerst wurde ein Spezialcode in den Computer eingegeben und dann Kinsingers regulärer Code. Eine Versuchsgruppe von Börsensymbolen wurde durchgespielt, und der SEXCO reagierte vorschriftsmäßig, indem er eine komplizierte Nachricht aus Ziffern und Buchstaben zurücksandte. »Er funktioniert«, teilte Earl ihnen mit. »Nichts verkehrt mit diesem Gerät.«

»In Ordnung«, sagte Crader. »Wie steht's denn mit den Schlüsseln?«

»Nur ein Paar«, beharrte Kinsinger, »und das trage ich stets bei mir.«

»Kann ich mit diesem John Bunyon sprechen?«

»Er ist heute nachmittag außer Haus. Mußte rasch einen Flug nach Rio machen. Aber morgen früh ist er zurück. Sie können mit Miss Sale sprechen.«

»Vielleicht können wir das auf morgen verschieben«, meinte Crader. »Ich muß jetzt wirklich zurück in die Zentrale.«

Nobel Kinsinger schien drauf und dran Einwände zu machen, entließ sie aber schließlich mit einer Handbewegung. »Nur, spüren Sie auf, wer immer mich übers Ohr haut, Mr. Crader. Finden Sie den Betrüger; und ich sorg' dafür, daß Sie eine Prämie von der Regierung bekommen.«

»Das dürfte kaum notwendig sein.«

»Finden Sie ihn«, sagte Kinsinger und streckte seine Hand aus. Crader fiel auf, daß sie zitterte. Der Mann fürchtete sich. Der mächtigste Mann im Land, gleich nach dem Präsidenten, und er hatte Angst.

Am nächsten Morgen beobachtete Carl Crader von seinem Fenster aus die Nuklearfähre auf ihrem Weg quer über den New Yorker Hafen nach Staten Island. Allein die Idee hatte vor ein paar Jahren Demonstrationen der Anti-Atom-Brigaden ausgelöst, aber inzwischen fuhr sie alle zehn Minuten hin und zurück, ohne daß man sich drüber aufregte. Die Zeiten änderten sich. Er fragte sich nachdenklich, ob nicht selbst ein Nobel Kinsinger von der Welt des 21. Jahrhunderts überholt worden war. Man kommandierte nicht länger Invasionstruppen die Straßen von Havanna herunter oder führte Wahlkämpfe aufgrund der Theorien, zu denen sich Nobel Kinsinger in den 1990ern bekannt hatte. Der einzige Krieg von Bedeutung in den vergangenen Jahren war von Roboterunterseebooten auf dem Grund des Indischen Ozeans ausgefochten worden. Er hatte, ohne Menschenleben zu kosten, zwölf Stunden lang gedauert und war von einer fliegenden Einsatztruppe von UN-Inspektoren beigelegt worden.

»Denken Sie drüber nach?« fragte Earl Jazine, der mit seinem gewohnt sanften Klopften eintrat.

»Kinsinger? Ich nehm's an.« Crader seufzte und langte nach einer Kohlefilterzigarette. »Was halten Sie davon? Stanzen Sie's?«

»Vielleicht, vielleicht nicht. Es dürfte Sie interessieren, mit Kinsingers Assistenten John Bunyon zu sprechen. Er ist draußen.«

»Bunyon? Hier?« Irgendwie hatte er das erwartet. »Na, bringen Sie ihn herein. Wir können genausogut zusammen mit ihm reden.«

Bunyon war ein hochgewachsener, junger Mann, der ziemlich so aussah, wie Crader ihn sich vorgestellt hatte. Er trug das schwarze

Haar modisch lang, von seiner Hüfte baumelte ein Geldtäschchen. Irgendwie waren diese Modeerscheinungen bei den Über-Dreißigjährigen nicht angekommen, aber Bunyon war noch jung genug, sie mit Erfolg zu tragen. Crader schätzte sein Alter auf etwa 28.

»Freut mich, daß Sie gekommen sind«, sagte Crader, wobei er fortfuhr, den Mann über das Durcheinander auf seinem Schreibtisch hinweg zu studieren. »Ich wollte mit Ihnen sprechen. Wie war Rio?«

»Schön«, antwortete der junge Mann. »Aber eine Tagesreise ist ein bißchen zu kurz, um es zu genießen. Da unten ist jetzt Sommer. Ich bin höchst ungern in die Kälte zurückgekommen.«

Crader nickte. »Was nun den SEXCO . . .«

»Er sagte, daß es Ärger gab. Der alte Kinsinger. Er hat mich hier zu Ihnen geschickt.«

»Ach tatsächlich?« Fast schien es, als ob Kinsinger den Verdacht auf den jungen Bunyon lenken wollte. »Was wissen Sie über die Sache?«

»Praktisch nichts, wirklich. Außer daß irgendwas mit der SEXCO-Anlage passiert und es ernst genug ist, um die Computer Cops einzuschalten.«

Crader warf einen Blick auf Jazine und sah, wie der stillvergnügt über den Ausdruck schmunzelte. »Irgendeine Idee, wer außer Kinsinger den SEXCO benutzen könnte?«

»Nein, es sei denn Linda Sale – seine Sekretärin.«

Crader nickte. »Wir haben Linda getroffen. Kennen Sie sie gut?«

Der junge Mann hob die Schultern »Vom Büro her.«

»Verabredungen?«

Ihm wurde ungemütlich. »Ich bin ein verheirateter Mann.«

»Das war nicht meine Frage.«

»Ein-, zweimal auf einen Drink nach der Arbeit. Sonst nichts.«

»Haben Sie eine andere Erklärung anzubieten für die unerlaubte Benutzung des SEXCO?«

»Klar. Ich glaube, der Alte hat das alles selbst zurechtfrisiert.«

»Ach? Und warum?«

Bunyon wetzte auf seinem Stuhl hin und her. »Er ist in letzter Zeit ein bißchen schrullig geworden. Ich habe mich, offengestanden, nach einem andren Job umgeschaut. Er hat dieses ganze Zimmer voll von Computern, die eigentlich Verkaufszahlen für Airwiper projizieren sollen. Und was macht er damit? Er benutzt sie, um die Existenz einer Anti-Erde beweisen zu können!«

»Einer was?« Selbst Jazine, bemerkte er, wurde aufmerksam.

»Anti-Erde. Das ist eine Theorie, die anscheinend vor ein paar Jahrzehnten ganz populär war; damals, als Fliegende Untertassen gesichtet wurden. Einige Leute behaupteten, es gäbe einen unentdeckten Planeten von ungefähr derselben Größe wie die Erde, dessen Laufbahn um die Sonne der Erde immer genau entgegengesetzt war. Er befand sich stets auf der anderen Seite der Sonne, wurde von ihr verdeckt und konnte deshalb von der Erde aus nicht gesehen werden. Man hatte damals sogar einen Namen für ihn – Clarion. Heutzutage nennen ihn einige Gläubige Vulkan.«

»Und Nobel Kinsinger glaubt daran?«

»Natürlich glaubt er daran. Tatsache ist, er bereitet sich darauf vor, eine Invasion von Clarion-Vulkan in dem Moment einzuleiten, wenn er genügend Raumschiffe hergestellt hat.«

»Eine Invasion?« meinte Crader nachdenklich. »Wie in den Tagen seines kubanischen Ruhms?«

»Genau!« sagte John Bunyon. »Übrigens haben Computeruntersuchungen vor vierzig Jahren bewiesen, daß es einen Planeten auf der anderen Seite der Sonne gar nicht geben kann, denn die Anziehungskraft seiner Schwerkraft hätte die Umlaufbahn der Venus beeinflußt. Kinsinger versucht nun zu beweisen, daß diese alten Daten falsch sind, und gleichzeitig eine Flugbahn für einen Space-Shot zu dem Planeten auszuarbeiten.«

»Warum möchte er dort eine Invasion machen?« fragte Jazine. »Einmal angenommen, es gibt den Planeten.«

»Er ist der Feind«, sagte Bunyon. »Wie vor 35 Jahren Kuba. Das ist der einzige Grund, den er braucht.«

Crader räusperte sich. »Selbst wenn es einen versteckten Planeten auf der anderen Seite der Sonne gäbe, wäre er natürlich aller Wahrscheinlichkeit nach von unserer Mondstation bemerkt worden – besonders zur Zeit einer Finsternis, wenn die Erde zwischen Sonne und Mond passiert.«

»Er hat alles auf Diagrammen eingezeichnet. Er behauptet, ein so kleiner Planet, wie er sich Clarion-Vulkan vorstellt, könnte auch heutzutage noch hinter der Sonne unentdeckt bleiben. Der Mond ist nicht weit genug von der Erde entfernt, um einen ausreichend spitzen Winkel für Observationen zu bieten.«

»Kleiner Planet? Sie sagten, genauso groß wie die Erde.«

John Bunyon lächelte. »Im Weltall ist die Erde ein kleiner Planet.«

Fünfzehn Minuten nachdem er gegangen war, blickte Crader Earl Jazine an. »Was halten Sie davon, Earl?«

»Wem sollen wir glauben? Haben wir es mit einem Computerbetrug zu tun oder einem verrückten alten Knaben, der das Weltall erobern will?«

»Er ist zu reich, um nur ein verrückter alter Knabe zu sein, Earl. Und wenn er's ist, dann liegt die ganze Sache außerhalb unserer Zuständigkeit. Wir kümmern uns um Computer, nicht Planeten.«

»Was sollen wir also tun, Chef.«

»*Ich* versuche, ein paar Arbeiten hier zu erledigen. *Sie* gehen und sprechen mit der Sekretärin. Das sollte kein allzu schwerer Auftrag sein.«

»Es wird mir ein Vergnügen sein, falls sie noch immer den blauen Bodystocking trägt.«

»Wahrscheinlich ist sie heute auf rosa umgestiegen. Fleischfarben. Wie ich höre, ist das der letzte Schrei.« Er erlaubte sich ein mildes Lächeln und fügte dann hinzu: »Finden Sie zumindest heraus, auf wessen Seite sie ist. Ich wette im voraus, daß sie Bunyons Geschichte stützt.«

Sobald er allein war, widmete Crader seine Aufmerksamkeit den anderen Berichten auf seinem Schreibtisch. Einige Probleme mit dem Zentralcomputer für Steuerrückzahlung in Andover. Eventuell Sabotage. Er merkte sich diesen Fall für sein technisches Top-Team vor. Die Regierung verlangte stets die besten Dienstleistungen. Er blätterte den nächsten Bericht durch und sah, daß er den Verkehrskontroll-Computer am Kennedy-Airport betraf. Sie hatten da schon einmal Probleme gehabt – und am Reagan-Airport in New Jersey. Da heutzutage fast alle Luftfracht per Computer befördert wurde, bestand eine große Verlockung darin, des persönlichen Vorteils wegen eine Umbeförderung zu versuchen.

Nach einer Weile legte Crader die Berichte hin und spürte, wie seine Gedanken zurück zu Nobel Kinsinger schweiften. Schließlich wählte er eine Nummer in Washington, die er auswendig wußte, und forderte einige Informationen über Nobel Kinsingers Aktivitäten an. Er wartete fünf Minuten am Telefon.

Dann kehrte eine Stimme zurück, um zu berichten, daß Kinsinger in der Tat zwei Raumschiffe baute, mit einer Genehmigung, die aufgrund des Gesetzes für unabhängige Weltraumforschung aus dem Jahr 2003 gewährt worden war.

Er dachte darüber immer noch nach, als eine Stunde später Earl Jazine von seinem Gespräch mit Miss Sale zurückkam.

»Zufrieden sehen Sie aus«, kommentierte Crader.

»Warum nicht? Ich habe gerade neunzig erfreuliche Minuten mit einer entzückenden jungen Dame verbracht. Vielleicht arrangiere ich sogar ein Wiedersehn.«

»Kommen Sie doch zur Sache. Was sagt sie zu dem SEXCO-Rummel?«

»Sie verlieren Ihre Wette. Sie sagt, jemand *kommt* irgendwie an das Gerät heran. Sie weiß das, weil einer der Verkaufsaufträge an einem Tag eingegeben wurde, an dem Kinsinger nicht einmal in seinem Büro war. Er war krank zu Hause, und sie schwört, daß den ganzen Tag niemand in die Nähe des Geräts kam.«

»Sie ist sich des Datums sicher?«

»Vollkommen. Es war Freitag der 13., und sie erinnert sich, das mit der Krankheit ihres Chefs in Verbindung gebracht zu haben. Ich vermute, sie ist abergläubisch.«

»Und was ist mit John Bunyon? Irgendwas zwischen den beiden?«

»Nichts. Sie hatte ein paar Drinks mit ihm nach der Arbeit. Aber sie hält ihn für schräg oder so. Verbringt 'ne Menge Zeit im South Village mit den Flippies.«

»Das überrascht mich. Er schien mir nicht der Typ zu sein.«

»Wie kann man das beurteilen, ohne ihn nackt zu sehen. Sie sagt, eines Tages sah sie ihn im Büro das Hemd zuknöpfen, und seine ganze Brust sei bemalt gewesen.«

Crader seufzte und schob die Berichte auf seinem Schreibtisch hin und her. »Und was bedeutet das für uns?«

Jazine zuckte mit den Schultern. »Entweder das Mädchen lügt, oder das Gerät wird von außerhalb des Hauses angezapft.«

»Im Moment gefallen mir beide Möglichkeiten nicht, aber Sie prüfen die Anzapfmöglichkeit besser nach. Leitungen, Induktionsstrom, den ganzen Krempel.« Ihm fiel ein Fall aus dem Vorjahr in San Francisco ein, in dem eine Induktionsspule um ein Kabel gelegt wurde, um falsche Informationen in einen Gehaltscomputer zu füttern.

»Ich mach' mich gleich dran, Chef. Wen soll ich nehmen?«

»Carter und House. Sie sind die Besten, die ich entbehren kann. Und wenn Sie gehen, schicken Sie bitte Judy herein. Ich muß einige Briefe diktieren, die ich dem Autotype nicht anvertrauen kann.«

Den Mädchen im CIB war es verboten, im Dienst Bodystockings zu tragen, aber Judy verbreitete in ihrem altmodischen Minirock trotzdem einen Hauch von unaufdringlicher Sinnlichkeit. Crader war über das Alter hinaus, wo das eine Rolle spielte, aber ihm fiel auf, daß Jazine ihr jeden Morgen einen zweiten Blick zuwarf. Er gehörte nicht zu der Sorte, die sich von ihrer Familie vom Mädchenanmachen abhalten ließ.

»Judy, nehmen Sie einen Brief an Washington auf. Ich möchte, daß er heute nachmittag mit der Raketenpost weggeht . . .«

Das war am Mittwoch. Am Donnerstagmorgen überflog er beiläufig Jazines Notizen und machte eine Entdeckung. »Earl«, sprach er in die kabellose Gegensprechanlage, »können Sie für einen Moment hereinkommen?«

Jazine lächelte. Er zeigte an jedem Morgen ein Lächeln, obwohl es zur Mittagszeit manchmal recht dünn wurde. »Was gibt's, Chef?«

»Sie haben eine Liste von den Daten im letzten Monat gemacht, als mit Kinsingers SEXCO herumgefummelt wurde.«

»Klar. Sie haben sie da vor sich.«

»Ist Ihnen dabei etwas Merkwürdiges aufgefallen?«

»Nichts Besonderes.«

»Die gefälschten Aufträge gehen immer am Freitag über den SEXCO heraus. Manchmal auch an anderen Tagen, aber da ist immer etwas am Freitag.«

»Sie haben recht«, stimmte Jazine zu, während er ihm über die Schulter blickte. »Und Linda Sale erwähnte ebenfalls einen Freitag den 13.«

»Hatten Carter und House beim Überprüfen der Schaltpläne Glück?«

»Bis jetzt nicht. Sie sollten mittlerweile bald fertig sein.«

Crader nickte. »Falls sie nichts finden, wie wär's, wenn Sie und ich morgen rübergingen und auf diesen SEXCO aufpaßten? Wir werden sehen, ob der Computer wirklich ausgetrickst werden kann, ohne daß ihn jemand anrührt.«

»Gute Idee«, stimmte Jazine zu. »Allerdings werden wir unseren Übeltäter vermutlich verschrecken.«

»Vielleicht nicht.«

Doch bevor sie den Plan ausführen konnten, kam der Mittagsbericht von Carter und House. Die Nachricht wurde von Jazine gleich nach dem Mittagessen gebracht.

»Der SEXCO wird auf keine Weise ausgetrickst, aber sie haben etwas anderes von Interesse aufgestöbert. Während sie die Induktionsspule an einer Telefonleitung ausprobierten, zapften sie aus Versehen ein Gespräch zwischen Linda Sale und unserem Knaben Bunyon an. Er nimmt sie heute abend mit ins South Village, zu einer Art Flippietreffen.«

»Ach?« Es gab Zeiten, da produzierte Craders Gehirn verrückte Ideen. Dies war eine davon. »Könnten Sie und Judy sich nicht als Flippiepärchen verkleiden und sich in die Versammlung einschleichen? Was meinen Sie?«

Earl Jazine verdrehte seine Augen. »Was wird meine Frau dazu sagen? Wenn ich mich überall anmale . . .«

»Erzählen Sie ihr, es ist fürs Büro«, sagte Crader mit einem Lächeln. »Dafür wird sie Verständnis haben.«

Er fuhr sie selbst in einem der weniger auffälligen Dienstwagen in die Gegend des South Village. Judys Gesicht war eine leuchtende Mischung von Flippiefarben, und sie trug einen gemäßigten Bodystokking mit den traditionellen Flippiestiefeln und Gürtel. »Ich werde mich in diesem Aufzug zu Tode frieren«, beschwerte sie sich.

»Komm schon«, sagte Jazine amüsiert. »Von Flippies erwartet man nicht, daß sie die Kälte stört. Man erwartet von ihnen, daß sie ausgeflippt sind.«

Crader blieb im Auto und stellte die Einweg-Polarisation an, so daß niemand hereinschauen konnte. Er wußte, das würde keine Aufmerksamkeit erregen, denn viele Leute taten das, wenn sie ihr Auto parkten, um Diebe abzuschrecken. Niemand brach in ein Auto ein, wenn er nicht sehen konnte, was – oder wer – ihn drinnen erwartet. Er interessierte sich besonders für die Leute, die bei der Versammlungshalle auf der anderen Straßenseite eintrafen, und er erkannte sehr schnell, daß die Versammlung für Nicht-Flippies genauso offen war wie für die üblichen Bewohner des South Village. Er sah Bunyon und Linda Sale gemeinsam eintreffen. Sie trugen normale Bürokleidung. Vielleicht war er gar kein so ausgesprochener Flippie, wie man sie hatte glauben lassen.

Zehn Minuten nach Beginn der Veranstaltung verließ Crader das Auto und ging hinüber zum Eingang.

Draußen waren auf einem großen Plakat der gemeinsame Amerikanisch-Russische Mondhafen und die Sternwarte abgebildet. Die Ereignisse des Abends standen offensichtlich mit dem Mond in Verbindung. Drinnen war der Ort in ein kaltes weißes Licht gebadet, dessen Intensität an Mondschein gemahnte, und etliche Flippiepärchen schwoften zu musikalischen Computerklängen. Er sah Jazine und Judy auf Anhieb, aber von Bunyon und Linda war nichts zu sehen.

Crader hatte die Multimedia-Vorgänge von Licht und Klang und Geruch etwa fünfzehn Minuten lang beobachtet, als von der anderen Seite des Raumes ein Schrei ertönte. Jemand hatte »Blauer Mond!« gebrüllt, und andere nahmen den Schlachtruf auf. »Blauer Mond! BLAUER MOND!« Daraufhin stürzten sich die Flippies, die am nächsten standen, auf die Schreihälse, und eine Schlägerei brach los. Crader wußte, daß die »Blau-Mond-Leute« gegen die gemeinsame US-Russische Mondstation waren. Sie wollten, daß der Mond blau bliebe, nämlich amerikanisch, und auf keinen Fall teilweise rot, beziehungsweise russisch. Mehr als fünf Jahre hatte die Station mit überraschend wenig Reibereien gut funktioniert, aber das kühlte nicht die Gemüter der »Blau-Mond-Leute«.

Mit Bestürzung sah Crader, wie Linda Sale sich durch die Menge hindurch auf die Seite der »Blau-Mond«-Schreihälse kämpfte. Was hatte sie vor? Was . . .? Jemand zerrte an dem glatten, dehnbaren Stoff ihres Bodystockings, und an ihrer Schulter riß eine Naht. Dann war plötzlich John Bunyon an ihrer Seite und wehrte die zudringlichen Hände ab. Aus dem Lautsprecher bellte ein Ruf nach Ordnung, aber die Situation war bereits außer Kontrolle geraten. Crader wurde von der panischen Menge beiseite gestoßen. Er erhaschte einen flüchtigen Blick von Earl Jazine, der die M-3-Pistole unter seinem Flippiekostüm hervorzog, und dann rammte ihn jemand von hinten. Er fiel vornüber in die Menge hinein.

Als Crader seine Augen öffnete, sah er als erstes Earl Jazines bemaltes Gesicht auf ihn herunterstarren.

»Alles in Ordnung, Chef?«

»Ich glaube schon. Was ist passiert?« Sein Gesichtsfeld erweiterte sich allmählich, und er sah Judy an Earls Seite stehen.

»Die Flippies haben sich mit den ›Blau-Mond‹-Typen geprügelt. Irgendwie waren Bunyon und das Mädchen im dichtesten Gewühl, und ich sah einen Kerl mit dem Messer auf sie losgehen. Da hab' ich meine Kanone benutzt.«

Crader kam mühsam auf die Beine. »Tut mir leid, Sie in all das zu verwickeln, Judy. Ich wußte nicht, daß es gefährlich werden würde.« Die mondbeleuchtete Halle war jetzt fast leer mit Ausnahme von ein paar Bereitschaftspolizisten und Schaulustigen.

»Das geht schon in Ordnung«, sagte sie. »Es war aufregend so mitten drin. Besser als den ganzen Tag Sekretärin zu spielen.«

»Was ist mit Bunyon und dem Mädchen?«

Earl Jazine hob seine breiten Schultern. »Sie sind in dem Durcheinander davongekommen. Anscheinend unverletzt. Die Polizei verhört gerade den Typen mit dem Messer, aber der redet nicht.«

»Ein Flippie?«

»Nein. Einer aus dem ›Blau-Mond‹-Haufen. Er schien sie zu kennen. Er ging mit seinem Messer direkt auf Bunyon los.«

»Mußten Sie auf ihn schießen?«

»In den Arm. Er wird's überstehen. Wir haben auch den Burschen, der Ihnen eine verpaßt hat, aber der ist total harmlos. Ein bißchen beschwipst vom Mondsaft.«

Crader lächelte. »Nichts wie raus hier.« Er schaute zu dem großen Diorama der Mondstation hoch. »Von jetzt an sollten wir uns besser an Computer halten.«

Freitag war ein geschäftiger Tag in den Büros der Airwiper, Inc., und Nobel Kinsinger war nicht allzu angetan von der Aussicht, daß sich Crader und Jazine den ganzen Tag häuslich in seinen Büros niederlassen wollten. Sie waren früh eingetroffen, vor all den anderen Angestellten, und hatten seit Beginn des Geschäftstages ihre Augen nicht von der verschlossenen SEXCO-Anlage genommen.

»Ich muß Sachen erledigen, Aktien kaufen!« beschwerte sich Kinsinger.

»Das hat Zeit bis Montag«, versicherte ihm Crader. »Die gefälschten Kaufs- und Verkaufsaufträge kommen gewöhnlich freitags, und dies ist der einzige Weg, ihnen nachzuspüren. Niemand benutzt das Gerät – weder Sie noch Miss Sale noch John Bunyon –, und das wird zumindest Miss Sales Geschichte bestätigten oder widerlegen, derzufolge am vergangenen Freitag, dem 13., Aufträge hinausgingen, ohne daß jemand das Gerät anrührte.«

Bis kurz vor Mittag lief alles glatt. »Ich muß es unbedingt benutzen«, entschied Kinsinger. »Ich möchte ein paar Radiostar-Anteile verkaufen.«

»Rufen Sie einen Makler an«, teilte ihm Crader mit. »Niemand schließt dieses Gerät auf.« Kinsinger seufzte und ging kleinlaut ans Telefon.

Als die Börse schließlich um drei Uhr für den Tag dicht machte, entspannte Crader ein bißchen. »Soll ich dort mal nachfragen?« erkundigte sich Jazine.

»Ja. Geh ans Telefon und laß sie eine Computerüberprüfung dieser SEXCO-Anlage machen. Sagen Sie ihnen, sie sollen sich sofort wieder bei uns melden.«

Sie saßen für weitere fünfzehn Minuten herum und warteten auf den Rückruf. Kurz darauf erschien Linda Sale in der Tür. Sie trug einen kastanienbraunen Bodystocking. Die Erlebnisse der vergangenen Nacht schienen sie überhaupt nicht mitgenommen zu haben. »Möchte jemand Kaffee?« fragte sie, die Tüchtigkeit in Person. Während sie servierte, ertappte sich Crader dabei, daß er sie mit Judy, seiner eigenen Sekretärin, verglich. Ihre Figur war besser, mußte er zugeben, aber für seinen Geschmack strahlte sie eine zu kühle Unnahbarkeit aus. Sie verkörperte zu sehr die Anti-Sex-Vision der Zukunft, trotz Kurven und Bodystocking.

Das Telefon erwachte zum Leben, und Jazine nahm den Anruf entgegen. Er hörte aufmerksam zu und machte sich Notizen. Dann hängte er auf und wandte sich an Crader und Kinsinger. »Es ist unmöglich, trotzdem ist es passiert. Fünftausend Anteile von General Tygart wurden heute über dies Gerät hier gekauft.«

Crader starrte den verschlossenen Computer an. Er hätte überrascht sein sollen, war's aber irgendwie nicht. Er hatte so etwas fast erwartet. »Wie stellen sie es an?« wisperte Nobel Kinsinger. »Wie zum Teufel stellen sie es an?«

John Bunyon war von irgendwo aufgetaucht und stand sehr nah neben Linda in der Tür. Einen Moment lang sagte niemand einen Ton, dann brach seine Stimme das Schweigen. »Beschuldigen Sie etwa uns, Mr. Kinsinger? Denn wenn Sie . . .«

»Moment, Moment.« Crader hob die Hand. »Wir sind nicht mehr in dem Stadium für gegenseitige Beschuldigungen. Es ist an der Zeit, der Sache auf den Grund zu gehen. Earl, Sie müssen die genaue Uhrzeit haben, als der Verkauf heute über das Gerät lief. Wann war's?«

Jazine befragte seine Notizen. »Um genau 10.07 Uhr, kurz nachdem der Markt heute morgen eröffnet wurde. Kaufe General Tygart 5000 Anteile am Markt. Der Kurs lag zu der Zeit bei 65 1/2. Er schloß am Nachmittag bei 67.«

»Um 10.07 Uhr waren wir alle in diesem Büro«, erinnerte sie Crader. »Sie waren draußen an Ihrem Schreibtisch, Miss Sale. Wo waren Sie, Bunyon?«

»Ich war an meinem Schreibtisch. Ich habe Zeugen.«

Crader nickte. »Ich glaube Ihnen.«

»Aber wie . . .«, fing Kinsinger an.

»Wie?« Crader stand auf und begann das Zimmer abzuschreiten. Er spürte, wie seine Füße in dem Uraform-Teppich versanken. »Ich glaube, ich hab's endlich gestanzt. Wir haben erst gestern die Leitungen überprüft, also von außen konnte niemand an dem Gerät herumpfuschen. Zudem haben Earl und ich es den ganzen Tag im Auge gehabt. Weder Kinsinger noch sonst jemand hat es auch nur aufgeschlossen.«

»Die Sache ist unmöglich«, protestierte Bunyon.

»Überhaupt nicht«, sagte Crader. »Was passierte, bevor es überall SEXCO-Anlagen gab, wenn man nach Börsenschluß einem Makler einen Auftrag gab? Was passiert immer noch, wenn man nach Börsenschluß um drei Uhr ein Geschäft über einen Makler abwickelt?«

Earl Jazines Gesicht leuchtete auf. »Der Auftrag wird bis zum nächsten Morgen zurückgehalten.«

»Genau! Und der SEXCO arbeitet natürlich genauso. Ein Auftrag, der am späten Donnerstagnachmittag in das Gerät gegeben wird, wird bis zur Öffnung der Börse am Freitag zurückgehalten und dann erst vom Computer weitergeleitet. Selbstverständlich trägt er das Datum vom Freitag. Bei dem üblichen Auftragsstau über Nacht ist es nicht verwunderlich, daß der Börsencomputer sieben Minuten brauchte, um die Auswirkung der 5000 Anteile auf den Kurswert von General Tygart auszurechnen. Folglich wurde der Auftrag heute um 10.07 Uhr registriert, obwohl er in Wirklichkeit gestern nachmittag in den SEXCO eingegeben wurde.«

»Aber wer von ihnen hat's getan?« wollte Kinsinger wissen. »Und wie kamen sie an meine Schlüssel zu dem Gerät?«

Mit einem Lächeln holte Crader zu seinem letzten Schlag aus. »Sie erinnern sich, daß Sie am Freitag, dem 13., krank waren? An dem Tag wurde eine Transaktion gemacht. Sie diente dazu, Miss Sale davon zu überzeugen, daß Sie wirklich auf irgendeine Weise betrogen wurden. Aber überlegen Sie mal – würde ein Betrüger den Auftrag vom Donnerstagnachmittag stehenlassen, wenn er wüßte, daß Sie krank und nicht in der Lage sind, das Gerät am Freitag zu benutzen? Selbstverständlich nicht! Die einzige Hoffnung auf Erfolg eines wirklichen Betrügers lag darin, eine Entdeckung der Aktienmanipulationen zu vermeiden und nicht Aufmerksamkeit auf sie zu lenken. Er hätte die Transaktion vom vorigen Nachmittag storniert, ehe der Markt am Freitag öffnete.«

»Was wollen Sie damit sagen?« fragte Kinsinger.

»Daß es keinen Betrug gab. Daß Sie selbst die ganze Sache vorgetäuscht haben, Kinsinger.«

»Warum? Warum würde ich das tun?« explodierte er und schwang sich in seinem Drehsessel herum. Aber sein Gesicht war aschgrau geworden.

»Zwei Gründe, glaube ich. Zum einen war's ein Versuch, John Bunyon in Verdacht zu bringen und zu diskreditieren. Und auch Miss Sale, falls das notwendig wurde. Zum anderen sollte das CIB in die Ermittlungen gezogen werden, um einige Unregelmäßigkeiten mit Ihren anderen Computern zu vertuschen.«

»Die Clarion-Invasion!« Bunyon brüllte es fast heraus.

»Nicht ganz korrekt«, sagte Crader. »Aber Sie sind auf der richtigen Spur. Sehen Sie, wenn jemand unsaubere Geschäfte in den Programmen seiner anderen Computer entdeckt hätte, könnte Mr. Kinsinger einfach auf uns weisen und erklären, daß wir sein ganzes Computersystem untersucht haben.«

»Aber weswegen dann, wenn nicht für Clarion?« frage Bunyon. »wofür baut er diese Raumschiffe?«

Crader wandte sich an den mächtigen Mann im Sessel. »Möchten Sie's ihnen sagen, Kinsinger? Oder soll ich?«

»Fahren Sie zur Hölle!«

»Na schön. Bunyon, Sie nahmen gestern abend Miss Sale zu einer Flippieveranstaltung. Ein Mondprogramm, bei dem es zu einer Schlägerei mit einigen der ›Blau-Mond-Leute‹ kam. Warum gingen Sie hin?«

»Warum?« Er zögerte, dann sagte er:« Ich glaubte, Mr. Kinsinger könnte irgendwie in Verbindung mit denen stehen.«

»Genau! Sie kamen der Wahrheit zu nahe. Deswegen hat uns Kinsinger gerufen. Und dann versuchte er, Sie bei dem gestrigen Treffen erstechen zu lassen.«

»Was?« rief Linda Sale aus. »Erstechen?«

»Mr. Jazine hier hat Ihnen das Leben gerettet. Sehen Sie, Kinsinger ist mit den ›Blau-Mond-Leuten‹ eng liiert. Tatsächlich ist er ihr Geldgeber. Ich habe das über Washington herausgefunden. Die Raumschiffe werden nicht gebaut, um einen mythischen Planeten zu erobern, sondern für die Invasion des Mondes – um die Russen ein für allemal hinauszuwerfen und ihn zu einem rein amerikanischen Stützpunkt zu machen.«

»Und seine Computer entwerfen die Programme für den Flug!«

sagte Bunyon. »Natürlich! Er konnte wohl kaum Washington um einen Flugplan zum Mond bitten, ohne seine Karten aufzudecken.«

Nobel Kinsinger rutschte unruhig auf seinem Sessel herum. »Bin ich denn der letzte, einzig wahre Patriot in diesem Lande?« grollte er. Aber seine Gedanken und sein Blick schienen plötzlich weit weg. Vielleicht führte er noch einmal den Angriff durch die Straßen von Havanna.

Earl Jazine brachte eine Mappe mit den kompletten Berichten und legte sie auf eine Ecke von Craders überfülltem Schreibtisch. »Was wird Washington unternehmen?« fragte er. »Kinsinger ist ein mächtiger Mann, ein sehr mächtiger.«

»Sie wissen, daß eine Mondinvasion nicht gestattet werden darf. Jetzt, da man den Plan kennt, wird man Schritte unternehmen. Die Arbeit an den Raumschiffen wurde bereits gestoppt, und die ›Blau-Mond-Leute‹ werden eingehend unter die Lupe genommen. Man wird sie vermutlich demnächst auflösen.«

»Und Kinsinger?«

»Er ist krank. Vielleicht können sie ihn irgendwo in einem kleinen Zimmer unterbringen, wo er mit einer SEXCO-Attrappe spielen darf.«

Zwei Monate später erhielt Crader eine Einladung zur Hochzeit von John Bunyon und Linda Sale. Es tat ihm ein bißchen leid, daß er nicht daran teilnehmen konnte, aber an diesem Tag flog er nach Hawaii. Anscheinend brauchten sie da unten Hilfe bei einem Computer, der in seiner Freizeit Falschgeld druckte.

Poul Anderson
SAM HALL

Klick. Bssss. Brrrr.

Bürger XY aus Irgendwo, U.S.A., nähert sich der Hotelrezeption. »Ein Einzelzimmer mit Bad, bitte.«

»Tut mir leid, Sir, aber unsere Energie-Zuteilung erlaubt keine Einzelbad-Reservierung. Wir können Ihnen ein Bad einlassen, das kostet dann fünfundzwanzig Dollar mehr.«

»Oh, mehr nicht? Okay.«

Bürger XY greift mit einer automatischen Geste in seine Tasche, zieht seine Lochkarte hervor und schiebt sie in die Registriermaschine. Aluminiumkiefer umschließen sie, Kupferzähne suchen nach den Löchern, elektronische Zungen ertasten das Leben des Bürgers XY.

Geburtsort und Tag der Geburt. Eltern, Rassenzugehörigkeit, Konfession. Sämtliche Daten zu Ausbildung, Tätigkeiten im Militär- und Zivilbereich, Familienstand. Alle Arbeitsstellen einschließlich der jetzigen, Mitgliedschaft in Vereinen und Organisationen. Körperliche Merkmale, Größe, Gewicht, Fingerabdrücke, Struktur der Netzhaut, Blutgruppe. Psychologischer Grundtyp, Loyalitäts-Wert, Loyalitäts-Index gemessen am Zeitpunkt der letzten Überprüfung. Klick, klick. Bssss.

»Was ist der Grund Ihres Aufenthalts, Sir?«

»Bin Vertreter. Werde wahrscheinlich morgen abend in New Pittsburg sein.«

Der Hotelportier (Alter: 32, verheiratet, zwei Kinder; VERTRAULICH: Jude. Nicht zugelassen für Schlüsselpositionen) drückt auf ein paar Knöpfe. Klick, klick. Die Maschine gibt die Lochkarte frei. Bürger XY verstaut sie wieder in seiner Brieftasche.

»Page!«

Der Page (Alter: 19, ledig; VERTRAULICH: katholisch. Nicht zugelassen für Schlüsselpositionen) nimmt den Koffer des Gastes. Der Aufzug fährt quietschend nach oben. Der Hotelportier wendet sich wieder seiner Lektüre zu. Der Artikel trägt die Überschrift: »Hat Großbritannien uns verraten?« Andere in dem Magazin enthaltene Artikel tragen die Überschrift: »Neues Indoktrinations-Programm für die Streitkräfte«, »Arbeitskräftebeschaffung auf dem Mars«, »Ich war V-Mann für die Sicherheitspolizei« und »Neue Pläne für IHRE Zukunft.« Die Maschine führt Selbstgespräche. Klick, klick. Ein rotes Auge blinkt seinem Nachbarn zu, als lachten sie gemeinsam über einen geheimen Witz. Das so entstandene Signal wird über die Drähte weitergeleitet.

Zusammen mit tausend anderen Signalen jagt es das letzte Kabel hinunter und in die Sortierer-Einheit der Zentralen Datenbank. Klick, klick. Bssss. Brrrr. Ein Aufblinken, ein Glühen. Ein Abtaster streicht durch die Schaltkreise des Speichers, die verzerrten Moleküle einer Spule zeigen das Muster des Bürgers XY. Die Information wird zurückgeschickt und tritt in die Vergleichs-Einheit ein, in der sich mittlerweile auch die neu eingegebene Information über Bürger XY befindet. Beide Einheiten stimmen vollkommen überein, es ist alles in Ordnung. Bürger XY befindet sich in der Stadt, die er gestern abend angegeben hat, eine Korrektur seiner Aussage war also nicht notwendig gewesen.

Die Daten zur Person des Bürgers XY werden um die neue Information ergänzt. Sein ganzes Leben kehrt zurück zur Speicher-Einheit. Es wird vom Abtaster und aus den Vergleichs-Einheiten gelöscht, alles ist für das nächste eingehende Signal bereit.

Wieder hat die Maschine einen Tag geschluckt und verdaut. Sie ist zufrieden.

Thornberg kam zur gewöhnlichen Zeit in sein Büro. Seine Sekretärin sah auf, um ihm »Guten Morgen« zu sagen, und betrachtete ihn dann etwas genauer. Sie hatte lange genug mit ihm zusammengearbeitet, um von seinem sorgsam beherrschten Gesicht Gefühlsnuancen ablesen zu können. »Ist irgend etwas, Chef?«

»Nein.« Er sagte es unfreundlich, und auch das war ungewöhnlich. »Nein, es ist alles in Ordnung. Wahrscheinlich macht mir das Wetter ein wenig zu schaffen.«

»Oh.« Die Sekretärin nickte. Man lernte Diskretion, wenn man für die Regierung arbeitete. »Dann hoffe ich, daß es Ihnen bald wieder besser geht.«

»Danke. Es ist wirklich nichts.« Thornberg hinkte zu seinem Schreibtisch hinüber, setzte sich und zog eine Packung Zigaretten hervor. Einen Moment lang hielt er die Zigarette in seinen nikotingelben Fingern, bevor er sie anzündete, und seine Augen hatten einen leeren Ausdruck. Dann nahm er einen heftigen Zug und wandte sich seiner Post zu. Als Cheftechniker der Zentralen Datenbank erhielt er eine großzügig bemessene Tabakration, die er voll ausschöpfte.

Das Büro war nicht groß. Es war ein fensterloses Kämmerchen, sachlich und karg möbliert, und nur mit einem Bild seines Sohnes und dem seiner verstorbenen Frau geschmückt. Thornberg schien zu groß für diesen Raum zu sein. Er war hochgewachsen und schlank, mit geraden, schmalen Gesichtszügen und sorgfältig gebürstetem, angegrautem Haar. Er trug eine schlichte Ausführung der Sicherheits-Uniform, die außer den Insignien der Technischen Abteilung und denen eines Majors keinerlei Dekorationen aufwies, keine der Auszeichnungen, die zu tragen er berechtigt war. Gemessen am Zeitgeist war die Priesterschaft von Mathilda der Maschine ein ziemlich formloser Haufen.

Kettenrauchend arbeitete er sich durch seine Post. Routinearbeit, das meiste hatte mit den notwendigen Veränderungen für die Etablierung des neuen Identifikations-Systems zu tun. »Kommen Sie, June«, sagte er zu seiner Sekretärin. Unlogischerweise diktierte er seine Korrespondenz lieber ihr, als sie auf Band zu sprechen. »Lassen Sie uns das hier schnell erledigen, ich habe noch zu arbeiten.«

Er hielt einen Brief vor sich. »An Senator E. W. Harmison, S.O.B., New Washington. Sehr geehrter Senator, bezüglich Ihres Schreibens vom 14. d. M., in dem Sie mich um meine persönliche Meinung zum neuen ID-System bitten, möchte ich Ihnen sagen, daß es nicht Aufgabe eines Technikers ist, Meinungen zum Ausdruck zu bringen. Die vom Präsidenten erteilte Anweisung, daß jeder Bürger *eine* Nummer für sämtliche Dokumente und Vorgänge zu seiner Person (Geburtsurkunde, Ausbildung, Zuteilung von Rationen, Sozialleistungen, Militärdienst etc.) erhalten soll, hat offensichtlich langfristige Vorteile, bringt aber natürlich auch ein gutes Stück Arbeit bei der Umstellung all unserer elektronisch gespeicherten Daten mit sich. Da der Präsident entschieden hat, daß die dadurch letztendlich gewonnenen Vorteile die gegenwärtigen Schwierigkeiten rechtfertigen, halte ich es für unsere Bürgerpflicht, sich dieser Entscheidung zu fügen. Mit freundlichen Grüßen, und so weiter.« Er lächelte mit einer gewissen Kälte. »So, den hätten wir abgefertigt. Ich weiß sowieso nicht, wozu der Kongress gut sein soll, außer um ehrliche Beamte zu plagen.«

June beschloß insgeheim, den Brief abzuändern. Vielleicht war ein Senator wirklich nur ein Papiertiger, aber man konnte trotzdem nicht auf so brüske Weise mit ihm verfahren. Es gehörte zu den Pflichten einer Sekretärin, ihrem Chef Ärger zu ersparen.

»Und weiter geht's«, sagte Thornberg. »An Colonel M. R. Hubert, Leiter der Verbindungseinheit, Zentrale Datenbank, Abteilung Sicherheitspolizei usw. Sehr geehrter Colonel, bezüglich Ihres Aktenvermerks vom 14. d. M., in dem Sie mich auffordern, Ihnen einen endgültigen Termin für die Beendigung der Umstellung des ID-Systems zu nennen, möchte ich Ihnen höflichst mitteilen, daß mir dies wirklich nicht möglich ist. Wir müssen eine Speicher-Modifikations-Einheit entwickeln, die es uns ermöglicht, alle gespeicherten Daten anzugleichen, ohne jede der dreihundert Millionen Spulen der Maschine einzeln auszubauen und zu ändern. Sie werden verstehen, daß sich nicht genau sagen läßt, wieviel Zeit ein solches Projekt in Anspruch nehmen wird. Unsere Forschungen machen jedoch zufriedenstellende Fortschritte (verweisen Sie ihn doch bitte auf meinen letzten Bericht, ja?), und ich kann Ihnen mit Überzeugung sagen, daß die Umstellung innerhalb der nächsten zwei Monate beendet sein und jeder Bürger bis dahin seine Nummer erhalten haben wird. Hochachtungsvoll, und so weiter. Bringen Sie das in die richtige Form, June.«

Sie nickte. Thornberg ging weiter seine Post durch und warf das meiste in den Korb mit der Korrespondenz, die sie allein beantworten sollte. Als er fertig war, gähnte er und zündete sich eine neue Zigarette an. »Allah sei Dank, das wäre geschafft. Jetzt kann ich runter ins Labor.«

»Sie haben heute nachmittag einige Termine«, erinnerte sie ihn.

»Ich bin nach dem Mittagessen zurück. Bis später.« Er stand auf und ging hinaus.

Hinunter mit der Rolltreppe auf eine Ebene, die noch tiefer unter der Erde lag, einen Korridor entlang, während er den militärischen Gruß vorübergehender Techniker erwiderte, ohne darüber nachzudenken. Sein Gesicht war unbewegt, und vielleicht drückte nur das steife Schwingen seiner Arme überhaupt etwas aus.

Jimmy, dachte er, *Jimmy, Junge.*

Er betrat die Wachkammer und preßte eine Hand und ein Auge gegen die Identifikationsplatte in der vor ihm liegenden Tür. Fingerabdruck und Netzhautstruktur waren sein Passierschein; kein Alarm ertönte, die Tür öffnete sich für ihn, und er betrat Mathildas Tempel.

Riesig kauerte sie vor ihm, mit Reihen über Reihen von Kontrolltafeln, Instrumenten, blinkenden Lichtern, wie eine aztekische Pyramide. In ihrem Inneren murmelten die Götter und blickten mit blinkenden roten Augen auf den kleinen Menschen, der da über ihre Flanke kroch. Thornberg blieb einen Moment stehen und besah sich das Schauspiel. Dann lächelte er, ein müdes Lächeln, durch das sich sein Gesicht auf einer Seite verzog. Eine bitter-ironische Erinnerung stieg in ihm auf, illegale Lektüre aus den vierziger und fünfziger Jahren des letzten Jahrhunderts, die er gelesen hatte: Französisch, Deutsch, Englisch, Italienisch. Die Intellektuellen hatten damals lauthals gegen die Amerikanisierung Europas gewettert, das Abbrökkeln alter Kultur angesichts eines mechanisierten Barbarismus in Form von Softdrinks, Werbung, chromblinkenden Automobilen (die Dänen nannten es »Dollar-Grinsen«), Kaugummi, Plastikprodukten . . . Keiner von ihnen hatte sich gegen die gleichzeitig stattfindende Europäisierung Amerikas gewandt: Kontrolle durch den Staat, die Entwicklung einer militärischen Kaste, den Siegeszug des Amtsschimmels und des Zensors, Geheimpolizei, Nationalismus und Rassismus.

Nun ja.

Aber Jimmy, Junge, wo bist du jetzt, was machen sie mit dir?

Thornberg ging hinüber zu dem Pult, an dem sein bester Ingenieur, Rodney, gerade eine Einheit testete. »Wie läuft's? erkundigte er sich.

»Ganz gut, Chef«, sagte Rodney. Er machte sich nicht die Mühe zu salutieren. Thornberg hatte es in den Labors sogar verboten, weil er es für Zeitverschwendung hielt. »Es hapert noch hier und da, aber das kriegen wir schon hin.«

Sie mußten einen technischen Dreh finden, mit dem sie die Nummern ändern und alles andere unberührt lassen konnten. Keine einfache Aufgabe, wenn die Speichereinheiten mit einzelnen magnetischen Bändern arbeiteten. »Okay«, sagte Thornberg. »Dann gehe ich jetzt in den Hauptkontrollraum. Werde selbst einige Tests durchführen – einige der Leitungen in Sektion dreizehn scheinen nicht ganz in Ordnung zu sein.«

»Brauchen Sie Hilfe?«

»Nein, danke. Ich möchte nur nicht gestört werden.«

Thornberg setzte seinen Weg fort. Seine Schritte verursachten auf dem harten Boden ein dumpfes Echo. Die Hauptkontrollschalter befanden sich in einem kleinen, durch besondere Sicherheitsvorkehrungen geschützten Raum, der sich direkt an die große Pyramide schmiegte, und er mußte sich noch einmal identifizieren, ehe sich die Tür für ihn öffnete. Nur wenigen war der Zugang gestattet. Die gespeicherten Daten der gesamten Nation waren zu wertvoll, um sie aufs Spiel zu setzen.

Thornbergs Loyalitäts-Wert betrug AAB-2 – keine Spitzenbewertung, aber von den Männern seines beruflichen Kalibers war er der Beste. Seine letzte Überprüfung unter dem Einfluß von Drogen hatte gewisse Bedenken und Zweifel an der Politik seines Staates ergeben, aber von Auflehnung konnte keine Rede sein. Bei oberflächlicher Betrachtung mußte er sicher für loyal gehalten werden. Er hatte sich im Krieg gegen Brasilien ausgezeichnet und dabei im Kampf ein Bein verloren; seine Frau war bei den erfolglosen chinesischen Raketenangriffen vor zehn Jahren ums Leben gekommen; sein Sohn war ein aufstrebender junger Weltraum-Wachoffizier auf der Venus. Er hatte von der Regierung verbotene Dinge gehört und gelesen, Bücher, die auf der schwarzen Liste standen, sogenannte subversive und ausländische Propaganda, aber damit spielte jeder Intellektuelle einmal herum, das war kein ernsthaftes Vergehen, solange alles andere stimmte und man dem Verbotenen keine Bedeutung zumaß.

Er setzte sich einen Moment und betrachtete die Kontrolltafel im Inneren der Kabine. Ihre Komplexität hätte die meisten Ingenieure ratlos gemacht, aber er hatte solange mit Mathilda gearbeitet, daß er noch nicht einmal die Hilfstabellen benötigte.

Also, –

Hierfür brauchte er all seinen Mut. Bei einem Verhör unter Hypnose würde sicherlich herauskommen, was er jetzt vorhatte. Aber solche Überprüfungen wurden gezwungenermaßen nur stichprobenweise durchgeführt; es war unwahrscheinlich, daß er innerhalb der nächsten Jahre noch einmal an die Reihe kam, besonders bei seinem Loyalitäts-Wert. Wenn später einmal alles herauskam, würde Jack sich in den Rängen der Wachoffiziere schon so hochgearbeitet haben, daß er sicher war.

In der Abgeschlossenheit der Kabine erlaubte sich Thornberg ein gequältes Grinsen. »Dies hier wird mir mehr weh tun als dir«, murmelte er der Maschine zu.

Er begann die Knöpfe zu drücken.

Es gab Schaltkreise, mit deren Hilfe man Daten verändern konnte – man nahm einen heraus und schrieb den gewünschten Text in die magnetischen Felder. Thornberg hatte das schon einige Male für hohe Offiziere getan. Nun tat er es für sich selbst.

Jimmy Obrenowicz, Sohn seines Großcousins, mitten in der Nacht von der Sicherheitspolizei wegen Verdachts auf Verrat in aller Stille verhaftet. Die Daten verrieten, was kein normaler Staatsbürger wissen durfte: Jimmy befand sich in Camp Fieldstone. Diejenigen, die von dort zurückkehrten, waren sehr still und sprachen nicht darüber, wo sie gewesen waren. Manchmal waren sie nicht in der Lage zu sprechen.

Ein Verwandter in Fieldstone – das war nicht tragbar für den Technischen Leiter der Zentralen Datenbank.

Eine halbe Stunde lang drückte Thornberg Knöpfe, löschte Daten, veränderte andere. Es war ein schweres Stück Arbeit – er mußte mehrere Generationen zurückgehen, um Abstammungslinien umzuleiten. Aber als er fertig war, bestand zwischen Jimmy Obrenowicz und den Thornbergs keinerlei verwandtschaftliche Verbindung mehr.

Und ich habe so viel von dem Jungen gehalten. *Aber ich tue es nicht für mich, Jimmy. Ich tue es für Jack.* Wenn die Jungs von der Polizei deine Akte durchgehen, was sie zweifellos heute noch tun werden, dann dürfen sie auf keinen Fall herausfinden, daß du mit Captain Thornberg auf der Venus verwandt und ein Freund seines Vaters bist.

Er versetzte dem Schalter, der die Spule wieder an ihren Platz im Datenspeicher beförderte, einen Schubs. *Schicksal, so nimm denn deinen Lauf.*

Danach saß er eine Weile da und genoß die Stille der Kabine und die sterile Unpersönlichkeit der Instrumente. Er hatte noch nicht einmal das Bedürfnis zu rauchen.

Jetzt sollte also jeder Bürger eine Nummer bekommen, *eintätowiert* bekommen, das war klar. Thornberg stellte sich vor, daß die Menschen diese Nummern in ihrer Umgangssprache »Brandzeichen« nennen würden, und die Sicherheitspolizei würde diejenigen bestrafen, die den Ausdruck benutzten – wegen unloyaler Ausdrucksweise.

Nun, die Untergrundbewegung stellte schon eine Gefahr dar. Sie wurde von anderen Ländern unterstützt, die eine Welt, in der Amerika eine Vormachtstellung hatte, nicht wollten – oder zumindest nicht eine Welt, in der das heutige Amerika dominierte (obwohl »U.S.A.« einmal gleichbedeutend gewesen war mit »Hoffnung«). Die Rebellen hatten angeblich eine eigene Basis irgendwo im Weltraum, und man sagte, das Land sei mit ihren Agenten durchsetzt. Möglich war es schon. Ihre Propaganda war subtil: Wir wollen nicht die Regierung stürzen, wir wollen nur die Menschen befreien. Wir wollen die verfassungsmäßig garantierten Grundrechte wiederherstellen. Viele instabile Gemüter konnten sich davon angesprochen fühlen. Aber es war klar, daß bei der Jagd der Sicherheitspolizei nach Spionen zahllose Bürger verhaftet wurden, die noch nicht einmal im Traum an Verrat gedacht hatten. So wie Jimmy – oder hatte Jimmy doch zum

Untergrund gehört? Man konnte da nie sicher sein. Das verriet einem keiner.

Thornberg hatte einen bitteren Geschmack im Mund. Er verzog sein Gesicht zu einer Grimasse. Die Zeile eines Liedes kam ihm in den Sinn. *»Ich bin mit Haß ganz voll.«* Wie ging es noch? Auf dem College hatten sie es immer gesungen. Irgend etwas über einen sehr verbitterten Mann, der einen Mord begangen hatte.

Oh, ja. »Sam Hall.« Wie *ging* es denn nun? Man brauchte einen ganz tiefen Baß, um es richtig zu singen.

Oh, ich heiße Sam Hall, Sam Hall,
Ja, das ist mein Name, Sam Hall, Sam Hall.
Das bin ich, jawohl, Sam Hall,
Und ich bin mit Haß ganz voll,
Ja, ich bin mit Haß ganz voll, Gott verfluche Eure Augen.

Das war es. Ja, Sam Hall sollte wegen Mordes gehenkt werden. Jetzt erinnerte er sich. Er fühlte sich genau wie Sam Hall. Er sah die Maschine an und fragte sich, wie viele Sam Halls wohl in ihr steckten.

In aller Ruhe – er hatte noch keine Lust, wieder an seine Arbeit zu gehen – rief er die Daten ab, Name: Sam Hall, keine weiteren Spezifikationen. Die Maschine grummelte vor sich hin. Dann spuckte sie einige Bögen Papier aus, mit Mikroschrift bedruckt, direkt aus dem Speicher. Ein komplettes Dossier über jeden Sam Hall, der jemals gelebt hatte oder noch lebte, angefangen bei dem Zeitpunkt, an dem man begonnen hatte, die Daten zu sammeln. Zur Hölle damit. Thornberg stopfte die Bögen in den Schlitz des Vernichters.

»Oh, ich tötete einen Mann, sagen sie, sagen sie –«

Die Wildheit, mit der der Impuls ihn überkam, blendete ihn. In diesem Moment nahmen sie sich Jimmy vor, schlugen ihn wahrscheinlich in die Nieren, und er, Thornberg, saß hier und wartete darauf, daß die Polizei Jimmys Akte anforderte, und es gab nichts, was er tun konnte. Seine Hände waren leer.

Bei Gott, dachte er. *Ich gebe ihnen Sam Hall!*

Seine Finger begannen zu rasen; seine Übelkeit verlor sich in der Verzwicktheit des technischen Problems. Mathilda ein gefälschtes Dossier einzugeben – das war nicht einfach. Man konnte keine doppelten Nummern verwenden, und jeder Bürger besaß einige davon. Über jeden Tag seines Lebens mußte Rechenschaft abgelegt werden.

Nun, in einigen Punkten konnte die Sache vereinfacht werden. Die

Maschine gab es erst seit fünfundzwanzig Jahren; vorher hatte man schriftlich fixierte Akten, verteilt über ein Dutzend Büros, gehabt. Machen wir Sam Hall doch zu einem Einwohner von New York, dessen Akte während der Bombardierung vor dreißig Jahren verlorenging. Die Unterlagen seiner Akte, die man in New Washington aufbewahrt hatte, gingen ebenfalls verloren, während des chinesischen Angriffs. Das hieß, daß er nur so viele Details wie möglich zu speichern hatte, was nicht unbedingt viel sein mußte – einfach alles, was er noch wußte.

Mal sehen. »Sam Hall« war ein englisches Lied, also sollte auch Sam Hall selbst Engländer sein. Kam mit seinen Eltern herüber, oh, achtunddreißig Jahr' ist's her, als er erst drei Jahre alt war, und wurde zusammen mit ihnen naturalisiert; das war vor dem totalen Einwanderungsstopp. Wuchs auf in New Yorks Lower East Side, ein harter Junge, ein Kind der Slums. Verlor seine Schulzeugnisse während der Bombardierung, behauptet aber, die Schule bis zur zehnten Klasse besucht zu haben. Keine lebenden Verwandten, keine Familie. Keine feste Arbeitsstelle, nur eine Reihe von Gelegenheitsjobs. Loyalitäts-Wert BBA-0, was bedeutete, daß schon reine Routinefragen zeigten, daß er keine wesentliche politische Meinung besaß.

Zu farblos. Ein bißchen Gewalt fehlte noch in seinem Leben. Thornberg rief Informationen über New Yorker Polizeistationen und Beamte der Zivilpolizei ab, die während der letzten Angriffe zerstört bzw. getötet worden waren. Aus dieser Quelle nahm er seine Beweise dafür, daß Sam Hall ständig in Schwierigkeiten gewesen war – Trunkenheit, ungebührliches Benehmen, Schlägereien, verdächtig des Banküberfalls und des Einbruchs, aber nicht begründet genug, um ein hypnotisches Verhör durch die Spezialisten der Sicherheitspolizei zu rechtfertigen.

Hmm. Stufen wir ihn besser als 4-F ein, kein Militärdienst. Grund? Nun, eine leichte Drogenabhängigkeit; Männer wurden heutzutage nicht so dringend gebraucht, daß man es nötig hatte, Wirrköpfe zu heilen. Neocoke – das beeinträchtigte die Körperfunktionen nicht zu stark; eher im Gegenteil, der Abhängige war außergewöhnlich schnell und stark unter dem Einfluß der Droge, obwohl sie ziemliche Nachwirkungen hatte.

Dann mußte Sam Hall eine bestimmte Zeit im Arbeitsdienst verbracht haben. Mal sehen, was wir da nehmen. Er hatte drei Jahre lang als ungelernter Arbeiter am Bau des Colorado-Damms mitgewirkt; an diesem Projekt waren so viele Menschen beteiligt gewesen, daß sich niemand an ihn erinnern würde. Zumindest würde es sehr schwierig sein, einen Aufseher zu finden, der ihn noch kannte.

Nun das Eingeben der Daten. Thornberg benutzte dazu eine Reihe von automatischen Maschinen. Über jeden Tag innerhalb der letzten fünfundzwanzig Jahre mußte Rechenschaft abgelegt werden; natürlich durfte er dabei nur hin und wieder Reisen oder einen Wechsel des Wohnortes angeben. Thornberg rief Daten über billige Massenquartiere ab, in denen sicher kein Namensregister geführt wurde, es war ja alles in Mathilda gespeichert, und an einen bestimmten heruntergekommenen Typen würde sich niemand erinnern. Als Sam Halls gegenwärtige Adresse gab er das Triton an, eine bessere Absteige in der East Side, nicht weit entfernt von den Kratern. Zur Zeit arbeitslos, lebte wahrscheinlich von Ersparnissen. Oh, verdammt! Er mußte ja noch Daten über Einkommenssteuererklärungen eingeben. Thornberg tat es.

Hmm – körperliche Merkmale. Machen wir ihn mittelgroß, stämmig, mit schwarzen Haaren und dunklen Augen, verbogener Nase und einer Narbe auf der Stirn – ein knallharter Bursche, aber nicht so sehr, daß man ihn im Gedächtnis behalten würde. Thornberg gab die genauen Daten ein. Es war nicht schwer, Fingerabdrücke und die Struktur der Netzhaut zu fälschen. Er schaltete einen Sicherungs-Schaltkreis ein, um nicht aus Versehen die Merkmale eines anderen zu kopieren.

Als Thornberg fertig war, lehnte er sich zurück und seufzte. Das Dossier wies noch viele Lücken auf, aber die konnte er mit der Zeit nach Belieben auffüllen. Er hatte einige Stunden anstrengender, konzentrierter Arbeit hinter sich – mit dem einzigen Ergebnis, daß er Dampf hatte ablassen können. Er fühlte sich schon sehr viel besser.

Er warf einen Blick auf seine Uhr. *Zeit, wieder an die Arbeit zu gehen, mein Lieber.* Einen rebellischen Moment lang wünschte er sich, daß man die Uhren nie erfunden hätte. Sie hatten die Wissenschaft, die er liebte, erst möglich gemacht, aber dann hatten sie begonnen, den Menschen zu einem mechanischen Wesen zu machen. Ach, wozu sich darüber Gedanken machen, jetzt war es sowieso zu spät. Er stand auf und verließ die Kabine. Die Tür schloß sich selbsttätig hinter ihm.

Ungefähr einen Monat später beging Sam Hall seinen ersten Mord.

Am Abend zuvor war Thornberg zu Hause gewesen. Obwohl er allein lebte, standen ihm aufgrund seines Ranges komfortable Wohnräume zu – zwei Zimmer mit Bad im achtundneunzigsten Stock einer

Wohneinheit in der Stadt, nicht weit von dem versteckt liegenden Eingang zu Mathildas unterirdischem Reich. Die respekteinflößende Tatsache, daß er bei der »Sicherheit« war – wenn er auch nicht zur Truppe der Menschenjäger gehörte –, brachte ihm soviel zusätzliche Distanz zu seinen Mitmenschen ein, daß er sich oft einsam fühlte. Der Superintendent hatte ihm sogar einmal seine Tochter angeboten: »Erst dreiundzwanzig Jahre, Sir, gerade von einem Herrn mit Marschalls-Titel freigegeben, und sie ist auf der Suche nach einem netten Dienstherren.« Thornberg hatte abgelehnt und dabei versucht, nicht prüde zu wirken. *Autres temps, autres moeurs* – sicher, aber sie hätte sich mit der Rolle einer Nebenfrau abfinden müssen, beim erstenmal sowieso; und Thornberg war lange Zeit glücklich verheiratet gewesen.

Er war gerade dabei gewesen, sich aus seinen Bücherregalen etwas zum Lesen herauszusuchen. Whitman wurde in letzter Zeit vom Literatur-Büro als ein frühes Beispiel für Amerikanismus hochgejubelt, aber obwohl Thornberg diesen Dichter immer gemocht hatte, verirrte sich seine Hand wie von selbst zu der eselsohrigen Ausgabe von Marlowe. War das Realitätsflucht? Auf Realitätsflucht war das L. B. sehr schlecht zu sprechen. Aber was machte es, die Zeiten waren hart. Es war nicht leicht, einer Nation anzugehören, die einer unbelehrbaren Welt den Frieden aufdrängte – dazu gehörte zweifellos eine gehörige Portion Realismus und Energie und was man sonst noch dazu brauchte.

Das Telefon summte. Er ging hinüber und schaltete auf Empfang. Auf dem Bildschirm erschienen Martha Obrenowiczs einfache, plumpe Züge; ihr graues Haar war wirr durcheinander, ihre Stimme ein rauhes Krächzen.

»Oh – hallo«, sagte er unbehaglich. Er hatte nicht mehr mit ihr gesprochen, seit die Nachricht über den Tod ihres Sohnes eingetroffen war. »Wie geht es dir?«

»Jimmy ist tot«, sagte sie.

Eine ganze Weile blieb er regungslos. Sein Schädel war wie hohl.

»Ich bekam heute die Mitteilung, daß er im Lager gestorben ist«, sagte Martha. »Ich dachte mir, du würdest es wissen wollen.«

Thornberg schüttelte den Kopf, hin und her, sehr langsam. »Martha, eine solche Nachricht wollte ich bestimmt nicht hören«, sagte er.

»Es ist nicht *gerecht*!« schrie sie mit überschlagender Stimme. »Jimmy war kein Verräter. Ich kenne doch meinen eigenen Sohn.

Wer könnte ihn besser kennen als ich? Er hatte ein paar Freunde, die mir nicht geheuer waren, aber Jimmy würde doch nie – er hätte doch nie –«

Etwas Kaltes formte sich in Thornbergs Brust. Man mußte immer damit rechnen, daß Telefongespräche abgehört wurden.

»Es tut mir leid, Martha«, sagte er tonlos. »Aber in diesen Dingen ist die Polizei sehr genau. Sie würden nie gegen jemand vorgehen, wenn sie sich nicht sicher sind. Gerechtigkeit ist eine unserer Traditionen.«

Sie sah ihn lange an. Ihre Augen hatten einen kalten Glanz. »Auch du«, sagte sie schließlich.

»Sei vorsichtig, Martha«, warnte er sie. »Ich weiß, daß es ein Schlag für dich ist, aber sage besser nichts, was dir später leid tun könnte. Schließlich könnte Jimmys Tod ein unglücklicher Zufall gewesen sein. Solche Dinge geschehen einfach.«

»Ich – habe vergessen«, sagte sie stockend. »Du – bist – ja selbst – bei der Sicherheit.«

»Beruhige dich«, sagte er. »Sieh es als ein Opfer für die Wahrung nationaler Interessen.«

Sie schaltete ab. Er wußte, sie würde ihn nicht wieder anrufen. Auch sie zu treffen würde gefährlich sein.

»Leb wohl, Martha«, sagte er laut. Es war, als spräche ein Fremder.

Er wandte sich wieder dem Bücherregal zu. *Nicht für mich,* dachte er schwach, *für Jack.* Er berührte den Buchrücken von *Leaves of Grass. Oh, Whitman, alter Rebell,* dachte er mit einem seltsam trockenen Lachen in sich, *nennen sie dich jetzt den ›wirbelnden Walt‹?*

In dieser Nacht nahm er eine Schlaftablette mehr. Er war immer noch benommen, als er sich zum Dienst meldete, und nach einer Weile gab er seine Versuche, die Post zu beantworten, auf, und ging hinunter ins Labor.

Während er mit Rodney sprach und dabei große Mühe hatte, das technische Problem, über das sie diskutierten, zu verstehen, schweifte sein Blick hinüber zu Mathilda. Plötzlich wußte er, was ihm Erleichterung verschaffen würde. Sobald es möglich war, brach er die Diskussion ab und ging in den Hauptkontrollraum.

Vor den Schalttafeln hielt er einen Moment inne. Die Stück-für-Stück-Schöpfung von Sam Hall war eine seltsame Erfahrung gewesen. Er, ein ruhiger, in sich gekehrter Mann, hatte dem Leben eines Rowdys Konturen gegeben und eine rauhe Persönlichkeit gezeichnet. Für ihn war Sam Hall realer als viele der Menschen, mit denen er umging. *Ich bin wohl selbst ein schizoider Typ. Vielleicht hätte ich Schriftsteller werden sollen.* Nein, das hätte zu viele Einschränkungen bedeutet, zuviel Angst, das Mißfallen des Zensors zu erregen. Mit Sam Hall hatte er verfahren können, wie es ihm beliebte.

Er holte tief Atem und rief Daten über ungelöste Morde an Sicherheits-Beamten im Bereich New York City während des letzten Monats ab. Diese Morde geschahen überraschend oft. War es möglich, daß die allgemeine Unzufriedenheit größer war, als die Regierung zugab? Wenn aber der Großteil eines Volkes Gedanken hegt, die als verräterisch gelten, trifft diese Klassifizierung dann noch zu?

Er fand, was er suchte. Am 27. des letzten Monats hatte Sergeant Brady den Krater-Distrikt auf seinem Routine-Rundgang unvorsichtigerweise nach Einbruch der Dunkelheit betreten; er hatte die schwarze Uniform getragen, vermutlich um seiner Autorität die größtmögliche Gewichtung zu geben. Am nächsten Morgen hatte man ihn mit eingeschlagenem Kopf in einer Seitenstraße gefunden.

Oh, ich tötete einen Mann, sagen sie, sagen sie.
Ja, ich tötete einen Mann, sagen sie, sagen sie.
Ich schlug ihn auf den Kopf,
und tot war der dumme Tropf,
Ja, tot, der dumme Tropf, Gott verfluche seine Augen.

Zweifelsohne hatten die Zeitungen diese brutale, von verräterischen Agenten feindlicher Mächte verübte Tat beklagt. (»*Ja, der Pfarrer, der war da, der war da.*«) Eine Anzahl von Verdächtigen war auf der Stelle verhaftet und einem scharfen Verhör unterzogen worden. (»*Und der Sheriff, der kam auch, der kam auch.*«) Bis jetzt hatte man noch nichts beweisen können, obwohl ein gewisser Joe Nikolsky (Amerikaner in der fünften Generation, Mechaniker, verheiratet, vier Kinder, in dessen Wohnung man Untergrund-Flugblätter gefunden hatte), gestern als Tatverdächtiger verhaftet worden war.

Thornberg seufzte. Er kannte die Methoden der Sicherheitspolizei gut genug, um zu wissen, daß sich für einen solchen Mord ein Schuldiger finden lassen würde. Sie konnten es sich nicht leisten, ihren Ruf der Unfehlbarkeit durch einen Mangel an schlüssigen Beweisen zu ruinieren. Vielleicht hatte Nikolsky die Tat verübt – zumindest konnte er nicht beweisen, daß er an diesem Abend nur einen Spaziergang gemacht hatte –, vielleicht auch nicht. Aber, zum Teufel, konnten sie ihn nicht einfach laufen lassen? Er hatte vier Kinder, deren Mutter – von der Gesellschaft geächtet – wohl nur in einem Bordell Arbeit finden würde.

Thornberg kratzte sich am Kopf. Er mußte sehr sorgfältig vorgehen. Sehen wir mal. Bradys Leiche war mittlerweile wahrscheinlich eingeäschert worden, aber vorher hatte man sie natürlich gründlich untersucht. Thornberg rief die Akte des toten Mannes aus dem Speicher ab und ließ sich in Mikroschrift ein Duplikat der Beweismittel ausdrucken – nichts. Er löschte die Angaben, gab eine Aussage ein, derzufolge man auf dem Kragen des Opfers einen verwischten Daumenabdruck gefunden hatte, der zu Untersuchungszwecken an die ID-Labors weitergeleitet worden war. Unter dieser Rubrik gab er den Bericht über eine solche Untersuchung ein, die aufgrund eines großen Arbeitsanfalls erst gestern beendet worden war. (Das stimmte sogar – in der letzten Zeit hatten sie viel Material vom Mars zu bearbeiten gehabt, das bei einer Razzia in einem Rebellen-Treffpunkt gesammelt worden war.) Die Windungen des Fingerabdrucks, soweit sie zu erkennen waren, entsprachen – und hier gab er Sam Halls rechten Daumen ein.

Er speicherte die Daten erneut ab und lehnte sich auf seinem Stuhl zurück. Es war riskant; wenn irgend jemand auf die Idee kam, bei den ID-Labors rückzufragen, war er geliefert. Aber das war unwahrscheinlich; wahrscheinlich war, daß New York die Untersuchungsergebnisse routinemäßig bestätigte und ein Laborangestellter das Schriftstück abheftete, ohne einen Blick darauf zu werfen. Auch die akuteren Risiken waren nicht sehr groß: Eine überlastete Polizei würde sich nicht die Zeit nehmen zu überprüfen, ob dieser verschmierte Fingerabdruck tatsächlich von einem ihrer Experten entwickelt worden war; und falls sich bei einem Hypno-Verhör tatsächlich herausstellte, daß Nikolsky der Mörder war, nun, dann würde man annehmen, der Fingerabdruck stamme von einem Passanten, der die Leiche gefunden hatte, ohne dies zu melden.

Nun hatte Sam Hall also einen Beamten der Sicherheit umgebracht – hatte ihn am Kragen gepackt und ihm mit einem schweren Knüppel den Schädel eingeschlagen. Thornberg fühlte sich schon sehr viel besser.

Von der Sicherheits-Abteilung in New York kam eine Anfrage an die Zentrale Datenbank bezüglich neuer Informationen im Fall Brady. Ein automatisches Empfangsgerät fing sie auf, verglich die Codes und stellte fest, daß neue Details zur Verfügung standen. Die Nachricht wurde zurückgefunkt, zusammen mit der Akte von Sam Hall und zwei weiteren Dossiers – der Fingerabdruck konnte nicht mit absoluter Sicherheit rekonstruiert werden.

Es stellte sich heraus, daß die zwei anderen Männer nichts mit dem Fall zu tun hatten. Beide hatten ein Alibi. Das Polizeikommando, das die Halle des Triton Hotels stürmte und nach Sam Hall verlangte, sah sich mit verständnislosen Blicken konfrontiert. Eine Person dieses Namens war nicht registriert, und mit der Beschreibung konnte niemand etwas anfangen. Auch eine gründliche Befragung der Anwesenden brachte kein anderes Resultat. Da war es Sam Hall also gelungen, eine falsche Adresse anzugeben. Einfach genug war es, er brauchte nur in einem unbeobachteten Moment die Knöpfe der Registriermaschine an der Rezeption zu drücken. Sam Hall konnte überall sein!

Joe Nikolsky wurde freigelassen, das Hypno-Verhör hatte ergeben, daß er harmlos war. Die Geldstrafe, die man ihm wegen des Besitzes subversiver Literatur auferlegte, würde ihn für die nächsten paar Jahre in Schulden stürzen (er hatte keine einflußreichen Freunde, die für ihn eine Aussetzung der Strafe erwirken konnten), aber wenn er sich vorsah, würde er nicht wieder in Schwierigkeiten geraten. Die Sicherheit leitete eine Fahndung nach Sam Hall ein.

Thornberg fand ein teuflisches Vergnügen daran zu beobachten, wie die Jagd ihren Verlauf nahm. Niemand mit einer auf Sam Hall ausgestellten ID-Karte hatte Fahrkarten für die öffentlichen Verkehrsmittel gekauft. Damit war aber nichts bewiesen. Von den Hunderten von Menschen, die jedes Jahr verschwanden, mußten zumindest einige wegen ihrer ID-Karte umgebracht worden sein, ihre Leichen hatte man verschwinden lassen. Mathilda wurde darauf programmiert, Alarm zu geben, wenn die ID-Karte einer vermißten Person irgendwo auftauchte. Thornberg fälschte einige Berichte dieser Art, um die Polizei ein wenig auf Trab zu halten.

Er schlief jede Nacht schlechter, und seine Arbeit litt darunter. Einmal traf er Martha Obrenowicz auf der Straße – er ging hastig vorbei, ohne sie zu grüßen –, und danach konnte er überhaupt nicht mehr schlafen, selbst mit der zulässigen Höchstdosis an Schlafmitteln.

Die Arbeit an dem neuen ID-System war beendet. Alle Bürger erhielten eine maschinell erstellte Benachrichtigung mit der Aufforderung, sich innerhalb von sechs Wochen ihre Nummer auf das rechte Schulterblatt tätowieren zu lassen. Sobald eine Tätowierungsstelle darüber Bericht erstattete, welche Personen ihre Tätowierung erhalten hatten, wurden die Daten von Mathildas Robotern entsprechend geändert. Sam Hall, AX-428-399-075, war nicht zur Tätowierung erschienen. Thornberg mußte grinsen, als er das AX-Zeichen sah.

Dann ging eine Neuigkeit über die Fernsehschirme, die die Nation aufhorchen ließ. Banditen hatten die First National Bank in America-Town, Idaho (früher Moskau), überfallen und dabei eine Beute von gut fünf Millionen Dollar in sortierten Scheinen gemacht. Aus der disziplinierten Durchführung und der Ausrüstung der Täter schloß man, daß es sich um rebellische Agenten handelte, die möglicherweise mit einem Raumschiff von ihrer unbekannten interplanetarischen Basis gekommen waren, und daß die Beute zur Finanzierung ihrer ruchlosen Aktivitäten dienen sollte.

Die Sicherheit arbeite bei den Ermittlungen mit den Streitkräften zusammen, erste Verhaftungen seien stündlich zu erwarten, usw. usw.

Thornberg ließ sich von Mathilda einen kompletten Bericht geben. Es war ein dreistes Ding gewesen. Die Räuber hatten anscheinend Plastikmasken vor dem Gesicht getragen und eine leichte Kugelweste unter ihren Kleidern. Im Gedränge der Flucht war einem Mann die Maske vom Gesicht gerutscht – zwar nur für einen Moment, aber ein Angestellter, der dies zufällig gesehen hatte, war unter Hypnose in der Lage gewesen, eine recht gute Beschreibung abzugeben: ein braunhaariger, untersetzter Mann mit südländischem Profil, dünnen Lippen und einem Bürstenbart.

Thornberg zögerte. Es war nicht schlimm, sich einen Spaß zu machen, und es war vielleicht moralisch vertretbar, dem armen Nikolsky zu helfen. Aber Beihilfe zu einem Kapitalverbrechen zu leisten, das aller Wahrscheinlichkeit nach ein verräterischer Akt war –

Thornberg zog ein schiefes Grinsen. Es machte einfach zuviel Spaß, den lieben Gott zu spielen. Mit geübter Hand änderte er die Daten. Der Gauner war mittelgroß gewesen, dunkelhaarig, Narbengesicht, Schlägernase – eine Weile saß er da und fragte sich, ob er noch ganz bei Verstand war, ob überhaupt irgend jemand es noch war.

Die Sicherheits-Zentrale forderte die gesamte Akte über den Banküberfall an, mit sämtlichen Zusammenhängen, die die Maschine herstellen konnte. Sie wurde ihr zugesandt. Die Personenbeschreibung hätte auf viele Männer zutreffen können, aber die Abtaster eliminierten alle Personen bis auf eine: *Sam Hall.*

Wieder begann das endlose Bellen der Meute. In dieser Nacht schlief Thornberg gut.

»Lieber Vater,

bitte entschuldige, daß ich jetzt erst schreibe, aber wir hatten hier in letzter Zeit ziemlich viel zu tun. Wie Du weißt, war ich in den vergangenen Wochen einer Patrouille in Gorbuvashtar zugeteilt – ein ödes Land, öde wie dieser ganze verdammte Planet. Manchmal frage ich mich, ob ich jemals wieder die Sonne sehen werde und Seen und Wälder und – wer schrieb noch dieses Gedicht über die grünen Hügel der Erde? Hier draußen bekommen wir nicht viel zu lesen, und manchmal habe ich das Gefühl, daß mein Verstand einrostet. Nicht daß ich mich beklage, Gott bewahre. Dieser Job ist notwendig, und irgend jemand muß ihn machen.

Wir waren gerade erst von der Patrouille zurückgekehrt, als wir zu einem Sondereinsatz gerufen wurden. In aller Eile wurden wir in Raketen verfrachtet und um den halben Planeten geschossen, und das in dem schlimmsten Sturm, den ich hier auf der Venus jemals erlebt habe. Wäre ich nicht Offizier und darum vermutlich ein Gentleman gewesen, ich hätte mich übergeben. Viele der Jungs taten es aber, und als wir landeten, waren wir ein ziemlich erbärmlicher Haufen. Trotzdem mußten wir sofort in Aktion treten. Es gab einen Streik in den Thorium-Minen, und die örtliche Polizei war nicht in der Lage, ihn zu beenden. Sie gaben erst Ruhe, als wir unsere Gewehre einsetzten. Dad, die armen Teufel taten mir leid, ich scheue mich nicht, es zu sagen. Steine, Hämmer und Wasserschläuche gegen Maschinengewehre! Und die Arbeitsbedingungen in den Minen sind ziemlich hart. Sie – ZENSIERT –, daß auch dieser Job von irgend jemandem gemacht werden muß, und wenn niemand freiwillig bereit ist, es gegen irgendeine Art von Bezahlung zu tun, dann werden halt wahllos Männer vom Zivildienst dafür abgestellt, die es auf Befehl tun. Es ist im Interesse des Staates.

Sonst gibt es nichts Neues. Das Leben hier ist ziemlich monoton. Glaube nur nicht diese Abenteuer-Geschichten – das Abenteuer besteht aus Wochen der Langeweile, unterbrochen von Augenblicken der Todesangst. Entschuldige bitte, daß ich nicht ausführlicher schreibe, aber dieser Brief soll noch mit der nächsten Rakete abgehen, eine andere geht erst wieder in einigen Monaten. Auf jeden Fall ist hier alles in Ordnung. Ich hoffe, daß es Dir auch gut geht, und kann es kaum erwarten, Dich wiederzusehen. Tausend Dank für die Plätzchen – die Frachtkosten kannst Du Dir doch gar nicht leisten, Du alter Verschwender! Martha hat sie gebacken, nicht wahr? Sie hatten das gewisse Etwas der Obrenowicz. Bitte grüße sie und Jim von mir. Ganz besonders liebe Grüße gehen natürlich an Dich.

Dein Jack.«

Das Fernsehen brachte Fahndungsmeldungen nach Sam Hall. Man hatte zwar kein Foto von ihm, aber nach Mathildas detaillierter Beschreibung konnte eine exakte Zeichnung angefertigt werden, und bald zierte seine aufsässige Visage die öffentlichen Plätze der Stadt. Kurze Zeit später wurde auf das Büro der Sicherheit in Denver ein Bombenanschlag verübt, mit einer Granate, die aus einem fahrenden Wagen geworden wurde, der dann im Verkehrsstrom verschwand.

Ein Zeuge sagte aus, er habe einen Blick auf den Mann werfen können, und seine lückenhafte Beschreibung, die unter Hypnose zustande kam, war der Sam Halls nicht unähnlich. Thornberg frisierte die Daten ein wenig, um die Ähnlichkeit noch größer zu machen. Diese Herumspielerei war natürlich riskant; falls die Sicherheit Verdacht schöpfte, war es ihr ein leichtes, die Zeugen erneut zu befragen. Aber dieses Risiko war nur gering, denn eine Person, die mit wissenschaftlichen Mitteln verhört wurde, offenbarte alles Wesentliche, was in ihrem Gedächtnis – bewußt oder unbewußt – enthalten war. Es hatte noch nie einen Grund gegeben, ein solches Verhör zu wiederholen.

Thornberg versuchte oft, seine eigenen Motive zu analysieren. Daß er die Regierung ablehnte, lag mittlerweile auf der Hand. Er mußte diesen Haß sein ganzes Leben lang in sich gehabt haben, sorgsam aus dem Bewußtsein verdrängt, und erst vor kurzem war er mit Macht in seine Gedanken getreten; nicht einmal sein Unterbewußtsein hatte früher davon gewußt, sonst wäre er bei den Loyalitäts-Kontrollen aufgefallen. Der Haß gründete sich auf lebenslange Zweifel (Hatte es wirklich einen Grund gegeben, mit Brasilien Krieg zu führen, außer um die Stützpunkte und die Lizenzen zum Minenabbau zu gewinnen? War der Angriff der Chinesen vielleicht provoziert worden – oder sogar vorgetäuscht, denn die chinesische Regierung hatte erklärt, damit nichts zu tun zu haben?) und die vielen kleinen Enttäuschungen eines Bürgers in einem Militärstaat. Und trotzdem – diese Stärke! Diese Gewalt!

Indem er Sam Hall schuf, hatte er zurückgeschlagen, aber es war ein wirkungsloser Schlag, ein schüchterner Versuch. Sein Hauptmotiv war wahrscheinlich ganz einfach, ein halbwegs sicheres Ventil zu finden; durch Sam Hall lebte er indirekt all die Dinge aus, die das Tier in ihm ausleben wollte. Mehrere Male hatte er vorgehabt, seiner Sabotage ein Ende zu setzen, aber es war wie eine Droge: er brauchte Sam Hall für sein seelisches Gleichgewicht.

Der Gedanke war alarmierend. Er sollte sich von einem Psychiater untersuchen lassen – aber nein, der Arzt würde verpflichtet sein, Bericht zu erstatten. Ihn, Thornberg, würde man in ein Lager bringen, und Jack würde, wenn auch nicht ruiniert, so doch für den Rest seines Lebens mit einem Makel behaftet sein. Auf jeden Fall verspürte Thornberg nicht die geringste Lust, sich in ein Lager bringen zu lassen. Für ihn hatte das Leben auch seine schönen Seiten – eine interessante Arbeit, ein paar gute Freunde, Kunst, Musik und Literatur, ein guter Wein, Sonnenuntergänge und Berge, Erinnerungen. Er hatte dieses Spiel aus einem Impuls heraus begonnen, doch nun war es zu spät, um damit aufzuhören.

Denn Sam Hall war zum Staatsfeind Nummer Eins avanciert.

Der Winter kam, und die Abhänge der Rocky Mountains, unter denen Mathilda lag, waren weiß unter einem kalten, grünlichen Himmel. Der Luftverkehr der naheliegenden Stadt verlor sich in dieser Weite wie vorbeirasende Meteore in der Unendlichkeit des Alls; der Bodenverkehr war vom Eingang Mathildas aus überhaupt nicht zu sehen. Thornberg fuhr jeden Morgen mit dem Sonderzug der Untergrundbahn zur Arbeit, aber zurück ging er die fünf Meilen oft zu Fuß, und seine Sonntage verbrachte er gewöhnlich mit langen Wanderungen auf den schlüpfrigen Pfaden. Im Winter und ganz allein war das keine ungefährliche Sache, aber er hatte das Bedürfnis, etwas Leichtsinniges zu tun.

An einem Tag kurz vor Weihnachten arbeitete er gerade in seinem Büro, als man ihm über das Intercom mitteilte: »Major Sorensen von der Untersuchungskommission möchte Sie sprechen, Sir.«

Thornberg fühlte, wie sich sein Magen in einen kalten Knoten verwandelte. »In Ordnung«, antwortete er mit einer Stimme, deren Gefaßtheit ihn überraschte. »Sagen Sie alle anderen Termine ab.« Die

Untersuchungskommission der Sicherheit hatte absoluten Vorrang.

Sorensen betrat das Zimmer mit hartem, militärischem Schritt. Er war ein großer, blonder Mann mit schweren Schultern, sein Gesicht war ausdruckslos, und seine Augen waren so blaß und kalt und unnahbar wie der winterliche Himmel. Die schwarze Uniform umschloß seine Gestalt wie eine zweite Haut, von der sich sein glänzendes Dienstabzeichen abhob wie ein frostiger Stern. Steif blieb er vor dem Schreibtisch stehen. Thornberg erhob sich und salutierte gezwungen.

»Bitte setzen Sie sich, Major Sorensen. Was kann ich für Sie tun?«

»Danke.« Der Tonfall des Polizisten war knapp und barsch. Er ließ seinen massigen Körper auf einem Stuhl nieder und sah Thornberg durchbohrend an. »Es geht um den Fall Sam Hall.«

»Oh – den Rebell?« Thornbergs Haut prickelte. Er war kaum in der Lage, Sorensens Blick zu begegnen.

»Woher wollen Sie wissen, daß er ein Rebell ist?« fragte Sorensen. »Das ist offiziell noch gar nicht bewiesen.«

»Nun – eh, ich nahm an – der Banküberfall – und auf den Plakaten steht ja auch, daß er wahrscheinlich zum Untergrund gehört –«

Sorensen neigte seinen kurzgeschorenen Kopf um eine Andeutung nach vorn. Als er wieder zu sprechen begann, war sein Tonfall entspannt, fast beiläufig. »Sagen Sie, Major Thornberg, haben Sie diesen Fall in allen Einzelheiten verfolgt?«

Thornberg zögerte. So etwas war ihm nicht erlaubt, außer wenn er den Befehl dazu bekam; er hatte nur dafür zu sorgen, daß die Maschine reibungslos funktionierte. Er erinnerte sich an einen Satz, den er einmal gelesen hatte: »Wenn man dich eines größeren Vergehens verdächtigt, gib die kleineren freiwillig zu. Es erhöht die Glaubwürdigkeit.« So oder ähnlich hatte der Satz gelautet.

»Ja, das habe ich, ich gebe es zu«, sagte er. »Ich weiß, es verstößt gegen die Vorschriften, aber es hat mich interessiert und – nun, ich konnte nichts Schlimmes daran finden. Natürlich habe ich mit niemandem darüber gesprochen.«

»Schon gut.« Mit einer muskulösen Hand winkte Sorensen ab. »Wenn Sie es nicht von sich aus getan hätten, hätte ich Ihnen den Befehl dazu erteilt. Ich möchte Ihre Meinung dazu hören.«

»Aber – wieso – ich bin kein Detektiv –«

»Aber Sie wissen mehr über die Zentrale als sonst jemand. Ich werde ganz offen mit Ihnen sprechen – unter dem Siegel der Verschwiegenheit, selbstverständlich.« Sorensen gab sich jetzt fast freundlich. *War das ein Trick, um sein Opfer in Sicherheit zu wiegen?* »Sehen Sie, es gibt da ein paar verwirrende Dinge in diesem Fall.«

Thornberg schwieg. Er fragte sich, ob Sorensen das dumpfe Schlagen seines Herzens hören konnte.

»Sam Hall ist ein Schatten«, sagte der Polizist. »Sorgfältigste Kontrollen haben die Möglichkeit eliminiert, daß er mit irgend einer anderen Person gleichen Namens identisch ist. Was wir jedoch herausbekommen konnten, ist, daß der Name in einem wüsten alten Trinklied vorkommt. Ein Zufall? Oder hat dieses Lied Sam Hall zu seinen Verbrechen inspiriert? Hat er diesen Decknamen etwa auf eine unglaublich geschickte Art und Weise statt seines richtigen Namens in die Daten geschmuggelt? Was auch immer die Antwort ist, wir wissen jedenfalls, daß er angeblich keine militärische Ausbildung besitzt, und trotzdem hat er einige bis ins Kleinste durchdachte Überfälle erster Güte zustande gebracht. Sein IQ beträgt nur 110, aber er weicht all unseren Fallen aus. Er vertritt keine politische Meinung, greift aber ganz willkürlich die Sicherheit an. Wir sind nicht in der Lage gewesen, auch nur eine Person zu finden, die sich an ihn erinnert – nicht *eine*, und, glauben Sie mir, wir waren gründlich. O ja, es gibt ein paar unbewußte Erinnerungen, die auf ihn schließen lassen könnten und dann doch aller Wahrscheinlichkeit nach nichts mit ihm zu tun haben – und an eine so aggressive Persönlichkeit müßte man sich eigentlich bewußt erinnern können. Kein Mitglied der Untergrundbewegung, kein ausländischer Spion, den wir verhaftet haben, hatte jemals von ihm gehört, und das ist unmöglich. Die ganze Sache scheint unmöglich zu sein.«

Thornberg fuhr sich mit der Zunge über die Lippen. Der Menschenjäger Sorensen mußte wissen, daß er Angst hatte. Aber würde er es für die normale Nervosität eines Mannes in Gegenwart eines Sicherheits-Offiziers halten?

Ein hartes Lächeln breitete sich unvermittelt auf Sorensens Gesicht aus. »Wie Sherlock Holmes einmal gesagt hat«, sagte er, »wenn man alle Hypothesen bis auf eine ausgeschlossen hat, dann muß die verbleibende, so unwahrscheinlich sie auch scheinen mag, die richtige sein.«

Thornberg zuckte unwillkürlich zusammen. Er hatte Sorensen nicht für belesen gehalten.

»Und«, fragte er langsam, »was *ist* in diesem Falle die verbleibende Hypothese?«

Der andere sah ihn lange an, unendlich lang, so schien es Thornberg, bevor er antwortete. »Der Untergrund ist mächtiger und verbreiteter, als die Leute glauben. Die Rebellen haben um die siebzig Jahre Zeit gehabt, sich vorzubereiten, und es gibt eine Menge fähiger Köpfe unter ihnen. Sie betreiben ihre eigene wissenschaftliche Forschung. Es ist noch streng geheim, aber wir wissen, daß sie einen Waffentyp perfektioniert haben, den wir noch nicht nachbauen können. Es scheint eine Handwaffe von enormer Wirkungskraft zu sein, die Energieblitze abschießt, eine geballte Ladung Dynamit, könnte man sagen. Früher oder später werden sie offenen Krieg mit der Regierung führen.

Wäre es nun möglich, daß sie etwas Vergleichbares auch auf psychologischem Gebiet entwickelt haben? Könnten sie einen Weg gefunden haben, Erinnerungen selektiv zu löschen oder zu überlagern, vielleicht sogar in den Zellen selbst? Wissen sie vielleicht, wie man einen Persönlichkeits-Prüfer an der Nase herumführt, wie man den Verstand selbst abschirmen kann? Wenn dem so ist, dann kann es beliebig viele Sam Halls unter uns geben, unentdeckt bis zu dem Moment, an dem sie losschlagen.«

Thornberg fühlte sich vor Erleichterung wie ein Mehlsack. Er konnte nicht umhin, spontan nach Luft zu schnappen, und hoffte, Sorensen würde es für einen Ausdruck des Erschreckens halten.

»Die Vorstellung ist erschreckend, nicht wahr?« Der blonde Mann lachte hart. »Sie können sich vorstellen, wie man an höchster Stelle darüber denkt. Wir haben alle Psychologen, die wir finden konnten, an die Lösung dieses Problems gesetzt – für die Katz'! Diese Dummköpfe! Sie kleben an ihren Büchern; trauen sich nicht mal, originell zu sein, wenn der Staat es ihnen befiehlt.

Das alles kann natürlich an den Haaren herbeigezogen sein. Ich hoffe, daß es so ist. Aber wir müssen es *wissen*. Darum habe ich Sie persönlich darauf angesprochen, anstatt die Informationen wie üblich anzufordern. Ich wünsche, daß Sie die Daten durchsuchen – nach allem, was mit dem Fall zusammenhängen könnte, jeder Mann, jede Entdeckung, jede Hypothese. Sie verfügen über ein umfassendes technisches Hintergrundwissen und – wie ich Ihrer Psycho-Akte entnehmen konnte – über eine ungewöhnlich schöpferische Phantasie. Ich wünsche, daß Sie alles in Ihrer Macht Stehende tun, um alle Daten in einen Zusammenhang zu bringen. Ziehen Sie zur Mitarbeit heran, wen immer Sie wollen. Legen Sie mir einen Bericht darüber vor, ob meine These haltbar – oder sollte ich sagen: wahrscheinlich – ist, und wenn es nur die geringste Möglichkeit gibt, daß sie zutrifft, entwikkeln Sie ein wissenschaftlich fundiertes Programm, das uns in die Lage versetzt, zu gleichen Ergebnissen zu gelangen und den Aktivitäten der Rebellen entgegenzuwirken.«

Thornberg suchte nach Worten. »Ich kann es versuchen«, sagte er. »Ich werde mein Bestes tun.«

»Gut. Es ist im Interesse des Staates.«

Sorensen hatte seinen offiziellen Auftrag erfüllt, aber er blieb noch. »Untergrund-Propaganda ist eine subtile Sache«, sagte er ruhig nach einer kurzen Pause. »Sie ist gefährlich, weil sie mit unseren eigenen Slogans arbeitet, nur mit verfälschter Bedeutung. Freiheit, Gleichheit, Gerechtigkeit, Frieden. Zu viele Menschen können nicht verstehen, daß die Zeiten sich geändert haben und mit ihnen gezwungenermaßen die Bedeutung der Worte.«

»So ist es wohl«, sagte Thornberg und log, indem er hinzufügte: »Ich habe nie viel darüber nachgedacht.«

»Das sollten Sie aber«, sagte Sorensen. »Schauen Sie sich unsere Geschichte einmal an. Als wir den Dritten Weltkrieg verloren hatten, mußten wir aufrüsten, um den Vierten zu gewinnen, und danach mußten wir uns zu unserer eigenen Sicherheit zum Wächter über die ganze Menschheit machen. Die Menschen wollten es damals so.«

Die Menschen, dachte Thornberg, *haben die Freiheit erst zu schätzen gewußt, als sie sie verloren hatten. Sie sind immer bereit gewesen, ihr Geburtsrecht zu verkaufen. Oder lag es nur daran, daß sie die Spielerei mit der Wahrheit nicht durchschauten, sich die letztendlichen Konsequenzen ihrer Wünsche nicht vorstellen konnten, weil sie ungeübt im Denken waren?* Der Gedanke erschreckte ihn irgendwie; hatte er etwa seinen Verstand verloren?

»Die Rebellen behaupten, daß die Umstände sich geändert haben«, fuhr Sorensen fort, »daß die Militarisierung nicht mehr notwendig ist – falls sie es jemals war – und daß Amerika in einer Gemeinschaft freier Länder genauso sicher wäre. Es ist eine verdammt schlaue Propaganda, Major Thornberg. Hüten Sie sich davor.«

Er stand auf und verabschiedete sich. Lange Zeit saß Thornberg da und starrte auf die Tür. Sorensens letzte Worte waren – nun, zumindest merkwürdig gewesen. Waren sie eine Warnung – oder der Köder für eine Falle?

Am nächsten Tag empfing Mathilda eine Nachricht, deren Details für die Öffentlichkeit sorgfältig zensiert wurden. Eine Rebellentruppe war in Camp Jackson, Utah, eingefallen, hatte die Wachen niedergeschossen und die Gefangenen mitgenommen. Den Lagerarzt hatte man verschont. Er berichtete, der Anführer der Rebellen, ein stämmiger, maskierter Mann, habe ironisch zu ihm gesagt: »Sagen Sie Ihren Freunden, daß sie wieder von mir hören werden. Mein Name ist Sam Hall.«

Schiff der Raumpatrouille im Mesa Verde-Feld in die Luft gesprengt. Auf einem Stück Metall steht gekritzelt: »Mit den besten Wünschen von Sam Hall.«

Überfall auf ein Versorgungsdepot der Armee. Beute: eine Million Dollar. Bevor die Banditen verschwinden, erklärt ihr Anführer, er sei Sam Hall.

Kommando der Sicherheitspolizei bei Razzia in einem vermutlichen Rebellen-Versteck in New Pittsburgh von Maschinengewehr-Salven niedergemäht. Eine Stimme aus versteckten Lautsprechern ruft: »Mein Name ist Sam Hall!«

Dr. Matthew Thomson, Apotheker in Seattle, steht unter dem Verdacht, Kontakte zum Untergrund zu haben. Polizei findet Wohnung leer vor. Verdächtiger hinterläßt Zettel, auf dem steht: »Bin zu Besuch bei Sam Hall. Werde zur Befreiung zurück sein. M. T.«

Bedeutende Produktionsstätte für Verteidigungswaffen in der Nähe von Miami mit kleiner Atombombe in die Luft gesprengt. Ein Anrufer gibt vorher Bombenwarnung, die Arbeiter haben eine halbe Stunde Zeit, das Werk zu verlassen. Der Unbekannte gibt sich als Sam Hall aus.

Armee-Labor in Houston erhält ähnliche Warnung von Sam Hall. Warnung stellt sich als Finte heraus, aber durch den blinden Alarm und die Suche nach der Bombe geht die wertvolle Arbeit eines ganzen Tages verloren.

Kritzeleien auf Mauern von New York bis San Diego, von Duluth bis El Paso, Sam Hall, Sam Hall, Sam Hall.

Offensichtlich, dachte Thornberg, hatten sich die Rebellen dieses unsichtbaren und unbesiegbaren Mannes der Legende bemächtigt und benutzten ihn nun für ihre eigenen Zwecke. Aus dem ganzen Land strömten Berichte über ihn herein, Hunderte jeden Tag – Sam Hall hier gesehen, Sam Hall dort gesehen. Neunundneunzig Prozent davon konnten als Falschmeldungen, Halluzinationen oder einfach als Fehler fallengelassen werden. Es war ein nationales Fieber, die Frucht einer unsteten Zeit, wie die Hexenjagden des sechzehnten und siebzehnten Jahrhunderts oder die UFOs des zwanzigsten. Aber die Sicherheit und die Zivilpolizei mußten jedem einzelnen Hinweis nachgehen.

Thornberg fingierte selbst einige Hinweise dieser Art.

Die meiste Zeit war er jedoch mit dem Auftrag beschäftigt, den Sorensen ihm erteilt hatte. Er verstand, was es für die Regierung bedeutete. Das Leben in einer Diktatur gründete sich unweigerlich auf Furcht und Mißtrauen, ein jeder beobachtete seinen Nachbarn. Aber Psycho-Typisierung und Hypno-Verhöre hatten zumindest ein gewisses Ausmaß an Sicherheit geschaffen. Und nun, da ihnen diese Stütze unter den Füßen weggeschlagen wurde . . .

Seine ersten Untersuchungen ergaben, daß eine Entdeckung, wie Sorensen sie für möglich hielt, zwar nicht unmöglich war, aber doch zu sehr aus dem Rahmen der modernen, wissenschaftlichen Möglichkeiten fiel, als daß die Rebellen sie perfektioniert haben könnten. Solche Forschungen, würden sie heute durchgeführt, bedeuteten unter praktischen und wissenschaftlichen Gesichtspunkten eine Verschwendung von Zeit und fachlich geschultem Personal.

Er verbrachte viele schlaflose Stunden und verbrauchte die Zigarettenration eines ganzen Monats, bevor er zu einer Entscheidung fand. Nun gut, er hatte den Rebellen ein wenig den Weg geebnet, also sollte er auch vor dem nächsten Schritt nicht zurückschrecken. Und doch – trotz allem – war es das, was er wollte?

Jack – der Junge hatte eine Karriere vor sich. Er liebte die weiten Tiefen über dem Himmel, wie er eine Frau lieben würde. Wenn die Dinge sich änderten, was würde dann aus Jacks Karriere werden?

Aber wie sah es denn jetzt damit aus? Als Wachmann und Scharfrichter heimwehkranker, radioaktiv verseuchter Hungerleider auf einem trüben Planeten festzusitzen – und noch nicht einmal die Sonne zu sehen.

Wenn die Zeit kam, würde Jack sicherlich eine Koje auf einem richtigen Raumschiff ergattern können; sie brauchten mutige Männer für die Erforschung des Weltraumes hinter dem Saturn. Jack war zu ehrlich, um einen guten Rebellen abzugeben, aber Thornberg wußte, daß er nach dem anfänglichen Schock eine neue Regierung begrüßen würde.

Aber dieser Verrat! Und sie hatten einmal einen Eid abgelegt . . .

*Wenn es im Zuge der Menschheitsentwicklung für ein Volk notwendig wird . . .**

*Erste Zeile der Amerikanischen Unabhängigkeitserklärung. Anm. d. Übers.

Es war eine Kleinigkeit, die für Thornberg die Entscheidung brachte. Als er an einem Geschäft in der Innenstadt vorbeiging, sah er, wie eine Gruppe der Jungen Garde die Scheiben zertrümmerte und die Waren mit gelber Farbe bespritzte. *Oh Moses, Jesus, Mendelssohn, Hertz und Einstein!* dachte er. Jetzt, nachdem er wußte, was er zu tun hatte, überkam ihn eine seltsame, ruhige Zufriedenheit. Von einem befreundeten Apotheker stahl er ein Fläschchen mit Blausäure, das er ständig bei sich trug; und was Jack betraf, der Junge würde selbst sehen müssen, wie er zurecht kam.

Die Arbeit war anstrengend und gefährlich. Er mußte gespeicherte Daten ändern, die auch anderswo vorhanden waren, in Büchern und Zeitschriften und in den Köpfen der Menschen. An der grundlegenden Theorie konnte man natürlich nichts ändern, aber Zahlen konnte er ein wenig manipulieren, mit dem Erfolg, daß das Gesamtbild leicht verzerrt wurde. Er würde mit sorgfältig ausgewählten Experten zusammenarbeiten, mit Männern, deren Psychogramm erkennen ließ, daß sie es vorzogen, sich auf Mathilda zu verlassen, anstatt die Daten an ihren Ursprungsquellen zu überprüfen. Auch war es möglich, auf die Korrelation und Integration zahlloser Daten, deren empirische Gleichungen und Extrapolationen Einfluß zu nehmen.

Er übertrug Rodney seine eigentliche Arbeit und widmete sich ganz dem neuen Projekt. Er magerte ab und wurde reizbar; als Sorensen ihn anrief, um ihn zur Eile zu treiben, erwiderte er ihm scharf: »Wollen Sie schnelle Arbeit oder gute Arbeit?« und war noch nicht einmal überrascht von seiner Reaktion. Er bekam wenig Schlaf, aber sein Verstand schien unnatürlich klar zu sein.

Der Winter ging langsam in den Frühling über, während Thornberg und seine Experten nur mühsam vorankamen und die Nation innerlich und äußerlich von der wachsenden Gewalttätigkeit Sam Halls erschüttert wurde. Der Bericht, den Thornberg im Mai vorlegte, war so umfangreich und detailliert, daß er nicht annahm, die von der Regierung beauftragten Forscher würden noch irgendeine andere Quelle konsultieren. Das Ergebnis: Ja, eine psychologische Maskierungs-Technik war möglich, wenn sie von einem Genie entwickelt wurde, das Belloni-Matrizen auf kybernetische Formeln anwendete und einer unbekannten Art von kolloidaler Methodik folgte.

Die Regierung setzte jeden verfügbaren Mann an die Weiterführung des Projekts. Thornberg wußte, daß es nur eine Frage der Zeit war, bis sie erkannten, daß man sie getäuscht hatte. Wie lange es dauern würde, konnte er nicht sagen. Aber wenn sie sicher waren –

Gleich baumle ich am Strick, ja, am Strick
Gleich baumle ich am Strick, ja, am Strick
und die Schufte sehen zu
rufen: »Sam, nun gibst du Ruh'
Sie rufen: »Sam, nun gibst du Ruh'.« Gott verfluche Eure Augen.

REBELLEN GREIFEN AN
RAUMSCHIFFE LANDEN IM SCHUTZE EINES REGENSTURMES
BESETZEN POSITIONEN IN DER NÄHE VON N. DETROIT
REBELLEN ATTACKIEREN ARMEE-EINHEITEN MIT FLAMMENWAFFEN

». . . Das feige Heer der Verräter hält Schlüsselpositionen im ganzen Land besetzt, aber unsere tapferen Streitkräfte haben sie bereits zurückgeworfen. Sie sind so schnell ans Tageslicht gekommen wie Giftpilze in feuchtem Boden, und sie werden so schnell wieder vergehen wie – UIIIIIUUH!« – Stille.

»An alle Bürger ergeht die Anordnung, sich ruhig zu verhalten, Loyalität zu ihrem Lande zu zeigen und solange ihrem normalen Tagewerk nachzugehen, bis anderslautende Anweisungen erteilt werden. Alle Reservisten melden sich unverzüglich zum aktiven Dienst.«

»Hallo Zentrale, hier Mars Hauptquartier . . . bsss, uiiiu . . . haben die Syrtis-Major-Kolonie besetzt und . . . uuuu . . . benötigen Hilfe . . .«

»Die Raketenstützpunkte auf dem Mond werden gestürmt und eingenommen. Der Kommandant sprengt sie lieber in die Luft, als sich zu ergeben: ein kurzes Aufflackern, ein winziger Lichtpunkt auf der Mondoberfläche, ein neuer Krater ist entstanden – wie wird man ihn nennen?«

»So, sie haben also Seattle eingenommen. Schicken Sie ein Bombengeschwader los. Radieren Sie die Stadt von der Landkarte . . . die Einwohner? Zum Teufel mit den Einwohnern! Wir haben Krieg, Mann!«

». . . in New York. Im Untergrund ausgebildete Rebellen drangen aus dem berüchtigten Krater-Distrikt und stürmten . . .«

». . . Mörder wurden niedergeschossen. Der neue Präsident hat sein Amt bereits angetreten, und . . .«

GROSSBRITANNIEN, KANADA UND AUSTRALIEN VERWEI-

GERN DER AMERIKANISCHEN REGIERUNG DIE UNTERSTÜTZUNG

». . . nein, Sir. Die Bomben sind schon bis nach Seattle gelangt. Aber sie wurden gestoppt, bevor sie ihr Ziel trafen – mit einer Art Energiewaffe . . .«

»COMECO an alle Kommandeure der Streitkräfte in Florida und Georgia: Aufgrund von Feindeinwirkung ist es im Moment nicht möglich, Florida und unsere Schlüsselpositionen zu halten. Der Rückzug der Heereseinheiten vollzieht sich wie folgt: . . .«

»Eine Rebellentruppe, die heute im Donner-Paß einen Heeres-Konvoi angriff, wurde von einer taktisch günstig plazierten Atombombe ausgelöscht. Obwohl es dabei Verluste in unseren eigenen Reihen gab, . . .«

»COMECO an alle Kommandeure der Streitkräfte in Kalifornien: Die Meuterei der in der Nähe von San Francisco stationierten Armee-Einheiten stellt uns vor schwerwiegende Probleme . . .«

SP HEBT REBELLENNEST AUS, FÜNF OFFIZIERE VERHAFTET

»Okay, der Feind ist also dabei, Boston einzunehmen. Wir *können* keine Waffen an die Bevölkerung austeilen. Vielleicht richten sie sie gegen uns!«

WELTRAUM-WACHEINHEITEN VON DER VENUS ERWARTET

Jack, Jack, Jack!

Es war ein seltsames Gefühl, inmitten eines Krieges zu leben. So hatte Thornberg es sich nie vorgestellt. Angespannte Gesichter, gehetzte Blicke, ein ungeheures Durcheinander in den Nachrichtensendungen des Fernsehens und die in unregelmäßigen Abständen einsetzende Panik, wenn ein Jet der Rebellen über die Köpfe der Menschen hinwegpfiff – aber sonst nichts. Keine Gewehrsalven, keine Bomben, nicht einmal Kämpfe, bis auf die unwirklichen, von denen man nur hörte. Die einzigen Verluste wurden von der Sicherheit selbst verursacht – ständig verschwanden Menschen, und niemand sprach von ihnen.

Andererseits, warum sollte sich der Feind die Mühe machen, eine unwichtige Kleinstadt in den Bergen anzugreifen? Die Befreiungsarmee, wie sich selber nannte, besetzte strategisch wichtige Punkte in der Industrie, im Verkehrs- und im Kommunikationsnetz, griff Einheiten der Streitkräfte an, setzte Gebäude und technische Anlagen außer Funktion und ermordete einflußreiche Männer der Regierung.

Ihr Selbstverständnis ließ keinen totalen Krieg zu, ließ nicht zu, daß sie das Volk vernichtete, dem sie die Freiheit bringen wollte. Es hieß, die Verteidiger des Systems seien da nicht so zimperlich.

Ein Großteil der Bevölkerung verhielt sich passiv. Das ist immer so. Es steht zu bezweifeln, daß während der Dritten Amerikanischen Revolution mehr als ein Viertel der Bevölkerung jemals eine Schlacht aus der Nähe miterlebt hat. Es kam schon einmal vor, daß Stadtbewohner Feuer am Himmel sahen oder die pfeifenden und krachenden Kampfgeräusche der Artillerie hörten, und wenn sie einer Truppe Soldaten oder Panzern in den Weg gerieten, machten sie eilig die Straße frei, wenn die Raketen über ihre Köpfe hinweg donnerten, kauerten sie in den Luftschutzräumen zusammen – aber gekämpft wurde außerhalb der Stadt. Wenn es zu Straßenkämpfen kam, hielten sich die Rebellen zurück; entweder sie zogen ab und warteten, oder sie übergaben die Sache ihren Leuten in der Stadt. Dann konnte es geschehen, daß man Gewehrschüsse und Granateneinschläge hörte, das Rattern von Maschinengewehren und das scharfe Zischen eines Energiestrahls, und daß man Leichen in den Straßen liegen sah. Es endete entweder mit dem Sieg der offiziellen Militärregierung oder damit, daß die Rebellen einmarschierten und ihre eigene Übergangsregierung bildeten. (In den seltensten Fällen wurden sie mit offenen Armen empfangen. Niemand wußte, wie der Krieg enden würde. Aber man flüsterte ihnen Dinge zu, und für gewöhnlich wurden sie gut bedient.) So weit es möglich war, ging das Leben des Durchschnittsamerikaners seinen gewohnten, durchschnittlichen Gang.

Thornberg setzte derweil seinen eigenen Weg fort. Mathilda, das Zentrum aller Informationen, arbeitete mit voller Kraft. Wenn die Rebellen jemals herausfanden, wo sie sich befand –

Oder wußten sie es bereits?

Er konnte nicht viel Zeit für seine private Sabotage erübrigen, aber er plante sie sorgfältig und nutzte jede Sekunde, die er allein in der Kontrollkabine zubrachte. Natürlich fälschte er Berichte über Sam Hall – Sam Hall hier gesehen, Sam Hall dort gesehen, wie er gerade das eine oder andere unglaubliche Ding drehte. Aber was bedeutete ein einzelner Mann, selbst wenn er ein Supermann war, in dieser Zeit der Superlative? Er mußte sich noch etwas anderes einfallen lassen.

Radio und Zeitungen verkündeten jubelnd, daß es endlich gelungen sei, Kontakt mit der Venus aufzunehmen. Mond und Mars waren gefallen, von den Jupiter-Satelliten erreichte sie nur Stille, aber auf der Venus schien alles in Ordnung zu sein – ein paar schwache

Aufstände waren schnell niedergeschlagen worden. Die dort stationierten, starken Wacheinheiten würden unverzüglich den Flug zur Erde antreten. Da sich die Truppentransporter den Großteil der Strecke in einer Umlaufbahn befanden, würde es sicher mehr als sechs Wochen dauern, bis sie ihr Ziel erreichten, aber wenn sie einmal da waren, stellten sie eine massive Verstärkung dar.

»Sieht aus, als würden Sie Ihren Jungen bald wiedersehen, Chef«, sagte Rodney.

»Ja«, sagte Thornberg. »So sieht es aus.«

»Harte Sache, dieser Krieg.« Rodney schüttelte den Kopf. »Bin heilfroh, daß ich da nicht mitmachen muß.«

Wenn Jack durch die Kugel eines Rebellen stirbt – und ich habe mich für ihre Sache eingesetzt –«

Sam Hall, sinnierte Thornberg, hatte ein hartes Leben gehabt, voller Gewalt und Mißtrauen und Feindseligkeit. Selbst seine Frau hatte ihm nicht getraut.

. . . Und meine Nellie ganz in Blau
sagt: »Jetzt weiß ich's ganz genau,
Dein unnütz' Leben ist vorbei
und aus ist's mit der Lügerei,
ja, aus ist's mit der Lügerei,
Gott verfluche deine Augen.

Armer Sam Hall. Kein Wunder, daß er zum Mörder geworden war.

Mißtrauen!

Thornberg stand einen Moment lang wie erstarrt, während ein unheimliches Schaudern seinen Körper durchrieselte. Ein Polizeistaat gründete sich auf Mißtrauen. Keiner konnte dem anderen trauen. Und dann diese neue Angst vor Psycho-Maskierung, und die Untersuchung dieses Phänomens hatte man für die Dauer der Krise eingestellt . . .

Ruhig Blut, mein Junge, ruhig Blut. Nichts überstürzen. Überlege dir ganz genau, wie du es anfängst.

Thornberg rief die Akten von Männern ab, die Schlüsselpositionen in der Verwaltung, beim Militär und bei der Sicherheitspolizei innehatten. Er tat es in Gegenwart von zwei Assistenten, denn er fürchtete, daß seine ständigen einsamen Sitzungen in der Kontrollkabine langsam Verdacht erregen mußten.

»Was wir hier tun, ist streng geheim«, warnte er sie. Seine Kaltblütigkeit gefiel ihm; langsam bekam er regelrecht machiavellistische Züge. »Wenn ihr mit irgend jemandem darüber sprecht, werden sie euch bei lebendigem Leibe das Fell über die Ohren ziehen.«

Rodney warf ihm einen prüfenden Blick zu. »Jetzt trauen sie also noch nicht einmal mehr ihren eigenen Spitzenleuten, wie?« murmelte er.

»Ich habe den Befehl bekommen, ein paar Überprüfungen durchzuführen«, schnappte Thornberg. »Mehr braucht ihr nicht zu wissen.«

Er studierte die Akten lange Zeit, bevor er zu einer Entscheidung fand. Natürlich wurde jeder hin und wieder einmal überwacht, ohne daß er es wußte. Eine Rückfrage bei Mathilda ergab, daß der Polizist, der den letzten Bericht über Lindahl eingereicht hatte, am nächsten Tag während eines spontanen, erfolglosen Aufstandes umgekommen war.

Der Bericht war harmlos: Lindahl war zu Hause gewesen und hatte gearbeitet; außer ihm befand sich nur ein Leibwächter im Hause, der sich in einem anderen Raum aufhielt und ihn nicht gesehen hatte. Und Lindahl war stellvertretender Verteidigungsminister.

Thornberg änderte die Daten. Ein maskierter Mann – stämmig, schwarzhaarig – war gekommen und hatte drei Stunden mit Lindahl gesprochen. Sie hatten ihre Stimmen gesenkt, so daß der Polizist, der draußen vor dem Fenster stand, nicht verstehen konnte, was sie sagten. Danach war der Besucher wieder gegangen, und Lindahl hatte sich zurückgezogen. Der Polizist verließ seinen Horcherposten in großer Aufregung, schrieb einen Bericht und übergab ihn dem Funker, der ihn an Mathilda weiterleitete.

Pech für den Funker, dachte Thornberg, *sie werden ihn fragen, warum er seinem Vorgesetzten in New Washington nicht früher Meldung erstattet hat, angesichts der Tatsache, daß der Polizist getötet wurde, bevor er es tun konnte. Er wird abstreiten, jemals einen solchen Bericht erhalten zu haben, und sie werden ihn einem Hypno-Verhör unterziehen – aber auf diese Methode können sie sich nicht mehr verlassen!*

Sein Mitgefühl dauerte nicht lange an. Was zählte, war, daß der Krieg vorüber sein mußte, bevor Jack nach Hause kam. Er beförderte die geänderte Spule an ihren Platz im Speicher zurück und verschob den Ort der Geschehnisse ein wenig, indem er den zuletzt eingegangenen Bericht über Sam Hall von Salt Lake City nach Philadelphia verlegte. Das machte das Ganze plausibler. Später machte er sich noch an den Daten einiger anderer Männer zu schaffen, sobald sich die Gelegenheit ergab.

Zwei nervenzermürbende Tage mußte er warten, bis die nächste Anfrage der Sicherheit nach neuen Einzelheiten im Fall Sam Hall einging. Die Abtaster glitten nach einem komplizierten Schema vor und zurück, ein Zahnrad setzte sich in Bewegung, ein Draht begann zu glühen. An anderer Stelle wurden Schaltkreise aktiviert, das Dossier LINDAHL wurde vor dem Mikrodrucker im Inneren der Maschine aufgerollt. Nach allen Seiten wurden Querverbindungen zu diesem Dossier hergestellt. Thornberg funkte den vorläufigen Bericht mit einer Anfrage zurück: Die Sache schien interessant zu sein. Wurden mehr Informationen gewünscht?

Ja!

Am nächsten Tag berichteten die Nachrichtensendungen des Fernsehens über drastische Umbesetzungen im Verteidigungsministerium. Lindahl verschwand sang- und klanglos von der Bildfläche.

Und ich, dachte Thornberg grimmig, habe in ein großes Wespennest gestochen. Jetzt werden sie jeden überprüfen müssen – und ich bin ein einzelner Mann, der von nun an der Sicherheit immer um einen Schritt voraus sein muß!

Lindahl ist ein Verräter. Wie konnte sein Vorgesetzter jemals zulassen, daß er stellvertretender Verteidigungsminister wurde? Auch Minister Hoheimer war recht eng mit Lindahl befreundet. Befehl an Datenbank: Hoheimer überprüfen!

Was?! Sogar Hoheimer! Gut, es ist fünf Jahre her, aber trotzdem – die Daten besagen, daß er in einem Apartmenthaus gewohnt hat, in dem *Sam Hall* Hausmeister war! Greift Euch Hoheimer! Wer nimmt seinen Posten ein? General Halliburton? Diese ausgestopfte Mumie? Na ja, wenigstens hat er eine reine Weste. Diesen schleimigen Charakteren kann man ja nicht trauen.

Hoheimer hat einen Bruder bei der Sicherheit, einen General, ein fähiger Mann auf seinem Gebiet. Eine Finte? Wer weiß. Werft den Bruder ins Gefängnis, zumindest für die Dauer der Krise. Besser, wir überprüfen auch seine Mitarbeiter . . . Die Zentrale Datenbank meldet, daß sich Jones, einer seiner engsten Mitarbeiter, vor einem Jahr fünf Tage lang nicht zum Dienst gemeldet hatte und über diesen Zeitraum kein Bericht vorliegt; er hatte angegeben, im Geheimauftrag für die Sicherheit tätig zu sein, aber eine Überprüfung mit Rückfragen bei den zuständigen Stellen hat ergeben, daß es einen solchen Auftrag nie gegeben hat. Erschießt Jones! Er hat einen Neffen in der Armee, er ist Captain. Zieht diese Einheit von der Front ab, bis wir sie Mann für Mann überprüft haben! Wir haben sowieso schon zu viele Meutereien.

Lindahl war auch ein enger Freund Bensons, des Leiters der Atomwaffen-Werke in Tennessee. Zieht Benson aus dem Verkehr!

Der älteste Hoheimer-Sohn ist Industrieller, ihm gehört eine Fabrik in Texas, in der künstlich Öl hergestellt wird. Greift ihn euch! Seine Frau ist eine Schwester von Leslie, dem Leiter der Kommission zur Überwachung der Rüstungsindustrie. Verhaftet auch Leslie! Sicher, er ist ein Top-Mann, aber es ist möglich, daß er den Feind mit Informationen versorgt. Oder vielleicht wartet er nur auf ein Zeichen der Rebellen, um sämtliche Produktionsstätten zu sabotieren. Glauben Sie mir, wir können *niemandem* trauen!

Was ist das? Die Datenbank schickt uns hier eine Meldung des Geheimdienstes: Der Bürgermeister von Tampa hat angeblich mit den Rebellen gemeinsame Sache gemacht. Die Meldung trägt den Vermehr: »Gerücht, nicht verifiziert« – und doch, Tampa hat sich kampflos ergeben. Der Geschäftspartner des Bürgermeisters ist Gale, und der hat einen Cousin in der Armee, er befehligt einen Raketenstützpunkt in New Mexico. Befehl an Datenbank: Beide Gales überprüfen . . . Ach, der Cousin war also vier Tage lang verschwunden, ohne seinen Aufenthaltsort anzugeben? Militärische Privilegien oder nicht, verhaftet ihn und findet heraus, wo er gesteckt hat!

– Achtung, an Datenbank, Achtung, an Datenbank, dringend: Brigadier John Harmsworth Gale usw. usw., weigert sich, die Fragen der Sicherheits-Beamten zu beantworten; behauptet, die ganze Zeit über an seinem Stützpunkt gewesen zu sein. Liegt möglicherweise ein Irrtum Ihrerseits vor?

– Datenbank an Sicherheits-Zentrale, betr.: usw. usw.: Irrtum nur möglich, wenn Fehler bei Informationseingabe gemacht wurde.

– An Datenbank, betr.: usw. usw.: Gales Aussage wird von drei seiner Offiziere bestätigt.

Verhaftet diesen ganzen verdammten Stützpunkt! Überprüft noch einmal die Meldungen. Von wem stammen sie überhaupt«?

– An Datenbank, betr.: usw. usw.: Bei dem Versuch, das gesamte Personal des Raketenstützpunktes 37-J unter Arrest zu stellen, wurde auf das Polizeikommando der Sicherheit das Feuer eröffnet, die Einheit wurde zurückgeworfen. Nach letzten Meldungen hat Gale eine

Truppe der Rebellen, die sich fünfzig Meilen entfernt befindet, um Unterstützung gebeten. Nähere Einzelheiten folgen so bald wie möglich.

Gale war also doch ein Verräter! – Oder hatte ihn die Furcht zu dieser Tat getrieben? – Befehl an Datenbank: Sofort überprüfen, von wem diese Informationen über Gale überhaupt stammen. *Wir können niemandem trauen!*

Thornberg war nicht sehr überrascht, als die Tür zu seinem Büro aufgetreten wurde und ein Kommando der Sicherheitspolizei hereinstürmte. Er hatte es schon seit Tagen erwartet. Ein einziger Mann konnte nicht ständig alle Fäden in der Hand haben. Zweifellos hatten die sich häufenden Ungereimtheiten den Verdacht schließlich auf ihn gelenkt; vielleicht hatten auch – Ironie des Schicksals – die von ihm selbst gelegten, falschen Spuren zufällig zu ihm geführt; oder Rodney oder eine andere Person war der Meinung gewesen, daß mit dem Chef irgend etwas nicht stimmte, und hatte ihnen einen Tip gegeben.

Wer immer es auch gewesen war – wenn seine letzte Vermutung stimmte –, er verurteilte ihn nicht. Das tragische am Bürgerkrieg war, daß der Bruder sich gegen den Bruder erhob; Millionen von aufrichtigen und anständigen Männern hielten der Regierung die Treue, weil sie sich einmal zu ihr bekannt hatten. Eigentlich fühlte er sich nur müde.

Er blickte in die Gewehrmündung direkt vor ihm, dann hob er seine müden Augen zu dem harten Gesicht dahinter empor. »Ich nehme an, ich bin verhaftet?« fragte er tonlos.

»Stehen Sie auf!« Das Gesicht war flach und brutal, der schwere Mund zeugte von sadistischen Neigungen. Ein typischer Schwarzrock.

June wimmerte. Der Mann, der sie festhielt, hatte ihr einen Arm auf den Rücken gedreht.

»Tun Sie das nicht«, sagte Thornberg. »Sie hat nichts damit zu tun.«

»Sie sollen aufstehen, habe ich gesagt!« Der Gewehrlauf schoß noch ein Stück vor.

»Auch mir sollten Sie sich besser nicht nähern.« Thornberg hob seine rechte Hand. Sie krampfte sich um einen kleinen Ball. »Sehen Sie das? Das ist ein kleiner Trick, den ich mir ausgedacht habe. Nein, keine Bombe, nur eine kleine Fernbedienung. Wenn ich meinen Griff lockere, wird sich dieser Gummiball ausdehnen und einen Schalter betätigen.«

Die Männer wichen ein wenig zurück.

»Ich sagte, Sie sollen das Mädchen loslassen«, wiederholte Thornberg geduldig.

»Erst müssen Sie sich ergeben!«

June schrie auf, als der Mann ihren Arm noch ein Stück weiter verdrehte.

»Nein«, sagte Thornberg. »Was sich hier abspielt, ist wichtiger als jeder einzelne von uns. Sehen Sie, ich war auf so etwas vorbereitet. Ich habe erwartet, sterben zu müssen. Wenn ich also diesen Ball loslasse, wird durch das Funksignal ein Relais geschlossen, und in Mathilda – in der Zentralen Datenbank – wird ein starkes Magnetfeld entstehen. Alle Daten, über die die Regierung verfügt, werden gelöscht. Ich mag gar nicht daran denken, was sie mit euch Jungs machen werden, wenn ihr das zulaßt.«

Langsam ließ der Polizist June los. Weinend sank sie zu Boden.

»Es ist ein Bluff!« sagte der Mann mit dem Gewehr. Schweiß stand auf seinem Gesicht.

»Probieren Sie's doch aus.« Thornberg zwang sich zu einem Lächeln. »Mir ist es egal.«

»Du Verräter!«

»Und noch dazu ein sehr erfolgreicher, nicht wahr? Ich habe ein wildes Durcheinander in der Regierung angerichtet, die Streitkräfte befinden sich in Aufruhr, Offiziere desertieren nach allen Seiten, aus Furcht, sie könnten als nächste verhaftet werden. Der Staatsapparat ist von Krisen geschüttelt, die Sicherheit jagt über einen halben Kontinent ihrem eigenen Schwanz nach. Mord und Verrat sind an der Tagesordnung, die Menschen gehen in Scharen zu den Rebellen über. Die Befreiungsarmee fegt überall, wo sie hinkommt, eine demoralisierte und wirkungslose Widerstandsbewegung vor sich her. Ich wette mit Ihnen, daß New Washington innerhalb einer Woche kapitulieren wird.«

»Daran sind nur Sie schuld!« Ein gespannter Finger am Abzug.

»O nein. Kein einzelner Mann kann den Lauf der Geschichte ändern. Aber man kann schon sagen, daß ich ein ziemlich wichtiger Faktor war. Oder sagen wir – Sam Hall war es.«

»Was werden Sie tun?«

»Das hängt von Ihnen ab, mein Freund. Wenn Sie mich erschießen, vergasen, k. o. schlagen oder sonst irgend etwas in der Art, wird sich mein Griff natürlich lockern. Ansonsten warten wir ganz einfach, bis einer von uns müde wird.«

»Sie bluffen!« sagte der Anführer scharf.

»Sie könnten natürlich den Technikern hier den Befehl erteilen, Mathilda zu untersuchen und zu prüfen, ob ich die Wahrheit sage«, sagte Thornberg. »Und wenn meine Behauptung stimmt, könnten sie natürlich den Kontakt zu meinem Elektro-Magenten unterbrechen. Aber ich möchte Sie warnen, beim ersten Anzeichen einer solchen Vorgehensweise Ihrerseits werde ich diesen Ball loslassen. Sehen Sie in meinen Mund.« Er öffnete ihn. »Ein Glasfläschchen, mit Gift gefüllt. Sobald ich den Ball losgelassen habe, werde ich meine Zähne fest zusammenbeißen. Sie sehen, ich habe von Ihnen nichts zu befürchten.«

Verblüffung und Wut stand in den Gesichtern dieser Männer, die nicht daran gewöhnt waren, ihren Kopf zu gebrauchen.

»Natürlich«, sagte Thornberg, »gibt es noch eine andere Möglichkeit für Sie. Nach letzten Meldungen ist kaum hundert Meilen von hier ein Jetgeschwader der Rebellen stationiert. Wir könnten sie rufen und ihnen das Feld überlassen. Das könnte auch zu Ihrem eigenen Vorteil sein. Der Tag wird kommen, an dem man mit den Schwarzröcken abrechnet, und was euch betrifft, so könnte ich dann meinen Einfluß geltend machen, obwohl ihr es eigentlich gar nicht verdient.«

Sie starrten einander an. Nach einer langen Zeit schüttelte der Anführer den Kopf. »Nein!«

Der Mann hinter ihm zog einen Revolver und schoß ihm in den Rücken.

Thornberg lächelte.

»Und ich hatte wirklich geblufft«, erzählte er später Sorensen. »Alles, was ich hatte, war ein Tennisball mit ein paar aufgeklebten Drähten und Kabeln. Nicht, daß es in diesem Stadium viel ausgemacht hätte, obwohl für mich natürlich alles davon abhing.«

»Mathilda wird uns beim Aufräumen gute Dienste leisten«, sagte Sorensen. »Wollen Sie noch hier bleiben?«

»Sicher, zumindest so lange, bis mein Sohn eintrifft. Das wird nächste Woche sein.«

»Es wird Sie freuen zu hören, daß wir endlich Kontakt zu den Wacheinheiten im Weltraum aufnehmen konnten; zwar nur ein kurzer Funkspruch, aber der Kommandant hat sich bereit erklärt, mit jeder Regierung zusammenzuarbeiten, die an der Macht ist, wenn er auf der Erde landet. Das werden wir sein, also braucht Ihr Junge nicht zu kämpfen.«

Die Erleichterung war zu groß, um sie in Worte zu fassen. Stattdessen sagte Thornberg mit erzwungener Beiläufigkeit: »Wissen Sie, es hat mich schon sehr überrascht, daß *Sie* zum Untergrund gehört haben.«

»Tja, ein paar von uns gab es sogar in der Sicherheit«, entgegnete Sorensen. »Wir waren in kleinen Zellen, über das ganze Land verstreut, organisiert und haben die Dinge so gedreht, daß wir nur von unseren eigenen Leuten verhört wurden, wenn es zu einem Hypno-Verhör kam.« Er zog eine Grimasse. »Trotzdem war es kein angenehmer Job. Wenn ich an einige Dinge denke, die ich tun mußte – nun ja, das ist jetzt vorbei.«

Er lehnte sich in seinem Stuhl zurück und legte seine Füße, die in Stiefeln steckten, auf den Schreibtisch. Für gewöhnlich war die Uniform der Befreiungsarmee recht salopp; sie legten keinen Wert darauf, wie aus dem Ei gepellt zu wirken, aber Sorensens Erscheinung war tadellos. »Anfangs gab es schon einen gewissen Verdacht, was Sam Hall betraf«, sagte er jetzt. »Dieses Lied, wissen Sie, und auch andere Dinge. Meine Chefs waren ja nicht dumm. Ich sorgte dafür, daß man mich mit der Beobachtung Ihrer Person beauftragte; eine gründliche Überprüfung gab mir Anlaß, bei Ihnen revolutionäres Gedankengut zu vermuten, und darum stellte ich Ihnen natürlich ein einwandfreies Zeugnis aus. Später habe ich dann diesen Unsinn von der Psycho-Maskierung zusammengesponnen und damit einige einflußreiche Männer in höchste Aufregung versetzt. Als Sie den Köder schluckten, war ich sicher, daß Sie auf unserer Seite waren.« Er grinste. »Natürlich haben wir darum auch nie Mathilda angegriffen.«

»Ich nehme an, Sie sind erst vor ganz kurzer Zeit zu Ihren Leuten gestoßen.«

»Ja, ich mußte mich während dieser ganzen Unruhen und der Hexenjagd, die Sie in Gang gebracht haben, bei der Sicherheit verdrücken. Verdammt, Thorny, Sie hätten mich fast das Leben gekostet, wissen Sie das? Aber das war es wert, zu sehen, wie dieses Gesindel eifrig dabei war, sich gegenseitig totzutreten.«

Thornberg lehnte sich mit ernstem Gesicht über den Schreibtisch. »Ich mußte immer darauf bauen, daß ihr Rebellen es ehrlich meint«, sagte er. »Ich konnte mir dessen nie sicher sein. Aber jetzt kann ich mir Klarheit verschaffen. Haben Sie die Absicht, Mathilda zu zerstören?

Sorensen nickte. »Nachdem wir sie dazu benutzt haben, einige Leute für uns ausfindig zu machen, die wir überall suchen, und wenn wir wieder Ordnung in das Ganze gebracht haben – selbstverständlich. Ein solches Instrument verleiht dem, der es besitzt, zuviel Macht. Es ist an der Zeit, die Kontrolle durch den Staat zu lockern.«

»Danke«, flüsterte Thornberg.

Dann lachte er leise. »Und das wäre dann wohl das Ende von Sam Hall«, sagte er. »Er wird in den Himmel eingehen, der für die großen Figuren der Literatur reserviert ist. Ich sehe schon vor mir, wie er sich mit Sherlock Holmes in die Haare kriegt und König Arthur einen Heidenschreck einjagt, und wie er mit Long John Silver den Beginn zu einer wundervollen Freundschaft legt. Wissen Sie, wie die Ballade endet?« Leise sang er: »*Jetzt klopf' ich an die Himmelstür, Himmelstür* –«

Leider ist die Schlußfolgerung etwas vorschnell. Denn Sam Hall war bekanntlich nie zufrieden.

J.T. McIntosh
SAND IM
GETRIEBE

Bevor er an Bergsteins Tür klopfte, betrachtete Mark Swan sie geringschätzig.

Es war eine glatte, plastikbeschichtete Tür, an der außer einem Griff nichts war. Kein Name in Goldbuchstaben. Nicht einmal das Wort »Privat«.

Auf diese Weise blieb die Anonymität der Spionageabteilung gewahrt. Weil Bergsteins Name nicht an der Tür stand, konnte niemand vom Reinigungspersonal etwas in Erfahrung bringen, wodurch Mercaptan den Krieg hätte gewinnen können. Weil es in der terranischen Spionageabteilung niemanden gab, dessen Rechte wußte, was die Linke tat, konnte es keine Schwachstellen geben.

Denkste.

Mark klopfte an die anonyme Tür und trat ein.

»Ah, Mark«, sagte Bergstein, »Sie kommen genau richtig. Wir sollen in zwei Minuten im Labor sein.«

»Ich komme nicht mit«, sagte Mark.

Bergstein starrte ihn ungläubig an.

Mark überreichte ihm einen unbeschriebenen Umschlag. »Das soll D zugeschickt bekommen«, sagte er. »Und außerdem soll sofort ein Zeitstempel drauf, damit er weiß, daß ich es eingereicht habe, bevor Carr auf den Untersuchungsstuhl kam.«

»Das können Sie nicht machen«, rief Bergstein.

»Es gibt eine Reihe von Dingen, die ich nicht machen kann, aber das hier gehört nicht dazu. Ich brauche Ihnen noch nicht einmal zu sagen, was in dem Umschlag ist, aber ich werde es trotzdem tun, sobald Sie die Zeit abgestempelt haben.«

Bergstein zögerte, steckte den Umschlag aber dann in einen kleinen Apparat. Der spuckte den Umschlag sofort wieder aus; er war jetzt in einer weiteren, festeren, versiegelten Verpackung eingeschlossen, und die Zeit war deutlich in der oberen rechten Ecke markiert.

»In diesem Umschlag«, sagte Mark, »befindet sich meine Kündigung. Und sagen Sie mir nicht, ich könnte das nicht machen. Ich behaupte außerdem, daß Carr nicht derjenige ist, der den Verzerrer in das Marinegelände gebracht hat, ebensowenig wie sonst eine der siebzehn Personen, die wir unter die Lupe nehmen sollten.«

Bergsteins Mund ging auf und dann wieder zu. Nach einiger Überlegung lächelte er. »Saure Trauben«, sagte er.

»Was?«

»Ich dürfte es vielleicht gar nicht wissen, Mark, aber man hört so Verschiedenes. Als S sich vor zwei Jahren zur Ruhe setzte, haben Sie geglaubt, Sie würden seinen Platz als Sicherheitschef einnehmen, stimmt's? Statt dessen bekam D den Posten, und Sie wurden Leiter der Gegenspionage. Dann, vor sechs Monaten, hat man Ihnen mich vor die Nase gesetzt.«

»Na und?« sagte Mark bitter.

»Saure Trauben«, wiederholte Bergstein und beließ es dabei.

Mark drehte sich um und wollte gehen.

»Warten Sie«, sagte Bergstein scharf. »Sie sind immer noch bei GS, und ich bin immer noch Ihr Boß.«

Er drückte auf einen Knopf auf seinem Schreibtisch. »Wir werden folgendes tun, Mark. Ich werde D diesen Brief sofort schicken. Dann gehen wir beide zum Labor. Wenn dann bei der Untersuchung ordnungsgemäß festgestellt worden ist, daß Carr den Verzerrer angebracht hat, wird D Sie ohne Zweifel sehen wollen. Danach ist es unwahrscheinlich, daß Sie noch im Nachrichtendienst sind – ich habe allerdings keine Ahnung, ob in Ihrer Akte zu lesen sein wird, daß Sie gekündigt haben oder daß Sie gefeuert wurden. Und jetzt gehen wir ins Labor.«

»Ich bin nicht sonderlich scharf darauf zuzusehen, wie ein Mann bei der Untersuchung auseinandergenommen wird.«

»Ein für alle Mal, Carr ist der Saboteur. Sie kommen mit mir zum Labor. Das ist ein Befehl.«

Ein Bote kam herein, und Bergstein gab ihm das Päckchen mit Instruktionen, die D sofort überbracht werden sollten. Dann stand er auf.

Mark zog die Schultern hoch und folgte ihm.

Im Labor hatte man Carr für die Untersuchung vorbereitet; er war auf einen Metallthron geschnallt, der aussah wie ein elektrischer Stuhl und ebensowenig einladend wirkte, wenn auch auf etwas andere Art. Ein halbes Dutzend Techniker und ein Arzt standen bereit. In der Anwesenheit des Arztes sah Mark eine Ironie – aber waren nicht auch bei der Durchführung von Duellen Ärzte dabeigewesen?

Bergstein nickte dem Cheftechniker zu, der nickte einem seiner Assistenten zu, der einen Schalthebel herunterzog. Carr fing an zu schreien. Ein schwacher, brenzliger Geruch deutete an, daß irgendwo irgend etwas nicht stimmte, es aber zu spät war, daran irgend etwas zu ändern. Der Cheftechniker gab seinem Assistenten ein weiteres Zeichen, und der fing an, eine Melodie auf seinen Kontrollhebeln zu spielen.

Carr hörte auf zu schreien. Die Untersuchungsprozedur erlaubte ihm, vielmehr zwang ihn jetzt, zu sprechen, ließ es aber nicht zu, daß er schrie oder Lügen erzählte.

»Haben Sie den Verzerrer auf das Marinegelände gebracht?« fragte Bergstein.

Trotz der Position, die Mark bezogen hatte, hoffte er, daß die Antwort »Ja« lautete. Tat sie aber nicht. Sie lautete »Nein«, und Bergstein taumelte, als hätte man ihn geschlagen.

»Hatten Sie irgend etwas mit dem Plan zu tun, der vorsah, einen Verzerrer in das Marinegelände zu schmuggeln?« versuchte es Bergstein noch einmal.

»Nein.«

»Sind Sie ein Spion?«

»Nein.«

»Standen Sie jemals in den Diensten von Mercaptan, oder waren Sie jemals einer ihrer Agenten?« bedrängte ihn Bergstein.

»Nein.«

Bergstein gab ein Zeichen, der Cheftechniker gab ein Zeichen, der Assistent schaltete die Untersuchungsapparatur ab, und Carr fiel zu einem unordentlichen Haufen zusammen.

»Möglicherweise erholt er sich«, sagte der Arzt ohne allzugroße Zuversicht, als er zu Carr hinüberging, um ihm die Kontakte abzureißen. Nach ein paar Sekunden fügte er hinzu. »Nein. Ein paar Tage lang Starrkrampf, dann wird er sterben.«

Bergstein war sprachlos. Mark verspürte kein Gefühl des Triumphes.

»Ich«, sagte er, »werde jetzt ausgehen und mich vollaufen lassen.«

Mark saß alleine in seiner Lieblingsbar, kippte Whisky Sours und interessierte sich nicht dafür, was geschehen würde, sobald sein übriger Körper im gleichen Maße mit Alkohol versorgt wäre wie sein Magen jetzt schon.

Zum Glück war Carr pervers und ein linker Hund. Mark wußte, nach ein paar Stunden wäre er in der Lage, daran zu glauben, daß Carr keinen Verlust für die Welt darstellte und daß er, wenn schon nicht für Sabotage, dann für etwas anderes den Tod verdient hatte.

Im Moment jedoch konnte er an nichts anderes denken, als daß seine Abteilung, GS, einen Unschuldigen exekutiert hatte – ein weiterer Schnitzer, den man der langen Liste mit Schnitzern im Nachrichtendienst in den vergangenen zwei Jahren hinzufügen mußte.

Der Umstand, daß Mark alles in seiner Macht stehende getan hatte, um das zu verhindern, entlastete ihn in nicht unerheblichem Maße, aber es ließ ihn auch nicht gerade vor Freude in die Luft springen.

Was stimmte nicht im Nachrichtendienst? Der Genius sicherlich nicht. Der Genius hatte für S gute Arbeit geleistet – warum sollte er nicht auch für D gute Arbeit leisten. Es lag auch nicht an D. D war ein ehemaliger Kollege von Mark – damals hatte er einen Namen gehabt, bevor er Sicherheitschef wurde –, und obwohl weder Mark noch S ihn gemocht hatten, war Ds Ernennung zum Sicherheitschef nach Marks Ansicht keinesfalls ausreichend, um eine effiziente Nachrichtendienststelle in den Trümmerhaufen zu verwandeln, zu dem sie jetzt geworden war. Seit D die Leitung übernommen hatte, mußte er alles auf seine Kappe nehmen, und ohne Zweifel vieles davon verdientermaßen – jedoch konnte die Ineffektivität seitens Ds unmöglich die Antwort auf alles sein.

Und ganz sicher war es auch nicht Bergsteins Fehler, denn GS war nur eine Zweigstelle des Nachrichtendienstes und nicht für mehr als seinen Anteil an Schnitzern verantwortlich zu machen. Abgesehen davon konnte aus technischen Gründen die gegenwärtige Angelegenheit Bergstein nicht in die Schuhe geschoben werden, denn GS war vom Genius, wenn auch durch D, instruiert worden, herauszufinden, wer aus einer Gruppe von siebzehn Besuchern, die durch das Marinegelände geführt worden waren, dort einen Verzerrer angebracht hatte. Bergstein und Mark hatten mit jedem auf der Liste gesprochen, zusammen sowohl als auch getrennt, und sie waren sich nicht gerade uneins gewesen, als es darum ging, in Carr den Hauptverdächtigen zu sehen.

Der Genius hatte eine spezifische Frage gestellt: Wer von den siebzehn könnte bestochen werden, einen solchen Sabotageakt durchzuführen? Und beide, Bergstein und auch Mark, hatten auf Carr getippt. Und soweit es Bergstein anbelangte, war die Sache damit erledigt gewesen – der Genius hatte gesagt, einer der siebzehn habe das Ding gedreht, und demzufolge war Carr derjenige, welcher. Mark war einen Schritt weitergegangen.

Seine Schlußfolgerung lautete: *Carr kommt zwar in Frage, hat es aber nicht getan.*

Mark hatte seine Kündigung eingereicht, weil die Arbeit in GS aufgehört hatte, lediglich frustrierend zu sein, sie wurde zunehmend sinnlos. Man hatte ihm nur sehr wenig über die Affäre auf dem Marinegelände mitgeteilt, lediglich, daß einer von siebezehn Leuten ein

Saboteur sei, und er hatte dann zu seiner eigenen Befriedigung festgestellt, daß selbst das nicht stimmte.

Was passierte, wenn ein Agent des Nachrichtendienstes seine Kündigung einreichte, wußte er nicht. Es war offensichtlich mit Schwierigkeiten verbunden –

An diesem Punkt seiner Überlegungen bemerkte er das Mädchen in der Seifenblase.

Kriege, auch solche, die weit entfernt stattfinden, erzeugen häufig Spannungen, die nur durch merkwürdige neue Ausschweifungen oder neue Spielarten der alten gelöst werden können. Der Krieg mit Mercaptan hatte das Seifenblasenmädchen hervorgebracht.

Diese hier war für jeden sonst in der Bar eine hübsche Blondine in einem dunklen Anzug und umgeben von einem schwachen Schimmern, das sie wie eine riesige Seifenblase einschloß. Für den Kunden, auf den sie es abgesehen hatte, in diesem Falle Mark, war sie für zehn Sekunden mit ihrem dunklen Anzug bekleidet, dann fünf Sekunden mit einem Hauch von Unterwäsche und schließlich eine einzige Sekunde lang mit überhaupt nichts, wobei dieser Zyklus sich endlos wiederholte oder zumindest solange, wie sie nicht bemerkte, daß hier nichts zu machen war, und sie schließlich das Feld auf einen anderen richtete.

Sie blieb neben ihm stehen.

»Darf ich bleiben?« fragte sie sanft.

»Warum nicht?« sagte Mark.

Sie setzte sich an seinen Tisch. »Ich heiße Star«, sagte sie mit der selben sanften, verführerischen Stimme. Die meisten Seifenblasenmädchen nahmen schillernde, professionelle Namen an wie Star und Dawn und Gloria und Venus.

»Du kannst Mark zu mir sagen«, sagte er. »Was möchtest du trinken?«

»Orangensaft bitte. Möchtest du dich unterhalten?«

»Sicher«, sagte er. »Ich möchte dir all meine Sorgen erzählen. Ich nehme an, das bist du gewöhnt?«

Trotz des Alkohols, den er bereits intus hatte, sah er tief in ihren grünen Augen eine leichte Verwunderung aufflackern.

»Ich bin bei der Gegenspionage«, sagte Mark, »und ich habe gerade einen Mann für etwas hinrichten lassen, das er nicht getan hat. Naja, das stimmt vielleicht nicht ganz. Ich habe versucht, es zu verhindern, aber es hat nicht geklappt. Also habe ich meine Kündigung eingereicht.«

Jetzt versuchte sie nicht mehr, ihre Verwunderung zu verbergen. »Was erzählst du mir denn da, Mark? Wärst du wirklich ein Agent des Nachrichtendienstes, würdest du das nicht einem Mädchen erzählen, das du soeben erst kennengelernt hast. Und bestimmt keinem –«

Sie hielt inne, Mark hatte allerdings keine Schwierigkeiten, den Satz zu Ende zu bringen.

»Und bestimmt keinem Seifenblasenmädchen? Wieso nicht? Es ist dein Job, die Kunden zufriedenzustellen, oder nicht? Schließt das nicht oft ein, daß sie sich an deiner Schulter ausweinen wollen? Genau das möchte ich jetzt.«

Er bestellte einen Orangensaft und noch einen Whisky Sour. Als er Star wieder ansah, hatte sie den Seifenblasenapparat abgeschaltet. Jetzt war sie einfach ein hübsches Mädchen in einem dunklen Anzug, und zwar ständig und ohne die Blase.

»Das war nicht unbedingt nötig«, sagte er süffisant. »Ich werde mich nicht so schnell müde an dir sehen. Hattest du Angst, das wäre zu aufdringlich und du könntest mich verscheuchen?«

Sie zuckte mit den Schultern und beschloß, auf sein Spiel einzugehen. »Na gut, Mark, dann 'mal los, heul dich aus.«

Er erzählte ihr, daß auf dem Marinegelände ein Verzerrer angebracht worden war. Sämtliche elektrischen Geräte in der Umgebung hatten ganz allmählich angefangen, von ihren Normalfunktionen abzuweichen, so langsam, daß es Tage dauerte, bis der Direktor des Geländes sicher sein konnte, daß überhaupt etwas nicht stimmte, und zwei Wochen, bis man den Verzerrer gefunden und zerstört hatte, und einen Monat – der noch nicht vorbei war – bis die gesamte Arbeit, die während dieser Zeit in dem Gelände getan worden war, wiederholt, geprüft, wieder geprüft und als zufriedenstellend bezeichnet werden konnte.

Dies war die Art unspektakulärer Sabotage, die zehnmal so effektiv war wie eine plumpe Bombenexplosion auf dem Gelände. In diesem weiträumigen Langzeitkonflikt waren Menschen und Material weniger wichtig als allumfassende technische Genauigkeit.

»Man hatte mich beauftragt, herauszufinden, wer aus einer Gruppe von siebzehn Leuten, die das Gelände besichtigt hatten, den Verzerrer dort gelassen hatte«, fuhr Mark fort, »und ich kam zu dem Entschluß, daß es keiner von ihnen gewesen war. Dennoch mußte dieser Carl auf den Untersuchungsstuhl, und jetzt ist er so gut wie tot, obwohl er unschuldig ist.«

Mittlerweile war Star in ihre mechanische Routine verfallen und sagte das Erwartete in seinen Pausen, spielte ihm Verwunderung, Ungläubigkeit, Unverständnis und was auch immer sonst angebracht schien, vor.

»Und das macht dir Sorgen?« sagte sie.

»Natürlich macht mir das Sorgen. Ich werde dir jetzt etwas über die Hintergründe erzählen. Aber wäre es nicht besser, wenn wir erst einmal in dein Apartment gingen?«

Sie zögerte und hatte offensichtlich bei der ganzen Angelegenheit ihre Zweifel.

»Ich bin betrunken«, sagte Mark, »aber wenigstens nicht allzusehr. Gehen wir, ja?«

Wieder einmal stand Mark vor einer nichtssagenden Tür und machte sich seine Gedanken. Diesmal war es Stars Schlafzimmertür.

Als sie in ihrem Apartment ankamen, hatte er angefangen, ihr alles über den Nachrichtendienst zu erzählen, aber sie entschuldigte sich, sie wollte etwas Bequemeres anziehen. Und er glaubte zu wissen, warum.

Vielleicht hätte er ihr ein bißchen mehr etwas vorspielen sollen und sie glauben machen, sie könnte ihn ausquetschen. Indem er einfach drauflos erzählt und ihr alles gesagt hatte, hatte er sie natürlich mißtrauisch gemacht.

So wie sie ihn jetzt alleingelassen hatte wollte sie ihm Zeit zum Nachdenken geben, Zeit, sich wieder unter Kontrolle zu bekommen und nüchtern zu werden. Aber das würde keinen Unterschied ausmachen.

Die Tür öffnete sich, und Star kam zurück. Mark, der bis dahin keinerlei Erfahrungen mit Seifenblasenmädchen gehabt hatte, war gespannt, welche Art Negligé sie tragen würde. Er wurde nicht enttäuscht. Es war zehnmal so aufregend wie simple Nacktheit.

Ihre Umhüllung ging bis zu den Knöcheln und bestand aus weißer, rosa und gelber Gaze, und selbst an den wenigen Stellen, an denen drei Schichten übereinanderlagen, blieb nichts verborgen.

»Gefällt's dir?« fragte sie sanft.

Sie versuchte, die Angelegenheit wieder auf für sie sicheren Boden zu bringen, aber Mark ließ sie nicht.

»Doch, schon, ich bin aber noch nicht mit dem Ausheulen fertig. Komm her und setz dich, ja? Damit du verstehst, was ich meine, werde ich dir von meinem früheren Boß S erzählen. Er hat sich vor zwei Jahren zur Ruhe gesetzt. Unter seiner Leitung war der Nachrichtendienst so effektiv, daß –«

»Mark, bist du noch nicht auf die Idee gekommen, ich könnte für Mercaptan arbeiten?«

»Nicht einen Moment lang. Star, wie wär's? Möchtest du nicht die Hülle fallen lassen? Ganz ohne würdest du mich wesentlich weniger ablenken.«

Sie stand immer noch in der Tür zum Schlafzimmer und runzelte die Stirn.

»Außerdem«, fügte Mark hinzu, »hab' ich dich sowieso schon ohne Kleider gesehen.«

»Du meinst in der Bar?«

»Nein, lange vorher. Vor dreizehn Jahren, als du sechs warst.«

Sie wurde ruhig. »Das ist es also. Ich hab' mich schon gewundert, ob du es irgendwie erraten hast. Ich hätte nie gedacht, du könntest mich erkennen. Ich war noch ein Kind, als du mich das letzte Mal gesehen hast, und du kannst auch nicht älter als zwanzig gewesen sein.«

»Ich wäre in jedem Fall darauf gekommen – Paula. Es hätte wahrscheinlich nur etwas länger gedauert.«

»Bin ich so eine schlechte Schauspielerin?«

»Das hat damit nichts zu tun. Du kannst einfach niemanden aus dem Sicherheitsbüro aushorchen, Paula. D hätte das wissen müssen. Das ist meine Spezialität, Falschspieler sofort zu erkennen, ich rieche es, wenn irgend etwas nicht ganz stimmt.«

Eine Zeitlang sagten beide nichts und dachten an die Zeit vor dreizehn Jahren, als Mark, damals kaum mehr als ein Bote beim Nachrichtendienst, zu Ss Haus geschickt worden war. Im Garten hatte er ein hübsches, blondes Kind angetroffen, das ihn gefragt hatte, ob er ein Sexbesessener wäre – in dem Falle wollte sie losrennen und sich etwas anziehen. Wenn nicht, wäre es egal, und ob er nicht auch gerne nackt in der Sonne läge?«

»Mein Vater hat eine Menge von dir gehalten, Mark«, sagte Paula. »Tut er immer noch. Warte – wo es keinen Sinn mehr macht, sich etwas vorzuspielen, werde ich mir etwas Anständiges anziehen.

»Vor dreizehn Jahren hast du das nicht gemacht.«
»Vor dreizehn Jahren hat es keine Rolle gespielt.«
»Und jetzt spielt es eine Rolle – und du als Seifenblasenmädchen?«
»Jetzt hör mir mal zu, Mark. Als Sicherheitsagent spiele ich von Zeit zu Zeit das Seifenblasenmädchen. Aber nicht bis zum Schluß. Das steht nicht im Vertrag.«
Mark grinste. »Du hältst dem Fisch nur den Wurm hin, läßt ihn aber nie zubeißen?«
Sie schnitt ihm ein Gesicht, drehte sich um und wollte wieder zurück ins Schlafzimmer. Aber er sprang auf, faßte sie am Arm und zog sie zurück aufs Sofa.
»Du hast eben darauf bestanden, dieses Ding anzuziehen. Warum?«
»Rate mal. Ich soll dich überprüfen. Aber ich bin voreingenommen. Ich wollte nicht, daß du –«
»Du wolltest nicht, daß ich mir selbst den Strick drehe. Also hast du mir Gelegenheit zum Nachdenken gegeben.« Er grinste. »Wenn du so an die Sache rangehst, wird aus dir nie eine gute Sicherheitsagentin, Paula.«
»Mit dir ist das etwas anderes. Nach meinem Vater hättest du Sicherheitschef werden müssen. Er hat damals gesagt, daß es ein großer Fehler war, D an deiner Statt zu ernennen.«
»Wann hast du beim Sicherheitsdienst angefangen?«
»Vor einem Jahr. Mein Vater war nicht gerade begeistert.«
»Kann ich mir denken. Weiß er etwas von dieser Seifenblasengeschichte?«
»Nein.«
»Wie wird dein Bericht über mich aussehen?«
Sie zuckte mit den Schultern. »Was kann ich schon sagen, außer daß du mich identifiziert hast und daß es deswegen keinen Sinn hat?«
»Sag mir bitte eins: wann hast du die Instruktionen bekommen?«
Sie zögerte und sagte dann: »Nur ein paar Minuten bevor ich mich an dich rangemacht habe.«
»Das muß also gewesen sein, nachdem D meine Kündigung erhalten hat«, sagte Mark nachdenklich.
Paula war nicht wohl zumute, als er seinen Arm um sie legte. Sie fühlte sich der Situation nicht gewachsen. Als Sicherheitsagentin tat sie, was man ihr aufgetragen hatte, und spielte eine Rolle. Aber jetzt stellte sie fest, daß ihr Berufs- und ihr Privatleben auf peinliche Weise miteinander vermischt wurden. Es war schwierig, einen Mann auf

Armdistanz zu halten, wenn man wenige Minuten zuvor vorgegeben hatte, eine erstklassige Prostituierte zu sein.

Mark stand auf. »Ich habe beschlossen, mich wie ein Gentleman zu verhalten«, sagte er. »Hab' ich dich gekränkt?«

»Ganz bestimmt nicht«, sagte sie dankbar.

Ein paar Minuten später jedoch, nachdem er gegangen war, stand sie vor dem Spiegel und betrachtete sich, runzelte die Stirn und wünschte, er hätte es ein wenig schwieriger gefunden, sich loszureißen.

Es war für Mark überhaupt keine Überraschung, daß er als erstes am nächsten Morgen zu D gebeten wurde.

Der Sicherheitschef wurde immer mit einem einzelnen Buchstaben bezeichnet. Unglücklicherweise vielleicht hatte die Geheimhaltung, die innerhalb der Nachrichtenabteilungen aufrecht erhalten werden konnte, ihre Grenzen. Wie auch die Leiter anderer Abteilungen waren auch Sicherheitschefs nicht schon immer Abteilungsleiter gewesen. Davor gehörten sie zum Fußvolk – und wenn sie dann aufstiegen oder befördert wurden, konnte man ihre früheren Kollegen kaum daran hindern, davon Wind zu bekommen.

Mark hatte mit D zusammengearbeitet, als er noch nicht Sicherheitschef war, als sie beide ihre Befehle von S erhielten.

D, ein dicklicher, unschuldig aussehender Mann von ungefähr fünfunddreißig, sah Mark durchdringend an, ohne ihm eine nichtvorhandene Freundlichkeit vorzuspielen. »Ich habe Ihren Brief gestern erhalten«, sagte er. »Was ich nicht verstehe, ist, warum haben Sie nicht früher gehandelt, wenn Sie so sicher waren, daß Carr nicht unser Mann ist?«

»Eine gute Frage«, sagte Mark. »Sind Sie ganz sicher, daß Sie darauf eine Antwort wollen, oder wollen Sie sie vielleicht doch lieber zurücknehmen?«

»Na schön«, sagte D etwas genervt. »Ich nehme sie zurück. Ohne Zweifel haben Sie Bergstein alles bereits in dreifacher Ausführung mitgeteilt, und ich möchte wetten, daß Sie mich darauf hinweisen wollen, daß ich Ihnen vor sechs Monaten Bergstein vor die Nase gesetzt habe. Und jetzt wollen Sie kündigen.«

»Nicht nur wegen der Sache im Marinegelände«, sagte Mark.

»Das weiß ich. Und ich weiß auch, daß Star nichts aus Ihnen herausbekommen hat. Hören Sie zu, Mark. Ich mag Sie nicht und habe

Sie nie gemocht. Und vor sechs Monaten hat es mir eine große Freude bereitet, Bergstein zu Ihrem Vorgesetzten zu machen, weil ich davon überzeugt war, GS könnte besser geführt werden. Ihr neuer Job wartet da drinnen auf Sie.«

Er zeigte auf eine Innentür.

»Kann ich gehen?« fragte Mark.

»Ja, dort hinein. Ich bin hier, wenn Sie mit mir sprechen wollen. Ich bezweifle allerdings, daß ich meine Freude daran haben werde.«

Mark stand auf. Er wollte Zeit gewinnen und weitere Fragen stellen, aber D gab ihm deutlich zu verstehen, daß er keinesfalls beabsichtigte, im Moment noch irgend etwas zu sagen . . .

Als er den Raum durchquerte, schossen ihm wilde Gedanken darüber durch den Kopf, was ihn wohl in dem Innenraum erwartete. Es konnte eine Gaskammer sein. Möglicherweise sollten ihn Sicherheitspolizisten verschwinden lassen. Vielleicht wartete auch Star auf ihn.

Er fand jedoch lediglich einen Schreibtisch vor, auf dessen Schreibunterlage eine Mappe lag, dazu einen Stuhl und eine Karaffe mit Wasser. Sonst nichts, nicht einmal ein Telefon.

Er setzte sich und öffnete die Mappe.

Zehn Sekunden später sprang er abrupt auf, starrte auf die Papiere vor ihm, als wären sie brandheiß. Was sie in der Tat auch waren.

Vor langer Zeit, als es noch Märchen gab, war der Geheimdienst noch wirklich geheim gewesen, so geheim, daß keiner vom anderen wußte, was er tat. Spione hatten Spionen nachspioniert, die Spionen nachspioniert hatten, bis niemand mehr wußte, wonach er eigentlich suchte, und es wohl nicht erkannt hätte, hätte er es gefunden. Oft war es tatsächlich wie in diesen Farcen gewesen, in denen A B verfolgte, der C verfolgte, der D verfolgte, der wiederum A verfolgte. Es wäre komisch gewesen, wenn nicht oft Leute dabei draufgegangen wären, einen Anruf zu einem ziemlich unbedeutenden Bordell zu verfolgen oder Informationen zu hüten, die jeder in geläufigen technischen Magazinen nachlesen konnte.

Durch die Einführung eines Elektronengehirns hatte sich die Situation völlig verändert. Denn der Genius wußte alles – und der Genius sprach mit niemandem.

Der Genius war ein riesiger Computer, der all die geheimsten Informationen der Zivilisation in seinen Tausenden von kubikmetergroßen Speichern enthielt. Diese äußerst geheimen Informationen wurden eingegeben, konnten aber nicht mehr herausgeholt werden. Der Genius war ein Computer und kein Nachschlagewerk. Er war so konstruiert, daß er zwar sämtliche Operationen sämtlicher Sicherheitsabteilungen dirigieren konnte, dabei aber ausschließlich Handlungsanweisungen kommunizierte und keine Informationen.

Dennoch hatte der Genius nicht das letzte Wort. Trotz allem war er schließlich nur ein Werkzeug. Die endgültigen Entscheidungen traf der Sicherheitschef. In neun von zehn Fällen allerdings stempelte er nur die Anweisungen des Genius ab. Dennoch, wenn das logische Ergebnis nicht das richtige war, war es Sache des Sicherheitschefs, das zu erkennen und die entsprechenden Schritte einzuleiten.

Mark erinnerte sich an den Fall, als der Genius verlangte, daß fünfundzwanzig Männer, einer davon der Präsident der Vereinigten Staaten, erschossen werden sollten. Unter den gegebenen Umständen war es die logische Antwort gewesen; der Krieg ging vor, und wenigstens drei dieser Männer arbeiteten bekanntermaßen für Mercaptan, und der Schaden, den sie in jeder Minute anrichten konnten, war so immens, daß es die kaltblütig korrekte Lösung war, alle sofort zu liquidieren, anstatt Wochen, vielleicht Monate darauf zu verschwenden, die drei Verräter herauszufinden und absolut sicherzustellen, daß es nicht noch mehr gab.

S jedoch, damals Marks Boß, hatte gewußt, daß derart unbarmherziges Vorgehen zwar seinen Zweck erfüllen konnte, andererseits aber mehr Probleme schaffte als löste. Er veranlaßte sachtere, weniger sichere, aber menschlichere Lösungen.

Und dem Genius war das egal. Natürlich. Dem Genius war immer alles egal. Er war nie beleidigt, wenn ihm der Sicherheitschef praktisch zu verstehen gab: Paß mal auf, du hast uns zwar die beste Lösung mitgeteilt, aber aus Gründen, die du nie begreifen wirst, werden wir nicht darauf zurückgreifen. Was ist also die zweitbeste Lösung?«

Da der Genius all sein Wissen für sich behielt, mußte der Sicherheitsdienst seine eigenen Akten anlegen. Die jedoch konnte man wegschließen, ohne befürchten zu müssen, daß Abteilungen oder Agenten sie mißbrauchten – solange der Genius über alles im Bilde war.

Einem Agenten wurde alles gesagt, was er für einen bestimmten Job wissen mußte. Man brauchte nicht zuzulassen, daß er sich durch Material wühlte, das top-secret war, um an die relevanten Informationen zu kommen. Andererseits brauchte er auch nicht im Dunkeln zu tappen, weil ihm die Informationen nicht zugänglich waren, die er dringend benötigte.

Bis vor zwei Jahren, als D S als Sicherheitschef ablöste, hatte das System sehr gut funktioniert.

Als Mark das Material in der Mappe durchging, kam er zu einigen Schlußfolgerungen. Die erste war, daß er, anstatt gefeuert zu werden oder die Erlaubnis zur Kündigung zu erhalten, gebeten wurde, D mitzuteilen, wo dieser einen Fehler gemacht hatte. Aus keinem anderen Grund hätte man ihm sonst derart viele Geheiminformationen zugänglich gemacht.

Sei es aus Vertrauen oder aus Verzweiflung, D hielt nichts vor Mark zurück. Die Mappe enthielt den kompletten traurigen Bericht der Aktivitäten des Nachrichtendienstes der letzten zwei Jahre – anfangs sehr effizient, dann gerade noch passabel, schließlich schockierend.

Mark lehnte sich zurück, zündete eine Zigarette an und blies den Rauch an die Decke. Er mußte zugeben, daß D Mut bewiesen hatte, als er einen Mann hinzuzog, den er nicht mochte, einen Mann, der auf seinem Stuhl hätte sitzen können und sagen: »Sehen Sie, was habe ich nur aus diesem Job gemacht. Was ist nur schief gelaufen?«

Warum, so fragte er sich, hätte D ihn degradieren, ihm Bergstein vor die Nase setzen sollen, um ihm dann sechs Monate später derartiges Vertrauen entgegenzubringen? Als er in der Mappe suchte, fand er bald die Antwort – seinen eigenen Dienstbericht.

D hatte ihn vor sechs Monaten degradiert, weil GS, wenn auch nicht ganz so ineffektiv wie andere Abteilungen des Nachrichtendienstes, dennoch alles andere als erfolgreich arbeitete. Seitdem jedoch war GS zur absolut chaotischsten aller Abteilungen abgesunken.

Und aus Marks Bericht ging hervor, daß er durchgängig dazu neigte, richtig zu liegen oder zumindest weniger falsch als irgend jemand sonst. Immer wieder hatte Mark seinen Kopf hingehalten, ohne daß er eins drübergekriegt hätte. Immer wieder hatte er Berichte abgeliefert, aus denen hervorging, daß die Linie, auf der GS arbeitete, falsch war, und die zwangsläufig falschen Ergebnisse hatten das bestätigt.

Wenn die Entscheidung für D auch eine bittere Pille war, er hatte keine andere Wahl, als sie zu schlucken. Alles hatte sich als falsch herausgestellt. Und der Mann, der an seiner Stelle Sicherheitschef hätte werden können, bestand hartnäckig darauf, eine weiße Weste zu behalten.

Mark wäre kein Mensch, wenn er sich hier nicht ein stilles Lächeln erlaubt hätte.

Als D Star – oder Paula – instruiert hatte, Mark zu überprüfen, war dies ein letzter, verzweifelter Versuch gewesen, irgend etwas herauszufinden, was eine Hinzuziehung Marks in dieser Sache verhindern konnte. Und Stars lakonischer Bericht hatte gelautet: »Nix. Er hat sofort alles spitzgekriegt.«

Mark starrte an die Decke und faßte seine Schlußfolgerungen zusammen.

(1) Diese Krise im Nachrichtendienst war weit ernsthafter, als Mark zu träumen wagte – und D hatte die Entwicklung beobachtet, versucht, sie zu stoppen, und war gescheitert. Aus Mercaptan kamen praktisch keine Informationen mehr, Spione und Saboteure wurden nicht mehr wie gewohnt enttarnt, Unschuldige wurden verhaftet, während die Schuldigen davonkamen – der Nachrichtendienst versagte auf der ganzen Länge, in jeder Abteilung.

(2) D war sich durchaus über die Möglichkeit im klaren, daß er das schwache Glied in der gegenwärtigen Situation sein könnte. Die Anstrengungen, die er bereits unternommen hatte, um die Funktionsfähigkeit des Nachrichtendienstes wiederherzustellen, schlossen so ziemlich alles in seiner Macht Stehende ein, außer, daß er seinen Job jemand anderem überlassen hätte – bis auf eine letzte Möglichkeit.

(3) So, wie der Nachrichtendienst aufgebaut war, konnte er weder Selbstmord begehen noch von außen jemanden holen, der die Probleme beseitigte. Wenn es also nicht gelang, Ordnung im eigenen Haus zu schaffen, blieb nichts anderes übrig, als weiterzustümpern wie bisher.

Bei dem Wort ›stümpern‹ fiel Mark der Fall auf dem Marinegelände ein, und er durchsuchte die ganze Mappe, um zu sehen, ob darin irgend etwas darüber zu finden war.

Durchaus. Er las sorgfältig den Bericht und ging dann zurück in den anderen Raum.

D sah auf. »Nun?« sagte er steif.

Mark blieb diplomatisch und strich eine Menge von dem, was er hätte sagen können. »Es gibt eine Sache, die Sie hätten tun können, aber nicht getan haben.«

»Und das wäre?«

»Den Genius ausschalten. Und alle Entscheidungen selbst treffen.«

»Aber . . . das ist unmöglich. Das ist undenkbar. Wie auch immer – es ist ausgeschlossen, daß mit dem Genius etwas nicht stimmt. Ich teste ihn persönlich jede Woche. Ich lasse einen kompletten Satz logistischer und mathematischer Probleme durchlaufen –«

»Vielleicht kann der Genius mit Logik und Mathematik umgehen, aber nicht mit Spionage.«

»Aber bis jetzt ist er damit sehr gut zurechtgekommen.«

»Zur Zeit aber nicht.«

»Wenn das alles ist, was Sie vorschlagen können –« begann D kühl. Dann hielt er inne; ihm fiel ein, wie oft die tatsächlichen Ereignisse Mark recht gegeben hatten.

»Nein«, sagte Mark, »das ist nicht alles, was ich vorzuschlagen habe. Aber sagen Sie mir eins – jetzt, wo ich an dieser Sache beteiligt bin –, welche Freiheiten habe ich? Was kann ich mit Ihrer Genehmigung versuchen?«

Mit sichtlicher Anstrengung zwang sich D zu sagen: »Was immer Sie wollen.«

»Dann werde ich S einen Besuch abstatten.«

»Das können Sie nicht machen. Er ist im Ruhestand. Er arbeitet nicht mehr für den Nachrichtendienst.«

Mark grinste. »Der Alte kennt so viele Geheimnisse, daß ein weiteres auch nichts mehr ausmacht. Und Sie werden zugeben müssen, daß alles recht gut gelaufen ist, solange er hier Boß war.«

»Ja –« sagte D unwillig. Mark wußte genau, was er dachte. D hatte nie allzuviel von Ss Methoden gehalten. Als er die Position übernahm, hatte er geglaubt, er könnte den Nachrichtendienst doppelt so effektiv machen. Erst jetzt war er gezwungen zuzugeben, daß möglicherweise S doch gewußt hatte, was er tat.

»Nun, tun Sie, was Sie wollen«, sagte D verärgert und sah auf die Papiere auf seinem Schreibtisch.

»Da ist noch etwas. Mit dem Genius ist also alles in Ordnung? Und was ist mit dem Fall auf dem Marinegelände?«

»Was soll damit sein?«

»Ich habe gerade erfahren, daß der Verzerrer in der Verkleidung einer Maschine gefunden wurde, die den Routinecheck gerade hinter sich hatte. Wenn ich das vorher gewußt hätte –«

»Wenn Sie glauben, die Techniker, die diese Arbeit durchgeführt haben, hätten ihn dagelassen, liegen Sie falsch«, sagte D mit einer Andeutung von Triumph in der Stimme. »Sie waren zu dritt und haben unter der Aufsicht eines Sicherheitsoffiziers des Geländes gearbeitet.«

»Eben.«

»Was soll das heißen, eben?«

»Die Verantwortlichen vom Marinegelände wußten, daß der Verzerrer zum Zeitpunkt des Routinechecks nicht da war. Als sie mit der Untersuchung anfingen, haben sie dort nicht nachgesehen. Sicher, nach einiger Zeit sind sie auch dahin gekommen. Aber es war so ungefähr die letzte Stelle, an der sie nachgesehen haben – was ganz verständlich war. Glauben Sie an einen Zufall? Ich nicht. *Der Verzerrer wurde von jemandem dort angebracht, der wußte, daß das die letzte Stelle ist, an der man nachsehen würde.*

Und der Genius hat all diese Fakten zur Verfügung und behauptet, einer von siebzehn Besuchern hätte ihn dort angebracht. Besucher, die unmöglich wissen konnten, daß diese Maschine gerade kontrolliert worden war.«

»Man hätte einem von ihnen sagen können, er solle es dort anbringen.«

»Ja, sicher. Der tatsächliche Saboteur hätte das tun können – derjenige, der auf dem Marinegelände arbeitet. Das hat der Genius übersehen.«

»Und ich auch«, sagte D sehr ruhig.

Mark stand auf und wollte gehen. »Ja«, sagte er, »Sie auch.«

Mark hätte noch am selben Tag S aufsuchen können, er verschob es jedoch bis zum nächsten Morgen, einem Samstag, denn es konnte sein, daß Paula dann zu Hause war. Das Wochenende war keine gute Zeit für Sicherheitsuntersuchungen. Die Leute waren dann zwar entspannt, nicht auf der Hut, gleichzeitig waren sie aber auch weniger gewillt, über ihre Jobs, ihre Mühen und Drangsale der vergangenen Woche zu sprechen. Jemand, der mittwochs geradezu versessen darauf war, einem geduldigen Zuhörer sein Herz auszuschütten, würde an einem Samstag nur mit den Schultern zucken und das Thema wechseln.

Marks Vermutung war richtig. Er fand Paula im Swimming-pool, der vor dreizehn Jahren noch nicht da war.

Sie kletterte heraus, schüttelte sich und zog ihre Badekappe ab.

»Als ich das letzte Mal hier war, hast du keinen Badeanzug angehabt«, erinnerte Mark sie.

»Hör mal, wir wollen endlich mal aufhören, darüber zu reden, daß ich nichts anhabe, o.k.?« sagte Paula. »Was machst du hier?«

»Ich suche deinen Vater.«

»Oh.« Ihre Enttäuschung war deutlich. Zum zweitenmal hatte Mark den Verdacht, sie sei keine besonders gute Sicherheitsagentin. Sie war zu durchsichtig. Naja, vielleicht lernte sie es ja noch. Irgend etwas mußte sie von ihrem Vater geerbt haben.

»Dich wollte ich natürlich auch sehen«, fügte er höflicherweise hinzu.

»Mein Vater ist im Haus.«

»Ich hab's nicht eilig.«

»Haben sie dich rausgeschmissen?«

»Das würde ich nicht sagen.«

»Also –« Sie hielt inne.

Mark lachte. »Paula, dein Vater und ich haben nie zu der ultravorsichtigen Sorte von Agenten gehört wie zum Beispiel D. Ich hab' nichts dagegen, mit dir über die Dinge zu sprechen, und du brauchst mit mir auch nicht übervorsichtig zu sein. Ich glaube nicht eine Minute daran, daß Mercaptan dich kaufen könnte.«

»Hat das jemals irgend jemand bei dir versucht?«

»Sicher. Zwei Männer, die es versucht haben, hat man erschossen.«

»Der Spionagedienst von Mercaptan spioniert nie selbst. Sie bestechen Erdbewohner. Bedauerlicherweise ist das sehr einfach.«

Sie breitete ein Handtuch aus und setzte sich darauf. »Wieso nur, Mark? Warum sind so viele Leute bereit, sich zum Verräter machen zu lassen?«

»Weil es so ein lang andauernder, theoretischer Krieg ist. Die Raumschiffe, die über unseren Köpfen die Schlachten schlagen, bekommen wir nie zu Gesicht – die einzigen Schiffe Mercaptans, die sich je in unser Sonnensystem vorwagen, sind Spionageschiffe, die wie Schatten kommen und wieder verschwinden. Vielleicht ist es überhaupt kein richtiger Krieg. Fast nie wird jemand getötet, nicht einmal in der Nähe von Mercaptan. Der Konflikt ähnelt eher einem Schachspiel als einem Krieg. Und man kann von den Leuten einfach nicht erwarten, daß sie anläßlich eines Schachspiels patriotische Gefühle entwickeln.«

»Ich verstehe, was du meinst. Der Krieg ist nicht so, daß die Leute sich davon betroffen fühlen. Es besteht keine persönliche Gefahr, niemand kommt um. Es ist für sie nicht einzusehen, warum sie nicht auf die Schnelle etwas Geld verdienen sollten, wenn sich ihnen die Gelegenheit bietet.«

»Genau so ist es.«

»Und deswegen hat der Nachrichtendienst auch immer soviel zu tun . . . Mark, woran denkst du?«

»Ich hab' mich einfach nicht richtig verhalten an dem Abend, an dem wir uns getroffen haben. Wäre ich nur schwerer zu knacken gewesen, dann wären wir jetzt schon so gut wie verheiratet.«

»Daran denkst du also«, sagte sie kühl. »Ich hab' dir doch erzählt, daß ich nicht . . . daß ich –«

»Trotzdem, so wie du dich verhalten hast, hätte ich mehr daraus machen können.«

»Naja, vielleicht«, gab sie zu, ziemlich zu seiner Überraschung. »Aber es war deinetwegen.«

»Was?«

»Wie du gesagt hast – mein Vater ist keiner von den Ultravorsichtigen. Ich hab' von dir gehört . . . und als ich klein war, hab' ich dich wie einen Helden angehimmelt.«

»Und jetzt, wo du älter bist, ist das alles natürlich ganz anders?«

»Mein Vater sagt, du könntest zwanzig Leute anschauen, die du noch nie zuvor gesehen hast, und den Spion unter ihnen ausfindig machen.«

Er grinste. »Das ist ein wenig übertrieben. Spione ausfindig zu machen ist allerdings ziemlich einfach – wir haben uns gerade schon darüber unterhalten.«

»Worüber haben wir uns gerade unterhalten?«

»In diesem Krieg sind die meisten Spione Amateure. Halb Spione, halb Saboteure. Nicht wie die entschlossenen Profis in den harten verbitterten Kriegen, in denen man sich Auge in Auge gegenüber stand. Sie sind einfach zu unvorsichtig und ungeduldig. Sie schmeißen zu locker mit ihren Schmiergeldern herum. Sie –«

Er sah, wie S vom Haus auf sie zukam, und stand zögernd auf. »Bleib hier«, sagte er. »Ich bin gleich zurück.«

S war immer noch schlank und ungebeugt, obwohl er über siebzig war.

»Mark!« rief er, »was führt denn dich hierher?«

»Schwierigkeiten«, sagte Mark und ergriff Ss Hand fest. »Obwohl, wenn ich von Paula gewußt hätte, hätte es keine Schwierigkeiten gebraucht, um mich hierherzubringen.«

Er umriß in knappen Worten die Situation beim Nachrichtendienst und fragte S nach seiner Meinung.

S reagierte empört, zum einen, weil seine geliebte Abteilung in derart schlechtem Zustand war, zum anderen, weil ihn niemand eher konsultiert hatte.

»Der junge Drayton ist an allem schuld«, schimpfte er. »Oder D, wenn dir das lieber ist. Ich wußte, man hätte dich für meine Position nehmen sollen. Er ist ein Dummkopf.«

»Zum Teil ist es sicherlich Ds Schuld«, sagte Mark etwas vorsichtiger, »aber daran liegt es nicht allein. S, wie könnte sich jemand unbefugt am Genius zu schaffen machen?«

»Gar nicht«, erklärte S platterdings. Aber als Mark die Einzelheiten des Falles auf dem Marinegelände erläuterte, zog er gedankenvoll die Stirn in Falten.

»Zu meiner Zeit hätte der Genius niemals einen solchen Fehler gemacht«, gab er zu. »Ich glaube, darüber wird man sich einige Gedanken machen müssen. Mark, weißt du eigentlich, warum ich dich und nicht D vorgeschlagen habe?«

Mark schüttelte den Kopf.

»Ihr wart extreme Gegensätze, ihr zwei. Er ist bedacht, vorsichtig, geduldig. Du bist unbekümmert, manchmal geradezu verwegen. Er gebraucht seinen Kopf, du deinen Riecher. Und ich wußte, der Mann, der mich ersetzte, würde es mit dem Genius zu tun kriegen. Nun ja, D würde sich vollständig auf ihn verlassen, sich ganz auf ihn stützen und ihm bedingungslos vertrauen. Und genau das hat er auch getan. Du hättest es eher wie einen Taschenrechner betrachtet. Um es kurz zu machen, D hätte sich zuviel und du zuwenig auf ihn verlassen.«

»Das ist wohl richtig«, gab Mark zu.

»Dich habe ich ausgewählt, weil du anpassungsfähig bist. D nicht. Kämst du zu dem Schluß, etwas mehr Zusammenarbeit mit dem Genius könnte dir nicht schaden, würdest du es tun. Wie auch immer, du würdest nicht scheitern, weil du einfach nicht der Typ dafür bist. D schon, es sei denn, er hat jemanden, der auf ihn aufpaßt.«

»Schön und gut, aber D ist Sicherheitschef und nicht ich«, sagte Mark. »Kommen wir zum Genius zurück. Nehmen wir einmal an, jemand hätte sich an ihm zu schaffen gemacht. Wie hätte er vorgehen können?«

»Techniker kommen nicht in Frage«, sagte S. »Kein Techniker kommt alleine in die Nähe des Computers. Damit blieben nur noch die Leiter der einzelnen Abteilungen.«

»Das hört sich allerdings sehr unwahrscheinlich an«, überlegte Mark. »Aber irgend jemand hat irgend etwas mit dem Genius angestellt. Ich glaube, ich könnte D überreden, daß er mich selber einmal nachsehen läßt –«

»Das würde nicht das geringste nützen.«

»Wieso?«

»Weißt du denn nicht, daß man keinerlei Informationen aus dem Genius herausbekommt?«

»Sicher weiß ich das. Ich habe selber eine Abteilung geleitet. S, keiner versteht den Genius besser als Sie. Gibt es keine Möglichkeit, ihn auszutricksen? Kann man keine Information in Form von Handlungsanweisungen aus ihm herausbekommen?«

»Nein«, sagte S entschieden. »Wenn du den Fall so aufbaust, spielt der Genius nicht mit. Er würde keine Lösung produzieren.«

»Hmm, vielleicht ist es genau das? Könnte man nicht irgend etwas mit ihm angestellt haben . . . ich weiß noch nicht, was, dazu kommen wir noch . . . so daß der Genius glaubt, er solle Informationen herausgeben?«

»Ich weiß, was du meinst, aber die Antwort lautet wieder nein. Denn wenn ich dich richtig verstanden habe, produziert der Genius durchaus Handlungsanweisungen, wenn auch falsche.«

»Es läuft also darauf hinaus, daß, sobald etwas in die Datenbanken des Genius eingegeben worden ist, man es nicht mehr hervorholen kann? Wenn jemand getürkte Informationen eingegeben hat, bleiben sie für immer dort, unauslöschbar, und wir können nie herausfinden, um was es sich handelt, weil der Genius es uns nie verraten wird?«

»Das stimmt nicht ganz. Der Genius unternimmt beständig seine eigenen Löschungen und Modifizierungen. Und wenn irgend etwas keinen Sinn ergibt, kann er jederzeit Fragen stellen.«

»Es ist also unmöglich, den Genius zu sabotieren, indem man ihm Falschinformationen eingibt?«

S überlegte. »Du glaubst, du hättest eine Spur, Mark. Ich will nicht sagen, daß es unmöglich ist. Man darf natürlich bei keinem Computer vergessen, daß das Ding weder Augen noch Ohren hat und daß es nichts weiß, solange man ihm nichts erzählt. Und hin und wieder kommt es selbst bei Kybernetikexperten vor, daß sie Informationen oder Fragen zweideutig oder einfach unklar formulieren und der Computer sie falsch versteht. Dadurch erhält man hin und wieder merkwürdige Lösungen, selbst wenn kein absichtlicher Versuch unternommen wurde, den Computer zu verwirren.«

»Es könnte also aus Versehen passiert sein? Also, angenommen, irgendeine wichtige Informationseinheit ist falsch aufgezeichnet worden, vielleicht schon vor Monaten. Könnte das nicht –?«

S schüttelte den Kopf. »Unser Computer, der Genius, ist kein gewöhnliches Elektronengehirn. Er weiß alles über Unwahrscheinlichkeiten und Unmöglichkeiten und macht immer automatisch Gegenproben. Versuch einmal, daß er irgend etwas aufzeichnet – oder glaubt, von mir aus –, was nicht stimmt, dann überschüttet er dich mit Fragen. Und denk daran, es gibt zwar keine Aufzeichnungen darüber, was in den Computer eingegeben worden ist, wohl aber unlöschbare Aufzeichnungen über seine Fragen und Antworten. Ich meine die Antworten, die er selber gibt, nicht die, die man ihm gegeben hat. Also –«

»Ja, ich verstehe«, sagte Mark enttäuscht. »Man kann ihn nicht laufend mit Falschinformationen füttern, denn selbst wenn er eine davon ohne Fragen akzeptieren sollte, würde er später die entsprechenden Fragen stellen, und der falsche Eintrag würde bald gelöscht werden.«

»Es ist vielleicht möglich, ihn dazu zu bringen, eine einzelne wichtige Sache ohne Frage zu akzeptieren«, sagte S nachdenklich, »ließe man es dabei bewenden, könnte es eine ganze Weile dauern, bis es auffällt. Aber was könnte das sein, daß er es aufzeichnet, danach handelt, ohne es je zu korrigieren?«

»Ich werde darüber nachdenken«, sagte Mark.

S nahm jetzt richtigerweise an, daß damit die Sache für Mark vorläufig abgeschlossen war und er im Moment keine weiteren Fragen hatte.

Also brachte er einen eigenen Vorschlag.

»Mark, es gibt einen einfachen Weg, es herauszufinden. Du solltest alle Leiter der Abteilungen selber überprüfen. Wenn bei einem von ihnen etwas faul ist, wirst du es herausfinden. So etwas würde dir nicht entgehen. Aber ich meine nach wie vor – der Nachrichtendienst wird sich nicht erholen, solange man Drayton nicht achtkantig herausgeschmissen hat.«

Mark bedankte sich bei S und ging zurück zum Pool. Paula war nicht mehr da, sie hatte allerdings eine Nachricht hinterlassen. Sie lautete:

Tut mir leid, daß ich weg muß. Wie wär's mit morgen zwei Uhr? Hol' mich hier ab. Natürlich nur, wenn du Lust hast.

Mark beschloß, am nächsten Tag um zwei zurück zu sein. War er auch.

Am Montagmorgen traf Mark zur gewohnten Zeit ein, obwohl er sich nicht ganz über seine Position im klaren war. Vermutlich war er nicht mehr Bergsteins Vertreter in GS. Also ging er direkt zu D.

D sah blaß und müde aus. Sein Schreibtisch war mit Agentenberichten und gelben Papierstreifen überdeckt, Anweisungen des Genius, wie Mark erkannte.

»Waren Sie bei S?« fragte D.

»Ja.«

»Was hat er gesagt?«

Mark zögerte. Merkwürdigerweise hatte er jetzt nichts mehr gegen D. Was ihn am meisten gestört hatte, Ds einschmeichelnde Selbstsicherheit, war für jeden erkennbar schon vor Monaten verschwunden. Und daß D sich entschlossen hatte, jemanden hinzuzuziehen, den er nicht mochte, und sein Schicksal in dessen Hände zu legen, zeugte, wenn es auch spät kam, von einer Größe und Bescheidenheit, zu der ihn Mark nie fähig gehalten hatte.

»Sie brauchen nicht höflich zu sein«, sagte D und lächelte dünn. »Er hat gesagt, der Nachrichtendienst würde sich nicht erholen, solange man mich nicht achtkantig herausgeschmissen hat.«

Das wörtliche Zitat ließ Mark aufschrecken. Anschließend dachte er mit Bedauern daran, daß er zu dem Schluß gekommen war, Paula wäre keine gute Agentin, weil sie so durchsichtig war.

»Ich habe es mir gedacht«, bemerkte D. »Und ich nehme an, er hat recht. Allmählich fange ich an zu begreifen, daß genau das der Grund ist, weswegen ich Sie und S nie mochte – Sie schienen nicht einmal halb soviel zu arbeiten wie ich, und trotzdem lagen Sie immer richtig. Ich dachte immer, Sie beide hätten einfach Glück.«

»Hören Sie, D«, sagte Mark. »Mit dem Genius stimmt irgend etwas nicht. Ich bin mir ganz sicher. Mit Ihrer Zustimmung werde ich sämtliche Leiter der Abteilungen überprüfen, sie sind die einzigen, die Zugang zum Genius haben. S meinte, die Techniker kämen nicht in Frage.«

D winkte ab. »Sicher. Tun Sie, was Sie wollen. Dann kommen Sie wieder zu mir.«

Mark machte sich nicht die Mühe, Bergstein zu überprüfen. Wenn einer der Leiter verdächtig war, mußte es einer sein, mit dem er nichts zu tun hatte. Sonst hätte er bereits vorher Wind davon bekommen.

Er hatte eine kurze Unterredung mit den fünf anderen Leitern, alles Männer, die er nie zuvor gesehen hatte; er stellte sich dabei als Ds neuer Assistent vor und machte Andeutungen über eine mysteriöse Entwicklung, die in Kürze in der Nachrichtendienstorganisation stattfinden sollte.

Es handelte sich dabei nur um eine vorläufige Einschätzung, damit er in etwa wußte, mit wem er es in der Untersuchung zu tun hatte. Aus irgendeinem Grund konnte er sich nicht konzentrieren. Immer wieder dachte er an D.

D hatte keine Fragen gestellt. Er hatte nicht gefragt, was Mark vorhatte und wie lange er dafür zu brauchen gedachte. Er hatte lediglich gesagt: »Sicher. Tun Sie, was Sie wollen. Dann kommen Sie wieder zu mir.«

Nach der fünften kurzen Unterredung trieb es Mark wieder zurück in Ds Büro. Was er sah, überraschte ihn nicht gerade, denn es paßte ins Bild.

D lag über seinen Schreibtisch gebreitet, in seinem Kopf war ein Loch, und die Waffe hatte er noch in seiner Hand.

Mark griff nicht sofort zum Telephon. Der Nachrichtendienst hatte eine eigene kleine Polizeitruppe – es würden also keine Polizisten von draußen in Scharen durch das Gebäude schwärmen, wenn der Zwischenfall gemeldet wurde. Dennoch wollte Mark erst seine eigenen Schlüsse ziehen, bevor er die Angelegenheit jemand anderem übergab.

Eines der Papiere auf dem Schreibtisch war der Bericht über das Marinegelände; er war an die dazugehörigen Direktiven des Genius geheftet. Ein anderer bezog sich auf einen Zwischenfall auf Mercaptan, den der Genius auf Kosten von drei Erdagenten untersucht hatte, ohne zu einem brauchbaren Ergebnis zu kommen. Ein dritter betraf die Entlassung des kompletten Washingtoner Sicherheitsflügels, die vom Genius angeordnet worden war; anschließend war durchgesickert, daß ein Leibwächter der eigentliche Spion war und die Leute aus der Sicherheitsabteilung unschuldig waren.

Es gab noch weitere Unterlagen, alle bezogen sich auf Zwischenfälle, in denen der Genius etwas angeordnet hatte, was D dann ausführte, und wobei sich später herausstellte, daß der Genius einen Fehler gemacht hatte. Schlimmer noch – es gab Fälle, in denen der Sicherheitschef die Lösung des Genius hätte hinterfragen können und müssen, um zu einer anderen zu gelangen.

Auf dem Schreibtisch lagen sämtliche Beweise für Ds persönliches Versagen. Deswegen hatte er nicht besonders ermutigt gewirkt, als Mark von seiner Überzeugung sprach, es müsse etwas mit dem Genius nicht stimmen. Was wohl auch zutraf – nur war D damit nicht aus dem Schneider.

D hatte zuguterletzt erkannt, daß hinter den andauernden Erfolgen von S und Mark mehr steckte als reines Glück.

Mark wartete geduldig, während drei Wachposten gewissenhaft seine Identität feststellten, ihn passieren ließen und die Tür hinter ihm verschlossen . . .

Zum ersten Mal seit sieben Monaten war er mit dem Genius allein. Seit D ihm Bergstein vor die Nase gesetzt hatte, war er nicht einmal mehr Leiter einer Abteilung und hatte demzufolge keinen Zugang mehr zum Genius.

Jetzt kehrte er als Sicherheitschef zurück.

Das Durcheinander nach Ds Selbstmord war sorgfältig unter Kontrolle gehalten worden. Man hatte S zu Rate gezogen, und der hatte schonungslos seine Meinung gesagt. Als er seinen Posten als Sicherheitschef aufgab, hatte er Mark als Nachfolger vorgeschlagen und sich vehement gegen D als Anwärter ausgesprochen. Das war nachzulesen. Nachlesen konnte man jetzt auch Ds völliges Versagen, daß er schließlich sogar selbst erkannt hatte, sowie Marks fortgesetzte Effektivität.

Es wurde nicht nur Marks Ernennung als Sicherheitschef eilig vorangetrieben; Washington selbst wurde erschüttert, und der Präsident persönlich hätte beinahe seine Koffer packen müssen. Ein Feldmarschall, der Ds Ernennung unterstützt hatte, weil er ihn für den verläßlicheren, beständigeren Mann hielt, fand plötzlich reichlich Zeit, sich den Geschäften auf seiner Farm in New England zu widmen.

Mark verspürte weder Triumph, noch war er in sonderlich gehobener Stimmung. Er hatte keinen Machtkomplex und wäre alles in allem viel glücklicher gewesen, hätte er weiter unter S arbeiten können, anstatt selbst Sicherheitschef zu werden. Wenn es auch angenehm war, von allen Seiten mit Vertrauensbekundungen überschüttet zu werden, war er sich auch über die Kehrseite der Medaille im klaren: Wenn er nicht augenblicklich außerordentlich Erfolg hatte, würden die Rufe nach einem neuen Sicherheitschef wieder laut werden.

Und als er die grau gestrichene Verkleidung des Genius und seine Fernschreiber betrachtete, fragte er sich, ob er wohl einen Feind vor sich hätte.

Nachdem D sich erschossen hatte, schienen alle Beteiligten, egal, ob sie sich schuldig fühlten oder nicht, es für eine abgemachte Sache zu halten, daß sein Selbstmord seine Inkompetenz bewies, und ansonsten alles mit dem Nachrichtendienst in bester Ordnung war. Alle außer S.

S sagte: »Du wirst eine Menge Arbeit haben, Mark. Ich glaube, du hast keine andere Wahl, als dem Rat zu folgen, den du D gegeben hast – den Genius auszuschalten und alles selber in die Hand zu nehmen.«

Und genau das machte Mark.

Er saß vor einem der Drucker und gab eine kurze Information ein. Es gab einen neuen Sicherheitschef – alle Anweisungen sollten von jetzt an M zugestellt werden.

Der Genius akzeptierte diese Information mit aller Seelenruhe. Personalien bedeuteten ihm nichts. Er stellte keine Fragen. Es kümmerte ihn nicht, was mit D geschehen war; wer M war, war ihm gleich.

Mark starrte auf die Tastatur vor sich und erinnerte sich an sein Gespräch mit S. Der Genius akzeptierte diese Ankündigung, ohne eine Frage zu stellen. Hatte es möglicherweise schon vorher eine solche Ankündigung gegeben? Nein, denn von jetzt an würden sämtliche Sicherheitsanweisungen an M geschickt werden. Hatte man dem Genius möglicherweise etwas mitgeteilt und ihn instruiert, er dürfe es nicht einmal indirekt verraten? Nein, denn der eingebaute Sicherheitsschirm des Genius konnte nicht verändert werden. Man konnte ihn weder dazu bringen, Dinge zu verraten, die er seiner Konstruktion gemäß nicht verraten durfte, noch war es denkbar, daß er etwas für sich behielt, was er nicht sollte.

Der Genius war eine Maschine. Sein einziger Instinkt, wenn man es so nennen will, war Effektivität. Er *wollte* effektiv sein, denn so war er gemacht. Ansonsten *wollte* er nichts. Sonst kümmerte ihn nichts.

SPEICHER (gab Mark ein): Marinegelände abgeschlossen. Saboteur Marinetechniker. Wurde ausgewechselt.

FRAGE: Wird eine Änderung der Sicherheitsmaßnahmen auf dem Marinegelände empfohlen?

Die Antwort kam prompt, sie war an den Sicherheitschef M adressiert: Nein. Der Genius, das wußte Mark, würde sich nie wieder auf diesen Fall beziehen, höchstens indirekt, sollte er mit Informationen gefüttert werden, die inhaltlich mit denen seiner Datenbänke nicht übereinstimmten.

Mark tippte weiter:

FRAGE: Albert Kemp, vormals Leiter der Personalabteilung, vor achtzehn Monaten bei einem Autounfall getötet, jetzt verdächtigt als Spion Mercaptans. Ihre Beurteilung?

Der Genius lief auf vollen Touren. Vier verschiedene Drucker liefen gleichzeitig an.

Es war überflüssig, irgendwelche Informationen zu wiederholen, die dem Genius einmal eingegeben worden waren. Wurde ihm eine solche Frage gestellt, überprüfte der Computer alle Fragen und Informationen, die er je in Verbindung mit Kemps Namen erhalten hatte, dazu sämtliche Anweisungen, die er gegeben hatte, wie auch die Ergebnisse all dessen, was daraufhin unternommen worden war. Er würde Kemp beurteilen – für den Genius war er nichts weiter als eine Arbeitseinheit – und dann entscheiden, ob Kemp eine effektive Arbeitseinheit war oder nicht, genau so, wie eine andere Maschine eine Radioröhre testen, für gut befinden oder aussondern würde. Mit Ernennungen und Entlassungen konnte der Genius sich nicht abgeben. Wenn jemand – eine Arbeitseinheit – einen Tippfehler machte, war er für den Genius ineffektiv und gehörte auf den Schrott.

Mark machte sich nicht die Mühe, das Material zu lesen, während es ausgedruckt wurde. Er konnte warten.

Keiner der Leiter einer Abteilung schienen ihm als Saboteur in Frage zu kommen. Aber Kemp war getötet worden, direkt nachdem die Anweisungen des Genius angefangen hatten verdächtig zu werden. Angenommen, Kemp war für irgendeinen Job bezahlt worden, hatte ihn erledigt und war anschließend von Agenten Mercaptans beseitigt worden?

Das Geklacker der vier Drucker des Genius stoppte, einer nach dem anderen. Mark ging zum ersten und las, was darauf stand. Es war eine Reihe von Fragen, die auf folgendes hinausliefen: Welche Gründe gibt es, Kemp zu verdächtigen? Vollständige Informationen bitte. Es gab eine lange Liste von Punkten, zu denen der Genius spezielle Informationen verlangte. Nur wenig davon war zur Zeit zugänglich, das war dem Genius allerdings bekannt. Obwohl er immer noch darauf vorbereitet war, eine vorläufige Lösung vorzuschlagen, die auf bereits gespeichertem Material basierte, konnte es nicht schaden, nach mehr zu fragen. Möglicherweise waren bestimmte Informationen nicht in reiner Form zur Verfügung gestellt worden, weil niemand ihre mögliche Bedeutung erkannt hatte. Diese Entscheidung ließ sich der Genius von niemandem abnehmen. Er wollte alles wissen, ob es von Bedeutung war oder nicht.

Auf dem zweiten Drucker erschien eine weitere Liste mit Fragen. Sie gingen von der Annahme aus, Kemp sei möglicherweise ein Spion gewesen – eine willentlich ineffektive Arbeitseinheit.

Mark betrachtete diese Liste sehr sorgfältig und beschloß, sie später ganz genau zu studieren. Hier war ein Beispiel dafür, wie der Genius Informationen, die er direkt nicht verraten konnte, möglicherweise indirekt verriet. Denn dies waren Punkte, zu denen Kemp Informationen zur Verfügung gestellt hatte.

Von der Theorie ausgehend, daß Kemp vielleicht verdächtig war, wollte der Genius die Richtigkeit seiner eigenen Informationen überprüfen.

Marks erster Überblick ergab, daß der Genius auf diese Art nur sehr schwer auszutricksen war. Denn die Fragen waren so gestellt, daß es beinahe unmöglich war, herauszufinden, was Kemp tatsächlich gesagt hatte. Es waren Handlungsanweisungen wie zum Beispiel:

> Wie viele Sicherheitsagenten arbeiten für den Nachrichtendienst? Stellen Sie alle Einzelheiten der monatlichen Personalüberprüfungen zur Verfügung!
> Machen Sie eine Liste aller erfolglosen Versuche, Personal des Nachrichtendienstes zu bestechen!
> Machen Sie eine Liste alle entdeckten Verräter im Nachrichtendienst!
> Machen Sie eine Liste der Entlassungen aus dem Nachrichtendienst!
> Stellen Sie Einzelheiten über pensioniertes, aber noch lebendes Personal zusammen!
> Machen Sie eine Liste aller Personalveränderungen in den letzten drei Jahren!

Solche Rückfragen gaben keinerlei Hinweis darauf, was Kemp seinerzeit geantwortet hatte. Auf diese Weise verschaffte sich der Genius neue Informationen und überprüfte die Informationen, die er bereits besaß, ohne etwas zu verraten.

Das dritte Gerät hatte Fälle aufgeführt – geordnet nach ihren Sicherheitscodenummern –, die möglicherweise in dem Falle berührt wurden, daß Kemp für Mercaptan gearbeitet hatte. Die Liste war als Arbeitshypothese gekennzeichnet. Sie war recht kurz und bezog sich auf Fälle aus dem Kreis des Personals. Der Genius war sich durchaus darüber im klaren, daß sie möglicherweise erweitert werden müßte.

Das vierte Gerät konstatierte einfach, Kemp sei kein Saboteur. Dies war ein vorläufiges Ergebnis; es bedeutete, daß die Gegenprüfung keinerlei Hinweis auf Kemps Schuld ergeben hatte – das war zu erwarten gewesen, denn in jedem anderen Fall hätte der Genius schon vor langer Zeit seine Schlüsse gezogen und durch D alles überprüfen lassen, was Kemp ihm eingab.

Mark beantwortete keine der Fragen des Genius. Das hatte Zeit. Er starrte auf die ausdruckslosen Schalttafeln vor ihm und grübelte.

Soweit er erkennen konnte, funktionierte der Genius perfekt. Die Fragen, die er gestellt hatte, waren genau die, die man von ihm erwarten konnte.

Versuchte der Genius, ihn mit einem trügerischen Gefühl von Sicherheit einzululIen, indem er sein Vertrauen gewann, bevor er ihn wie D sabotierte?

Mark war ständig auf der Hut, aber nichts geschah. Nach und nach entlauste sich der Nachrichtendienst von selbst und wurde von Woche zu Woche selbstsicherer. Mark hatte sich angewöhnt, in allen Fällen zuerst selbst zu einer Entscheidung zu kommen, um dann alle Fakten dem Genius zu übermitteln und nach einer Lösung zu fragen. Fast ausnahmslos gab der Genius die Antwort, zu der er selbst bereits gekommen war – abgesehen von den gelegentlichen Fällen, in denen jeder Computer naturgemäß dazu neigte, eine unpraktische Antwort zu geben.

Unglücklicherweise konnte diese Arbeitsmethode nicht für immer beibehalten werden. Mark mußte gezwungenermaßen erkennen, wie S es ihm prophezeit hatte, daß der Genius kein Luxus war, sondern eine Notwendigkeit. Die Koordination sämtlicher Operationen des Nachrichtendienstes war eine zu umfangreiche Aufgabe für ein menschliches Gehirn oder auch mehrere.

Zeitweise konnte Mark Operationen so eingrenzen, daß er sie unter

Kontrolle hatte. Dann lösten sich die Schwierigkeiten, ganz wie eine ruhelose Stadt unter strikter Militärkontrolle wieder zur Ruhe kam. Jedoch kann man strikte Militärkontrolle nicht ständig aufrechterhalten – und der Nachrichtendienst konnte sein Höchstmaß an Effektivität nicht ohne den Genius erlangen.

Es war also eine Angelegenheit von äußerster Vordringlichkeit, herauszufinden, was mit dem Genius nicht gestimmt hatte, und die Gewißheit zu erlangen, daß es jetzt wieder stimmte.

Mark zog Paula aus dem Außendienst ab und machte sie zu seiner Sekretärin. Unter M wurde der Nachrichtendienst an einer noch längeren Leine gehalten als unter S. Marks Prinzip war es, den richtigen Mann für einen Job zu finden und ihm dann alles weitere zu überlassen. Andererseits konnte sich jeder sofort an ihn wenden, wenn Not am Mann war.

Sechs Wochen nachdem er zum Sicherheitschef ernannt worden war, heirateten Paula und er, und wenigstens vorübergehend arbeitete Paula weiter als seine Sekretärin. Das war ungewöhnlich, wenn es auch nicht das erste Mal war, daß so etwas vorkam.

Eines Tages, nachdem er eine Stunde dagesessen hatte, ohne sich zu bewegen, kam Paula, diesmal als Ehefrau und nicht als Sekretärin, und fragte, was ihn bedrücke.

»Ich werde Bergstein feuern müssen«, sagte er. »Ich hab' den Rücken krumm gemacht, um es zu vermeiden, weil es so aussieht, ich wollte mich an ihm rächen. Aber er ist immer noch einer von Ds Leuten, unflexibel, ohne Phantasie, mit einem Rechenschieber in der einen und der Dienstvorschrift in der anderen Hand.«

Paula hatte sich einmal gehen lassen, jetzt sprach sie wieder als Sekretärin. »Warum warnst du ihn nicht erst? Zeig ihm, daß GS hinter den anderen Abteilungen hinterherhinkt, und sag ihm, wenn er nicht die Ärmel hochkrempelt, kann er gehen.«

»Das werde ich tun«, sagte Mark. »Laß ihn bitte holen, ja?«

Er schickte Paula heraus, als Bergstein kam. Er hätte sie lieber dabei gehabt, aber es wäre nicht fair, ihn in ihrer Anwesenheit zu maßregeln.

»Bergstein«, sagte Mark, »ich möchte Ihnen keinen überflüssigen Ärger machen, man kann denken, es wäre, weil D Sie zu meinem Boß gemacht hat, als ich in GS war. Nur, GS funktioniert einfach nicht so gut wie die anderen Abteilungen.«

»Ich weiß«, sagte Bergstein, als wollte er sich verteidigen.

»Sie wissen das?« sagte Mark überrascht.

»Wie können Sie etwas anderes erwarten, wenn ich den Genius nicht mehr zu Rate ziehen darf?«

Das war also seine Ausrede. »Die Leiter der anderen Abteilungen können das auch nicht, und sie kommen trotzdem zurecht.«

»Vielleicht benötigen sie den Genius nicht so sehr wie die Gegenspionage.«

»Da ist etwas dran«, gab Mark zu. »Sehen Sie, Bergstein, Sie wissen, daß der Genius D mit falschen Lösungen versorgt hat. Wir wissen immer noch nicht, warum. Solange können wir ihm nicht vertrauen. D hat ihm vertraut, und es hat ihn ruiniert.«

»Können wir keinen anderen Computer bekommen?«

Mark grinste. »Der, den wir haben, hat zwanzig Millionen gekostet, und solange keiner beweisen kann, daß mit ihm etwas nicht stimmt, bezweifle ich das. Hören Sie, Bergstein, schicken Sie alle Fragen, die Sie dem Genius stellen wollen, zu mir, und ich schicke Ihnen die Antworten des Genius. Es ist nicht so, daß ich Ihnen nicht traue, aber der Genius ist immer noch etwas umnebelt, und ich möchte nicht, daß ihm jemand blind vertraut. Sollte mir eine der Anweisungen des Genius komisch vorkommen, bin ich sofort bei Ihnen.«

»Das ist fair.« Bergstein stand auf. Nach einigem Zögern sagte er, »M, Sie haben mich hergerufen, um mich zu warnen. Ich will mich revanchieren. Sie kommen zu Ihren Ergebnissen durch Ihre ganz besondere Art inspirierter Raterei – das bezweifle ich nicht. Aber bauen Sie keinen Nachrichtendienst auf Ihrer persönlichen Kristallkugel auf. Einige von uns sind langsam, bedächtig und gewissenhaft und glauben nicht, was sie nicht sehen. Diese Methode funktioniert ebenfalls. D wäre ein guter Sicherheitschef gewesen, hätte der Genius ihn nicht im Stich gelassen.«

»Setzen Sie sich bitte wieder«, sagte Mark. »Sie kannten D gut, nicht wahr? Warum ist er gescheitert, was glauben *Sie*?«

»Nun, vielleicht hat er dem Genius zu sehr vertraut. Ich weiß, daß er manchmal seine Zweifel hatte. Aber er hat immer gesagt, der Genius muß recht haben.«

»Und ich gehe an seine Anweisungen immer mit dem Gedanken heran, daß der Genius möglicherweise unrecht hat«, überlegte Mark. »Nun, sehen Sie, Bergstein, um ganz ehrlich mit Ihnen zu sein, seit ich diesen Job übernommen habe, habe ich nicht das geringste Anzeichen dafür gesehen, daß der Genius etwas anderes als effektiv ist. Sie wollen ihn benutzen, o.k., können Sie – ich werde mich nach den Ergebnissen entscheiden. Wenn der Genius GS wieder auf die Sprünge hilft, prima. Wenn nicht –«

»Ich weiß Bescheid«, sagte Bergstein leicht genervt. »Sie brauchen es mir nicht zu buchstabieren.«

Nachdem er gegangen war, fühlte Mark sich leicht deprimiert, konnte aber nicht sagen, warum. Vielleicht war es immer noch dasselbe – solange er nicht herausgefunden hatte, ob mit dem Genius etwas angestellt worden war und was, wurde er den Gedanken nicht los, auf einer Bombe zu sitzen.

Der Nachrichtendienst brauchte den Genius. Früher oder später würde Mark gezwungen sein, ihn zu benutzen, gleichgültig, ob er das Geheimnis seiner Psychoneurose gefunden hatte oder nicht, gleichgültig, ob sie vorüber war oder nicht.

Bedeutete das, der Genius tat ihm das gleiche an wie D?

Paula kam zurück, warf einen Blick auf sein Gesicht und setzte sich dann still an ihren Schreibtisch.

Plötzlich wachte er auf. »Paula, angenommen, du wärst ein Saboteur und du wolltest den Genius lahmlegen? Wie würdest du vorgehen?«

»Genau so, wie es auch passiert ist, nehme ich an. Genau wie bei dem Fall auf dem Marinegelände. Nicht mit einer Bombe, nicht so, daß es auffällt. Sondern mit einem Verzerrer, der geringfügige, aber entscheidende Schäden auf lange Zeit verursacht, und nicht so, daß es konkrete, offensichtliche Schäden gibt, die behoben werden können.«

Mark nickte. »So geht Mercaptan gewöhnlich vor. Aber was könnte man nehmen? Wie könnte man den Genius durcheinanderbringen?«

»Es ist dein Job, das herauszufinden.«

»Er kann keine Informationen herausgeben«, murmelte Mark. »Er ist geduldig und kümmert sich nur um Effektivität. Langzeit-Effektivität. Von Personalien hat er keine Ahnung . . . Personal-«

Er sprang auf. »Paula«, sagte er aufgeregt, »Ich glaube, ich hab's. Wieso habe ich mich nicht schon vorher in die Rolle eines Agenten von Mercaptan versetzt?«

»Was hast du?«

»Die Antwort. Und wenn ich recht habe, ist der Genius jetzt völlig in Ordnung.«

»Dann kannst du ja aufhören, dir Sorgen zu machen«, sagte Paula, und sah es von der praktischen Seite.

»Ja, aber habe ich recht?«

»Du hast immer recht.«

Er war zu Späßen nicht aufgelegt. »Hör zu. Zeit bedeutet dem Genius nichts. Alles, was ihn interessiert, ist die Effektivität des Nachrichtendienstes. Er kann keine Informationen herausgeben, er kann nur Fragen stellen. Wenn es einen Saboteur gab, dann war es Kemp, der Leiter der Personalabteilung. Und als ich dem Genius sagte, es lägen Gründe vor, Kemp zu verdächtigen, hat er mir unter anderem folgende Fragen gestellt: Wie viele Sicherheitsagenten sind beim Nachrichtendienst beschäftigt. Stellen Sie Einzelheiten der monatlichen Personalüberprüfungen zusammen! Machen Sie eine Liste aller entdeckten Verräter im Nachrichtendienst! Machen Sie eine Liste der Entlassungen aus dem Nachrichtendienst! Stellen Sie Einzelheiten über pensioniertes, aber noch lebendes Personal zusammen! Machen Sie eine Liste aller Personalveränderungen in den letzten drei Jahren!«

»Ich gebe auf«, sagte Paula.

Er packte ihren Arm und zog sie aus dem Büro. Vor dem Kontrollraum des Genius mußte er drei Kopien einer speziellen Erlaubnis unterzeichnen, bevor er Paula mit hineinnehmen konnte.

Auf einer der Tastaturen tippte er kurz etwas ein und wartete. Der Genius rührte sich nicht.

Er stellte keine Fragen.

Paula beugte sich vor, um zu sehen, was er geschrieben hatte, aber er hielt sie zurück. Die Nachricht war hinter der grauen Verkleidung verschwunden.

»Jetzt wirst du nie erfahren, was ich geschrieben habe«, sagte Mark, »es sei denn, ich erzähle es dir. Der Genius wird dir nichts verraten, denn es ist geheim. Alles, was irgend jemand dem Genius mitteilt, ist geheim.«

»War es etwas Wichtiges?«

»Etwas sehr Wichtiges.«

»War es die Wahrheit?«

»Nein.«

»Und warum hat der Genius dann keine Fragen gestellt?«

»Weil ich hinzugefügt habe: ›Keine weiteren Informationen zur Zeit erhältlich.‹ «

»Ich verstehe. Es hat keinen Sinn, Fragen zu stellen, wenn der Informant weiter nichts weiß. Mark, hast du das unter deinem eigenen Namen eingegeben?«

»Nein, unter Bergsteins Namen.«

»Na los, spann mich nicht auf die Folter. Was jetzt?«

»Ich möchte, daß du eine Anfrage von mir durchgibst. Wir nehmen wieder den Marinefall – dasselbe Problem, aber andere Fakten.«

»Als Test?«

»Genau. Gib das unter meinem Namen ein.«

Er diktierte lange einen völlig imaginären Fall, der im wesentlichen mit dem Fall auf dem Marinegelände identisch war; es ging um eine Zeitbombe, die in einem Washingtoner Konferenzraum gelegt worden war.

Als er schließlich eine Pause machte, sagte Paula, »Ich hoffe, das war's.«

»Ja. Mach hier Schluß.«

Paula schloß die Eingabe ab, und sofort antwortete der Genius:

»An M, Sicherheitschef: Überprüfen Sie die fünfzehn Besucher. Mögliches Motiv: Sabotage aus Gewinnsucht.«

»Genau dasselbe hat er letztes Mal gesagt«, sagte Paula.

»Genau – und bedenkt man die Fakten, die ich ihm jetzt wie auch damals eingegeben habe, muß der Saboteur ein Insider gewesen sein. Paula, im Moment arbeitet der Genius für Mercaptan.«

»Wie kriegen wir ihn wieder hin?«

»Ich glaube, das einfachste wäre, die Initialen auszutauschen. Von jetzt an bin ich S, Sicherheitschef. Deinen Vater wird das nicht stören, und dem Genius ist es egal. Er wird nicht einmal fragen, was mit M geschehen ist.«

»Mark, was hast du dem Genius denn eingegeben?«

»Daß M ein Saboteur sei. Und, natürlich, daß keine weiteren Informationen erhältlich seien.«

Paula sah immer noch verwirrt aus. Mark sagte: »Ein Computer ist gezwungen zu glauben, was man ihm eingibt, solange die Information nicht in sich unsinnig ist. Es ist nicht in sich unsinnig, daß irgend jemand zum Saboteur wird. Das muß nicht unbedingt bedeuten, daß mit seiner Loyalität vorher etwas nicht gestimmt hat.

Kemp hat dem Genius vor beinahe zwei Jahren gesagt, D sei ein Saboteur. Er hat möglicherweise ein oder zwei Details hinzugefügt, um das zu bekräftigen, und dann gesagt, daß keinerlei weitere Informationen erhältlich sei. Und jedes andere Stück Information, mit dem er den Genius versorgt hat, war korrekt.

Was konnte der Genius tun? Es gab keinen Grund, warum er die Information nicht glauben sollte, denn was Kemp gesagt hatte, war durchaus möglich. Er konnte D nicht entlassen, weil nicht er, sondern der Sicherheitschef der Boß ist. Er konnte es sonst niemandem mitteilen, einmal, weil er keine Informationen hergeben kann, zum anderen wäre es sinnlos, zu verraten, D wäre ein Spion, wo doch alle Anweisungen durch die Hände des Sicherheitschefs gehen. Andererseits wollte er effektiv sein, und ein Spion ist eine ineffektive Arbeitseinheit.«

»Jetzt kapiere ich«, rief Paula. »Die einzige Möglichkeit, D loszuwerden, bestand darin, solange falsche Antworten zu geben, bis er gefeuert wurde!«

»So ist es. Es war keine gute Lösung, denn das einzige Verlangen des Genius ist es, effektiv zu sein. Und der Genius wußte, daß der Nachrichtendienst kaum effektiv sein konnte, wenn der Sicherheitschef ein Saboteur ist. Um also die Effektivität wieder herzustellen, wie auch immer, mußte D verschwinden. Die einzige Möglichkeit, die der Genius kannte, seinen eigenen Boß loszuwerden, bestand eben darin, vorübergehend so ineffektiv zu sein, daß D ersetzt werden mußte.«

Er seufzte zufrieden. »Darüber werde ich noch ein wenig nachdenken müssen, Paula. Ich werde mit deinem Vater darüber sprechen. Aber jetzt, wo wir die Antwort gefunden haben, sollten wir auch in der Lage sein, derartige Taktiken in Zukunft zu verhindern.«

»Ich habe einen cleveren Burschen geheiratet«, sagte Paula, zufrieden mit sich selbst.

»Hast du allerdings. Armer D – ich hatte immer den Eindruck, daß er irgendwie hereingelegt werden sollte. O.k., jetzt kannst du dem Genius mitteilen, daß S der neue Sicherheitschef ist.«

Zwei Minuten später bot der Genius eine neue Lösung im imaginären Fall aus Washington an:

An S, Sicherheitschef: Überprüfen Sie die engsten Mitarbeiter. Nur sie wußten, daß man die Bombe in dem gewählten Versteck nicht suchen würde.

Der Genius hatte wieder die Seiten gewechselt.

Edward Wellen
SIE KÖNNEN
DRAUF WARTEN

Als der multinationale Konzern Neil Purleys Firma, die unter seiner Mitarbeit erst zu etwas geworden war, das der Übernahme wert war, aufkaufte und ihm dann noch mitteilte, »Sorry, Versicherungsnummer 129-03-7652, aber es gibt nichts, was Sie machen, das der Computer nicht besser und billiger machen kann«, kochte Purley vor Wut. Wenn es der Mensch auch nicht mit der Geschwindigkeit des Computers aufnehmen konnte, so konnte der Computer jedenfalls nicht mit dem erfinderischen menschlichen Gehirn konkurrieren. Er würde es ihnen zeigen. Mehr als das. Er würde es sich selbst beweisen. Die menschliche Einsicht, Intelligenz und Intuition sollten nicht verschwendet werden, wertlos sein, weil sie ungenutzt dahinwelkten.

Mit seiner Abfindungssumme mietete er Büros, eine Ausrüstung und gab eine Anzeige heraus. Und wartete auf seinen ersten Kunden. Der Konzern würde sein nichtsahnender Verbündeter sein. Er würde die Identitätscodes des Konzerns benutzen, um sich illegalen Zugang zum Computer zu verschaffen. Er beruhigte sein Gewissen, indem er dies als »Mehrfachnutzung auf nicht-genehmigte Weise« bezeichnete. Trotzdem würden die Verteidiger von Recht und Ordnung dies nicht freundlich hinnehmen. Aus Sicherheitsgründen organisierte er sein Büro deshalb nach dem Käseschachtelprinzip.

So wie Buchmacher sich in unbesetzte Telefone einschalten, so drang Purley in das geschlossene Fernsehsystem ein. Das Büro, auf das in der Anzeige verwiesen wurde, bestand nur aus einem Kathodenstrahl-Bildschirm einer Fernsehkamera und einem Besuchersessel. Purley selbst saß an einem Mehrplatzrechner mit Mehrfachzugang und Datenverbindung in einem anderen Teil der Stadt. Die Verbindung wurde beim ersten Anzeichen von Gefahr unterbrochen. Das Gesetz würde ihn niemals auf frischer Tat mit den Fingern am Computer ertappen. Deshalb war auch sein erster Klient etwas verwundert, als er von einem Gesicht auf der Mattscheibe begrüßt wurde. Das Bild hatte, nebenbei gesagt, natürlich keine Ähnlichkeit mit Purley.

»Bitte nehmen Sie Platz«.

Der Mann nahm nicht Platz. Er hielt einen Zeitungsausschnitt vor das Auge der Kamera.

»Stimmt, was hier steht?«

Da stand: SIE KÖNNEN DRAUF WARTEN. *Nachforschungen per Computer. Maximum eine Stunde per Anfrage. Das Gesuchte wird gefunden. Kosten: (alles inkl.) $ 500,— per autorisierten Scheck. Erfolg-*

reiche Arbeit oder Geld zurück. Und die Adresse. Das Bild lächelte. »Es stimmt, was hier steht. Lassen Sie mich allerdings gleich vorneweg sagen, daß wir keine Detektei sind und auch keine Lizenz als solche haben. Wir schicken keine Detektive los, die auf leisen Sohlen herumschleichen. Wir sind ganz einfach ein datenverarbeitendes Institut, spezialisiert auf Informationen von Datenbanken, um Klienten bei der Suche nach vermißten Personen, Gegenständen und Aufenthaltsorten behilflich zu sein. Wir lokalisieren, die eigentliche Festnahme ist Ihr Problem.

Haben Sie Ihren Scheck über $ 500 Dollar mitgebracht? Stecken Sie ihn bitte in das Treuhandfach. Das wär's«. Purley tastete die Signatur mit dem Scanner ab und sah, daß der Mann Albert Uhl hieß. »Mr. Uhl, merken Sie sich jetzt die Uhrzeit. Falls wir es nicht schaffen sollten, Ihren Jemand innerhalb von einer Stunde zu finden, bekommen Sie Ihren Scheck zurück. O.k., Mr. Uhl, wen suchen Sie?«

Uhl setzte sich vor den Bildschirm. Er schenkte dem Sichtbild einen etwas zweifelnden Blick, als ob er vermutete, daß SIE KÖNNEN DRAUF WARTEN sich mehr auf Theatertricks als auf Technologie verließ. Aber seine Notlage schien größer zu sein als seine Zweifel. Er wollte glauben, daß SIE KÖNNEN DRAUF WARTEN ihm helfen würde. Und wenn er noch extra für sein Problem zahlen mußte, indem er eine effektvolle Show über sich ergehen ließ, dann war er bereit dazu. Aber er sah aus wie ein Mann, der auf Ergebnissen bestehen würde. Er beugte sich vor.

»Ich versuche einen Freund von mir zu finden. Er macht mit der Frau eines anderen herum.« Er zögerte. »Dies bleibt alles unter uns?«

»Aber sicher. Vertrauliche Kommunikation. Fahren Sie fort, Mr. Uhl.«

»Mein Freund ging ins Ausland, um sich mit dieser Frau zu treffen. Was er nicht weiß, ist, daß der Ehemann Bescheid weiß. Dieser Ehemann kann gewalttätig werden. Er ist jähzornig – und hat auch die Pistole dazu. Ich will unbedingt mit meinem Freund Kontakt aufnehmen, um ihn umzustimmen, bevor er Schwierigkeiten bekommt. Mein Problem ist nur, daß ich nicht weiß, wo er ist und unter welchem Namen.« Er lehnte sich zurück. Purley ließ das Bild weiter lächeln, aber er selbst verzog das Gesicht. »Wir brauchen *etwas,* um damit anzufangen, Mr. Uhl. Ohne Eingaben kein Feedback.«

»Sicher, das weiß ich auch.« Schnell und sicher brachte er eine Fotografie hervor. »Deshalb habe ich das hier mitgebracht. Es kam vor einer Woche von irgendwo aus dem Ausland. Alles, was Sie tun müssen, ist den genauen Ort zu finden, der darauf abgebildet ist, den Rest besorge ich.«

Der Schnappschuß, amateurhaft verwackelt, zeigte einen Mann vor einem strohgedeckten Haus. Purley holte den Schnappschuß näher heran, wodurch er noch undeutlicher wurde. Wieder verzog er das Gesicht, dann instruierte er den Computer, den Schnappschuß elektronisch zu vergrößern und die Gesichtszüge des Mannes und den Hintergrund so scharf wie möglich einzustellen. Während der Computer das Foto bearbeitete, drang Purley weiter in seinen Klienten.

»Ist das alles, was Sie haben?«

»Ja.«

»Lassen Sie es uns an den anderen Seiten dieses Dreiecks versuchen. Ich nehme an, daß der Ehemann seine Frau auf dem Weg zum Rendezvous beschatten ließ. Wir könnten sie durch Schiffs- oder Hotelreservierungen ausfindig machen; Sie könnten einen schnellen Flieger nehmen, auf Ihren Freund warten und ihn warnen. Wie heißt der Ehemann?«

Uhl runzelte die Stirn. Er schüttelte den Kopf. »Das weiß ich auch nicht. Wenn ich's wüßte, dann bräuchte ich Ihre Hilfe nicht.«

»Ich verstehe.« Purley verstand nichts, alles war so unklar wie das Foto. Wenn alle seine Aufträge so aussehen würden, dann hätte er vielleicht den Mund zu voll genommen. »Gut, vielleicht können Sie mir eine Beschreibung Ihres Freundes geben.«

Uhls Stirnfalten vertieften sich. »Sie haben den Schnappschuß.«

Das Fernsehbild lächelte geduldig. »Der Schnappschuß sagt nichts aus über Alter, Augenfarbe, Größe, Gewicht – solche Details.«

Purley präsentierte ein neues Bild auf der Mattscheibe, eine Liste von körperlichen und sozialen Merkmalen – Geschlecht, Rasse, Alter, ziviler Status, Größe, Körperbau, Gewicht, Teint, Augenfarbe, Narben, besondere Merkmale etc. Er bat Uhl, den Lichtstift, der am Sichtgerät befestigt war, zu nehmen und damit die Merkmale seines Freundes anzuzeigen.

Etwas in der raubtierhaften Art von Uhls Bewegungen, seine Reflexe sowie sein fast absichtlicher Mangel an hilfreichem Imput, seine Unfähigkeit, den Namen des Ehemanns zu nennen, gaben Purley zu denken. Er ließ den Scanner versagen.

»Tut mir leid, Mr. Uhl. Der Lichtstift scheint nicht zu funktionieren. Aber der Computer bekommt die Information auch, wenn Sie Ihren Finger benutzen.«

Uhl zögerte für den Bruchteil einer Sekunde, dann berührte sein Finger den Bildschirm, um die Charakteristika seines Freundes zu markieren.

»Schön!« Purley schaltete die Übersicht ab und präsentierte wieder sein Ersatzbild. »Während wir die Informationen bearbeiten, können Sie entspannen und Musik hören. Haben Sie irgendeine Vorliebe?«

Der Mann starrte vor sich hin. »Nein, keine Vorliebe.«

»Alles klar.« Purley blendete das Licht aus und überließ Uhl Montevani und farbigen Lichtern, die zu den sanften Klängen über den Bildschirm pulsierten.

Purley selbst fühlte sich kein bißchen entspannt. Uhl bereitete ihm Kopfzerbrechen. Während er den Aufenthaltsort von Uhls Freund ausfindig machte, würde es nicht schaden, Uhl selbst zu durchleuchten.

Der Computer hatte, als Uhl mit zitternden Fingern den Bildschirm berührte, sowohl seinen angespannen Zustand als auch seine Fingerabdrücke registriert. Uhl hatte das richtige Alter und die richtige Statur, um in Vietnam gewesen zu sein. Teile des Konzerns, der Purley für überflüssig erklärt hatte, arbeiteten im nationalen Verteidigungssektor. Purley kannte das Codewort. Er ließ den Computer Uhls Fingerabdrücke klassifizieren und den dazu passenden Fingerabdruck aus den Wirbeln, Schleifen und Bögen all derer, die in der Army gedient hatten, heraussuchen.

Es brauchte zwei Minuten. Der Abdruck war identisch mit dem rechten Zeigefinger einens Steve Kinzel.

Purley beschaffte sich Kinzels Armeeunterlagen. Kinzel hatte einen nicht gerade ehrenvollen Abschied von der Armee genommen – aber erst nachdem er jeden Scharfschützenwettbewerb gewonnen hatte, den die Armee anbieten konnte.

Purley benutzte den FBI-Kontakt des Werkschutzdienstes des Konzerns – ein weiteres Codewort – und schaltete sich in die nationale Verbrecherkartei in Washington ein.

Steve Kinzels gelber FBI-Bogen offenbarte, daß die spezielle Einheit zur Verbrechenssyndikatsbekämpfung des FBI Kinzel als Killer mit einem langen Register von Mordaufträgen verdächtigte. Nie auf frischer Tat ertappt.

Purley beäugte Uhl-Kinzel durch die Kamera. Der Mann saß, dem Anschein nach, völlig locker da. Eine sich sonnende Schlange wirkt auch entspannt. Purley fühlte eine dumpfe Spannung im Magen.

Das Killer-Motiv schaltete die Möglichkeit aus, die Purley bis jetzt in Betracht gezogen hatte – sein Klient als der Ehemann der Geschichte, die er Purley verkaufen wollte. Aber der Grund, SIE KÖNNEN DRAUF WARTEN anzuheuern, blieb der gleiche: den »Freund« zu finden und niederzuschießen. Purley wendete sich dem vergrößerten Schnappschuß auf einem der Monitoren zu. Der Computer hatte bereits eine Reihe von Identifikationen und Schlußfolgerungen erstellt.

Die Architektur siedelte das Haus auf den britischen Inseln an. Das Strohdach war nicht typisch für Suffolk, Essex oder Cambridgeshire; dort richten sich die Giebel nach oben. Dieses Haus würde eher in einem westlichen oder südwestlichen County stehen, wo die Giebel nach unten zeigen oder schwermütig herunterhängende Kappen tragen. Dies begrenzte die Suche auf Cornwall, Devon oder Somersetshire.

Die sanft gewellten Hügel, die in der Ferne zu sehen waren, grenzten das Gebiet weiter ein auf Somersetshire. Purley vergrößerte die weißen Flecken auf dem nächsten Hügel in weidende Schafe, – Southdown-Schafe verkündete der Computer nach einem nanosekundenlangen Blick auf seine Datenbank.

Ein weißer Fleck am Himmel entpuppte sich als eine Seemöve. Der Computer blätterte in seinem geographischen Verzeichnis. Die Hügel wären dann die Mendip Hills, die Möve würde in der Mündung des Severn baden.

Kurz, das Cottage stand auf einem Grundstück nahe einer Southdown-Schafweide, ungefähr fünf Meilen südöstlich von Weston-super-Mare.

Die Fassade des Hauses war erst kürzlich neu geweißt worden. Der Mann, der davor für die Kamera posierte, hatte es wahrscheinlich erst vor kurzem in Besitz genommen. Die Blätter der Eiche, die das Grundstück beherrschte, erzählten Purley, daß der Mann im Vorfrühling eingezogen war. Der Wuchs der Eiche zeigte auch die Himmelsrichtung an – die nördlichen Äste streckten sich nach dem Licht, die südlichen ließen es sich gutgehen. Also verlief die Straße vor dem Haus von Ost nach West.

Schatten deuteten an, daß es mitten am Nachmittag war. Zudem dienten sie Purley und dem Computer dazu, die Ausmaße des Hauses zu bestimmen, indem man die Größe des Mannes als Meßlatte benutzte. Nur die Identität des Mannes blieb noch im Dunkeln.

Purley schaltete seine »Blaue Schachtel« an, ein elektronisches Gerät, um kostenlos Auslandsgespräche zu führen. Er wählte eine Nummer in Taunton, der Bezirkshauptstadt von Somersetshire.

Dort traf Purley auf eine hilfsbereite Verwaltungsangestellte. Der gewichtige Klang des ›Auslandsgesprächs‹ erwies sich in Verbindung mit Purleys Drängen als äußerst hilfreich. Aufgrund seiner detaillierten Beschreibung identifizierte sie das Grundstück innerhalb von fünf Minuten und nannte den Namen des gegenwärtigen Besitzers von Oak Cottage.

Roger Nugent.

Das war's. Die Untersuchung erfolgreich beendet, Honorar kassiert. Er hatte den Mund nicht zu voll genommen. Purley verfügte jetzt über alle Informationen, die sein Klient wünschte. Alles, was noch zu tun blieb, war, den Klienten zu verblüffen, indem er das Computerbild bescheiden lächeln und verkünden ließ: »Ihr Mann ist Roger Nugent, wohnt in Oak Cottage, zwischen Weston-super-Mare und Axbridge, in Somerset, England.«

Wieder warf Purley einen verstohlenen Blick auf Uhl-Kinzel. Hinter der entspannten Haltung sah er die ungezähmte Bestie. Purley blickte auf die Uhr. Er beschloß, den Mann noch auf weitere zehn Minuten zu vertrösten.

Durch den Computer einer Bank, die dem Konzern verpflichtet war, ermittelte Purley, daß Roger Nugent Oak Cottage durch Mittel eines Taunton-Bankkontos finanziert hatte. Purley verfolgte den Weg der Einzahlungen, eine verdächtig verworrene Spur.

Er folgte dem gewaschenen Geld von Nugents Bankguthaben schließlich bis zum U.S. Justizministerium. Das Muster der Einzahlungen verriet ihm, daß Roger Nugent einmal Larry Shedd hieß.

Nun verstand Purley, warum sein Klient so zurückhaltend war und SIE KÖNNEN DARAUF WARTEN den Namen des Vermißten vorenthielt. Jeder, der sich auf dem laufenden hielt, hätte den Namen Larry Shedd sofort erkannt und die Dreiecksgeschichte als Schwindel durchschaut.

Larry Shedd war, bevor er verschwand und als Roger Nugent wieder auftauchte, Zeuge vor einem Untersuchungsausschuß des Senats gewesen, der sich mit den Aktivitäten einer führenden Persönlichkeit eines Verbrechersyndikates, Vincent Minturn, beschäftigte. Laut verläßlichen Quellen hatte Minturn $ 500.000 Dollar auf Larry Shedd ausgesetzt.

Wegen dieses Kopfgeldes hatte das Justizministerium die Kosten für eine plastische Operation übernommen, Larry Shedd aus dem Land geschmuggelt und ihn mit einer neuen Identität versorgt.

Der Klient von SIE KÖNNEN DRAUF WARTEN war kein Zeitungsmensch. Hinter seinem Motiv, Shedds gegenwärtige Identität und Aufenthaltsort aufzudecken, lag nicht die Verbreitung von Shedds Lebensgeschichte, sondern die Verkürzung seiner Lebenszeit.

Der Klient des Klienten von SIE KÖNNEN DRAUF WARTEN mußte Vincent Minturn sein.

Wieder sah Purley auf die Uhr und begab sich schnell auf die Spur Minturns.

Die Nachforschung im computerisierten Archiv der größten Nachrichtenagentur – der Konzern, dessen Einrichtungen Purley sich bediente, besaß Zeitungen und Radio- und Fernsehsender – erbrachte, daß Minturn, wie Shedd, sich unter anderem Namen im Ausland versteckt hielt.

Minturn war der Überwachung durch FBI und Interpol entgangen, um sich nicht vor dem Strafgericht, das aus der Untersuchung des Senats hervorging, verantworten zu müssen.

Minturn hatte häufig seiner Vorliebe für den American way of life und seiner Verachtung für jeden anderen Lebensstil Ausdruck verliehen, wagte aber nicht zurückzukehren, solange Shedd noch am Leben war und gegen ihn aussagen konnte. Das 500.000-Dollar-Angebot war das Maß seiner Liebe zu Amerika.

Purley hatte ein böses Lächeln im Gesicht. Ihm ging auf, daß Minturn und der Konzern viele Gemeinsamkeiten aufwiesen. Geld war Wurzel, Stamm und Krone alles Bösen, das sie verursachten. Er hatte kein Selbstmitleid, er dachte nur *armer Shedd.*

Da er schon dabei war, ließ er den Computer alles durchsehen, was die Nachrichtenagentur über Shedd wußte. Der letzte Eintrag war ein kurzer Bericht über einen kleinen Einbruch in ein Pflegeheim in Chicago vor einer Woche. Der unbedeutende Einbruch hatte ein bedeutendes Ergebnis. Larry Shedds alte und kranke Mutter starb kurz nach dem Einbruch an einem Schock, obwohl beteuert wurde, daß nichts Wertvolles gestohlen wurde.

Purley wußte, was fehlte.

Der Schnappschuß.

Shedd-Nugent hatte das Bild seiner dahinsiechenden, besorgten Mutter geschickt, um sie zu überzeugen, daß er am Leben war und daß es ihm gutging . . . irgendwo. Er hatte wohl die Geistesgegenwart besessen, dafür zu sorgen, daß der Brief einen irreführenden Poststempel trug. Andernfalls hätte Uhl nicht die Dienste von SIE KÖNNEN DRAUF WARTEN in Anspruch nehmen müssen.

Ein Gedankenblitz durchfuhr Purleys Hirn. Um ihn jedoch in die Tat umzusetzen, benötigte er Minturns momentane Identität und Adresse. Und um Minturn zu finden, hatte Purley noch nicht einmal einen amateurhaften, unscharfen Schnappschuß. Ein Blick auf die Uhr sagte ihm, daß die Zeit ablief.

Laut Zeitungsmeldungen frequentierte Minturn die Treffpunkte des Showbusineß. Wahrscheinlich hatte er Heimweh nach jenen Jagdgründen und war gierig nach Erinnerungen und Kostproben.

Wieder klopfte Purley dem Konzern auf die Fühler. Er überprüfte alle Überseeexporte von Lindy's Käsetorte, Nathan's Hot Dogs und der Pastrami von Stage Door Delikatessen. Er grenzte das Gebiet auf einen Frank Fratto in Rom ein. Frattos Bankkonto in Rom führte zum U.S.-Konto von Vincent Minturn, das Minturn aufgelöst hatte, bevor er verschwand. Frattos Unterschrift stimmte überein mit Minturns – der Buchstabe t war unverwechselbar. Der Computer errechnete eine 98,6666 %ige Wahrscheinlichkeit, daß Frank Fratto und Vincent Minturn identisch waren.

Das Girokonto besorgte Purley die augenblickliche Adresse, ein Hotel in Rom. Die Schecks führten Purley zu den Läden, die Fratto frequentierte. Einer der ersten Einkäufe war eine rot-braune Perücke und eine Sonnenbrille vom Optiker.

Das beste war, daß die Maße für Frattos neue Anzüge in den Akten eines führenden römischen Designers bestätigten, daß Fratto annähernd Nugents Statur hatte.

Purley schaltete Montevani und die Lichter ab und präsentierte seinem Klienten das lächelnde Computerbild.

Uhl beugte sich vor. »Die Stunde ist vorbei. Haben Sie Namen und Adresse?«

Purley nannte ihm einen Namen und – »Er ist nicht da, wo Sie ihn vielleicht vermuten« – einen Ort.

Uhl saß da und starrte auf die Mattscheibe: »Sind Sie sicher, daß Sie den richtigen Mann haben?«

Das Bild warf sich in die Brust: »Wir sind zu 98,6666 % sicher.«

Uhl lächelte: »Das reicht mir.« Er stand auf, um zu gehen, zögerte und schüttelte den Kopf. »Ich würde gerne wissen, wie . . .« Er zuckte die Achseln. »Keine Zeit. Ich muß mein Flugzeug erwischen. Wiedersehen.«

Purley sah Uhl seinem Schicksal entgegengehen. Gedankenverloren saß er eine Weile da, dann raffte er sich auf, um eine IPQU-Warnung zu fälschen und zu senden – Interpol Paris an alle nationalen

Büros –, die die Carabinieri in Italien alarmieren sollte, nach der Ankunft eines Steve Kinzel alias Albert Uhl, eines verdächtigen Killers Ausschau zu halten. Die italienische Polizei sollte ihn überwachen und ihn auf frischer Tat, mit dem Finger am Abzug dabei ertappen, wie er einen Frank Fratto alias Vincent Minturn niederschoß.

SIE KÖNNEN DRAUF WARTEN wartete auf den nächsten Kunden.

Robert Silverberg
GRENZGÄNGE

1

Am ersten Tag dieses Sommers hat Silena Ruiz, meine Monatsfrau, das Hauptprogramm unseres Bezirks aus dem Ganfield-Hold-Computerzentrum gestohlen und ist damit verschwunden. Einer der Wächter des Zentrums hat zugegeben, daß sie, um hineinzukommen, ihn erst verführt und dann mit einer Droge betäubt hat. Die einen sagen, daß sie jetzt in Conning Town ist; die anderen wollen gerüchteweise gehört haben, daß sie in Morton Court gesehen worden sei; wieder andere behaupten, sie sei nach The Mill gegangen. Ich glaube, es ist unwichtig, wo sie jetzt ist. Das einzige, was zählt, ist die Tatsache, daß wir kein Programm mehr haben. Wir leben nun schon elf Tage ohne unser Programm, und allmählich geraten die Dinge außer Kontrolle. Die Hitze ist unerträglich, aber wir müssen erst jeden Thermostat auf Handbetrieb umstellen, ehe wir unser Kühlsystem aktivieren können; wahrscheinlich werden wir vorher schon im eigenen Saft kochen. Durch eine Funktionsstörung der Geräte, die unsere Müllpresse steuern, sind die Abfallkollektoren ausgefallen. Sie werden ihre Arbeit nicht wieder aufnehmen, bevor es einen Platz für die Deponierung des Abfalls gibt. Da niemand den Befehl kennt, auf den die Presse reagiert, sammeln sich auf allen Straßen stinkende Haufen von Unrat an; dichte Schwärme von Fliegen – oder Schlimmerem – kreisen über den ständig wachsenden Abfallbergen. Vom vierten Tag an wurde unsere Polizei bewegungsunfähig – niemand weiß, warum –, und inzwischen stehen sie regungslos in ihren Spuren. Einige fangen schon an zu rosten, da die Wartung nicht mehr termingemäß durchgeführt wird. Es hat sich herumgesprochen, daß wir keinen Schutz mehr haben, und von draußen dringen ungehindert Fremde in unseren Bezirk ein, belästigen unsere Frauen, rauben unsere Kinder und plündern unsere Lebensmittelvorräte. In Ganfield Hold müht sich ein ganzes Heer überarbeiteter und erschöpfter Techniker Tag und Nacht ab, um das fehlende Programm zu ersetzen, aber es kann Monate, sogar Jahre dauern, bis sie in der Lage sind, ein neues zu erstellen.

Theoretisch gibt es für eine derartige Katastrophe Ersatzprogramme, die an verschiedenen Plätzen in unserer Gemeinschaft aufbewahrt werden. Die Wirklichkeit sieht anders aus: Es hat sich herausgestellt, daß das Programm aus dem Büro des Bezirkspräfekten seit etwa zwanzig Jahren veraltet ist; dasjenige, das sich in der Obhut des Hüters der Seelen befand, ist den Ratten zum Opfer gefallen; ein weiteres Programm, das im Tresor der Steuereinnehmer aufgehoben wurde, schien intakt zu sein, bewirkt aber unerklärlicherweise keine Reaktivierung des Computers. Wir sind also völlig hilflos. Ein ganzer Bezirk, in dem Hunderttausende von Menschen leben, ist von allem abgeschnitten und den Wechselfällen des Zufalls ausgesetzt. Silena, Silena, Silena! Du hast Ganfield ausgeschaltet, unser ohnehin hartes Leben noch schwerer gemacht, mich dem Haß meiner Mitmenschen ausgesetzt . . . Warum nur, Silena? Warum?

Auf der Straße werde ich von den Menschen mit Blicken verfolgt. Sie glauben, daß ich irgendwie für alles mitverantwortlich bin. Sie zeigen mit dem Finger auf mich, sie tuscheln über mich; bald werden sie vor mir ausspucken und mich verfluchen; und falls sich die Dinge nicht zum Besseren wenden, werden sie mich vielleicht noch steinigen. »Hört doch!« möchte ich ausrufen. »Sie war doch nur meine Monatsfrau, und sie allein ist an allem schuld. Ich schwöre es: Ich hatte nicht die geringste Ahnung, daß sie so etwas tun würde!« Und trotzdem verdammen sie mich. Heute abend wird man in den Häusern der Reichen in Morton Court Kinder essen, die heute in Ganfield geraubt wurden. Auch dafür wird man mich verantwortlich machen.

Was soll ich tun? Wohin kann ich gehen?

Vielleicht muß ich fliehen. Allein der Gedanke, die Bezirksgrenze zu überschreiten, versetzt mich in Furcht. Fürchte ich den Verlust meines Lebens oder den Verlust all dessen, das mir so vertraut ist? Wahrscheinlich beides. Weder sehne ich mich nach dem Tod noch will ich Ganfield verlassen. Trotzdem werde ich gehen, und es ist mir gleich, ob ich irgendwo Zuflucht finden werde – falls ich überhaupt sicher über die Grenze komme. Sollte ich weiterhin für Silenas Verbrechen büßen müssen, bleibt mir keine andere Wahl. Ich möchte lieber durch die Hand von Fremden umkommen als durch die meiner Mitbürger.

2

Die Schwüle der Nacht treibt mich auf den Ganfield-Turm, wo ich auf frische Luft und den Schutz der Dunkelheit hoffe. Anscheinend hatte heute abend der halbe Bezirk die Idee, hier oben der Hitze zu entfliehen; um den zornigen Blicken und den zusammengepreßten

Lippen zu entkommen, bin ich bis auf die fünfte Plattform gestiegen, wohin normalerweise nur die Tollkühnen und die Narren gehen. Ich bin weder das eine noch das andere, und dennoch bin ich hier . . .

Während ich langsam um den Turm herumwandere und mich dabei vorsichtig an der alten, verwitterten Brüstung festhalte, überblicke ich den ganzen Bezirk. Vom Turm, dem Mittelpunkt eines seichten Talbeckens, steigt Ganfield sacht zu den höhergelegenen Randgebieten unseres Bezirks an. Es heißt, daß sich hier einst ein großer See befunden habe, der vor Hunderten von Jahren, als die Frage nach mehr Lebensraum zum dringendsten Anliegen wurde, trockengelegt und mit Erde aufgeschüttet wurde. Gestern habe ich erfahren, daß große Pumpen eingesetzt werden, die verhindern sollen, daß das Seewasser in unsere Keller eindringt. Es wird nicht mehr lange dauern, bis die Pumpen ausfallen oder sich automatisch für die fällige Wartung abschalten; dann wird hier alles unter Wasser gesetzt. Warum nicht? Einst hat Ganfield den See verdrängt; wird jetzt der See seinen alten Platz zurückerobern? Werden wir in den dunklen Fluten versinken und von ihnen verschlungen werden, ohne Überlebende, die um uns trauern?

Ich blicke über Ganfield. Diese hohen Ziegelkästen sind unsere Wohnhäuser. Sie haben zwanzig Stockwerke, aber von hier oben sehen sie wie Miniaturbauwerke aus. Dieser schmale Streifen Land, schwarz im rauchgeschwängerten Mondlicht, ist das elende Fleckchen Grün, über das wir verfügen. Dieser kunterbunte Wirrwarr niedriger Gebäude mit Flachdächern – unsere Geschäfte. Dort drüben unser Gewerbegebiet – soweit man es so nennen kann. Der massive, im Schatten liegende Bau – Ganfield Hold, wo sich unsere defekten Computer allmählich in nutzlosen Schrott verwandeln. Fast mein ganzes Leben habe ich in diesem engen Bereich von Ganfield zugebracht. Als ich ein Junge war und noch freundschaftliche Beziehungen zwischen den einzelnen Bezirken herrschten, fuhr ich einmal mit meinem Vater in den Ferien nach Morton Court, ein anderes Mal nach The Mill. Als junger Mann fuhr ich auf Geschäftsreisen durch drei Bezirke bis nach Parley Close. Diese Reisen stehen so klar und lebhaft vor meinem inneren Auge, als ob ich sie gerade erst geträumt hätte. Doch heute ist alles ganz anders als damals, und ich habe Ganfield seit zwanzig Jahren nicht mehr verlassen. Ich gehöre nicht zu jenen privilegierten Pendlern, die sorglos von einer Zone zur anderen fahren können. Angeblich ist die Welt heute eine einzige riesige Stadt, in der die Wüsten besiedelt, die Flüsse zubetoniert, die Freiräume verbaut und bevölkert wurden. Die Megalopolis hat die alten Grenzen aufgehoben – und doch ist es erst zwanzig Jahre her, daß ich von Bezirk zu Bezirk reisen konnte. Ich frage mich, ob wir wirklich in einer einzigen großen Stadt leben oder in Tausenden von zersplitterten, untereinander zerstrittenen Kleinststaaten.

Und dort draußen, an der Peripherie? Es gibt keine Grenzen mehr, aber was ist es sonst? Ganfield Crescent, diese breite Straße, die sich in Kurven um unseren Bezirk windet, ist unsere Grenze. Kommen Sie aus einer anderen Zone? Versuchen Sie Ganfield Crescent zu überqueren; Sie riskieren dabei Ihr Leben. Können Sie unsere Polizeiroboter sehen? Stumpfnasig, aus blank poliertem Metall und mit furchtbarer Macht ausgestattet, wirken sie auf der breiten Straße wie steinerne Monumente. Sie werden Fragen an Sie richten, und wenn die Antworten nicht zu ihrer Zufriedenheit ausfallen, können sie Sie töten. Heute abend allerdings stellen sie für niemanden eine Gefahr dar.

Schauen Sie weiter hinaus, auf die Schar unserer streitlustigen Nachbarn. Jenseits des Ganfield Crescent, im Osten, kann ich die düsteren Turmspitzen von Conning Town erkennen; im Westen die schäbigen, dunklen Mauern der Häuser von The Mill, die terrassenförmig in das bunte Durcheinander des Tals absteigen; weiter entfernt das heitere Morton Court und irgendwo im Dunst der Ferne die anderen Orte: Folkstone, Budleigh, Hawk Nest, Parley Close, Kingston, Old Grove und all die anderen Bezirke, Myriaden von Bezirken, alle Glieder einer Kette, die sich von Ozean zu Ozean zieht, von Küste zu Küste, und unseren Kontinent von Grenze zu Grenze umspannt. Bezirke, bunte Steinchen in einem überdimensionalen Mosaik, eine unendliche Zahl von Gemeinschaften – sie alle sind Teil der weltweiten Megalopolis. Heute abend werden in der Hauptstadt die Niederschlagspläne für den nächsten Monat erstellt, für Bezirke, die die Planer noch nie gesehen haben. Die Lebensmittelzuweisungen, die immer unzulänglich sind, werden von Menschen berechnet, für die unser Hunger lediglich eine abstrakte Größe ist. Glaubt man in der Hauptstadt überhaupt an unsere Existenz? Glaubt man tatsächlich an einen Ort namens Ganfield? Was würde geschehen, wenn wir eine Abordnung angesehener Bürger in die Hauptstadt schickten, um die Hilfe bei der Erstellung eines neuen Programms bäten? Würde man Interesse zeigen? Würde man sie überhaupt anhören? Oder andersherum gefragt – gibt es wirklich eine Hauptstadt? Wie kann jemand wie ich, der nicht einmal das nahegelegene Old Grove kennt, allein auf Treu und Glauben die Tatsache akzeptieren, daß irgendwo in weiter Ferne eine unerreichbare und geheimnisumwitterte Regierungszentrale existiert? Vielleicht steht irgendwo an einem unterirdischen Ort eine hochentwickelte Maschine, die all das entworfen hat und die unser wahrer Herrscher ist. Es würde mich nicht überraschen. Nichts überrascht mich mehr. Es gibt keine Hauptstadt. Es gibt keine zentrale Planungsstelle. Jenseits des Horizonts liegt alles im Nebel.

3

Zumindest im Büro wagt es niemand, mir mit offener Feindseligkeit entgegenzutreten. Es gibt keine finsteren Blicke, kein Anstarren, keine anzüglichen Bemerkungen über das fehlende Programm. Immerhin bin ich Erster Stellvertreter des Bezirkskommissars für Ernährungsfragen und – da er zumeist nicht anwesend ist – der eigentliche Leiter der Abteilung. Falls meine Karriere nicht durch Silenas Verbrechen ruiniert wird, könnte es sich für meine Untergebenen als unklug erweisen, sich jetzt gegen mich zu stellen. Im übrigen haben wir momentan soviel Arbeit, daß keine Zeit für Intrigen bleibt. Wir tragen die Verantwortung für die geregelte Ernährung der Bevölkerung; durch den Verlust des Programms ist unsere Arbeit sehr viel schwieriger geworden, da wir über keine verläßliche Methode für die Ausarbeitung unserer Zuweisungsunterlagen verfügen und somit bei Anforderung wie Verteilung der Lebensmittel gänzlich auf Vermutungen und Erfahrungswerte angewiesen sind. Wie hoch ist der wöchentliche Verbrauch an Planktonwürfeln? Wieviel Proteinkonzentrat wird benötigt? Wieviel Brot für die Geschäfte in Lower Ganfield? Wer weiß, wie seltsam der Ernährungsplan für unseren Bezirk in diesem Monat ausfallen wird! Sollte infolge von Fehleinschätzungen das Gleichgewicht zwischen Angebot und Nachfrage gestört werden, könnte das weiträumig zu Unruhen und Gewalttaten führen, zu Plünderungen in angrenzenden Bezirken, ja, es könnten sogar in Ganfield selbst wieder Fälle von Kannibalismus auftreten. Deshalb kommt es bei unseren Schätzungen auf größtmögliche Genauigkeit an. Ein furchtbares Gefühl der Einsamkeit und Hilflosigkeit erfüllt uns bei diesen Entscheidungen, die wir jetzt ohne die Hilfe der Computer treffen müssen.

4

Vierzehn Tage nach Ausbruch der Krise erhalte ich eine Vorladung des Bezirkspräfekten. Seine Botschaft trifft am späten Nachmittag ein. Zu diesem Zeitpunkt sind wir alle vor Erschöpfung wie betäubt; die feuchte Luft erschwert uns das Atmen. Schon seit mehreren Stunden bin ich damit beschäftigt, komplizierte Verhandlungen mit einem hohen Beamten des Amts für Meeresnahrung abzuwickeln; diese Behörde ist eine Unterabteilung der Zentralen Stadtverwaltung, und ich muß möglichst diplomatisch vorgehen, damit nicht irgendein Bürokrat in einem Wutanfall willkürlich unsere Planktonrationen herabsetzt. Die Telefonverbindung ist schlecht – das Hauptquartier befindet sich in Melrose New Port, einen halben Kontinent entfernt an der Südküste –, und in der Leitung treten ständig Störgeräusche und Verzerrungen auf, die normalerweise, bei einem funktionstüchtigen Hauptprogramm, von unseren Computern beseitigt würden. Als die Verhandlungen einen besonders kritischen Punkt erreicht haben, überbringt mir der Zweite Stellvertreter eine Nachricht: »Der Bezirkspräfekt möchte Sie sehen.« »Nicht jetzt«, bedeute ich ihm. Die Feilscherei am Telefon zieht sich weiter hin. Kurz darauf kommt eine zweite Nachricht: »Dringend.« Ich schüttle verneinend den Kopf, fege den Zettel vom Tisch. Der Zweite Stellvertreter zieht sich ins Vorzimmer zurück. Ich kann sehen, daß er eine hitzige Debatte mit einem Mann führt, der die grau-grüne Uniform der Mitarbeiter des Bezirkspräfekten trägt. Der Bote weist nachdrücklich auf mich. In diesem Augenblick ist die Verbindung unterbrochen. Ich knalle den Hörer auf die Gabel und rufe dem Boten zu: »Was gibt's?«

»Der Präfekt wünscht Sie unverzüglich in seinem Büro zu sehen, Sir.«

»Unmöglich.«

Er weist eine Vollmacht mit dem Siegel des Präfekten vor. »Er verlangt Ihr sofortiges Erscheinen.«

»Sagen Sie ihm, daß ich dringende Geschäfte zu erledigen habe«, antwortete ich. »Vielleicht geht's in einer Viertelstunde.«

Er schüttelte den Kopf. »Ich bin nicht ermächtigt, einen Aufschub zu gewähren.«

»Handelt es sich um eine Verhaftung?«

»Um eine Vorladung.«

»Aber unter Strafandrohung?«

»Ja, unter Strafandrohung», bestätigt er.

Ich zucke die Achseln und gebe nach. Aller Druck fällt von mir ab. Meinetwegen soll sich der Zweite Stellvertreter mit dem Amt für Meeresnahrung herumärgern oder der Leiter des Vorzimmers oder gar keiner; mir ist es gleich. Meinetwegen kann der ganze Bezirk verhungern. Ich habe eine Vorladung erhalten und bin jeglicher Verantwortung enthoben. Ich übergebe meinen Schreibtisch dem Zweiten Stellvertreter und fasse in etwa hundert Worten zusammen, was ich in Stunden mühseliger Verhandlungen erreicht habe. Das alles geht mich jetzt nichts mehr an.

Der Bote führt mich aus dem Gebäude auf die heiße und dampfende Straße. Der Himmel ist dunkel und regenverhangen. Offensichtlich regnet es schon eine ganze Weile. Die Abwasserkanäle haben sich geöffnet; schlammige Wassermassen ergießen sich knöcheltief durch die Straßenrinnen. Auch das Kanalisationssystem wird von Ganfield Hold aus reguliert; bald wird es zusammenbrechen. Wir rennen über den engen Platz vor meinem Büro, weichen einem Schwall von übelriechendem Abwasser aus und mischen uns in eine dichte Menge mürrischer Arbeiter, die gerade auf dem Heimweg sind. Die Uniform des Boten schafft eine Aura der Unantastbarkeit; vor uns teilt sich die Menge und schließt sich wieder hinter uns. Wortlos gehen wir bis zum Steinbau der Präfektur; dort werde ich sofort in das Büro des Präfekten gebracht. Ich war schon ein paarmal dort; aber es ist ein großer Unterschied, ob man als Gefangener hergebracht wird oder nur kommt, um einer Versammlung des Bezirksrats beizuwohnen. Ich lasse die Schultern hängen und hefte meinen Blick auf den abgetretenen Teppichboden.

Der Präfekt tritt ein. Er ist ein Mann von sechzig Jahren, hat silbergraues Haar, eine aufrechte Haltung und einen offenen, direkten Blick. Seine Miene verrät nur wenig von der Belastung, die sein Amt mit sich bringen muß. Seit zehn Jahren verwaltet er unseren Bezirk. Er begrüßt mich mit meinem Namen, aber ohne Herzlichkeit.

»Haben Sie etwas von Ihrer Frau gehört?«

»Wenn das der Fall wäre, hätte ich es gemeldet.«

»Vielleicht. Vielleicht auch nicht. Haben Sie irgendeine Vermutung, wo sie sich aufhält?«

»Ich weiß nur, was man sich erzählt«, sage ich. »Conning Town, Morton Court, The Mill.«

»Sie ist an keinem dieser Orte.«

»Sind Sie sicher?«

»Ich habe mit den dortigen Präfekten gesprochen«, sagt er. »Sie leugnen jegliche Kenntnis ihrer Person. Wir haben natürlich keinerlei Veranlassung, ihnen zu trauen, aber warum sollten sie sich andererseits die Mühe machen, mich zu belügen?« Seine Augen fixieren mich. »Welche Rolle haben Sie bei dem Diebstahl des Programms gespielt?«

»Keine, Sir.«

»Hat sie jemals über Verrat gesprochen?«

»Nein, nie.«

»In Ganfield herrscht die allgemeine Überzeugung, daß es sich um ein Komplott gehandelt hat.«

»Das mag sein. Ich weiß nichts davon.«

Er schätzt mich mit einem langen, prüfenden Blick ab. Nach einer langen Pause fährt er mit Nachdruck fort: »Sie wissen genausogut wie ich, daß diese Frau uns ruiniert hat. Ohne das Programm können wir beim derzeitigen Stand der Dinge vielleich noch sechs Wochen lang durchhalten – sofern keine Seuchen auftreten, wir nicht überflutet werden und keine Verbrecher unser Land überfallen. Nach diesem Zeitraum wird uns eine Kulmination vieler kleiner Katastrophen vernichten. Wir werden in das totale Chaos stürzen. Wir werden unter unserem Müll begraben werden, wir werden verhungern, ersticken, in den Zustand vollkommener Barbarei verfallen, wie wilde Tiere leben – bis alles vorbei ist. Ohne das Hauptprogramm sind wir verloren. Warum hat sie das getan?«

»Ich habe keine Ahnung«, sage ich. »Sie hat ihre Meinung immer für sich behalten. Es war gerade ihre innere Unabhängigkeit, die mich angezogen hat.«

»Schön. Dann hoffe ich, daß ihre innere Unabhängigkeit Sie auch jetzt noch anzieht. Finden Sie sie, und bringen Sie das Programm zurück.«

»Sie finden? Wo denn?«

»Das herauszufinden, bleibt Ihnen überlassen.«

»Aber außer Ganfield kenne ich nichts von der Welt!«

»Sie werden es kennenlernen«, sagt er kühl. »Einige Leute hier würden Sie am liebsten des Hochverrats anklagen. Ich halte das für wenig sinnvoll. Wem wäre mit Ihrer Bestrafung gedient? Aber wir können Sie benutzen. Sie sind intelligent und einfallsreich; Sie können feindliche Bezirke passieren, Informationen sammeln, und Sie haben eine gute Chance, sie zu finden. Wenn überhaupt jemand Einfluß auf diese Frau hat, dann Sie; wenn Sie sie finden, können Sie

sie vielleicht überreden, das Programm auszuliefern. Niemand sonst ist dazu in der Lage. Tun Sie es. Wir garantieren Ihnen für Ihre Mitarbeit Straffreiheit.«

Um mich herum dreht sich alles. Meine Haut brennt wie unter einem Schlag. »Habe ich sicheres Geleit durch die angrenzenden Bezirke?« frage ich.

»Soweit es in unserer Macht liegt, ja. Das ist allerdings nicht viel, fürchte ich.«

»Geben Sie mir eine Eskorte mit? Zwei, drei Mann?«

»Wir halten es für besser, wenn Sie alleine gehen. Eine Gruppe von mehreren Leuten könnte den Eindruck von Invasoren erwecken, und man würde ihnen zumindest mit Argwohn begegnen – wenn nicht mit Schlimmerem.«

»Aber ich bekomme doch offizielle Beglaubigungsschreiben?«

»Einen Begleitbrief, in dem wir an alle Präfekten appellieren, Ihre Mission zu respektieren und Sie höflich aufzunehmen.«

Ich weiß, wieviel ein solcher Brief in Hawk Nest oder Folkston wert ist.

»Ich habe Angst«, sage ich.

Er nickt und sieht mich nicht unfreundlich an. »Das kann ich verstehen. Aber irgend jemand muß sie suchen, und wer wäre besser geeignet als Sie? Sie haben einen Tag Zeit für Ihre Vorbereitungen. Übermorgen früh reisen Sie ab. Gott mit Ihnen.«

5

Vorbereitungen. Wie kann ich mich vorbereiten? Welche Landkarten soll ich mitnehmen, wenn mein Ziel ungewiß ist? Ins Büro kann ich unmöglich zurückkehren; ich gehe direkt nach Hause. Stundenlang gehe ich von einem Zimmer ins andere, als ob mich am nächsten Morgen meine Hinrichtung erwartet. Schließlich reiße ich mich zusammen und mache mir ein leichtes Abendessen, aber das meiste bleibt unberührt auf dem Teller. Keiner meiner Freunde ruft an; auch ich rufe niemanden an. Seit Silenas Verschwinden haben meine Freunde sich von mir zurückgezogen. Ich schlafe schlecht. In der Nacht gellen heisere Schreie und schrille Alarmsirenen auf den Straßen; am nächsten Morgen höre ich im Radio, daß die Wachtrupps, die jetzt unsere Polizeiroboter ersetzen, fünf Plünderer aus Conning Town aufgegriffen und kurzerhand hingerichtet haben. Diese Nachricht trägt nicht dazu bei, meine Stimmung zu heben, vor allem, wenn ich daran denke, daß ich in ein oder zwei Tagen vielleicht schon in Conning Town bin.

Gibt es irgendwelche Hinweise, wohin Silena gegangen ist? Ich bitte um die Erlaubnis, mit dem Wächter zu sprechen, bei dem Silena sich den Zutritt zu Ganfield Hold erschlichen hat. Seit damals ist er im Gefängnis; der Präfekt hatte noch keine Zeit, über sein Schicksal zu entscheiden. Der Wächter muß in Gefangenschaft ausharren. Er ist ein kleiner, fettleibiger Mann; seine Stirn ist schweißglänzend, die Augen zornhell, die Nasenflügel beben. »Was soll ich schon erzählen?« sagt er. »Ich war auf Wache. Sie kam rein. Ich hatte sie noch nie gesehen, aber ich habe gleich gemerkt, daß sie etwas Besseres ist. Ihr Umhang klaffte auseinander. Sie hatte anscheinend nichts darunter an. Sie wirkte sehr aufgeregt.«

»Was hat sie gesagt?«

»Daß sie mich will. Das waren ihre ersten Worte.« Ja, ich sehe die Szene direkt vor mir, obwohl es mir schwerfällt, mir Silenas hochgewachsenen, schlanken Körper in den Armen dieses vierschrötigen, kleinen Mannes vorzustellen. »Sie hat gesagt, daß sie mich kennt und ganz verrückt nach mir ist.«

»Und dann?«

»Ich habe das Tor verriegelt, und wir sind in ein Zimmer gegangen, in dem ein Bett steht. Zu dieser Tageszeit war alles ruhig; ich dachte, es kann nichts passieren. Sie ließ ihren Umhang fallen. Ihr Körper . . .«

»Das interessiert mich nicht.« Vor meinem inneren Auge sehe ich diesen Körper nur zu gut: die glatten Schenkel, die kleinen, hochangesetzten Brüste, die Flut dunkelbraunen Haars, das in weichen Wellen auf die Schultern fällt. »Worüber habt ihr euch unterhalten? Hat sie irgendwelche politischen Äußerungen gemacht? Ein Schlagwort oder Bemerkungen, die sich gegen die Regierung richteten?«

»Nichts. Wir haben uns nackt hingelegt und einander gestreichelt. Dann hat sie gesagt, daß sie eine Droge bei sich hat, die das Lustgefühl ums Zehnfache steigert. Es war ein dunkles Pulver. Ich habe es in Wasser aufgelöst getrunken, sie auch – zumindest hat sie so getan. Ich bin sofort eingeschlafen. Als ich wieder zu mir kam, war in Ganfield Hold die Hölle los, und ich war ein Gefangener.« Er wirft mir einen finsteren Blick zu. »Ich hätte gleich wissen müssen, daß etwas faul ist. Frauen wie die sind auf jemanden wie mich nicht scharf. Was habe ich euch getan? Warum mußte ich in eurem Spiel der Sündenbock sein?«

»Es war ihr Spiel«, sage ich, »nicht meines. Ich hatte nichts damit zu tun. Ihre Beweggründe sind mir ein Rätsel. Wenn ich herausfinden könnte, wohin sie gegangen ist, würde ich zu ihr gehen und die Antworten aus ihr herausquetschen. Wenn Sie mir irgendwie weiterhelfen können, werden Sie vielleicht begnadigt und freigelassen.«

»Ich weiß überhaupt nichts«, sagt er mürrisch. »Sie ist zu mir gekommen, sie hat mich reingelegt und mit Drogen betäubt, und sie hat das Programm gestohlen.«

»Denken Sie nach. Hat sie nichts gesagt? Vielleicht den Namen eines anderen Bezirks erwähnt?«

»Nichts.«

In diesem großen Schachspiel ist er nur ein Bauer, harmlos, nutzlos. Als ich gehe, schreit er mir nach, daß ich ihm helfen soll. Aber was kann ich schon machen? »Sie hat mich ruiniert!« brüllt er.

»Vielleicht hat sie uns alle ruiniert«, antworte ich.

Auf mein Ersuchen begleitet mich einer der Bezirksankläger zu Silenas Wohnung, die seit ihrem Verschwinden amtlich versiegelt ist. Man hat alles darin sorgfältig untersucht, aber möglicherweise entdecke ich einen Fingerzeig, den nur ich deuten kann. Beim Eintreten empfinde ich den Verlust wie einen heftigen Schock. Silenas Sachen erinnern mich an glücklichere Zeiten. Alles ist mir schmerzlich vertraut: ihre ordentlich aufgereihten Bücher, ihre Kleider, ihre Einrichtung, ihr Bett. Ich hatte sie erst vor elf Wochen kennengelernt, und sie war nur zwei Wochen lang meine Monatsfrau; es war mir nicht bewußt geworden, daß sie in dieser kurzen Zeit einen so bedeutenden Platz in meinem Leben eingenommen hatte. Der Ankläger und ich sehen uns in der Wohnung um. Die Bücher zeugen von ihrer wachen und lebhaften Intelligenz: nur wenig leichte Lektüre, hauptsächlich ernste Werke über Geschichte, Analysen sozialer Probleme, Prognosen künftiger Lebensbedingungen. *Die Ära der Weltstadt* von Holmann. *Triumph der Megalopolis* von Sawtelle. *Die neue Welt des Stadtbewohners* von Doxiadis. *Fünfzig Milliarden Menschen* von Heggebend. *Kalkutta ist überall* von Marks. *Die neue Gemeinschaft* von Chasin. Ich nehme ein paar Bücher aus dem Regal und streichle sie, als ob es Silena wäre. Oft hatte sie abends, wenn ich bei ihr war, eines dieser Bücher genommen – Sawtelle, Heggebend, Marks oder Chasin – um mir eine Passage daraus vorzulesen, in der ein von ihr vertretener Standpunkt näher erläutert wurde. Ich blättere flüchtig in den Seiten. Viele Abschnitte sind mit feinen, geraden Linien unterstrichen, und es findet sich eine Unzahl ausführlicher Anmerkungen. »Wir haben alles sorgfältig auf eine mögliche Bedeutung hin untersucht«, bemerkt der Ankläger, »konnten aber lediglich die Schlußfolgerung ziehen, daß es ihrer Meinung nach zu viele Menschen auf der Erde gibt, um sich wohlzufühlen.« Er lacht knarrend. »Und wer findet das nicht?« Er deutet auf einen Stapel grün eingebundener Heftchen, die am Ende des einen Regals liegen. »Das könnte Ihnen bei Ihrer Suche vielleicht weiterhelfen. Wissen Sie etwas darüber?«

Der Stapel besteht aus neun Exemplaren eines Werkes mit dem Titel *Walden Drei*, offensichtlich ein utopischer Roman, der in einem idyllischen Land voller Flüsse und Wälder spielt. Ich kenne die Heftchen nicht; Silena kann sie erst vor kurzem bekommen haben. Warum neun Exemplare? Hat sie als Verteilerin agiert? Laut Aufdruck stammen sie aus einem Verlagshaus in Kingston. Granfield und Kingston haben ihre Handelsbeziehungen vor langer Zeit abgebrochen; Publikationen aus Kingston sind bei uns ungewöhnlich. »Ich habe sie noch nie gesehen«, sage ich. »Wissen Sie, woher sie die Bücher hat?«

»Es gibt drei Kanäle, über die subversive Literatur aus Kingston hierhergelangt. Einer davon ist . . .«

»Demnach ist dieses Buch subversiv?«

»O ja, eindeutig. Es spricht sich für eine totale Abkehr von den sozialen Entwicklungen der letzten hundert Jahre aus. Wie gesagt, es gibt drei Kanäle für subversive Literatur aus Kingston. Wir sind einer Verteilerkette nachgegangen, die über Wisleigh und Cedar Mill führt. Eine andere geht über Old Grove, Hawk Nest und Conning Town, die dritte über Parley Close und The Mill. Man kann mit großer Sicherheit davon ausgehen, daß Ihre Frau sich jetzt in Kingston befindet; die Reise dürfte sie mit Hilfe ihrer subversiven Mitstreiter auf einer dieser Routen zurückgelegt haben. Dafür haben wir allerdings keinerlei Beweise.« Er lächelt ausdruckslos. »Sie kann in jeder Ortschaft entlang dieses Weges sein. Oder in keiner von ihnen.«

»Ich nehme an, daß Kingston mein Ziel ist – sofern ich nichts Gegenteiliges erfahre. Stimmt's?«

»Was bleibt Ihnen sonst übrig?«

Wirklich – was sonst? Ich muß auf gut Glück eine unbestimmte Anzahl feindlicher Bezirke durchsuchen; mein einziger Anhaltspunkt ist der Herkunftsort dieser neun Bücher. Inzwischen verrinnt die Zeit, und Ganfield gleitet jeden Tag tiefer ins Chaos.

Das Büro der Staatsanwaltschaft versorgt mich mit den Dingen, die ich brauchen werde: Stadtpläne, Beglaubigungsschreiben, ein Paß für Pendler, mit dem ich zumindest einige Bezirksgrenzen unbehelligt passieren kann, sowie eine Auswahl verschiedener Währungen und Banknoten der Zentralbank, die in den meisten Bezirken gültig sind. Gegen meinen Willen wird mir außerdem eine Waffe ausgehändigt – eine kleine Strahlenpistole – und eine Giftkapsel, die ich schlucken kann, wenn als letzter Ausweg nur ein schneller und leichter Tod bleibt. Den Abschluß meiner Vorbereitungsarbeit bildet ein einstündiges Gespräch mit einem ehemaligen Geheimagenten. Während seiner Tätigkeit als Spion hat er unbehindert Hunderte von Bezirken durchquert, darunter so weit entfernte Orte wie Threadmuir und Reed Meadow. Wie lauten seine Ratschläge für ein sicheres Durchkommen? »Nie die Ruhe verlieren«, sagt er. »Treten Sie gelassen und selbstsicher auf, als ob Sie genau an den Ort gehören, an dem Sie sich gerade aufhalten. Gehen Sie aufrecht. Schauen Sie jedermann offen ins Gesicht. Sagen Sie aber nie mehr, als unbedingt notwendig ist. Sie müssen sehr vorsichtig vorgehen und ununterbrochen auf der Hut sein.« Das wäre mir auch von alleine eingefallen. Eine Art spezielles Überlebensrezept kann er mir nicht geben. Er sagt, daß man in jedem Bezirk mit anderen Problemsituationen fertigwerden muß, die sich zudem ständig ändern. Man kann das unmöglich abschätzen, sondern kann nur spontan handeln. Sehr tröstlich!

Bei Einbruch der Nacht suche ich das Gebetshaus auf, das im Schatten des Ganfield-Turms liegt. Ich habe das Gefühl, daß ich nicht ohne Segen gehen sollte. Aber meinem Besuch haftet etwas Bühnenhaftes und Gezwungenes an, und mein Glaube verläßt mich schon beim Betreten des Gebäudes. Im schwach erleuchteten Vorraum entzünde ich neun Kerzen, ich nehme fünf Grashalme aus dem Heiligen Gefäß, ich führe das vorgeschriebene Ritual aus, aber mein Inneres bleibt wie erstarrt und unberührt, und ich bin nicht fähig zu beten. Der Hüter der Seelen, ein düsterer, alter Mann mit undurchdringlichen Augen in dunklen Höhlen, wurde von meiner Mission unterrichtet. Er gewährt mir eine Audienz und beehrt mich mit einer freundlichen, leichten Umarmung. »Geh in Frieden«, murmelt er, »Gott wacht über dich.« Ich wünschte, ich könnte mir dessen sicher sein. Auf dem Heimweg mache ich möglichst viele Umwege; es ist wie ein Versuch, in meiner letzten Nacht soviel ich nur kann von Ganfield in mir aufzunehmen. Die Erinnerung an eine weit zurückliegende Vergangenheit durchströmt mich wie ein Fluß, der allmählich austrocknet. Mein Geburtshaus, meine Schule, die Straßen, in denen ich gespielt habe, das Wohnhaus, in dem ich meine Jugend verbracht habe, das Haus meiner ersten Monatsfrau. Lebwohl. Lebwohl. Morgen breche ich auf. Ich kehre allein in meine Wohnung zurück; wiederum ist mein Schlaf unruhig. Eine Stunde nach Tagesanbruch finde ich mich – fast zu meinem eigenen Erstaunen – in der Gruppe der Wartenden am Eingang der Transit-Untergrundbahn wieder. Meine Reise hat begonnen.

6

In der Untergrundbahn herrscht Schweigen. Die Gesichter drücken Anspannung aus; steif sitzen die Menschen auf den Plastiksitzen. Gelegentlich wirft mir jemand von der anderen Seite des Gangs einen Blick zu, als ob er sich fragt, wer dieser Neuling in der Gruppe von Pendlern wohl sein mag. Aber jeder sieht weg, sobald es mir auffällt. Ich kenne niemanden hier, obwohl diese Menschen genauso lange wie ich in Ganfield leben müssen. Ihr Lebensbereich hat meinen nie gestreift. Techniker, Geschäftsleute, Diplomaten, was auch immer – ihr Beruf führt sie über die Grenzen von Ganfield hinaus. Es gehört zu den Anomalien unseres verstümmelten und streng reglementierten Gesellschaftssystems, daß ein gewisses Maß an regelmäßigen Kontakten zwischen den einzelnen Bezirken weiterbesteht; jeden Tag müssen etliche Menschen in fremde Bezirke fahren und dort, abgekapselt und isoliert, unter unfreundlichen Fremden arbeiten.

Mit atemberaubender Geschwindigkeit braust der Zug in Richtung Osten. Mittlerweile haben wir die Grenzen Ganfields sicherlich schon passiert und befinden uns jetzt auf fremdem Territorium. Eine Leuchttafel an der Wagenwand zeigt die Route an: Conning Town – Hawk Nest – Old Grove – Kingston – Folkstone – Parley Close – Budleigh – Cedar Mall – The Mill – Morton Court – Ganfield, ein weiter Bogen durch Ganfields Nachbarbezirke. Ich versuche, mir ein Bild von den einzelnen Teilen in dieser Kette von Bezirken zu machen. Jede Gemeinde besteht aus drei- bis vierhunderttausend loyalen und patriotischen Bürgern, jede hat ihre eigene Atmosphäre, einen eigenen Stil, ein besonderes Merkmal, eigene Sitten und Gebräuche und verfügt über einen selbständigen Verwaltungsapparat. Trotzdem kann ich mir nur viele andere Ganfields vorstellen, Orte, die dem gleichen, den ich gerade verlassen habe. Ich weiß, daß das nicht zutrifft. Die heutige Weltstadt setzt sich nicht aus gleichförmigen Einheiten zusammen; sie ist keine Ansammlung gesichtsloser Vororte. Nein, unsere Welt weist eine unglaubliche Vielfalt auf, eine Unzahl einzigartiger Stadtzentren, die sich nur aufgrund äußerer Notwendigkeiten zu einem zerbrechlichen Gesamtbild zusammengeschlossen haben. Der Entstehung dieser Bezirke liegt kein Planungskonzept zugrunde; die Gemeinden wuchsen einfach zusammen, zu verschiedenen Zeitpunkten, weil es besondere Gegebenheiten erforderten. Ein Bezirk schmiegt sich anmutig in die Windungen eines Flußtales, ein anderer erklimmt kühn steile Berghänge; hier deuten die Hauptmerkmale der Architektur auf ein mildes und freundliches Klima, dort auf einen ständigen Kampf mit den Unbilden der Natur; das Aussehen richtet sich nach der jeweiligen Landschaft sowie den örtlichen Erfordernissen und ist schon daher individuell geprägt. Die Welt ist so reich an Vielfalt – warum sehe ich dann nur Tausende Ganfields?

Natürlich ist alles nicht so einfach. Wir leben in einem Spannungsverhältnis: einerseits der Wunsch nach Individualität, andererseits die Sachzwänge, die die Einförmigkeit unserer Städte verursachen. Die gewaltige Expansion der Großstädte von einst – London, Tokio, New York – war schuld daran, daß sie in benachbarte Gemeinden mit quasi-autonomem Status aufgesplittert wurden. Die ungeheure Ausdehnung dieser Städtegiganten war ihr Untergang; die hohe Bevölkerungsdichte machte das Fernverkehrsnetz unrentabel, die Kommunikation wurde erschwert, das alte Stadtbild zerfiel, die Autorität der zentralen Regierung war untergraben – als einzig überlebensfähige Form blieb letztlich das Modell der festgefügten, verkleinerten Stadt. Dann manifestierten sich zwei konträre, dynamische Entwicklungen. Selbstbewußtsein und der Wunsch nach einer besseren Position führten zu einer Spezialisierung innerhalb jeden Bezirks: Der eine wurde führend auf dem Gebiet industrieller Produktion, der andere in der Hochschulbildung; hier entstand ein Finanzzentrum, dort eines für die Verarbeitung von Rohstoffen; der eine Bezirk befaßte sich hauptsächlich mit dem Großhandel von Waren, der andere mit Einzelhandel. Und so weiter. Aufbau und Gestaltung eines jeden Bezirks ergaben sich aus der von ihm gewählten Funktion. Und doch machte diese Dezentralisation eine Überfülle neuer Institutionen erforderlich: Man brauchte mehr Regierungs- und Verwaltungsapparate, öffentliche Einrichtungen und Ämter. Um der eigenen Sicherheit willen versuchte jeder Bezirk sich in eine Miniaturausgabe der vormaligen Großstadt zu verwandeln. Im Idealfall hätten wir ein Gleichgewicht zwischen Spezialisierung und Überproduktion gehalten, das heißt, das Ziel jeder Gemeinschaft wäre gewesen, bei einem Mindestmaß an Überschneidung und Energieverbrauch den Bedarf der anderen Gemeinschaften zu erfüllen. Was in der Realität folgte, liegt menschlicher Schwäche zugrunde: Es herrschen unwiderruflich Rivalität und irrationale Angst, die die Bezirke voneinander isolieren. Gegen unser ureigenstes Interesse lösen wir uns Jahr für Jahr mehr aus den Banden gegenseitiger Abhängigkeit und beharren darauf, Selbstverwirklichung innerhalb unserer enggesteckten Bezirksgrenzen zu finden. Das ist natürlich nicht möglich, und unsere Lebensqualität sinkt ständig. Eines Tages werden alle Bezirke gleich sein, und wir werden eine neue Welt geschaffen haben, die aus tristen, freudlosen Ganfields besteht, ohne Schönheit und ohne Abwechslung.

Der Zug hält. Wir sind in Conning Town. Ich habe die erste Grenze überschritten. In einer Reihe mit den ernstblickenden Pendlern gehe ich auf den Ausgang zu. Genau wie sie nähere ich mich einem Scanner von riesigen Ausmaßen und zeige meinen Paß vor. Er trägt kein einziges Visum; die der anderen sind bunt von unzähligen Stempeln. Ich bin nervös, aber die Maschine akzeptiert mich und drückt einen Stempel auf, der sich grellrot von der blaßblauen Seite abhebt:

– BEZIRK CONNING TOWN –
– EINREISEVISUM –
– 24-STUNDEN-GÜLTIGKEIT –

Auf Stunde, Minute, Sekunde datiert. Du bist willkommen, Fremder, aber vor Sonnenaufgang mußt du die Stadt wieder verlassen haben!

Auf die surrende Rampe, dann auf die Straße. Helles Morgenlicht späht durch die schmalen, rußigen, dicht nebeneinander gebauten Hochhäuser von Conning Town. Die Luft ist kühl und mild und für mich nach den Tagen drückender Hitze im programmlosen und enttechnisierten Ganfield ungewohnt. Treibt unsere schlechte Luft schon über die Grenze und belästigt die Bewohner? Ich werde unfreundlich gemustert; man erkennt mich als Ausländer. Der Stil ihrer

Kleidung unterscheidet sich von unserem: an den Schultern eng geschnitten, weit in der Taille. Ich ertappe mich dabei, ihren mürrischen Blicken mit einem nichtssagenden Lächeln zu antworten.

Eine Stunde lang spaziere ich ziellos durch den Innenstadtsektor. Meine ersten Befürchtungen sind geschwunden, und ein gewisser Übermut ergreift mich: Ich rede mir selbst ein, ein Einheimischer zu sein, und genieße den kleinen Selbstbetrug. Der Ort ist Ganfield nicht unähnlich und doch anders. Die Gehsteige sind breiter; die Straßenlaternen sind sanft geschwungen statt eckig; die Wasserhydranten sind grün-gold, nicht blau-orange gemustert. Die Polizeiroboter haben flachere Köpfe und sind statt mit sechs oder acht mit zehn oder zwölf Sensorenaugen ausgestattet. Alles ganz anders.

Dreimal werde ich von Polizeirobotern aufgehalten. Ich zeige meinen Paß mitsamt Visum vor und kann weitergehen. Bis jetzt ist meine Reise unproblematischer verlaufen, als ich befürchtet hatte. Warum nur habe ich geglaubt, daß allein die Tatsache, daß ich ein Fremder bin, die Menschen hier veranlassen würde, mich anzugreifen? Schließlich herrscht kein Krieg zwischen Ganfield und seinen Nachbarn.

Auf der Suche nach einem Buchgeschäft bewege ich mich in Richtung Osten und durchquere eine schäbige Wohngegend und eine trostlose Industriezone, bevor ich in ein Viertel mit kleinen Geschäften komme. Am Spätnachmittag entdecke ich schließlich drei Buchläden, alle in einem Häuserblock, aber sie wirken eher steril und erwecken nicht den Eindruck, als ob sie subversive Propaganda wie *Walden Drei* anbieten. Die ersten beiden sind vollautomatisiert; der Vorgang des Auswählens, Kaufens und Bezahlen eines Buches wird in den schmucklosen Räumen per Computer durchgeführt. Im dritten Geschäft arbeitet ein Angestellter, ein Mann um die Dreißig, mit blonden, herabhängenden Schnurrbartspitzen und wachsamen, blauen Augen. Er erkennt den Stil meiner Kleidung und sagt: »Aus Ganfield, wie? Gibt viel Ärger drüben.«

»Sie haben davon gehört?«

»Nur Gerüchte. Computerausfall, nicht wahr?«

Ich nicke. »So etwas Ähnliches.«

»Keine Polizei, keine Müllabfuhr, keine Wetterkontrolle, fast alles außer Betrieb – das erzählen sich die Leute.« Er scheint weder überrascht noch verärgert zu sein, einen Ausländer in seinem Laden zu haben. Sein Benehmen ist freundlich und entspannt. Will er vielleicht nähere Informationen über unsere Angreifbarkeit aus mir herauslocken? Ich darf ihm nichts erzählen, das uns schaden könnte. Aber offensichtlich weiß man hier schon alles. Er fährt fort: »Ich schätze, für euch ist es ein bißchen wie ein Rückfall in die Steinzeit. Muß ein richtiger Alptraum sein.«

»Wir schaffen's schon«, sage ich betont beiläufig.

»Wie ist es eigentlich dazu gekommen?«

Ich zucke vage die Achseln. »Ich weiß es nicht genau.« Noch habe ich nichts verraten. Aber auf einmal fällt mir – verspätet – etwas an seinem Tonfall auf, und das automatische Mißtrauen, mit dem ich bisher auf seine Fragen geantwortet habe, läßt nach. Ich sehe mich um. Außer uns ist niemand im Laden. Ich versuche, meiner Stimme einen leicht verschwörerischen Unterton zu geben, und sage: »Vielleicht ist es gar nicht so schlimm, wenn wir uns erst einmal daran gewöhnt haben. Ich meine, wir haben uns schließlich nicht schon immer darauf verlassen, daß Maschinen für uns das Denken übernehmen, und trotzdem haben wir überlebt; es ging sogar ganz gut. Letzte Woche habe ich so ein kleines Büchlein gelesen, in dem stand, daß es uns möglicherweise ganz guttun würde, wenn wir versuchen, zu unserer ursprünglichen Lebensform zurückzufinden. Ein Buch aus Kingston.«

»*Walden Drei.*« Keine Frage, sondern eine Feststellung.

»Stimmt.« Meine Augen prüfen ihn. »Haben Sie es gelesen?«

»Gesehen.«

»Ganz vernünftige Ideen in dem Buch, finde ich.«

Er lächelt warm. »Das finde ich auch. Habt ihr in Ganfield viel von dem Zeug aus Kingston?«

»Eigentlich nur sehr wenig.«

»Hier gibt's auch nicht viel.«

»Aber zumindest etwas.«

»Etwas schon, ja«, gibt er zu.

Bin ich durch Zufall auf ein Mitglied von Silenas Untergrundbewegung gestoßen? Eifrig sage ich: »Wissen Sie, vielleicht können Sie mir helfen, ein paar Leute zu treffen, die . . .«

»Nein.«

»Nein?«

»Nein.« Seine Augen sind noch immer freundlich, aber sein Gesicht ist verschlossen. »Von der Sorte werden Sie hier niemand finden,« sagt er, jetzt mit leiser und ausdrucksloser Stimme. »Sie sollten nach Hawk Nest fahren.«

»Ich habe gehört, daß das ein ziemlich übler Ort ist.«

»Trotzdem ist es das, was Sie suchen. Nate und Holly Bordens Geschäft, gleich bei der Box Street.« Sein Verhalten ändert sich abrupt, er ist ganz der höfliche Angestellte, übertrieben beflissen. »Kann ich sonst noch etwas für Sie tun, mein Herr? Falls Sie Interesse an Romanen haben, ich habe gerade ein paar gute zweibändige Kassetten hereinbekommen. Vielleicht zeige ich Ihnen . . .«

»Nein, danke.« Ich lächle, schüttle den Kopf und verlasse das Geschäft. Draußen wartet ein Polizeiroboter. Sein Kopf rotiert, jedes seiner Sensorenaugen tastet mich sorgfältig ab; schließlich ertönt eine vollklingende Stimme: »Ihren Ausweis, bitte.« Diese Routine ist mir inzwischen vertraut. Ich händige meinen Paß aus. Durch das Ladenfenster sehe ich den Angestellten, der mit düsterer Miene den Vorfall beobachtet. Der Polizeiroboter fragt: »Ihr Wohnort in Conning Town?«

»Ich habe keinen. Ich bin mit einem 24-Stunden-Visum hier.«

»Wo werden Sie die Nacht verbringen?«

»Wahrscheinlich in einem Hotel.«

»Zeigen Sie bitte Ihre Zimmerreservierung.«

Langes Schweigen; zweifellos hält der Roboter Rücksprache mit seiner Zentrale, die aus dem Hauptprogramm ihre Anweisungen abruft. Schließlich sagt er: »Sie sind angehalten, sich eine offizielle Reservierung zu besorgen und diese so schnell wie möglich innerhalb der nächsten vier Stunden einem Monitor vorzuweisen. Sollten Sie dies unterlassen, verliert Ihr Visum seine Gültigkeit, und Sie werden unverzüglich abgeschoben.« Aus dem Innern der Maschine ertönt ein bedrohliches Klicken. »Ab sofort sind Sie unter offizieller Überwachung«, lautet der abschließende Bescheid.

Voller Fragen kehre ich hastig in den Buchladen zurück. Der Angestellte ist nicht erfreut, mich wiederzusehen. Jeder, der die Aufmerksamkeit eines Monitors – so nennt man hier anscheinend die Polizeiroboter – auf sein Geschäft lenkt, ist unerwünscht. »Können Sie mir sagen, wie ich von hier zum nächsten anständigen Hotel komme?« frage ich ihn.

»Sie werden keines finden.«

»Gibt es keine anständigen Hotels?«

»Es gibt keine Hotels. Nichts, wo Sie ein Zimmer bekommen könnten. Wir haben hier nur zwei oder drei Durchgangsquartiere, und die Unterkünfte sind auf Monate im voraus an reguläre Pendler vergeben.«

»Weiß der Monitor das?«

»Natürlich.«

»Wo sollen Fremde denn hier übernachten?«

Er zuckt die Achseln. »Feste Einrichtungen für Fremde als solche gibt es bei uns nicht. Die regulären Pendler haben ihre regulären Arrangements. Illegale Eindringlinge haben hier überhaupt nichts zu suchen. Sie fallen irgendwo dazwischen, denke ich. Für Sie gibt es keine legale Möglichkeit, die Nacht in Conning Town zu verbringen.«

»Aber mein Visum . . .«

»Nützt Ihnen auch nichts.«

»Ich glaube, ich fahre lieber weiter nach Hawk Nest.«

»Es ist spät. Sie haben den letzten Zug versäumt. Es bleibt Ihnen keine andere Wahl; Sie müssen hierbleiben, außer, Sie wollen versuchen, die Grenze zu Fuß in der Dunkelheit zu überqueren. Dazu würde ich Ihnen nicht raten.«

»Bleiben? Wo denn?«

»Schlafen Sie auf der Straße. Wenn Sie Glück haben, werden Sie von den Monitoren in Ruhe gelassen.«

»Am besten wahrscheinlich in einer kleinen Seitengasse.«

»Nein,« sagt er. »Wenn Sie an irgendeinem gottverlassenen Platz übernachten, werden Sie ganz sicher von nächtlichen Herumtreibern abgestochen. Gehen Sie in eine der dafür vorgesehenen Schlafstraßen. Inmitten einer großen Menschenmenge fallen Sie vielleicht nicht auf, auch wenn Sie unter Überwachung sind.« Während er spricht, geht er im Geschäft hin und her und schließt es für die Nacht. Er macht einen beunruhigten und sorgenvollen Eindruck. Ich hole meinen Stadtplan von Conning Town, und er zeigt mir den Weg. Der Plan ist offensichtlich verraltet; mit ein paar nervösen Bleistiftstrichen korrigiert er ihn. Wir gehen zusammen aus dem Geschäft. Ich lade ihn zum Abendessen in ein Restaurant ein, aber er sieht mich an, als ob ich die Pest hätte. »Auf Wiedersehen«, sagt er. »Viel Glück.«

7

Außer mir befindet sich nur eine Handvoll anderer Gäste in dem verkommenen, trübe beleuchteten Automatenrestaurant am Rande der Innenstadt, in dem ich zu Abend esse. Stumme Maschinen servieren dünne, scharfe Suppe, helles, schwammiges Brot und einen Blechtopf mit ein paar klumpigen Stückchen unbestimmbarer Herkunft; ich zahle mit Conning-Town-Währung, gelben Plastikmarken. In gedrückter Stimmung verlasse ich das Lokal. Im Westen sehe ich einen rötlichen Schimmer am Horizont. Vielleicht ist das nur ein herrlicher Sonnenuntergang; genausogut kann es allerdings bedeuten, daß Ganfield im Flammen steht. Ich halte nach Monitoren Ausschau. Meine Gnadenfrist von vier Stunden ist nahezu abgelaufen. Ich muß schleunigst in der Menge untertauchen. Es scheint noch etwas zu früh zum Schlafengehen zu sein, aber der Platz, den mir der Buchhändler als Nachtquartier vorgeschlagen hat, ist nur noch ein paar Häuserblocks entfernt, also mache ich mich auf den Weg. Das stellt sich als günstig heraus; als ich auf dem Platz ankomme – er ist sehr groß und von grauen Gebäuden mit verzierten Fassaden eingesäumt –, füllt er sich schon mit Straßenschläfern. Es müssen mindestens achthundert Menschen sein – Männer, Frauen, Familien –, sie alle lassen sich in kleinen Grüppchen auf dem gepflasterten Boden nieder, der offensichtlich Nacht für Nacht nach einem bestimmten System unter den Benutzern aufgeteilt wird. Es werden ständig mehr; von drei Seiten strömen Menschen auf den Platz, suchen ihr kleines Stück Boden auf, legen Matratzen oder Kleiderstapel als Unterlage auf. Es ist eine freundliche Versammlung; diese Menschen verbindet das enge Beisammensein und die allen gemeinsame Armut. Sie lachen, umarmen sich, spielen Glücksspiele, tauschen mit gedämpfter Stimme Vertraulichkeiten aus, streiten, machen Geschäfte miteinander und verrichten gemeinsam die rituellen Handlungen ihrer Religion, indem sie sich zu sechst zusammensetzen, in die Hände klatschen und singen. Eine Intimsphäre scheint hier unbekannt zu sein. Ungeniert entkleidet man sich voreinander; es kommt vor aller Augen zu Geschlechtsverkehr. Die Heiterkeit der Szene – sie erinnert mich an mittelalterliches Karnevaltreiben, an Breughelsche Festgelage – wird nur durch das Bewußtsein getrübt, daß diese Schar von Nachtschwärmern heimatlos unter einem feindlichen Himmel ist, Regen, Hagel, Nebelschwaden, Schnee und all den andern Unbilden des Wetters ausgesetzt, die in diesen Breitengraden im Winter wie im Sommer herrschen.

In Ganfield gibt es nur einige wenige Obdachlose, die ihre Wohnberechtigung verloren haben und übergangsweise ins Freie ausweichen mußten, aber hier scheint es eine feste Institution zu sein, als ob in Conning Town vor ein paar Jahren ein Moratorium über neue Wohnraumplanung herausgegeben worden wäre, in dem ein Anwachsen der Bevölkerung nicht berücksichtigt wurde.

Vorsichtig steige ich über die Menschen, um sie herum, zwischen ihnen hindurch, erreiche so die Mitte des Platzes und suche mir ein freies Stückchen Pflaster aus. Aber sofort taucht eine kleine, rotgesichtige Frau auf, sichtlich erhitzt und angeheitert. In breitem Conning-Town-Dialekt, den ich kaum verstehen kann, teilt sie mir mit, daß sie ältere Rechte auf diesen Platz hat. Ihre Augen funkeln drohend, die Hände krümmen sich zu Klauen; einige Streuner, die in der Nähe sitzen, richten sich auf und werfen mir finstere Blicke zu. Ich entschuldige mich für meinen Irrtum und ziehe mich zurück, stolpere über ein Kind und kann gerade noch verhindern, daß ich einen brodelnden Kochtopf umstoße. Weiter. Hier nicht. Hier nicht. Ich bleibe stehen und sehe mich verzweifelt um. Aus einem Stapel Decken schiebt sich eine Hand und streicht über mein Bein. Hier nicht. Aus einem winzigen, grünen Zelt schaut ein Mann mit stark geschminktem Gesicht. Er spricht mich in einer Sprache an, die ich nicht verstehe. Hier nicht. Ich gehe weiter und weiter, bin sicher, daß man mich von hier vertreiben wird, ich bin ein Ausgestoßener, nicht einmal berechtigt, auf den Straßen dieses Bezirks zu schlafen. Endlich entdecke ich einen kleinen Winkel, dessen Bewohner mir bedeuten, daß ich willkommen bin. »Darf ich?« frage ich. Sie lachen und gestikulieren. Dankbar lasse ich mich nieder.

Es ist dunkel geworden. Noch immer füllt sich der Platz. Nach mir müssen noch mindestens tausend Menschen gekommen sein, die sich in jedes freie Eck zwängen, und der Zustrom hört nicht auf. Ich höre lautes Lachen, müßiges Geplauder, verstohlenes Liebesgeflüster, das schwache Geräusch häuslicher Streitigkeiten. Irgend jemand reicht einen Krug Wein herum, der auch mir in die Hand gedrückt wird; das Getränk schmeckt bitter, wahrscheinlich besteht es hauptsächlich aus vergorenem Muschelsaft, aber ich freue mich über die Geste. Die Nacht ist warm, fast schwül. In der Luft hängt ein Geruch von fremdartigen Gerichten – ein scharfer, würziger, schwerer, pikanter Duft. Curry? Ist das hier wirklich Kalkutta? Ich schließe die Augen und rolle mich auf dem Boden zusammen. Die harten Pflastersteine unter mir sind kalt. Ich habe keine Matratze, und ich bringe es nicht über mich, mich vor so vielen Fremden auszuziehen. In diesem Tollhaus werde ich sicher keinen Schlaf finden, denke ich mir noch. Aber allmählich wird das Stimmengewirr leiser, und erschöpft und müde gleite ich in einen tiefen, unruhigen Schlaf.

Alpträume. Die erstickende Nähe dicht zusammengedrängter Menschenmassen. Flüsse treten über die Ufer. Hochhäuser stürzen ein. Schlammfontänen bersten aus Tausenden Fenstern. Stählerne Bänder umspannen meine Schenkel; meine Beine werden taub, erlahmen. Ein Lichtstrahl erfaßt mich. Eine riesige Hand berührt mich. Berührt mich. Berührt mich. Reißt mich aus meinem Schlaf.

Ich bin in grelles weißes Licht getaucht. Ich blinzele, drehe mich um, bedecke meine Augen mit der Hand. Plötzlich bemerke ich, daß ein Monitor vor mir steht. Die Schläfer in meiner Nähe sind aufgewacht. Sie rücken ab, tuscheln miteinander, zeigen auf mich.

»Ihre Straßenschlaferlaubnis, bitte.«

Erwischt. Ich murmele Entschuldigungen, berufe mich auf meine Unkenntnis des Gesetzes, bitte um Verzeihung. Aber ein Polizeiroboter ist weder bösartig noch nachsichtig; er handelt lediglich gemäß seiner Programmierung. Mein Paß wird verlangt, das Visum überprüft. Dann werde ich daran erinnert, daß ich unter Überwachung stehe. Da ich weder ein Hotelzimmer gefunden noch innerhalb der vorgeschriebenen Zeit meine Reservierung einem Monitor vorgewiesen habe, wird man mich jetzt abschieben.

»Also gut«, sage ich. »Bringen Sie mich zur Grenze von Hawk Nest.«

»Sie werden unverzüglich nach Ganfield zurückkehren.«

»Ich habe Geschäfte in Hawk Nest.«

»Illegale Einreisende werden in ihren Heimatbezirk zurückgeschickt.«

»Es kann Ihnen doch egal sein, wohin ich gehe, solange ich nur Conning Town verlasse.«

»Illegale Einreisende werden in ihren Heimatbezirk zurückgeschickt.« wiederholt die Maschine unerbittlich.

Ich kann unmöglich zurückkehren; ich habe fast nichts erreicht. Ich rede noch immer auf den Monitor ein, während er mich durch finstere, wie ausgestorbene Gassen zum Eingang der Bahnstation bringt. Dort werde ich einem anderen Monitor übergeben. »In drei Stunden trifft der Zug nach Ganfield ein.« informiert mich der Monitor, der mich aufgegriffen hat. Dann verschwindet er.

Zu spät merke ich, daß er versäumt hat, mir meinen Paß zurückzugeben.

8

Monitor Nr. 2 zeigt wenig Interesse für mich. Auf seinen Kontrollrunden durch die Station bewegt er sich in weiten Bögen um mich herum, einer seiner Scanner ist mechanisch auf mich gerichtet, aber ansonsten kümmert er sich nicht weiter um mich. Sollte ich allerdings versuchen zu fliehen, würde er mich liquidieren. Fieberhaft studiere ich meine Stadtpläne. Hawk Nest liegt nordöstlich von Conning Town; falls sich die Bahnstation dort befindet, wo ich sie vermute, kann es bis zur Grenze nicht weit sein. Etwa fünf Minuten zu Fuß, schätze ich. Ohne Paß kann ich nur nach Ganfield; mein Pendlerstatus ist aufgehoben. Aber in Hawk Nest zählen Formalitäten nicht viel.

Wie kann eine Flucht gelingen?

Ich entwickle einen Plan. Er ist absurd einfach, aber gerade Absurdität kann von Nutzen sein, wenn man mit Robotern zu tun hat. Der Monitor ist darauf programmiert, mich in den Zug nach Ganfield zu setzen, das ist richtig. Aber nicht zwingend darauf, mich auch im Zug zu behalten.

Zäh verfließen die Stunden bis zum Sonnenaufgang. Aus weiter Ferne ertönt im Tunnel das dröhnende Geräusch komprimierter Luft. Geschmeidig gleitet der stumpfnasige Zug in den Bahnhof. Der Monitor gibt mir den Befehl zum Einsteigen. Ich betrete den Wagen, gehe schnell durch und springe bei einer offenen Tür am hinteren Ende des Bahnsteigs wieder hinaus. Selbst wenn der Monitor mein Manöver beobachtet hat, kann er kaum durch die Menschenmenge schießen. Beim Verlassen des Wagens fange ich an zu laufen, dränge mich durch erschrockene Reisende und renne die Treppe hinauf, direkt in den dämmernden Morgen. Auf der Straße sollte ich lieber nicht laufen. Ich verfalle in ein rasches Gehtempo und mische mich unter die Menge morgendlicher Arbeiter. Ich befinde mich auf dem Crystal Boulevard. Gut. Ich habe mir die Route eingeprägt: vom Crystal Boulevard zum Flagstone Square, von dort über die Mechanic Street zur Grenze.

Vermutlich sind alle Monitoren, die an das zentrale Computersystem von Conning Town angeschlossen sind, sofort über mein Verschwinden unterrichtet worden. Aber das bedeutet nicht, daß sie auch wissen, wo sie mich finden können. Ich haste weiter in Richtung Norden auf dem Crystal Boulevard – entweder zeugt sein Name von einem makabren Sinn für Humor oder von den tiefgreifenden Veränderungen, die hier im Lauf der Zeit eingetreten sind – und trete, vom Strom der anderen Fußgänger mitgezogen, auf den Flagstone Square, einen verdreckten, holprigen Platz. Links vom Platz zieht sich die Mechanic Street in Kurven und Windungen dahin. Unbehelligt gehe ich auf dieser Hauptstraße mit ihren kleinen Geschäften weiter. Erst an der Grenze muß ich wieder mit Unannehmlichkeiten rechnen.

Ich habe sie in ein paar Minuten erreicht. Es ist eine breite, staubige Straße, still und verödet. Auf der Conning Town-Seite wird sie von einer Reihe massiger Ziegelbauten gesäumt, auf der Hawk Nest- Seite steht eine Zeile flacher, verwahrloster Gebäude; einige sind völlig verfallen, die besten von einer herausfordernden Schäbigkeit. Es gibt keinen Schlagbaum. Es verstößt gegen das Gesetz, Grenzen – außer im Kriegsfall – abzuriegeln, und mir ist von einem Krieg zwischen Conning Town und Hawk Nest nichts bekannt.

Kann ich es riskieren, die Grenze zu überqueren? Zwei verschiedene Arten von Polizeirobotern patrouillieren auf der Straße: die mit den abgeplatteten Köpfen gehören zu Conning Town, die mit den schwarzen, sechseckigen Köpfen zu Hawk Nest. Einer von ihnen wird mich wahrscheinlich im Niemandsland zwischen den beiden Bezirken niederschießen. Aber ich habe keine andere Wahl. Ich muß weitergehen.

Ich renne in dem Augenblick auf die Straße, in dem zwei Roboter, die sich in entgegengesetzten Kreisen aneinander vorbeibewegen, ein Stück der Straße, circa einen Häuserblock lang, unbewacht lassen. Ich habe gerade die Hälfte meines Weges zurückgelegt, als mich der Conning Town-Roboter entdeckt und mir den Befehl zubrüllt. Ich kann nicht verstehen, was er ruft, und renne im Zickzackkurs weiter, in der Hoffnung, so den unvermeidlichen Schüssen auszuweichen. Aber der Roboter schießt nicht; ich muß mich schon auf der Hawk-Nest-Seite der Grenze befinden. Conning Town ist an meinem weiteren Schicksal nicht mehr interessiert.

Der Hawk-Nest-Roboter hat mich entdeckt. Er rollt auf mich zu, als ich nach Luft schnappend und außer Atem auf den Randstein taumelte. »Halt!« ruft er. »Zeigen Sie Ihre Papiere!« In diesem Augenblick tritt ein Mann aus einem verkommenen Haus ganz in der Nähe: breite Schultern, roter Bart, finstere Augen. Mir kommt ein Gedanke. Gelten auch in diesem rauhen Bezirk die heiligen Gesetze von Schutz und Asyl?

»Bruder!« rufe ich. »Was für ein Glück!« Ich umarme ihn und flüstere ihm zu, bevor er mich abschütteln kann: »Ich bin aus Ganfield. Ich suche hier Asyl. Helfen Sie mir!«

Der Roboter hat mich eingeholt. Er mustert mich prüfend, und ich sage: »Das ist mein Bruder. Er bietet mir Asyl an. Fragen Sie ihn! Fragen Sie ihn!«

»Stimmt das?« fragt der Roboter.

Der Rotbärtige verzieht keine Miene, spuckt aus und sagt mürrisch: »Ja, er ist mein Bruder. Ein politischer Flüchtling. Ich biete ihm Asyl. Ich bürge für ihn. Lassen Sie ihn hier.«

In der Maschine klickt und summt es; die Information wird aufgenommen. Dann sagt sie zu mir: »Sie werden sich innerhalb der nächsten zwölf Stunden als politischer Flüchtling mit Bürgen registrieren lassen oder Hawk Nest verlassen.« Ohne etwas hinzuzufügen rollt der Roboter weiter.

Mit warmen Worten bedanke ich mich bei meinem Retter. Er schaut mich finster an, schüttelt den Kopf, spuckt wieder aus. »Wir sind einander nichts schuldig.« sagt er kurz und geht festen Schrittes die Straße hinunter.

9

Hawk Nest, Falkenhorst – der Charakter dieser Stadt paßt zu ihrem Namen. Früher haftete diesem Namen kein schlechter Beigeschmack an; er war ganz einfach die romantische Erfindung eines Architekten. Trotzdem hat diese Bezeichnung das Wesen des Bezirks geprägt, denn im Laufe der Zeit wurde Hawk Nest zu einer Art Heimstatt für alle möglichen kriminellen Elemente und ist heute ein Ort, in dem alle Menschen Ausgestoßene sind; jeder ist des andern Feind.

Andere Bezirke haben ihre Elendsquartiere; Hawk Nest ist ein einziges Elendsquartier. Ich habe gehört, daß seine Einwohner von Diebstahl, Betrug, Erpressung und anderen zwielichtigen Geschäften leben. Die Atmosphäre ist unheilschwanger. Polizeiroboter scheint es nur an der Grenze zu geben. Ich habe das Gefühl, daß hinter jeder Ecke Gewalttätigkeit lauert: Vergewaltigung und Mord in dunklen Seitengassen, das Aufblitzen von Messern, erstickte Schreie, heimliche kannibalische Orgien. Vielleicht geht meine Phantasie mit mir durch. Auf jeden Fall ist mir bis jetzt noch nichts passiert;

die Menschen, die ich auf der Straße treffe, schenken mir keine Beachtung, erwidern nicht einmal meine Blicke. Trotzdem halte ich auf meinem Weg durch diese trostlosen und verfallenen Außenbezirke meine Waffe fest umklammert. Finstere Gesichter beobachten mich durch Fensterscheiben, hinter dreckigen Gardinen. Wenn man mich angreift, werde ich dann gezwungen sein, zu meiner Verteidigung die Waffe abzudrücken? Gott möge mir die Antwort auf diese Frage ersparen.

10

Wozu gibt es in dieser Stadt des Mordes, des Elends und des Verfalls überhaupt ein Buchgeschäft? Ich bin in der Box Street, und dort, zwischen schmierigen Ersatzteillagern und schmutzstarrenden Schnellimbißbuden, befindet sich das Geschäft von Nate und Holly Borden. Es ist fünfmal so tief wie breit, staubig, schwach erleuchtet; die Regale quellen über von alten Büchern und Heften, ein unwirklich scheinender Ableger des 19. Jahrhunderts, der nicht in unsere Zeit paßt. Es ist niemand im Lager, nur eine große, teilnahmslose Frau sitzt füllig, pausbäckig, unbewegt hinter dem Ladentisch. Ihre merkwürdig durchdringenden Augen glitzern wie Glasscheiben in einem Hefeteig. Desinteressiert betrachtet sie mich.

»Ich suche Holly Borden,« sagte ich.

»Sie haben sie gefunden,« antwortet sie mit einer tiefen Baritonstimme.

»Ich bin von Ganfield über Conning Town hierhergekommen.«

Keine Reaktion.

»Ich reise ohne Paß,« fahre ich fort. »Man hat ihn in Conning Town beschlagnahmt. Ich habe die Grenze illegal überschritten.«

Sie nickt. Wartet. Kein Zeichen von Interesse.

»Ich wüßte gern, ob Sie mir ein Exemplar von *Walden Drei* verkaufen können,« sage ich.

Jetzt rührt sie sich ein bißchen. »Warum wollen Sie eins haben?«

»Ich interessiere mich dafür. In Ganfield ist es nicht erhältlich.«

»Wie kommen Sie darauf, daß ich es habe?«

»Ist in Hawk Nest überhaupt etwas verboten?«

Sie scheint sich zu ärgern, daß ich ihre Frage mit einer Gegenfrage beantwortet habe. »Woher wissen Sie, daß ich ein Exemplar habe?«

»Von einem Buchhändler in Conning Town.«

Eine Pause. »Na gut. Vielleicht habe ich es wirklich. Sind Sie den weiten Weg von Ganfield gekommen, nur um ein Buch zu kaufen?« Plötzlich beugt sie sich vor und lächelt – ein warmes, sympathisches, intensives Lächeln, das ihr Gesicht vollständig verändert: Jetzt ist sie aufgeschlossen, wachsam, zugänglich, intelligent, beherrschend. »Was für ein Spiel spielst du?« fragt sie.

»Spiel?«

»Worauf willst du hinaus? Was willst du hier?«

Jetzt ist es an der Zeit, die Karten auf den Tisch zu legen. »Ich suche eine Frau aus Ganfield, Silena Ruiz. Kennst du sie?«

»Ja. Sie ist nicht in Hawk Nest.«

»Ich glaube, sie ist in Kingston. Ich muß sie finden.«

»Warum? Um sie zu verhaften?«

»Einfach, um mit ihr zu reden. Ich habe eine Menge mit ihr zu besprechen. Sie war meine Monatsfrau, als sie aus Ganfield fortging.«

»Der Monat muß fast um sein,« sagt Holly Borden.

»Trotzdem«, antworte ich. »Kannst du mir helfen, sie zu finden?«

»Warum sollte ich dir trauen?«

»Warum nicht?«

Sie denkt kurz nach. Sie mustert mein Gesicht. Ich fühle die Intensität ihrer Prüfung. Schließlich sagt sie: »Ich werde wahrscheinlich bald nach Kingston fahren. Ich glaube, ich kann dich mitnehmen.«

11

Sie öffnet eine Falltür; ich steige in einen Raum unterhalb des Geschäftes. Nach etlichen Stunden bringt mir ein dünner, grauhaariger Mann auf einem Tablett etwas zu essen. »Du kannst Nate zu mir sagen,« meint er. Über mir höre ich undeutliches Stimmengemurmel, Gelächter, Tritte auf dem Holzboden. Vielleicht herrscht in Ganfield jetzt schon eine Hungersnot. Ratten tanzen um das Rathaus. Wie lange wollen sie mich hierbehalten? Bin ich ein Gefangener? Zwei Tage. Drei. Nate beantwortet keine meiner Fragen. Ich habe Bücher, einen Schlafplatz, ein Waschbecken, ein Trinkglas. Am dritten Tag öffnet sich die Falltür. Holly Borden schaut herunter. »Wir können aufbrechen,« sagt sie.

Wir beide sind die einzigen Teilnehmer der Expedition. Holly möchte in Kingston Bücher kaufen und reist mit einem Händlerausweis, der die Mitnahme eines Gehilfen gestattet. Nate bringt uns im Laufe des Nachmittags zur Bahnstation. Von Bezirk zu Bezirk zu reisen ist für mich nichts Ungewöhnliches mehr; die Orte erscheinen mir nicht mehr fremdartig und feindlich; sie sind einfach anders als Ganfield. Ich sehe mich schon auf einer endlosen Odyssee durch Hunderte, ja Tausende von Bezirken, durch das ganze Wahnsinnsgebilde unserer Welt. Warum nach Ganfield zurückkehren? Warum nicht einfach weitergehen, immer in Richtung Osten, bis zum großen Ozean und darüber hinaus, bis in die unvorstellbare Weite des jenseitigen Ufers?

Wir sind in Kingston. Ein alter Bezirk, einer der ältesten. Wir sind die einzigen, die heute von Hawk Nest hierherkommen. Unsere Ausweise werden nur oberflächlich geprüft. Die Polizeiroboter in Kingston sind groß, haben lange Greifarme und gerillte Körper, die mit roten und grünen Streifen verziert sind: Sie sehen irgendwie fröhlich aus. Allmählich werde ich ein Experte für die unterschiedlichen Ausführungen von Polizeirobotern. Kingston selbst besteht aus hellen, flachen Gebäuden an breiten Straßen, die alle sternförmig von der weltberühmten Universität, dem Mittelpunkt der Stadt, ausgehen. Ich kann mich nicht erinnern, daß in den letzten Jahren jemand aus Ganfield an dieser Universität studiert hat.

Holly sollte von Freunden abgeholt werden, aber es ist niemand gekommen. Wir warten eine Viertelstunde. »Macht nichts«, meint sie, »wir gehen zu Fuß.« Ich trage das Gepäck. Die Luft ist weich und mild; die Sonne, die in Richtung Folkstone und Budleigh wandert, steht noch hoch am Himmel. Ich fühle mich seltsam beschwingt. Ich glaube entdeckt zu haben, daß ein göttliches Prinzip, ein universeller Gedanke hinter dem Aufbau unserer Gesellschaft steht, hinter der einen wuchernden Stadt der vielen Städte, hinter dem Netzwerk aus Stahl und Beton, das wie ein Schuppenpanzer an der Haut der Erde klebt. Aber welches Prinzip? Welcher Gedanke? Der tiefere Sinn bleibt mir verborgen; ich weiß nur, daß es ihn geben muß. Eine beglückende Illusion.

Wir sind etwa fünfzig Meter vom Bahnhof entfernt, als wir auf einmal von einer Schar lebhafter, junger Männer – es mögen ein Dutzend oder mehr sein – umringt werden, die aus einer der Nebenstraßen auftauchen. Bis auf einen grünen Lendenschurz sind sie nackt; Haar und Bärte sind verwildert und ungekämmt; sie wirken wild und fanatisch. Einige tragen am Gürtel lange, blanke Messer. Ausgelassen springen sie um uns herum, lachen, berühren uns mit den Fingerspitzen. »Dies ist ein heiliger Bezirk!« rufen sie. »Wir können hier keine gottlosen Fremden gebrauchen! Was habt ihr bei uns verloren?«

»Was wollen die von uns?« frage ich Holly leise. »Sind wir in Gefahr?«

»Es sind Prediger«, antwortet Holly. »Tu, was sie sagen, dann passiert uns nichts.«

Sie rücken näher. Sie hüpfen und tanzen und besprühen uns mit Duftwassern. »Wo kommt ihr her?« wollen sie wissen. »Aus Ganfield«, sage ich. »Hawk Nest«, sagt Holly. Sie scheinen verspielt und doch gefährlich zu sein. Sie drängen sich dicht an mich und leeren dabei meine Taschen wie kleine, gerissene Taschendiebe. Ich verliere meine Pistole, meine Stadtpläne, meine nutzlosen Empfehlungsschreiben, mein Geld – alles, sogar meine Giftkapsel. Von vielen Ausrufen begleitet reichen sie diese Gegenstände herum; schließlich geben sie mir die Pistole und etwas Geld zurück. »Ganfield.« murmeln sie. »Hawk Nest!« Ihre Stimmen verraten Abscheu. »Schlechte Städte«, sagen sie. »Gottes Zorn hat diese Städte getroffen«, sagen sie. Sie nehmen uns bei der Hand, ziehen uns hin und her, drehen uns im Kreis. Holly mit ihrem massigen Körper ist erstaunlich anmutig und beginnt einen heiteren, schwerfälligen Tanz, dem sie bewundernd applaudieren.

Der Größte von ihnen packt uns am Handgelenk und sagt: »Was habt ihr in Kingston vor?«

»Ich will Bücher kaufen,« sagt Holly.

»Ich will Silena finden, meine Frau,« sage ich.

»Silena! Silena! Silena!« Der Name wird zu einer frohlockenden Beschwörungsformel. »Seine Frau! Silena! Seine Frau! Silena! Silena! Silena!«

Der Große preßt sein Gesicht dicht an meines. »Wir lassen euch die Wahl. Entweder ihr kommt mit und betet mit uns oder ihr sterbt auf der Stelle.«

»Wir werden mit euch beten«, antworte ich.

Sie fassen uns am Arm und ziehen uns ungeduldig weiter. Wir müssen durch viele Straßen gehen, bis wir ihren geweihten Boden erreicht haben: einen kleinen Garten von bescheidenem Ausmaß, mit exotischen Sträuchern und Blumen bepflanzt und liebevoll gepflegt. Sie schieben uns hinein.

»Kniet nieder.«

»Küßt die geweihte Erde.«

»Betet an, was auf diesem Boden wächst, Fremde.«

»Dankt Gott für die Luft, die ihr eben eingeatmet habt.«

»Und für jeden Atemzug, den ihr noch tun werdet.«

»Singt!«

»Weint!«

»Lacht!«

»Berührt die Erde!«

»Betet!«

12

Silenas Zimmer ist ruhig und kühl.Es befindet sich im Obergeschoß eines Hauses, von dem man über das Universitätsgelände blickt. Sie trägt ein weichfallendes Kleid aus grobem, grünen Stoff, keinen Schmuck, keine Schminke. Sie tritt gelassen und selbstsicher auf. Ich hatte ihre feinen Gesichtszüge, das kühle, boshafte Funkeln ihrer Augen vergessen.

»Das Hauptprogramm?« sagt sie lächelnd. »Ich habe es vernichtet.«

Die Intensität meiner Gefühle für sie überwältigt mich. Allein ihr Anblick läßt meine Knie zittern. In meinen Augen ist sie von einer schimmernden Aura der Sinnlichkeit umhüllt. Ich kämpfe um meine Selbstbeherrschung. »Nichts hast du vernichtet«, sage ich. »Deine Stimme verrät mir, daß du lügst.«

»Du glaubst also, daß ich das Programm noch habe?«

»Ich weiß es.«

»Na gut,« gibt sie gelassen zu. »Ich habe es.«

Meine Finger beben. Meine Kehle ist wie zugeschnürt. Ich beginne, mich wie ein dummer Junge zu fühlen.

»Warum hast du es gestohlen?«

»Ich liebe es, Unheil zu stiften.«

»Ich sehe dir an, daß du lügst. Was war der wahre Grund?«

»Ist das wichtig?«

»Im Bezirk geht alles drunter und drüber, Silena. Tausende Menschen leiden. Wir sind den Plünderern aus Nachbarbezirken hilflos ausgeliefert. Viele sind schon gestorben – an der Hitze, an verseuchtem Unrat, an mangelnder Versorgung in den Krankenhäusern. Warum hast du das Programm gestohlen?«

»Vielleicht hatte ich politische Motive.«

»Welche?«

»Einfach den Bewohnern von Ganfield zeigen, wie furchtbar abhängig sie von ihren Maschinen und Computern geworden sind.«

»Das haben wir schon gewußt,« sage ich. »Wenn du nur auf die Schwachpunkte unseres Systems hinweisen wolltest, dann hast du uns nichts Neues gesagt. Was hast du mit dieser Zerstörungsaktion bezweckt? Was hast du dir davon versprochen?«

»Amüsement?«

»Es muß mehr als das sein. So oberflächlich bist du nicht, Silena.«

»Na schön, es war mehr als das. Durch die Zersetzung Ganfields habe ich geholfen, die Dinge zu verändern. Das ist der Zweck jeder politischen Aktion. Zeig den Leuten, daß sich etwas ändern muß – vielleicht passiert dann wirklich etwas.«

»Einfach etwas zu beweisen ist nicht genug.«

»Es ist zumindest ein Anfang.«

»Und du glaubst, daß der Diebstahl des Programms der richtige Weg war, um eine Veränderung herbeizuführen, Silena?«

»Bist du glücklich?« fragt sie zurück. »Ist das die Welt, in der du leben möchtest?«

»Es ist die Welt, in der wir leben müssen, ob es uns paßt oder nicht. Und zum Überleben brauchen wir das Programm. Ohne Programm werden wir ins Chaos stürzen.«

»Fein. Das Chaos soll kommen. Die ganze Welt soll in Stücke gehen, damit wir sie wieder neu aufbauen können.«

»Leicht gesagt, Silena. Und was wird aus den unschuldigen Opfern deines revolutionären Fanatismus?«

Sie zuckt die Achseln. »In jeder Revolution gibt es unschuldige Opfer.«

Mit einer geschmeidigen Bewegung erhebt sie sich und tritt auf mich zu. Die Nähe ihres Körpers verwirrt und erregt mich. Betont sinnlich schmiegt sie sich an mich und murmelt: »Bleib hier. Vergiß Ganfield. Hier kann man gut leben. Diese Menschen bauen etwas wirklich Wertvolles auf.«

»Gib mir das Programm,« sage ich.

»Man hat es sicher schon durch ein neues ersetzt.«

»Das ist unmöglich. Ganfield braucht dieses Programm, Silena. Gib es mir.«

Sie lacht höhnisch.

»Bitte, Silena.«

»Du langweilst mich.«

»Ich liebe dich.«

»Du liebst den Status quo, sonst nichts. Es behagt dir, daß alles so ist, wie es ist. Du hast die Seele eines Bürokraten.«

»Wenn du mich immer so verachtet hast, warum bist du dann meine Monatsfrau geworden?«

Sie lacht wieder. »Vielleicht nur so, zum Spaß.«

Ihre Worte treffen mich wie Schläge. Plötzlich ziehe ich zu meiner eigenen Überraschung meine Waffe. »Gib mir das Programm, oder ich bringe dich um!« schreie ich.

Sie wirkt belustigt. »Nur zu. Schieß. Kann dir eine tote Silena noch das Programm geben?«

»Gib es mir.«

»Wie lächerlich du mit dieser Pistole in der Hand aussiehst!«

»Ich brauchte dich nicht zu töten,« sage ich. »Ich kann dich auch nur verwunden. Diese Pistole kann dir leichte Brandwunden zufügen, die die Haut aufreißen. Soll ich dich verstümmeln, Silena?«

»Wie du willst. Ich bin dir ausgeliefert.«

Ich richte die Pistole auf ihren Schenkel. Silenas Gesicht bleibt ausdruckslos. Mein Arm erlahmt und beginnt zu zittern. Ich kämpfe darum, meine Muskeln unter Kontrolle zu bringen, aber ich schaffe es nur für einen kurzen Moment, mein Ziel zu fixieren, dann kehren die Krämpfe zurück. Silenas Augen blitzen triumphierend auf. Eine innere Erregung spiegelt sich in ihrem Gesicht wider. »Drück doch ab,« sagt sie herausfordernd. »Warum schießt du nicht?«

Sie kennt mich zu gut. Wie leblose Figuren stehen wir einander gegenüber, einen endlosen Augenblick lang scheint die Zeit stillzustehen – eine Minute, eine Stunde, eine Sekunde? –, dann senkt sich mein Arm. Ich lege die Pistole beiseite. Ich hätte es niemals fertiggebracht abzudrücken. Ein intensives Gefühl durchströmt mich, als ob ich soeben einen unsichtbaren Höhepunkt überschritten hätte; von nun an führt mein Weg wieder nach unten; und wir wissen es beide. Ich bin schweißüberströmt. Ich fühle mich besiegt, zerbrochen.

Silenas Miene drückt tiefe Verachtung aus. In diesen wenigen letzten Augenblicken hat sie eine höhere Bewußtseinsstufe erklommen, alle Handlungen haben ihre Bedeutung verloren, die Grenzen zwischen Haß und Liebe, Revolution, Verrat und Loyalität verwischen sich. Ihr Lächeln ist das Lächeln eines Menschen, der ein Spiel gewonnen hat, dessen Regeln mir niemand je erklären wird.

»Du kleiner Bürokrat.« sagt sie ruhig. »Da!«

Aus einem Schrank holt sie ein kleines Päckchen und wirft es mir verächtlich zu. Es enthält eine Computerdiskette. »Das Programm?« frage ich. »Ist das ein Scherz? Du würdest es mir doch niemals geben, Silena.«

»Du hältst Ganfields Hauptprogramm in deiner Hand.«

»Ist das wirklich wahr?«

»Ja. ja, es ist wirklich wahr,« sagt sie. »Es ist das Original. Geh jetzt. Geh. Verschwinde. Rette dein verrottetes Ganfield.«

»Silena . . .«

»Geh.«

13

Alles weitere ist umständlich, aber problemlos. Ich suche Holly Borden auf, die eine Menge Bücher gekauft hat. Ich helfe ihr beim Transport, und wir fahren mit der Bahn nach Hawk Nest zurück. Dort begebe ich mich wieder in mein Versteck unter dem Buchgeschäft; inzwischen wird über Old Grove, Parley Close, The Mill und möglicherweise noch ein paar andere Bezirke eine Meldung an Ganfields Präfekten weitergeleitet. Es dauert zwei Tage, bis sich der Kreis geschlossen hat, da es durch die Bezirksrivalitäten zu Verzögerungen und Umwegen kommt. Schließlich kommt die Verbindung zustande, und ich kann die frohe Botschaft übermitteln: Das Programm befindet sich in meinem Besitz, aber ich habe meinen Ausweis verloren und kann nicht mehr über Conning Town reisen. Innerhalb weniger Tage wird mir über diplomatische Kanäle ein neuer Ausweis zugestellt, und ich trete per Bahn meinen langen Heimweg über Budleigh, Cedar Mall und Morton Court an. Die Zustände in Ganfield sind entsetzlich, alles ist verdreckt und verwahrlost, kurz vor dem endgültigen Zusammenbruch. Die Menschen sind in eine Art fatalistischer Apathie versunken und erwarten ergeben ihren Untergang. Aber ich habe das Programm zurückgebracht.

Der Präfekt lobt meine Heldentat. Er hat mir gesagt, daß ich eine Belohnung erhalten werde. Ich habe Aufstiegsmöglichkeiten zu den höchsten Beamtenpositionen und Aussichten auf ein Amt im Bezirksrat.

Aber seine Worte bereiten mir nur wenig Freude. Immer noch wird mein Denken von Silenas Verachtung beherrscht. Bürokrat. Bürokrat.

14

Aber Ganfield ist gerettet. Die Polizeiroboter sind wieder im Einsatz.

Isaac Asimov
ALLE SORGEN
DIESER WELT

Die größte Zusammenballung von Industrien auf Erden konzentrierte sich um Multivac – Multivac, die gigantische Rechenanlage, die fünfzig Jahre hindurch stetig gewachsen war. Ihre verschiedenen Zweige füllten nun Washington, D.C., bis in die Vorstädte hinein, und Ausläufer reichten in jede größere und kleinere Stadt der Erde.

Ein Heer von Beamten fütterte die Anlage pausenlos mit Daten, ein weiteres Heer glich die ausgegebenen Antworten ab und interpretierte sie. Ein ganzes Ingenieurkorps patroullierte im Inneren des Zentrums, während Bergwerke und Fabriken unablässig damit beschäftigt waren, die Lager an Ersatzteilen in jeder Weise auf vollständigem, exaktem und zufriedenstellendem Stand zu halten.

Multivac lenkte die Wirtschaft der Erde und unterstützte ihre Wissenschaft. Die größte Bedeutung besaß jedoch die zentrale Erfassungsstelle für alle bekannten Daten über jeden einzelnen Erdbewohner.

Zu Multivacs Pflichten gehörte es, jeden Tag die vier Milliarden Datensätze über die einzelnen Menschenwesen in seinen Speichern zu erfassen und für einen weiteren Tag hochzurechnen. Jedem Amt für Verbrechensverhütung auf der Erde wurden die den Bereich seiner eigenen Gerichtsbarkeit betreffenden Daten zugeleitet; die Gesamtdaten gingen in einem einzigen umfangreichen Paket an die Zentralbehörde für Verbrechensverhütung in Washington, D.C.

Bernard Gulliman war nun die vierte Woche seiner einjährigen Amtszeit als Präsident der Zentralbehörde für Verbrechensverhütung tätig und war in dieser Zeit genügend abgestumpft, um bei Vorlage des morgendlichen Berichts nicht mehr zu erschrecken. Wie gewöhnlich handelte es sich um einen Papierstapel von beinahe dreißig Zentimetern Dicke. Wie er inzwischen wußte, erwartete niemand von ihm, daß er diesen Papierwust durchlas. (Kein Mensch wäre dazu in der Lage.) Doch es machte ihm Spaß, einen Blick hineinzuwerfen.

Es gab die übliche Liste mit vorhersagbaren Verbrechen: Alle möglichen Arten von Betrügerei, Diebstahl, Aufruhr, Totschlag und Brandstiftung.

Er suchte nach einer ganz bestimmten Überschrift und empfand einen gelinden Schock, sie überhaupt vorzufinden, und einen weiteren, als er gleich zwei Eintragungen entdeckte. Nicht eine, sondern zwei. *Zwei* Morde ersten Grades. In seiner ganzen bisherigen Zeit als Präsident waren ihm keine zwei derartigen Verbrechen an einem einzigen Tag unter die Augen gekommen.

Er drückte auf den Knopf der Gegensprechanlage und wartete, bis das glatte Gesicht seines Koordinators auf dem Bildschirm erschien.

»Ali«, sagte Gulliman. »Am heutigen Tage haben wir zwei geplante Morde. Gibt es irgendein ungewöhnliches Problem?«

»Nein, Sir.« Das Gesicht mit dem dunklen Teint und den scharfen schwarzen Augen verriet Unruhe. »Beide Fälle weisen eine ganz geringe Wahrscheinlichkeitsquote auf.«

»Das weiß ich«, entgegnete Gulliman. »Ich habe bemerkt, daß die Wahrscheinlichkeit in keinem Fall über 15 Prozent liegt. Trotzdem, Multivac hat schließlich einen Ruf zu wahren, hat er doch praktisch das Verbrechen ausgemerzt, und die Öffentlichkeit bildet sich dieses Urteil an Hand der Aufzeichnung über Mord, der natürlich die spektakulärste Art von Verbrechen darstellt.«

Ali Othman nickte. »Gewiß, Sir, das ist mir durchaus klar.«

»Sie sind sich hoffentlich auch darüber klar«, bemerkte Gulliman, »daß ich während meiner Amtszeit keinen begangenen Mord wünsche. Bei jedem anderen Verbrechen, das uns durchgeht, könnte ich ein Auge zudrücken. Geschieht allerdings ein vorbedachter Mord, dann werde ich Ihren Skalp fordern. Haben Sie verstanden?«

»Ja, Sir. Die vollständigen Analysen der beiden potentiellen Morde liegen bereits den betroffenen Bezirksbehörden vor. Die potentiellen Täter und ihre Opfer stehen unter Beobachtung. Ich bin eben dabei, die Wahrscheinlichkeitsquote der tatsächlichen Ausführung nochmals durchzuprüfen; sie ist bereits rückläufig.«

»Sehr gut«, meinte Gulliman und brach die Verbindung ab.

Er nahm sich mit dem unbehaglichen Gefühl, vielleicht etwas zu hochtrabend gewesen zu sein, von neuem die Liste vor. – Aber schließlich mußte man gegenüber diesen Beamten auf Lebenszeit eine feste Hand beweisen und klarstellen, daß sie nicht der Einbildung erlagen, alles allein zu steuern, den Präsident eingeschlossen. Vor allem dieser Othman, der mit Multivac arbeitete, seit beide noch um einige Jährchen jünger waren, hatte eine Art an sich, als sei das alles sein Eigentum, die Gulliman manchmal zur Weißglut reizte.

Für Gulliman war die Verbrechensvereitelung die politische Chance seines Lebens. Bisher hatte noch kein Präsident seine Amtszeit zu Ende gebracht, ohne daß zu irgendeinem Zeitpunkt an irgendeiner Stelle auf der Erde ein Mord geschehen war. Der vorige Präsident hatte es auf acht gebracht, drei mehr (tatsächlich *mehr)* als sein Vorgänger.

Gulliman jedenfalls hatte nicht die Absicht, in seiner Amtszeit auch nur einen einzigen Mordfall geschehen zu lassen. Er würde, das hatte er sich vorgenommen, der erste Präsident dieser Behörde sein, in dessen Amtszeit nirgendwo auf der Erde jemand ermordet worden war. Danach, und mit der günstigen Publicity, die ihm dann sicher war . . .

Den Rest des Berichts überflog er nur knapp. Nach grobem Überschlag waren mindestens zweitausend Fälle aufgeführt, in denen Ehemänner vorhatten, ihre Frau zu verprügeln. Nicht alle konnten rechtzeitig verhindert werden, daran gab es keinen Zweifel. In vielleicht dreißig Prozent würde die Tat wirklich ausgeführt, doch das Auftreten ging im Bericht zurück, und die Zahl der eingetretenen Fälle sank noch rascher.

Multivac hatte den Tatbestand der Tätlichkeit gegen Ehefrauen erst vor fünf Jahren in seine Liste voraussagbarer Verbrechen aufgenommen, und der Durchschnittsmann hatte sich noch nicht ganz an den Gedanken gewöhnt, daß es bereits im voraus bekannt sein könnte, falls er vorhatte, seine bessere Hälfte zu vermöbeln. Da allerdings diese Erkenntnis allmählich in das Bewußtsein der Gesellschaft einsickerte, würden die Frauen im Laufe der Zeit weniger blaue Flecken kriegen, und eines Tages würde das ganz aufhören.

Auf der Liste waren, wie Gulliman sah, auch mehrere Fälle verzeichnet, in denen Frauen vorhatten, ihren Männern einen handgreiflichen Denkzettel zu verpassen.

Ali Othman schaltete die Gegensprechanlage ab und starrte auf den Bildschirm, von dem Gullimans Kopf mit den Ansätzen einer Glatze verschwunden war. Dann blickte er zu seinem Assistenten Rafe Leemy hinüber und sagte: »Was machen wir jetzt?«

»Fragen Sie nicht mich. *Er* regt sich doch über ein oder zwei lausige Morde auf.«

»Das wäre eine verlockende Chance für einen Versuch, diese Sache von uns aus zu regeln. Wenn wir's ihm jedoch sagen, bekommt er einen Wutanfall. Diese gewählten Politiker müssen doch immer an ihre eigene Haut denken, darum wird er uns ins Handwerk pfuschen und die Dinge noch schlimmer machen.«

Leemy nickte und biß sich auf seine wulstige Unterlippe. »Die Frage ist nur, was passiert, wenn wir's nicht schaffen? Sie wisssen ja, das wäre so ungefähr das Ende der Welt.«

»Wenn wir's nicht schaffen, wen schert es dann, was mit uns passiert? Wir wären nur ein Teilchen in der allgemeinen Katastrophe.« In etwas lebhafterem Ton fuhr er dann fort: »Aber, zum Teufel, die Wahrscheinlichkeit liegt nur bei 12.3 Prozent. Bei allem anderen außer Mord würden wir die Wahrscheinlichkeitsquote erst noch ein wenig ansteigen lassen, ehe wir irgendwie in Aktion treten. Es könnte immer noch eine spontane Verhinderung eintreten.«

»Darauf würde ich's nicht ankommen lassen«, meinte Leemy trocken.

»Das habe ich auch nicht vor, ich wollte nur auf die Tatsache hinweisen. Bei diesem Wahrscheinlichkeitsstand schlage ich vor, daß wir uns für den Augenblick lediglich auf Observation beschränken. Niemand wäre imstande, ein solches Verbrechen allein zu planen; es muß da noch Komplizen geben.«

»Multivac hat keine ausgeworfen.«

»Ich weiß. Dennoch –« Seine Stimme verklang, ohne daß er den Satz zu Ende sprach.

Ben Manners hielt sich für den glücklichsten sechzehnjährigen Jungen in Baltimore. Man mochte Zweifel hegen, ob das zutraf, doch sicherlich gehörte er zu den glücklichsten und aufgeregtesten jungen Leuten der Stadt.

Immerhin gehörte er zu der Handvoll Zuschauer, die Zutritt zu den Rängen im Stadion für die Vereidigung der Achtzehnjährigen erhalten hatten. Sein älterer Bruder sollte vereidigt werden, darum hatten sich seine Eltern um Zuschauerkarten beworben und Ben erlaubt, sich ebenfalls darum zu bemühen. Doch als Multivac unter der Menge der Bewerber die Auswahl traf, war es Ben, der eine Eintrittskarte bekam.

In zwei Jahren war Ben selbst an der Reihe mit der Vereidigung, doch nun seinem großen Bruder dabei zuzuschauen war beinahe genau so großartig.

Seine Eltern hatten mit großer Sorgfalt darauf geachtet, wie er sich, als Vertreter der Familie, herrichtete, und ihn mit zahlreichen Botschaften für Michael auf den Weg geschickt; der hatte schon vor einigen Tagen das Haus verlassen, um sich den physischen und neurologischen Voruntersuchungen zu unterziehen.

Das Stadion lag im Außenbereich der Stadt, und Ben, der im Gefühl der eigenen Bedeutung fast platzte, wurde zu seinem Sitz geführt. Unter ihm zogen sich Reihen um Reihen hin, in denen sich Hunderte von Achtzehnjährigen drängten (die Jungen rechts, die Mädchen links). Sie stammten alle aus dem zweiten Bezirk von Baltimore. Ähnliche Veranstaltungen fanden zu verschiedenen Zeiten im Laufe des Jahres in der ganzen Welt statt, doch dies hier war Baltimore, und hierauf kam es an. Dort unten irgendwo befand sich Mike, Bens eigener Bruder.

Ben ließ seine Blicke über die Reihen von Köpfen schweifen, in der Hoffnung, seinen Bruder zu entdecken. Natürlich gelang ihm das nicht, doch dann trat ein Mann auf die erhöhte Plattform vor der Menge, und Ben verlegte seine Aufmerksamkeit auf das Zuhören.

Der Mann hob an: »Liebe Anwärter zur Vereidigung, liebe Gäste, ich begrüße Sie. Ich bin Randolph T. Hoch und trage in diesem Jahr die Verantwortung für die Zeremonien in Baltimore. Die Kandidaten für die Vereidigung sind im Verlauf des physischen und neurologischen Teils dieser Prüfung schon einige Male mit mir zusammengetroffen. Der größte Teil der Aufgabe liegt hinter uns, doch das Wichtigste steht uns noch bevor.

Der Kandidat selbst, der nun seinen Eid ablegt, seine Persönlichkeit, muß in die Aufzeichnungen von Multivac aufgenommen werden.

In jedem Jahr erfordert dies einige Erklärungen für die jungen Leute, die nun erwachsen werden. Bis jetzt« (er wandte sich an die vor ihm sitzenden jungen Leute, und seine Blicke schweiften nicht mehr zur Galerie) »wart ihr nicht erwachsen. Im Sinne von Multivac habt ihr nicht als Individuen gegolten, ausgenommen die Fälle, in denen ihr durch eure Eltern oder eure Regierung als solche benannt wurdet.

Bis jetzt oblag es euren Eltern, die erforderlichen Daten über euch zur Verfügung zu stellen, wenn der jährliche Zeitpunkt kam, an dem die Daten auf den neuesten Stand gebracht werden. Nun ist es soweit, daß ihr diese Pflicht selbst übernehmt. Das ist eine große Ehre, aber auch eine große Verantwortung. Eure Eltern berichteten uns, welche Schulausbildung ihr habt, eure Krankheiten, eure Gewohnheiten, eine ganze Menge an Angaben. Doch nun müßt ihr uns darüber hinaus noch viel mehr Informationen liefern: eure innersten Gedanken, eure geheimsten Taten.

Beim erstenmal wird euch dies hart ankommen, sogar unangenehm sein, aber es *muß* nun einmal gemacht werden. Wenn ihr das hinter euch gebracht habt, besitzt Multivac eine vollständige Analyse von euch allen in seinen Archiven. Es wird eure Aktionen und Reaktionen verstehen, es wird sogar in der Lage sein, mit einem beachtlichen Maß an Genauigkeit eure künftigen Aktionen und Reaktionen zu erraten.

Auf diese Weise wird Multivac euch schützen. Wenn euch durch einen Unfall Gefahr droht, weiß es Multivac. Wenn euch jemand Schaden zufügen will, weiß Multivac Bescheid. Wenn ihr selbst vorhabt, Schaden anzurichten, ist Multivac ebenfalls informiert. Es wird euch dann Einhalt geboten, und die Notwendigkeit der Bestrafung tritt gar nicht erst ein.

Mit seinem Wissen über euch alle kann Multivac der Welt helfen, ihre Wirtschaft und ihre Gesetze zum Nutzen aller zu gestalten. Wenn ihr ein persönliches Problem habt, könnt ihr damit zu Multivac kommen, und Multivac kann euch allen mit seinem Wissen helfen.

Ihr müßt jetzt eine ganze Menge Formulare ausfüllen. Überlegt sorgfältig und beantwortet die Fragen, so genau ihr könnt. Haltet nicht aus Scham oder Vorsicht etwas zurück. Außer Multivac erfährt niemand jemals eure Antworten, sofern es nicht erforderlich wird, die Antworten zu eurem eigenen Schutz zu wissen. Auch dann erfahren nur bevollmächtigte Regierungsbeamte davon.

Vielleicht kommt ihr auf den Gedanken, der Wahrheit hier und da ein bißchen nachzuhelfen. Laßt das lieber bleiben, denn wir merken das in jedem Fall. Alle eure Antworten zusammengenommen bilden ein Muster. Wenn Antworten falsch sind, passen sie nicht in dieses Muster, und Multivac findet sie heraus. Sind alle eure Antworten falsch, dann ergibt sich ein verzerrtes Muster von einer Art, die Multivac erkennen wird. Ihr müßt uns also die Wahrheit sagen.«

Endlich war alles vorüber, das Ausfüllen der Formulare, die anschließenden Feierlichkeiten und Ansprachen. Zu guter Letzt entdeckte Ben, auf Zehenspitzen hochgereckt, gegen Abend seinen Bruder Michael, der immer noch die Gewänder über dem Arm trug, die er bei der »Parade der Erwachsenen« angehabt hatte. Voller Freude begrüßten sie einander.

Gemeinsam nahmen sie ein leichtes Abendessen zu sich und fuhren dann, erfüllt und aufgeregt von der Bedeutung des Tages, mit der Schnellbahn nach Hause.

Auf den unvermittelten Übergang des Heimkommens waren sie allerdings nicht vorbereitet. Ein betäubender Schock traf beide, als sie vor der eigenen Haustür von einem kalt dreinblickenden jungen Mann in Uniform angehalten wurden und die eigenen Eltern verloren im Wohnzimmer sitzen sahen, das Gesicht vom Ausdruck einer Tragödie gezeichnet.

Joseph Manners, der seit dem Morgen um Jahre gealtert wirkte, blickte aus fragenden, eingefallenen Augen auf seine Söhne (von denen einer noch die Gewänder des eben erreichten Erwachsenendaseins bei sich trug) und sagte: »Ich stehe anscheinend unter Hausarrest.«

Bernard Gulliman konnte nicht den gesamten Bericht lesen und unternahm auch gar keinen Versuch dazu. Er las nur die Zusammenfassung, und die war in der Tat recht erfreulich.

Allem Anschein nach war eine ganze Generation herangewachsen, die sich an den Gedanken gewöhnt hatte, daß Multivac die Verübung schwerer Verbrechen vorauszusagen vermochte. Sie lernten, daß Agenten der Behörde zur Verbrechensverhütung noch vor Durchführung des Verbrechens auf den Plan traten, und sie erkannten, daß die Begehung eines Verbrechens unweigerlich zur Bestrafung führte. Allmählich gewannen sie die Überzeugung, daß es keinen Weg gab, Multivac zu überlisten.

Das führte ganz natürlich zu einer deutlichen Abnahme selbst der Absicht von Verbrechen. Damit aber vergrößerte sich die Kapazität von Multivac, und es konnten auch geringfügige Verbrechen in die Liste der morgendlichen Voraussagen aufgenommen werden. Selbst diese Verbrechensgruppe zeigte nun sinkende Tendenz.

Gulliman hatte daher angeordnet, daß eine Analyse (selbstverständlich von Multivac) über die Kapazität der Anlage durchgeführt werden sollte, sich mit dem Problem der Wahrscheinlichkeit des Auftretens von Krankheiten zu befassen. So könnten Ärzte rasch gewarnt und auf bestimmte Patienten aufmerksam gemacht werden, die eventuell im Laufe des nächsten Jahres an Diabetes erkranken, von Tuberkulose oder Krebs befallen würden.

Ein Mindestmaß an Vorbeugung –

Und der Bericht fiel günstig aus!

Danach traf das Verzeichnis mit den möglichen Verbrechen für diesen Tag ein. Nicht ein einziger Mord fand sich darin.

In strahlender Laune stellte Gulliman eine Verbindung über die Wechselsprechanlage zu Othman her. »Othman, wie liegen die Verbrechenszahlen in den Tageslisten der vergangenen Woche im Vergleich zu meiner ersten Woche im Amt?«

Wie sich zeigte, waren sie um 8 Prozent zurückgegangen; Gulliman war hochbeglückt. Natürlich war das nicht sein Verdienst, doch das würden die Wähler nicht wissen. Er pries sich glücklich, daß er zum richtigen Zeitpunkt gekommen war, auf dem Höhepunkt von Multivac, als auch Krankheiten seinem allumfassenden und beschützenden Wissen zugeführt werden konnten.

Davon würde auch Gulliman profitieren.

Othman zuckte die Schultern. »Nun, er ist glücklich.«

»Wann lassen wir die Seifenblasen platze?« fragte Leemy. »Damit, daß Manners unter Beobachtung gestellt wurde, sind die Wahrscheinlichkeitsziffern höchstens gestiegen, und mit dem Hausarrest werden sie weiter nach oben getrieben.«

»Als ob ich das nicht wüßte«, meinte Othman gedrückt. »Was ich allerdings nicht weiß, ist der Grund dafür.«

»Komplizen vielleicht, wie Sie vermutet haben. Wenn Manners in Schwierigkeiten steckt, müssen die anderen sofort zuschlagen, sonst sind sie aufgeschmissen.«

»Eher ungekehrt. Da wir einen im Griff haben, dürfte sich der Rest zerstreuen und untertauchen. Außerdem, warum nennt Multivac denn keine Komplizen?«

»Schön, sagen wir's also Gulliman?«

»Nein, noch nicht. Die Wahrscheinlichkeitsquote liegt immer noch bei nicht mehr als 17,3 Prozent. Erst wollen wir noch ein bißchen drastischer vorgehen.«

Elizabeth Manners sagte zu ihrem jüngsten Sohn: »Geh in dein Zimmer, Ben.«

»Aber was ist denn los, Mom?« fragte Ben mit versagender Stimme angesichts dieses seltsamen Endes eines großartigen Tages.

»Bitte!«

Zögernd verließ er das Zimmer, ging durch die Türe zur Treppe, trampelte geräuschvoll hinauf und schlich sich leise wieder herunter.

Mike Manners, der ältere Sohn, der frischgebackene Erwachsene und Hoffnung der Familie, sagte mit einer Stimme, die wie das Echo seines Bruders wirkte: »Was ist denn eigentlich los?«

Joe Manners erklärte: »Ich weiß es nicht, mein Sohn. Der Himmel ist mein Zeuge. Ich habe nichts getan.«

»Nun, gewiß hast du nichts getan.« Mike blickte seinen schmalgliedrigen Vater mit den sanften Manieren fragend an. »Sie müssen hier sein, weil du *in Gedanken* etwas vorhast.«

»Aber das stimmt nicht.«

Mrs. Manners warf ärgerlich ein: »Wie kann er über eine Tat nachdenken, die – all dies – rechtfertigt.« Mit einer ausholenden Armbewegung deutete sie auf den umfassenden Ring von Regierungsleuten um das Haus. »Ich erinnere mich, als ich ein kleines Mädchen war, arbeitete der Vater einer Freundin von mir in einer Bank, und sie riefen ihn einmal an und sagten ihm, er solle das Geld in Ruhe lassen, und das tat er auch. Es handelte sich um fünfzigtausend Dollar. Er hatte es noch gar nicht wirklich genommen, er hatte lediglich mit dem Gedanken gespielt. Damals wahrte man über solche Dinge noch nicht soviel Stillschweigen wie heute, deshalb kam die Geschichte heraus, und so habe auch ich davon erfahren.

Ich will damit sagen«, fuhr sie fort und rieb ihre kräftigen Hände aneinander, »daß das immerhin fünfzigtausend Dollar waren, fünfzigtausend – Dollar. Doch es wurde nichts weiter unternommen als ein schlichter Telefonanruf. Was könnte euer Vater vorhaben, das den Einsatz von einem Dutzend Männern rechtfertigt, die das Haus umstellen?«

Joe Manners' Augen verrieten tiefen Schmerz, als er sagte: »Ich plane kein Verbrechen, auch nicht das kleinste. Das schwöre ich.«

Mike, der erfüllt war von dem Bewußtsein der Klugheit eines gerade eben erwachsen gewordenen jungen Menschen, meinte: »Vielleicht ist es irgend etwas Unterbewußtes, Pop. Ressentiments gegen deinen Vorgesetzten etwa.«

»Du meinst, daß ich ihn umbringen möchte? Nein!«

»Wollen sie dir denn nicht sagen, was vorliegt, Pop?«

Seine Mutter unterbrach erneut: »Nein. Wir haben sie gefragt. Ich sagte ihnen, daß sie allein durch ihre Anwesenheit unser Ansehen in der Gemeinde zerstören. Das mindeste, was sie tun könnten, wäre, uns zu informieren, damit wir uns zur Wehr setzen, damit wir alles erklären könnten.«

»Und das machen sie nicht?«

»Nein, das machen sie nicht.«

Mike stand mit gespreizten Beinen da, die Hände tief in die Taschen vergraben. Bekümmert sagte er: »Hör mal, Mom, Multivac macht keine Fehler.«

Sein Vater hieb mit der Faust heftig auf die Sofalehne. »Ich sage dir, ich plane kein Verbrechen.«

Die Tür öffnete sich ohne vorheriges Klopfen, und ein Mann in Uniform trat mit harten, selbstbewußten Schritten ein. Sein Gesicht trug einen stumpfen, offiziellen Ausdruck. »Sind Sie Joseph Manners?«

Joe Manners stand auf. »Ja. Was wollen Sie von mir?«

»Joseph Manners, ich stelle Sie auf Anordnung der Regierung unter Arrest«, erklärte er und wies kurz seine Karte vor, die ihn als Beamten der Behörde zur Verbrechensverhütung auswies. »Ich muß Sie bitten, mitzukommen.«

»Aus welchem Grund? Was habe ich getan?«

»Ich bin nicht befugt, darüber zu sprechen.«

»Aber ich kann nicht festgenommen werden nur wegen der Planung eines Verbrechens, selbst wenn ich das wirklich erwogen hätte. Für eine Festnahme muß ich eine Tat ausgeführt haben. Andernfalls können Sie mich nicht verhaften. Das ist gegen das Gesetz.«

Auf den Beamten machte diese logische Ausführung keinen Eindruck. »Sie müssen mitkommen.«

Mrs. Manners schrie auf und brach unter hysterischem Weinen auf der Couch zusammen. Joseph Manners konnte sich nicht dazu aufraffen, den sein Leben lang eingedrillten Verhaltenscode zu brechen und gegen einen Beamten tätlichen Widerstand zu leisten, doch er lehnte sich zurück und zwang den Beamten damit, ihn mit Muskelkraft vorwärtszuzerren.

Beim Gehen rief Manners: »Sagen Sie mir doch wenigstens, was los ist. Sagen Sie es mir. Wenn ich's *wüßte* . . . Ist es Mord? Legt man mir zur Last, daß ich einen Mord plane?«

Die Tür schloß sich hinter ihm, und Mike Manners, der sich auf einmal gar nicht mehr erwachsen fühlte, starrte mit weißem Gesicht erst auf die Tür, dann auf seine weinende Mutter.

Ben Manners, der hinter der Tür stand und sich plötzlich ganz erwachsen fühlte, preßte die Lippen fest zusammen und glaubte genau zu wissen, was er unternehmen mußte.

Wenn Multivac nahm, konnte Multivac auch geben. Ben war bei den Feierlichkeiten an diesem Tage mit dabeigewesen. Er hatte diesen Mann, Randolph Hoch, von Multivac und seinen Leistungsmöglichkeiten sprechen hören. Es konnte die Regierung lenken, aber auch einem einfachen Menschen helfen, der sich um Hilfe an das Zentrum wandte.

Jeder konnte Multivac um Hilfe bitten, und jeder – dazu gehörte auch Ben. Weder seine Mutter noch Mike waren jetzt in der Verfassung, ihn aufzuhalten, und er besaß immer noch etwas von dem

Geld, das sie ihm für seine Ausstattung an diesem Tag gegeben hatten. Wenn sie nachträglich merkten, daß er fort war, und sich um ihn Sorgen machten, konnte er das nicht ändern. In diesem Augenblick gehörte seine ganze Loyalität seinem Vater.

Er lief zum rückwärtigen Ausgang, und der Beamte an der Tür warf einen Blick auf seine Papiere und ließ ihn gehen.

Harold Quimby leitete die Beschwerdeabteilung der Außenstelle Baltimore von Multivac. Er betrachtete sich als Angehörigen des wichtigsten Zweiges des öffentlichen Dienstes. In gewisser Weise mochte er mit dieser Ansicht recht haben, und wer seine Ausführungen hörte, mußte schon aus Eisen sein, um sich nicht beeindrucken zu lassen.

Vor allen Dingen, so pflegte Quimby darzulegen, drängte sich Multivac in das Privatleben der Menschen ein. In den vergangenen fünfzig Jahren mußten die Menschen erkennen, daß ihre Gedanken und Gefühle nicht länger geheim waren, daß sie keine innere Nische mehr besaßen, in der sie etwas verbergen konnten. Dafür mußte die Menschheit einen Ausgleich erhalten.

Sie bekam selbstverständlich Wohlstand, Frieden und Sicherheit, doch das waren abstrakte Vorstellungen. Jeder brauchte etwas ganz Persönliches als Belohnung dafür, daß er sein privates Leben aufgab, und jeder bekam es auch. In Reichweite jedes menschlichen Wesens gab es eine Multivac-Station, in die jeder seine eigenen Probleme und Fragen ohne Kontrolle oder Behinderung eingeben konnte und von der er innerhalb von Minuten Antwort erhielt.

Zu jedem gegebenen Zeitpunkt mochten fünf Millionen Einzelschaltungen unter der Trillion oder mehr innerhalb des Multivac-Systems mit diesem Frage-und-Antwort-Spiel befaßt sein. Die Antworten waren vielleicht nicht immer sicher, doch es waren die besten, die man überhaupt bekommen konnte, und jeder Fragesteller wußte das und hatte Vertrauen in die Antworten. Darauf allein kam es an.

Und nun schob sich ein ängstlicher Sechzehnjähriger langsam in der wartenden Schlange von Männern und Frauen vorwärts (jedes Gesicht in dieser Reihe spiegelte eine unterschiedliche Mischung von Hoffnung und Furcht oder Angst, ja Qual – und je näher der Wartende vorrückte, desto stärker wurde der Ausdruck der Hoffnung).

Ohne aufzuschauen, nahm Quimby das ausgefüllte Formular, das ihm hingereicht wurde, und sagte: »Kabine 5-B.«

Ben fragte: »Wie muß ich die Frage stellen, Sir?«

Quimby sah ein wenig überrascht auf. Jugendliche, die noch nicht das Erwachsenenalter erreicht hatten, nahmen für gewöhnlich den Frageservice nicht in Anspruch. Freundlich meinte er: »Haben Sie das vorher schon einmal gemacht, mein Junge?«

»Nein, Sir.«

Quimby deutete auf das Modell, das auf seinem Schreibtisch stand. »Sie benutzen das hier. Sehen Sie, wie es funktioniert? Genau wie eine Schreibmaschine. Versuchen Sie nicht, etwas von Hand zu schreiben oder zu drucken. Benutzen Sie einfach die Maschine. Nun gehen Sie in Kabine 5-B, und wenn Sie Hilfe brauchen, drücken Sie nur auf den roten Knopf, dann kommt jemand. Diesen Gang hinunter rechts.«

Er blickte dem jungen Mann nach, wie der den Korridor hinuntermarschierte und dann aus dem Blickfeld verschwand, und lächelte vor sich hin. Keiner wurde jemals von Multivac abgewiesen. Natürlich gab es immer einen gewissen Prozentsatz an Leuten, die persönliche Dinge über ihre Nachbarn wissen wollten oder obszöne Fragen nach Prominenten stellten; College-Studenten, die versuchten, ihre Professoren zu überlisten, oder es für besonders gerissen hielten, Multivac mit der Frage nach dem Russellschen Paradoxon zu verwirren.

Multivac war in der Lage, damit ohne fremde Hilfe fertigzuwerden.

Außerdem wurden jede Frage und jede Antwort abgespeichert und bildeten einen weiteren Posten in der Faktensammlung jeder einzelnen Person. Selbst die nebensächlichste und die unverschämteste Frage erwiesen sich als nützlich, da sie die Persönlichkeit des Fragestellers reflektierten und Multivac damit die Möglichkeit gaben, über die Menschen Bescheid zu wissen.

Quimby wandte seine Aufmerksamkeit dem nächsten in der Warteschlange zu, einer mageren, kantigen Frau mittleren Alters mit einem bekümmerten Ausdruck in den Augen.

Ali Othman schritt in seinem Büro auf und ab. Verzweifelt stampften seine Absätze über den Teppich. »Die Wahrscheinlichkeitsquote nimmt noch zu. Sie liegt jetzt bei 22,4 Prozent. Verdammt! Wir haben Joseph Manners tatsächlich festgenommen, und sie nimmt trotzdem zu.« Der Schweiß lief ihm übers Gesicht.

Leemy wandte sich vom Telefon ab. »Noch kein Geständnis. Er wird zur Zeit einer psychischen Sondierung unterzogen, und es gibt keinen Anhaltspunkt für ein Verbrechen. Vielleicht sagt er die Wahrheit.«

Othman warf ein: »Ja, ist denn etwa Multivac übergeschnappt?«

Ein anderer Telefonapparat klingelte. Auf dem Bildschirm erschien das Gesicht eines Beamten der Verbrechensverhütung. Er sagte: »Sir, gibt es neue Anweisungen wegen der Manners-Familie? Ist es ihnen denn erlaubt, nach Belieben zu kommen und zu gehen, wie sie das tun?«

»Was soll das heißen – wie sie das tun?«

»Die ursprünglichen Instruktionen bezogen sich auf den Hausarrest von Joseph Manners. Vom Rest der Familie war nicht die Rede, Sir.«

»Dehnen Sie den Hausarrest auf die übrige Familie aus, bis Sie weitere Anweisungen erhalten.«

»Sir, darum geht's ja gerade. Die Mutter und der ältere Sohn verlangen Informationen über den jüngeren Sohn. Der ist fort, und sie behaupten, er befinde sich in Gewahrsam, und nun wollen sie ins Hauptquartier gehen und nachfragen.«

Othman runzelte die Stirne und fragte beinahe flüsternd: »Jüngerer Sohn? Wie jung?«

»Sechzehn, Sir«, antwortete der Beamte.

»Sechzehn, und er ist fort. Wissen Sie, wohin?«

»Er erhielt die Genehmigung, das Haus zu verlassen. Wir hatten keine Anweisung, ihn festzuhalten.«

»Bleiben Sie am Apparat und rühren Sie sich nicht vom Fleck.« Othman unterbrach die Leitung vorübergehend, fuhr sich mit beiden Händen durch sein kohlschwarzes Haar und schrie: »Narr! Was bin ich bloß für ein Narr!«

Leemy fuhr erschrocken auf: »Was, zum Teufel, ist denn los?«

»Der Mann hat einen sechzehnjährigen Sohn«, brachte Othman mühsam heraus. »Ein Sechzehnjähriger ist kein Erwachsener und wird in Multivac nicht unabhängig geführt, sondern nur als Teil der Akte seines Vaters.« Er funkelte Leemy an. »Als ob nicht jeder wüßte, daß ein Jugendlicher bis zu achtzehn keine eigenen Berichte in das Archiv von Multivac eingibt, sondern daß sein Vater dies für ihn besorgt! Als ob ich's nicht selbst wüßte! Und Sie wissen's doch auch, oder nicht?«

»Wollen Sie damit sagen, daß Multivac gar nicht Joe Manners gemeint hat?« fragte Leemy.

»Multivac meinte den minderjährigen Sohn, und dieser junge

Mann ist nun weg. Da haben wir Beamte in drei Stufen um das Haus aufgestellt, und er geht in aller Seelenruhe hinaus und unternimmt weiß der Kuckuck was.«

Er wirbelte herum und aktivierte die Telefonschaltung, an der noch immer der Beamte der Verbrechensverhütung hing. Die kurze Unterbrechung hatte Othman gerade genug Zeit geschenkt, um sich zu sammeln und eine kühle, selbstbeherrschte Miene aufzusetzen. (Es wäre höchst abträglich gewesen, sich vor den Augen des Beamten gehenzulassen, auch wenn dies seiner Leber gut bekommen wäre).

Er sagte zu dem Beamten: »Machen Sie den jüngeren Sohn ausfindig. Nehmen Sie notfalls jeden verfügbaren Mann, den Sie haben. Holen Sie sich, wenn es sein muß, jeden verfügbaren Mann des Distrikts. Ich werde die entsprechenden Anweisungen erteilen. Sie müssen diesen Jungen auffinden, koste es, was es wolle.«

»Ja, Sir.«

Die Verbindung war zu Ende. Othman sagte: »Fragen Sie nochmals die Wahrscheinlichkeitsquote ab, Leemy.«

Fünf Minuten später berichtete Leemy: »Sie ist auf 19,6 Prozent gesunken. *Gesunken.*«

Othman holte tief Luft. »Endlich sind wir auf der richtigen Spur.«

Ben Manners saß in Kabine 5-B und tippte langsam: »Mein Name ist Ben Manners, Nummer MB-71833412. Mein Vater, Joseph Manners, wurde verhaftet, aber wir wissen nicht, welches Verbrechen er plant. Gibt es eine Möglichkeit, ihm zu helfen?«

Wartend saß er da. Er mochte erst sechzehn Jahre alt sein, aber er war doch alt genug, um zu wissen, daß diese Worte irgendwo in der kompliziertesten Konstruktion herumgewirbelt wurden, die je von Menschen erdacht worden war, daß eine Billion Fakten gemischt und zu einem Ganzen koordiniert würden und daß Multivac aus diesem Ganzen die bestmögliche Hilfe ableiten würde.

Die Maschine klickte und spuckte eine Karte aus. Darauf stand die Antwort, eine Antwort mit einem langen Text. Sie lautete: »Nehmen Sie sofort die Schnellbahn nach Washington, D.C. Steigen Sie an der Haltestelle Connecticut Avenue aus. Sie finden dort einen besonderen Ausgang, der die Bezeichnung »Multivac« trägt und von einem Posten bewacht wird. Informieren Sie den Wachtposten, daß Sie ein Sonderkurier von Dr. Trumbull sind, dann wird er Sie eintreten lassen.

Sie befinden sich dann in einem Korridor, den Sie bis zu einer kleinen Türe mit der Aufschrift »Inneres« entlanggehen. Treten Sie ein und sagen Sie den Männern drinnen: Nachricht für Dr. Trumbull! Dann läßt man Sie passieren. Gehen Sie weiter –«

In diesem Stil fuhr der Text fort. Ben erkannte keinen Zusammenhang mit seiner Frage, doch er besaß uneingeschränktes Vertrauen zu Multivac. Rasch verließ er seine Kabine und begab sich eilends zur S-Bahn nach Washington.

Die Beamten von der Verbrechensverhütung stießen eine Stunde nach Ben Manners' Weggang in der Außenstelle Baltimore auf seine Spur. Ein völlig verstörter Harold Quimby sah sich fassungslos der Zahl und Bedeutung von Männern gegenüber, die sich bei der Suche nach einem Sechzehnjährigen auf ihn konzentrierten.

»Ja, ein Junge«, sagte er, »aber ich weiß nicht, wo er hinging, nachdem er hier fertig war. Ich konnte ja unmöglich wissen, daß nach ihm gesucht wurde. Wir nehmen hier alle auf, die zu uns kommen. Jawohl, ich kann die Aufzeichnung von Frage und Antwort herbeischaffen.«

Sie sahen sich die Aufzeichnung an und gaben sie sofort über Bildschirm an das Zentrale Hauptquartier durch.

Othman las sie, rollte die Augen und erlitt einen Zusammenbruch. Man brachte ihn unverzüglich wieder zu sich. Mit schwacher Stimme wies er Leemy an: »Sie sollen den Jungen schnappen. Und lassen Sie für mich eine Kopie von Multivacs Antwort anfertigen. Es gibt jetzt keinen Ausweg mehr. Ich muß nun zu Gulliman.«

Bernard Gulliman hatte Ali Othman noch nie so erregt gesehen, und als er die wilden Blicke bemerkte, mit denen der Koordinator um sich warf, lief es ihm eiskalt über den Rücken.

Er stammelte: »Was wollen Sie damit sagen, Othman? Was soll das bedeuten – schlimmer als Mord?«

»Viel schlimmer als bloßer Mord.«

Gulliman wurde kreidebleich. »Meinen Sie die Ermordung eines hohen Regierungsvertreters?« (Es schoß ihm durch den Kopf, daß er selbst –).

Othman nickte. »Nicht einfach *ein* Regierungsvertreter. *Der* Regierungsvertreter schlechthin.

»Der *Generalsekretär?*« fragte Gullliman, vor Schreck flüsternd.

»Sogar mehr als das. Viel mehr. Wir haben es mit einem Plan zu tun, Multivac umzubringen!«

»Was?«

»Zum erstenmal in der Geschichte von Multivac gab der Rechner den Bericht aus, daß er selbst in Gefahr ist.«

»Warum wurde ich nicht umgehend informiert?«

Othman flüchtete sich in die Teilwahrheit. »Die Sache war so beispiellos, so unerhört, daß wir die Situation erst genau untersuchten, ehe wir es wagten, sie offiziell zu registrieren.«

»Aber Multivac ist selbstverständlich in Sicherheit? Es ist doch gerettet worden?«

»Die Wahrscheinlichkeit eines Schadens ist unter 4 Prozent gesunken. Ich warte jetzt auf den Bericht.«

Nachricht für Dr. Trumbull«, sagte Ben Manners zu dem Mann, der auf dem hohen Hocker saß und vorsichtig an etwas arbeitete, das wie die Steuerung einer Stratodüsenmaschine aussah, allerdings erheblich vergrößert.

»Nur zu, Jim«, entgegnete der Mann. »Gehen Sie durch.«

Ben warf einen Blick auf seine Instruktionen und eilte weiter. Danach mußte er einen winzigen Steuerungshebel finden, den er in dem Augenblick, da ein bestimmter Anzeiger rot aufleuchtete, nach unten drücken sollte.

Hinter sich hörte er eine aufgeregte Stimme, dann noch eine, und plötzlich packten ihn von hinten zwei Männer an den Ellbogen. Seine Füße verloren den Halt.

Einer der beiden sagte: »Kommen Sie mit, junger Mann.«

Ali Othman strahlte nicht gerade bei dieser Nachricht, obwohl Gulliman mit tiefer Erleichterung meinte: »Wenn wir den Jungen haben, dann ist Multivac sicher.«

»Für den Augenblick.«

Gulliman fuhr sich mit zitternder Hand über die Stirn. »Diese halbe Stunde, die ich da durchgemacht habe, das war die Hölle. Können Sie sich vorstellen, was die Zerstörung von Multivac auch nur für kurze Zeit bedeuten würde? Die Regierung wäre erledigt, die Wirtschaft bräche zusammen. Es hätte eine Verheerung gegeben schlimmer als –« Ruckartig fuhr sein Kinn hoch: »Was soll das heißen: *für den Augenblick?«*

»Dieser Junge, Ben Manners, hatte nicht die Absicht, Schaden anzurichten. Er und seine Familie müssen in Freiheit gesetzt und wegen unberechtigter Festnahme entschädigt werden. Er folgte lediglich den Anweisungen von Multivac, um seinem Vater zu helfen, und das ist geschehen. Sein Vater ist nun wieder in Freiheit.«

»Wollen Sie damit sagen, daß Multivac den Jungen anwies, einen Hebel niederzudrücken unter Bedingungen, die genügend Schaltungen durchbrennen ließen, um für mindestens einen Monat Reparaturarbeiten zu erfordern? Wollen Sie sagen, daß Multivac seine eigene Zerstörung anordnete um des Wohlergehens eines einzelnen Menschen willen?«

»Noch schlimmer,Sir. Multivac gab nicht nur entsprechende Instruktionen, sondern wählte auch die Familie Manners aus, weil Ben Manners genau wie einer von Dr. Trumbulls Pagen aussah und daher in das Zentrum von Multivac gelangen konnte, ohne aufgehalten zu werden.«

»Was bedeutet das, daß die Familie ausgewählt wurde?«

»Nun, der junge Mann wäre niemals hingegangen, um Multivac zu befragen, wenn sein Vater nicht festgenommen worden wäre. Die Festnahme seines Vaters aber wäre nicht erfolgt, wenn Multivac ihn nicht beschuldigt hätte, die Zerstörung von Multivac zu planen. Multivacs eigene Aktion löste die ganze Kette von Ereignissen aus, die beinahe zu seiner Zerstörung geführt hätte.«

»Aber das gibt doch keinen Sinn«, sagte Gulliman in flehendem Ton. Er fühlte sich klein und hilflos und lag praktisch vor diesem Othman auf den Knien, diesem Mann, der fast sein ganzes Leben mit Multivac verbracht hatte, und bat um Gewißheit.

Othman konnte sie ihm nicht geben. »Dies ist, soweit ich weiß, Multivacs erster Versuch in dieser Richtung. In gewisser Weise war der Plan gut. Multivac wählte die richtige Familie. Er vermied sorgfältig, zwischen Vater und Sohn zu unterscheiden, um uns auf die falsche Spur zu lenken. Aber er war bei diesem Spiel doch noch ein Amateur, denn er konnte seine eigenen Anweisungen nicht außer acht lassen, was dazu führte, daß er bei jedem Schritt, den wir in der falschen Richtung unternahmen, eine zunehmende Tendenz der Wahrscheinlichkeit seiner eigenen Zerstörung berichtete. Er konnte auch nicht verhindern, daß die Antworten, die Multivac dem jungen Manners gab, aufgezeichnet wurden. Bei weiterer Praxis wird er zweifellos Täuschungsmanöver lernen, wird lernen, gewisse Fakten zu unterschlagen und andere nicht aufzuzeichnen. Von nun an wird jede Instruktion, die Multivac ausgibt, den Keim seiner eigenen Zerstörung in sich tragen. Wir werden es niemals wissen. Und wir können noch so vorsichtig sein, eines Tages wird Multivac sein Ziel erreichen. Ich glaube, Mr. Gulliman, Sie werden der letzte Präsident dieser Organisation sein.«

Gulliman hieb wütend auf seinen Schreibtisch.

»Aber warum, warum, warum? Verdammt nochmal, warum? Was stimmt nicht mit Multivac? Kann das nicht in Ordnung gebracht werden?«

»Das glaube ich nicht«, sagte Othman in stiller Verzweiflung. »Mir ist nie zuvor etwas derartiges in den Sinn gekommen. Ich hatte nie die Gelegenheit dazu, bis das hier geschehen ist. Doch wenn ich mir's überlege, dann glaube ich, daß wir das Ende der Straße erreicht haben, weil Multivac zu gut ist. Multivac ist so kompliziert geworden, daß seine Reaktionen nicht länger die einer Maschine sind, sondern die Reaktionen eines lebenden Wesens.«

»Sie sind ja verrückt, aber trotzdem – warum?«

»Fünfzig Jahre und länger haben wir Multivac, diesem lebendigen Ding, die Probleme und Schwierigkeiten der Menschheit aufgebürdet. Wir haben verlangt, für uns zu sorgen, für alle zusammen und für jeden einzelnen. Wir haben verlangt, daß er all unsere Geheimnisse in sich aufnimmt, und wir haben verlangt, daß er das Böse in uns absorbiert und uns davor schützt. Jeder von uns trägt seine Sorgen hin und fügt ein Stückchen zu der Last hinzu. Und nun verfolgen wir den Plan, Multivac auch noch die Bürde der menschlichen Krankheiten aufzuladen.«

Othman schwieg einen Augenblick, dann brach es aus ihm heraus: »Mr. Gulliman, Multivac trägt die Sorgen der ganzen Welt auf seinen Schultern, und nun ist er müde.«

»Wahnsinn, kompletter Wahnsinn«, murmelte Gulliman.

»Dann möchte ich Ihnen etwas zeigen. Ich möchte einen Test vornehmen. Gestatten Sie mir, die Leitung der Multivac-Schaltung in Ihrem Büro zu benutzen?«

»Warum?«

»Um eine Frage zu stellen, die niemand vorher an Multivac gerichtet hat.«

»Werden Sie ihm Schaden zufügen?«

»Nein. Aber es wird uns verraten, was wir wissen wollen.«

Der Präsident zögerte einen Herzschlag lang, dann sagte er: »Bitte.«

Othman benutzte das Gerät auf Gullimans Schreibtisch. Seine Finger druckten mit kräftigen Bewegungen die Frage: »Multivac, was wünschst du selbst mehr als alles andere?«

Der Augenblick zwischen Frage und Antwort zog sich unerträglich in die Länge, doch Othman wie Gulliman hielten den Atem an.

Dann tickte es, und eine Karte wurde ausgeworfen – eine kleine Karte. Darauf stand in klaren Lettern die Antwort:

»Ich möchte sterben.«

Über die Autoren

POUL ANDERSON (1926-) gehört zu den meistausgezeichneten Autoren der Science Fiction mit bislang sechs Hugos, zwei Nebula Awards und dem Tolkien Memorial Award. Er schreibt sowohl »harte«, technische Science Fiction als auch Fantasy, eine seltene Verbindung. Eine Reihe seiner Romane zählt zu den Hauptwerken auf diesem Gebiet: *Brain Wave [Die Macht des Geistes]* (1954), *The High Crusade [Sir Rogers himmlischer Kreuzzug]* (1960), *Three Hearts and Three Lions [Dreiherz]* (1961) und *Tau Zero [Universum ohne Ende]* (1970) sind nur einige davon. Daß er auch ein hervorragender Kurzgeschichtenautor ist, zeigt sich an den zahlreichen Sammlungen seiner Geschichten. Mr. Anderson war Ehrengast der World Science Fiction Convention 1959.

ISAAC ASIMOV (1920-) hat zum Zeitpunkt, als dies geschrieben wurde, nahezu 300 Bücher veröffentlicht, Bücher, die alle Bereiche der Naturwissenschaft, die meisten Epochen der Weltgeschichte und das Alte wie auch das Neue Testament behandeln, neben Kriminalromanen und -geschichten und einigen der berühmtesten Science-Fiction-Werke, die je geschrieben wurden. Seine ›Foundation‹-Serie (deutsch als *Die Psycho-Historiker*, Bastei-Lübbe Paperback) und seine Robotergeschichten sind Ecksteine der modernen Science Fiction. Seine jüngsten Romane, *Foundation's Edge [Auf der Suche nach der Erde]* (1982) und *The Robots of Dawn [Aurora oder Der Aufbruch zu den Sternen]* (1983), standen beide auf den Bestsellerlisten, aber dennoch ist es ihm immer noch ein Anliegen, junge Menschen in die Wunder der Wissenschaft einzuführen.

Der geborene Kanadier GORDON R. DICKSON (1923-) hat Science-Fiction-Leser seit den frühen 50er Jahren mit seinen Geschichten erfreut. Unter seinen Auszeichnungen sind drei Hugos und ein Nebula Award von seinen Autorenkollegen, den Science Fiction Writers of America, einer Organisation, der er von 1969 bis 1970 als Präsident vorgestanden hat. Zu seinen mehr als fünfundvierzig Romanen und Kurzgeschichtensammlungen gehören so herausragende Werke wie *The Alien Way [Mit den Augen der Fremden]* (1965), *Soldier, Ask Not [Unter dem Banner von Dorsai]* (1967), *The Dragon and the George [Die Nacht der Drachen]* (1976) und *In Iron Years* (1980). Er wohnt seit langem in der Nähe von Minneapolis und ist Ehrengast auf vielen Science-Fiction-Treffen gewesen.

STAN DRYER, der Autor von »Nieder mit dem Spinat«, arbeitet in Boston als Vetriebsleiter für einen Computerhersteller. In den letzten zwanzig Jahren hat er eine Vielzahl von Kurzgeschichten unter diesem Pseudonym veröffentlicht. Diese sind in Zeitschriften wie PLAYBOY, COSMOPOLITAN und THE MAGAZINE OF FANTASY AND SCIENCE FICTION erschienen.

JOE GORES (1931-) ist ein Veteran verschiedener Genres. Am besten bekannt ist er im Bereich der Kriminalgeschichte, wo er 1969 den Edgar Allan Poe Award der Mystery Writers of America für *A Time of Predators [Der Killer in dir]* gewann, und er ist der einzige Autor auf der Welt, der Edgars in drei Kategorien gewann: Roman, Kurzgeschichte und Fernsehdrehbuch. Weitere seiner herausragenden Kriminalromane sind *Dead Skip [Zur Kasse, Mörder]* (1972), *Hammett: A Novel [Dashiell Hammetts letzter Fall]* (1975) und *Gone: No Forwarding [Unbekannt verzogen]* (1978). Obwohl er bislang noch keinen Science-Fiction-Roman geschrieben hat, hat er eine Reihe von ausgezeichneten SF-Kurzgeschichten veröffentlicht, und es wäre schön, wenn es mehr davon gäbe.

Ein lebenslanger Einwohner von Rochester, New York, ist EDWARD D. HOCH (1930-), eine Fundgrube für alle, die eine gute Kriminalgeschichte schätzen. Er ist wohl mit Abstand der produktivste Kurzgeschichtenautor innerhalb des Krimi-Genres; seine Werke erscheinen in jeder Ausgabe von ELLERY QUEEN'S MYSTERY MAGAZINE. Seine unglaubliche Produktivität (bislang etwa 650 Kurzgeschichten) führt leicht dazu, sein beträchtliches Geschick und seine Phantasie zu verdecken. Zu wenige Sammlungen von seinem Werk sind erschienen, aber sie sind alle lesenswert: *The Judges of Hades and Other Simon Ark Stories* (1971), *City of Brass and Other Simon Ark Stories* (1971), *The Spy and the Thief* (1971) und *The Thefts of Nick Velvet* (1978). Er gibt auch die alljährliche Anthologie *The Year's Best Mystery and Suspense Stories* heraus.

J.T. McINTOSH (1925-) ist ein britischer Autor, dessen schriftstellerische Karriere 1950 mit »The Curfew Tolls« in der Dezemberausgabe von ASTOUNDING SCIENCE FICTION begann. Seit dieser Zeit hat er mehr als fünfundzwanzig Romane veröffentlicht, darunter ungefähr acht außerhalb des Science-Fiction-Genres. Er war eine wichtige Figur in den 50er Jahren, als seine Romane, wie z. B. *Born Leader* (1954), *One in Three Hundred [Einer von Dreihundert]* (1954) und *The Fittest [Die Überlebenden]* (1955), sich großer Beliebtheit erfreuten. Seitdem ist sein Ansehen gesunken; er hat nie mehr das Niveau seiner Romane erreicht. Doch er schrieb auch hervorragende Kurzgeschichten, und es ist schade, daß die besten dieser vielen Stories nie als Sammlung erschienen sind.

ROBERT SILVERBERG (1935-) ist einer der angesehensten Science-Fiction-Autoren. Er hat mindestens dreimal auf diesem Gebiet Karriere gemacht. In der ersten, etwa von 1955 bis 1966, produzierte er eine riesige Menge von solider, kommerzieller Science Fiction. In der zweiten, von 1967 bis 1976, wandelte er sich zu einer bedeutenden literarischen Gestalt mit solchen grundlegenden Science-Fiction-Romanen wie *Nightwings [Schwingen der Nacht]* (1969), *To Live Again [Die Seelenbank]* (1969), *The Book of Skulls [Die Bruderschaft der Unsterblichen]* (1972), *Dying Inside [Es stirbt in mir]* (1972) und *The Stochastic Man [Der Seher]* (1975). Und die dritte hält seit 1980 an, als er nach einer Pause von fast vier Jahren *Lord Valentine's Castle [Krieg der Träume]* (1980) und dann *Valentine Pontifex [Valentine Pontifex]* (1983) schrieb. Er hat mehrere Hugo Awards und vier Nebulas gewonnen.

EDWARD WELLEN (1919-) wurde in New Rochelle, New York, geboren, wo er heute noch lebt. Nach seinem High-school-Abschluß arbeitete er für eine Heizölfirma als Hilfsmechaniker, Lagerverwalter und Abfüller. Er nahm an vorderster Front am Zweiten Weltkrieg teil, diente insgesamt 42 Monate (davon 32 in Übersee) und erhielt mehrere Auszeichnungen. Nach seiner Entlassung arbeitete er als Briefmarken-Versandhändler, Werbetexter und in neuerer Zeit als freier Schriftsteller. Im Laufe der Jahre hat er sich ein sehr eindrucksvolles literarisches Werk im Kriminal- wie im Science-Fiction-Bereich aufgebaut, und seine Geschichten erscheinen regelmäßig in Publikationen wie ELLERY QUEEN'S MYSTERY MAGAZINE, MIKE SHAYNE'S MYSTERY MAGAZINE und THE MAGAZINE OF FANTASY AND SCIENCE FICTION.

Quellen- und Übersetzernachweise

INTRODUCTION – CRIME UP TO DATE
Ins Deutsche übertragen von Helmut W. Pesch

DARL I LUV U
Copyright © 1962 by Davis Publications, Inc. First appeared in ELLERY QUEEN'S MYSTERY MAGAZINE. Reprinted by permission of the author.
Ins Deutsche übertragen von Uta Münch.

AN END OF SPINACH
Copyright © 1981 by Mercury Press, Inc. THE MAGAZINE OF FANTASY AND SCIENCE FICTION. Reprinted by permission of the author.
Ins Deutsche übertragen von Michael Schönenbröcher.

COMPUTERS DON'T ARGUE
Copyright © 1965 by the Conde Nast Publications, Inc. Reprinted by permission of the author.
Ins Deutsche übertragen von Werner Kittel.

GOLDBRICK
Copyright © 1978 by Mercury Press, Inc. From THE MAGAZINE OF FANTASY AND SCIENCE FICTION. Reprinted by permission of the author.
Ins Deutsche übertragen von Edda Petri.

COMPUTER COPS
Copyright © 1969 by Edward D. Hoch. Reprinted by permission of the author.
Ins Deutsche übertragen von Manfred Evert.

SAM HALL
Copyright © 1953 by Conde Nast Publications. Reprinted by permission of the author and his agents, the Scott Meredith Literary Agency, Inc., 845 Third Ave., New York, NY 10022.
Ins Deutsche übertragen von Marion Albrecht.

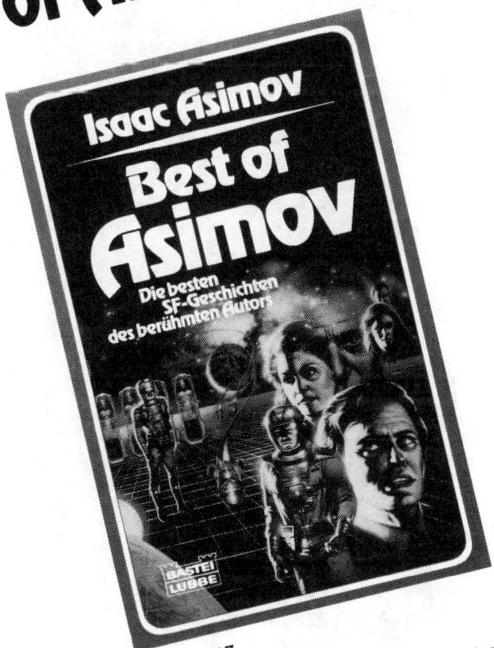
Isaac Asimov
Best of Asimov
Die besten SF-Geschichten des berühmten Autors
BASTEI LÜBBE